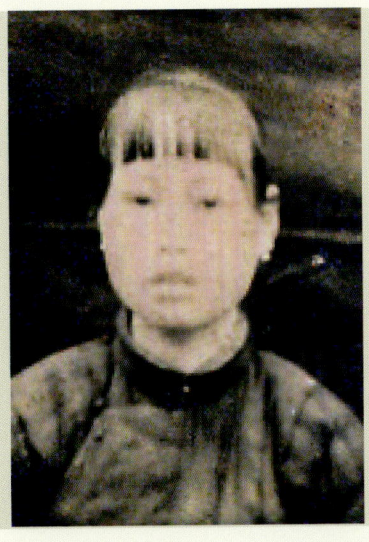

作者父亲

作者母亲

作者父母亲和哥哥

作者和母亲

蓝田四区一乡干部1951年元旦合影（二排左起第八位为作者母亲）

作者和母亲、岳母华山留影

作者母亲北京留影

作者母亲杭州留影

作者母亲 80 寿辰亲戚合影

作者和妻子　　　　　　　　　　　作者 1970 年汤峪疗养院发电厂留影

作者全家合影

作者和妻子、孩子兴庆公园合影

作者新屋封顶现场

作者上海的外孙女和她爷爷奶奶在汤峪

作者和上海的外孙女在大雁塔北广场

作者和北京的外孙女淇淇

作者在美国夏威夷

作者两个女儿 1987 年在老屋后院合影

作者二女儿 1983 年在
西安西大街灯塔照相馆

作者的上海外孙女琪琪

作者的上海外孙女琪琪在汤峪

作者的北京外孙女淇淇

作者的北京外孙女淇淇

作者老屋正面

作者老屋背面

作者新屋正面

作者新屋花园（橘园）

作者新屋背面

遥望北方的故乡

◎ 黄亮　著

西北大学出版社

序

这里，也是我的故乡

——写在散文集《遥望北方的故乡》出版之前

何其有幸，在黄亮叔第二部散文集《遥望北方的故乡》付梓前就读到它，用了近一个月时间逐字逐句看完，合上书稿，难掩内心的激动之情，遂废寝忘食，以手机打字，写下这篇结合自己在阅读中的所思所想，并与故乡息息相关的体会文章。

黄亮叔此书，本是以游记开篇，用以表现在异乡遥望故乡这一主题。后来在游记和故乡的文章中又犹豫，究竟是把哪个放在前面更为合适？经过多番斟酌，黄亮叔决定将故乡的文章放在前面。

在黄亮叔的游记中，朝鲜之行发人深省，美国之行让人感慨，中国台湾之行使人喟叹。然而，千山万水行尽，千言万语落笔，让黄亮叔魂牵梦萦的，依旧是祖国，依旧是故乡。从《紫阳行》到《家人同游金陵城》，再到《汤河拾梦》和《三探冰洞》，面对祖国的大好河山，黄亮叔笔下尽是溢美之词，体现出浓浓的爱国情怀和赤子之心。《紫阳行》是我最喜欢的游记之一，其文笔娴雅舒展、温润灵动、诗意满怀，令人深深陶醉。黄亮叔怀着和对待故乡一样的感情去写紫阳,但截然不同的风俗风貌、乡土民情又给他的创作注入了新鲜的血液和特殊的灵感,所以才有了《紫阳行》这篇兼具关中朴厚和陕南灵气的散文佳作。此文被收录到紫阳县的地方性文集之中,也算是为紫阳文化添上了一笔异彩。

一个人走得再远,都是在延伸回家的路,黄亮叔回来了,从异国,从他乡,千山万水,终于回归故乡的怀抱,带着浸润异乡风情的文字,在别样的眼界里再次凝视故乡,蓦然发现,回来后,那份情更深,那份爱更浓。

让我引以为傲的是,黄亮叔的故乡,也是我的故乡。

我总觉得,自己对于故乡,要说的太多却难以开口,想写的太多又无从下笔,渐行渐远的故乡,越来越难以描摹,越来越难以言说。文章本天成,妙手偶得之。让我心怀眷恋、念念不忘的那个故乡,让我欲说还休、恋恋不舍的那个故乡,在翻看眼前这沓厚厚的文稿时,倏忽间跃然纸上,那些逝去的岁月以及岁月里蕴含的情感和哲思,从文字变为具象,在我眼前尽然复活。老井、故居、桌凳情、棉油香,加上娘留下的宝物,无不渗出淡淡的乡愁,透出浓浓的亲情。

读黄亮叔的文章,就像在照一面镜子,映出的不是自己的身躯和脸庞,而是内心和精神世界。故乡在黄亮叔的笔下,是一桩桩具体而微却惹人垂泪的感人往事,是一段段业已遁逸而又重新找回的珍美心迹,是一幅幅线条细腻而又壮丽开阔的风雅画卷,是一曲曲信手弹奏而又动人心弦的优美旋律。

黄亮叔在上海女儿家居住时写就的与书同名的篇章《遥望北方的故乡》,毫无疑问是本书提纲挈领的书魂核心。这篇文章中,故乡在狭义和广义间相互转换,笔触时而向细腻处漫溯,时而向宽广处推及,时而由大到小、由远及近逐渐浓缩到一个村庄、一个家、几个人、一些事,时而又变成一个地域、一个省份甚至就是整个北方,这样的故乡已经完全融入血脉、植入生命。

黄亮叔尤擅长借景抒情,《橘园·遐想》一文让我印象深刻,这篇描写故乡橘园的文章辞风华丽,意境唯美,语言洒脱飘逸,让人身临其境,如沐春风。黄亮叔从容不迫地捡拾一幅幅园中美景,用淡雅的笔墨娓娓道来,内敛舒缓的文字,像涓涓细流,将生活的感悟凝集在一个个主题鲜明的枝干上,孕生出一朵朵鲜嫩的芽蕾,随即伴随着春夏秋冬,长成了我们的一生。黄亮叔的才思正像一株含香凝露的橘树,风姿绰约地捧起岁月的娴静,优雅自在地渲染着生活的美好。这篇优美的文章让我想起自己小时候放学到舅舅家去吃饭,为了抄近路冒险去爬后崖的陡坡,经过黄亮叔家门口时,总看见几棵大冬青树葱葱郁郁倚门而立,偶尔也会瞥见院中的风景,貌似一个神秘花园待人探索,有时真想进去看看,但那时我还不认识黄亮叔,虽然我和他小女儿黄楠是同学,但让我单独去女同学家,我没这个胆量。

景虽美,动人的还是情。黄亮叔对母亲的缅怀之心让人感动,而母亲和孙女间的祖孙情则更加让人动容,在母亲离世后,那种浓浓的亲情便寄托到两个女儿身上。《我的亲人不在远方》《殷殷"双节"情》《女儿的成长之路》《向女儿道歉》《父亲的嘱咐——致大女儿》《人间难舍是别情》《琐事随笔——致二女儿》等文章,都是关于女儿的。在《殷殷"双节"情》中,黄亮叔盼女归来、彻夜难眠的急切之情让人印象尤为深刻,他和女儿互传短信报平安,自己在家中心急如焚进进出出,一会儿看看墙上的挂钟,怀疑时钟是不是走时准确,一会儿又侧耳倾听外面有没有汽车声,有没有敲门声。这分明就是古诗"江水三千里,家书十五行。行行别无语,只道早还乡"的现代版演绎。

我对黄亮叔大女儿华宁姐不熟悉,这里仅说说关于他小女儿黄楠的事。在我和黄亮叔各自的生活中,有一些从未直接交叉但又莫名牵连的缘分,这不仅仅是同一故乡的地缘,也有我和黄亮叔女儿黄楠同窗之谊的人缘。我认识黄楠的时候,从未见过黄亮叔,而认识黄亮叔之后,也从未再见到过远在他乡的黄楠。这种奇妙的时空错位让我在书稿中迫切地搜寻一切关于黄楠的我所未知的信息。

黄楠的形象是黄亮叔书中浓墨重彩的一笔，而这个女孩在当年我们班所有同学的心目中，也是个冰雪聪明天资卓逸的奇女生：学习优异，品质高尚，个性温婉可人又不失古灵精怪，是大家都喜欢和崇拜的校园偶像！

　　在当时农村的环境中，黄楠给人一种超凡脱俗的感觉，从她的思维、眼界和胸怀来看，她一点都不像一个普通的农村女孩，我一直思索其中的缘由。而今在黄亮叔的书稿中，我貌似找到了答案：黄楠的爷爷参加过解放战争，是立功受勋的共和国英雄，奶奶是中共早期党员和基层优秀工作者，外公外婆出身城里书香门第，妈妈也算是知书达理的大家闺秀，而黄亮叔更是文才通达做事干练的国家干部，退休后亦成为以文立德造福乡里的闻名乡贤。这样的家庭中走出来的孩子，想不优秀都难，黄楠传承了家人身上的诸多优点。

　　在我当年的印象里，虽然对黄楠的家庭情况了解不多，但一直觉得她应该比别人条件优越，加上学习又好，肯定是一直开开心心、在幸福快乐中成长的！殊不知，她竟在十多岁时便经历了丧母的心痛！殊不知，她也曾因父爱的压力偷偷想过突然逃离！殊不知，她也会在远去他乡离家时，为她奶奶、爸爸的生活担忧伤感而潸然落泪！

　　黄亮叔的文章中，不仅刻画出一个形象鲜明、有血有肉的女儿形象，也通过细节烘托出自己作为父亲的幸福和无奈。在《天意·取名》一文中，黄亮叔道出了黄楠名字的由来，原来是因心中的一段隐痛。关于黄楠的名字，我也想起一段往事，记得上小学时有一位老师曾经这样褒赞："黄楠这个名字起得好，起得洋气，因为别人的名字都是用普通话念着别扭，用土话念着土气，只有黄楠的名字，普通话、土话发音完全相同，怎么念都好听，真是名如其人，人如其名啊！"如果不是黄亮叔这篇关于取名的文章，我永远不会知道"黄楠"这么美好的名字，竟是源于汉字"难"字的发音，也更不会想到，那个让我们所有同学羡慕嫉妒的美女学霸，竟然在出生时因为计划生育政策而差点被送人！加上另一篇《向女儿道歉》的文章，让我从中体会到为人父母的辛酸和无奈。如今,道歉的力量融汇到深沉的大爱之中,远大于道歉本身的含义! 这也许就是不被子女理解的父母之心所能包容的全部的爱和委屈!

虽然我和黄楠是同学,但和黄亮叔相识相知并不是因黄楠而起,而是因为黄亮叔的文章。2012 年左右,我在百度上看到一篇关于我们村子的文章,名为《聚庆村》(本书已收录,又名《追古抚今话聚庆》),当时就为作者掌握如此多的村史资料而震惊,也为作者优美的文笔而折服,从网上的链接我查询到黄亮叔的一个博客,在里面读到了他第一部著作《乡情流韵》中的几篇文章,尤为惊讶,想不到我们村里竟然出了这样深藏不露的高人! 通过对一些信息的分析,我预感到这个"高人"可能是我同学黄楠的父亲,于是我通过 QQ 向黄楠求证,并得到了黄亮叔的联系方式。

这中间还有一件小事不得不提,小学毕业后,因为黄楠到县城上学,我们失去联系,后来初中毕业,又有一部分同学失去联系,对此我一直心怀惋惜之情。2007 年我在武汉传媒学院上班时,晚上突然做了一个梦,梦见很多失散已久的同学长大后又一起坐在当初的教室里听老师讲课,醒来后我心有所憾、若有所失,便给几位大致记得老家地址的老师和同学发了明信片,留了电话号码,结果那年过年的时候,只有黄楠给我回了短信,她说她在宁波工作,父亲在老家收到明信片,把电话号码发给她了!

有些缘分就是这么奇妙,因为联系上黄亮叔而联系上黄楠,又因为联系黄楠而联系上黄亮叔,这两件事互为因果、缺一不可,让我又生感叹!

后来和黄亮叔渐渐熟悉,有时会在网上聊很多,有时他会发来刚写的新作让我提意见。我提出想要一本《乡情流韵》,他专程赶到我单位附近送给我两本,我请他吃饭,黄亮叔婉言谢绝,又多次邀请我去他县城的家里擀面给我吃,我现在还记得他做的酸菜面,满溢着家的味道。如今这些历历在目的往事,连同他的两部作品一起,让我感受到他不单单是一个感情丰富的人,还是一个内心细腻的人,他既有文人那种儒雅气质,又有军人的豪爽和诗人的浪漫之情。他用情感搭建起自己和家人的精神世界，并为已被历史洪流淹没早已名不见经传的故乡竖起一块块文字丰碑。黄亮叔如今已是陕西省作家协会会员，这在我们村或是第一人。据悉，他的散文集《乡情流韵》已载入新版《蓝田县志》，被历史铭记；《追古抚今话聚庆》作为我们村的村志，被收录进蓝田县政协组织出版的《蓝田名村》一书中，一起收录的还有他为家乡附近的五个村子撰写的村志。

黄亮叔的《追古抚今话聚庆》中涉及一个重要人物——王承恩，其被誉为"中国历史上最忠贞的太监"，通过由王刚主演的《江山风雨情》的电视剧为人所熟知。但对于王承恩的籍贯，网上有很多谬传，黄亮叔对此做了很多考证，最终予以定论。为了纠正网络上的谬误，他自己花钱修改百度词条，并上传村史，为村子正名。2015年前后，有几位明代皇族的后裔在网上看到黄亮叔撰写的村志，专程赶到我们村，参观王承恩故居遗址，追怀王承恩事迹。蓝田县电视台看到这篇文章后也很感兴趣，计划给村子拍一部纪录片，后来因遗址破坏殆尽，旧迹难觅，取不到直观的画面镜头而遗憾放弃。

如今村子的历史风采、独特魅力，也只有在黄亮叔妙笔生花的文字里方能领略一二吧！因为相差一辈人，黄亮叔文章中的地方、风物、人和事，很多是我熟悉的，但也有诸多未知。在熟悉的已知里感同身受，在神秘的未知里追溯求索，于我而言，这是一种美好的体验。我爱听长辈们讲过去的人和事，但即使在故乡，现在也少有人讲过去的事了。我曾写过一篇名为《寻找失忆的故乡》的随笔，就表达过这样的意思。我给黄亮叔说，我们的故乡在渐渐变得失忆和健忘，幸好有您的文章，要不然以后的人都不知道我们曾经生活过的村庄是什么样子！我想，若干年后，在故乡彻底失忆，丧失了自己的表达符号、丧失了叙说往事的语言能力的时候，黄亮叔这种对乡土风物和人情冷暖的记载和描述，以及由此引起的情感迸发，会显得弥足珍贵！

黄亮叔的新书即将出版，于家而言这是情感的寄存载体，于村而言这是印证过往的珍贵史料，于当地而言，这是地域文化、地方文明的血脉传承。

有人说,回不去的才叫故乡,因为回不去,所以惦念更深、乡愁更浓。由于两个女儿远离家乡安家落户,黄亮叔现在常常在北京、上海、西安三地奔波,很少回到村里,而我虽离家不远,但近年来回去的次数也越来越少。即便如此,我仍然相信,那个村庄,那些人,那些事,将随散文集《遥望北方的故乡》一起流淌进我们的血脉,镌刻进我们的生命,永远不会消失,也不会淡忘。

白光炜

2018 年 1 月 26 日

自　序

　　数年来,我常想,作为祖国的儿子,作为前辈的后人,作为孩子的父亲,作为故居的守护人,时代赋予我使命与担当,激励我用浓墨重彩去歌颂我们伟大的祖国,讴歌那些可歌可泣的人物,进而达到崇尚文明、净化心灵、升华境界、提高道德修养之寓意。

　　这本书是笔者《乡情流韵》散文集的姊妹集,情洒拙文,爱国如家的情怀浸润于字里行间。以国家为主线,以故乡为琴弦,以父辈为楷模,以大爱为情牵,潇洒从容地叙情叙事,酣畅淋漓地道述着:人生漫漫坎坷路,笃定彼岸春意浓。

　　散文集《遥望北方的故乡》用朴实无华的语言,生动记载了旅游中喜闻乐见的逸闻趣事,与读者共分享。国外的月亮圆不圆?数日境外游解答了作者多年的疑惑,钢铁般的答案仿佛一面镜子,照耀着笔者对祖国的赤诚之心,坚信没有共产党就没有新中国,只有社会主义才能救中国,只有中国特色社会主义才能发展中国。

　　笔者寄情于远方的山水,也眷恋生养自己的故乡。闲暇之余,在故居的阁楼上倚栏远望,映入眼帘的是苍苍莽莽的秦岭北麓,山峰奇石,沟壑涓流,甘霖广布,润泽山川,众多的支流还有那些活泼泼的山间溪泉,把大大小小高高低低的峰峦滋润得神韵秀逸,一条漫溢过郁郁葱葱的青山形成的碧水流经家乡。故居倚靠风凉塬，面朝绿水潭，伸臂触摸白鹿原，远眺朝霞出金山。如今，心甘情愿养素丘园，啸傲泉石，与烟霞为侣，同夕阳共醉。一粒土、一棵树、一滴水……亦能拨动笔者的心弦，"故居赋、老屋情、牡丹花……"句句浸润着笔者的心绪，字字续写着人生的暖凉。愿俺远离他乡，愿俺梦随心移，一方故土情依依，魂牵梦绕相思人。

笔者从小以军人为楷模。父亲的军旅生涯、父亲的军功章、父亲的耐力都对后辈产生了深远的影响，让笔者一生受益匪浅；笔者的启蒙老师——母亲，在人生的长河里，给予吾辈无垠的大爱，她思想激进，巾帼不让须眉，堪称一代典范，她教育吾辈诚实做人、踏实做事、一步一个脚印往前走。

本册文集记录了长辈们教育晚辈成才的艰辛历程，同时也叙述了孩子在成长阶段的刻苦学习精神。俗语说："十年树木，百年树人。"言传身教，循序渐进，潜移默化，持之以恒，或是施教之方。文中的抒情叙事，荡气回肠，既有父爱的谆谆嘱咐，事无巨细，又有笔者对外孙女的殷殷厚望，大爱无疆。

斗转星移，往事如烟。一位哲人说过：人生只有三天，昨天、今天和明天。昨天是那么的璀璨，今天是如此的斑斓，明天依然辉煌。这本书记录了历史，描绘着明天，寄望于未来！源于笔者水平有限，书中不妥之处，承蒙良师诤友不吝赐教。

黄膏

2017 年 11 月 18 日

目　录

故乡情怀

· 1 ·

父辈为镜

暖暖家园

旅游之光

缘如春风

附文荟萃

故乡情怀

　　每个人心中最留恋的都是故乡。故乡是一册浪漫的情感诗集，纵有千言万语，神来之笔，也写不完人间蕴含的绵绵深情；故乡是一曲大气磅礴的歌赋，纵有万丈豪情，也唱不绝乡音的古弦、音韵；故乡是一部深奥厚重的家书，洋洋洒洒，也道不尽亲人的殷切真情！

故居赋

石门天堑，碧水潺潺，古京畿之东南上林苑，吾隅汤河西畔，举步沐浴圣水温泉，唯独大兴汤院。晨沐东山红霞，南倚叠翠秦岭，襟两川而汇八水，锁王气而滋长安。北吞浐灞湖畔，夕衔晚照紫烟，形胜仙境也。风凉塬东，杂树密翳，面东聚、峙（聚庆沟、峙峪）溪水，临于崖下，衡宇翼然，仰眺蔚然而深秀者，乃故居宅院也。

明朝三府，址在舍北，昔蓬荜生辉，历经风霜，今欲拾遗古物，且难觅像样遗迹，唯存残碑一角。

嗟夫，泱泱华夏，三王府邸，同排并列，兴许寥见。然王府落寞数载，瑕不掩瑜，府宅矣，钟灵毓秀，人杰地灵。敝人宅院，数代居府宅南邻矣，乃吾辈先祖烈宗之幸也。

嗟夫，祖籍何府，迁居于此，家谱失传，实乃惋惜。鄙人幼记，三合院落，面东而倚靠后崖，厅房三间，院庭两侧，厦房四间。青砖门楼，古典庄重。门楣上檐，雕刻"乾元"，门上正中"福如东海"。忆曾祖父当年，备花轿碟盘租赁，家底殷富。传于吾父，宅地一亩挂三，荒园一亩零二，田埂廿余亩。屋前屋南，树木成荫，白杨矗立入云，槐树稠密蔽日，果树栽种宅南，春桃李芬芳，

秋殷果遍尝。

父承曾父之业，年久屋湿房漏。遂乙巳年八月十六，立柱上梁，重修瓦房三间，高大气派敞亮。建房数日，偏遇阴雨连绵，承蒙乡邻亲友之助，崭新房屋终落成，中门高台，垂直三尺，斜坡鹅石，缓坡踏步。筑屋木料，均属上等，松椽似檩，榆木柱梁，悉数原材，出自荒园之木也。

噫乎，父母执手主房，风雨四十五载，然其北墙倾裂，其他房屋均坚而固之，拆而惜之，存而修缮难之矣。

故庚寅初夏五月十六，三代人情牵之舍，三日面目全非，残墙堆积如山。吾憧憬农家别墅，紧锣密鼓备矣。楼之基石，卅二立方，料石产于县东，悟真寺南，象弯料场。运输途中，坡陡山高路远，惊心扣人心弦。毛石备矣，邀水陆庵石工五人，携开石工具，拼命流汗，苦干三日，砌墙基梯形（底宽1.2米，上宽0.8米），巍巍磐石兮。

今之有幸兮，庚寅年八月廿一，建农家别墅，择吉日动工，香火祀祖宗，沿袭俗风显神通。侄红星领工挂帅，精心设计，悉心施工，工期之中，灵活变通。操瓦刀，拆模版，脏累不顾，述文备矣，深致谢意；邻家叔西正，性格泼辣豪爽，脚踏工地，担当大雁领头。多年瓦匠，技经藏腹，建言献策，为吾乐用；贤弟金田，精湛艺工，出省城，下江南，江湖淘艺，怀揣建筑绝技，家楼扫尾，挽留其弟，善始善终，细心施工，一丝不苟。农舍落成，美轮美奂，赢得褒赞，农家别墅也。

承蒙上天之恩，沃土之情，历经廿五天，曙光近眉睫，九月廿六，爆竹声声唤晴天，封顶日出笑开颜。乡友亲朋，前来助兴，舅父施展才情，挥毫泼墨，笔工遒劲，飘逸灵秀，撰楹联生动抒情，曰："千杯美酒难酬匠班精湛艺，万分谢意岂慰旧谊眷顾心。横批：诚谢。归去来兮橘喜兰迎旧境依依幻时貌，塞交息矣身怡气爽简庐滟滟堆素情。横批：祥凝瑞绕。惋意更旧翻翻绵情故园影，展凤树新沉浮宗业游子心。横批：福地祥天。"封顶答谢之午餐，备美酒十八菜肴，诚待故居乡友，满院喜庆朗朗笑，觥筹交错频频矣。

然,主体封顶,待后二日,于农历九月廿八,聘蓝田西川技工冯、宋二人,耗时半月,修筑仿唐屋顶,然顶造型木,来自拆旧料;屋顶木板,购大杨树八棵,解寸板数丈。顶板之上,铺优质油毡,油毡之上,覆琉璃瓦顶。屋顶处理,堪称上下三层,层层防水,滴水不漏。一曰楼面:细工严处;二曰楼顶:油毡铺顶;三曰楼小:琉璃瓦顶。

翌年春天,故小楼换新颜,起于辛卯年三月廿一,止于辛卯年五月初三,室内屋外四十余天,大工小工劳而有功。

辛卯年初秋八月初四,县南刘师,偕弟妹远道而来,承接小楼油漆涂料。卅五日,阴雨连绵,风来雨归兮诸多不便,为工期赶进度,弟妹风雨无阻,别无所顾,昼不休晚加班,于入冬前完美竣工。

至若,看今朝,小楼藏筋骨,旨在防地震。两层合面积,一五八平方米。抗震支柱,一十加二,地梁圈梁,14号螺纹钢;圈梁现浇面,一体连浇灌;屋面何钢材?8号双网片,板凳筋距,五十公分,可负架车料行载。然,楼用钢

作者故居新貌

材,全属国标矣,百年大计,何敢敷衍耳。

至若,看今朝,小楼蕴奇葩,旨在合创意。南北两堵墙,上下同模样,宽度为三七,内墙留壁橱,擅做杂物柜。小楼拔一筹,城乡合一璧。一层灶台连火炕,袅袅炊烟展俗情;楼上卧厅,竹子地板,农舍蕴涵市民风。楼宇上下层,卧室设三间;木质踏步,扶手花瓶形。

至若,看今朝,乃登其二楼,举头苍茫无尽,远眺群山巍巍,风景迥然异也,扶栏望矣,晴日兮,晨沐王顺山奇观,云雾缭绕,近瞅白鹿原野,影影绰绰,神似巨龙伏卧;夜观

作者故居后崖上俯瞰图

星空斑斓,朗月明丽高悬。今日风景独好,仰天抒怀,得逸居,醉意缥缈,别有雅致,归古上林遗风,终南山之感兮。

故曰:"看似寻常最奇崛,成如容易却艰辛。"赋言辞细则入微,寓意铭记艺匠之功绩,沧海横流,四季轮回,其物昭昭自叙矣,故农家之筑物,貌似鼎钟,不击而自鸣也。

吾爱吾乡,吾眷吾土,吾思吾亲,吾恋屋矣。

2015年9月3日作于故乡

▌老屋寄情

　　我深深眷念着故乡的老屋。故乡炊烟袅袅、绿树掩映下的老屋坐落在风凉塬东侧一土崖脚下,这里有父辈们勤劳耕耘的足印,这里承载着我们几代人的梦想和追求,这里永久地蕴藏着我生命的根系。老屋饱经沧桑,风风雨雨中陪我度过了生命中的四十多个寒秋。

　　老屋共有三间房屋,土木结构,四壁土墙,手工青砖瓦。老屋始建于1965年农历八月十六日,经过四十五年风雨磨砺,沐浴过和煦春风,经历过残阳暴晒,经受过连绵阴雨,覆盖过皑皑冬雪,却依然峭立于故乡,四十多载形体不变样。

　　昔日老屋与家人朝暮相处,是家人赖以栖息的居室。而今,房屋构筑形体仍然留在晚辈的脑海里,留在网络信息中(搜索《乡情流韵》即可见老屋旧照),留在乡邻亲友的印象里。老屋印象已成为后辈们的一种念想,久日怀念不疲矣。

　　回顾当时拆房的场景:2010年6月27日至6月30日,屋顶上拆房者人声躁动,瓦片撞击响亮,泥巴尘土铺天盖地飞扬,拆房工人惊叹从来没有拆过这么好的房屋,屋脊、房顶屋面没有一处下陷,看不出半点残屋破损的迹

作者故居老屋

象，到了拆椽掀檩时更是唏嘘，大梁木檩依旧如初，松椽更像腰檩（竖椽底下的横檩称"腰檩"）般粗大，赞美之声不绝于耳。

拆房完毕隔日，即 2010 年 7 月 2 日，随着挖掘机推墙的隆隆轰鸣，随着操作臂的伸缩，顷刻间，父亲、母亲、叔父、哥哥含辛茹苦垒打起来的土墙，就这样变为废墟，被农用车满载运往河畔。

此时此刻，我站在路边，瞅着那一幕幕终生难忘的撕心裂肺般的场面：依依不舍的老屋两三天内荡然无存，夷为平地，化为尘埃，化为泥土……

这座土坯房屋长辈们健在时不舍，尤其母亲晚年更是恋恋不舍，不愿拆旧盖新。其实我深知母亲当年为盖房付出了那么多的艰辛，她老人家有生之年，是这个家庭长辈中最后一位家园守护者，怎么舍得亲手拆除啊，我理解。我何尝愿意拆除呢？和母亲一样，我对老屋有着一样深厚的感情。因为我清晰地记得童年、少年时这座老屋原地基上的老老房子，也就是被父母所拆的三合院旧屋。双亲也不知老老房子是曾祖父何年所盖，那时房屋已破旧不堪，房顶瓦片到处是缝隙，天晴还好，每到夜晚，瓦隙间透进明亮的月光，偶尔还可看见一颗明亮的星星。每遇暴雨或是连绵阴雨，锅碗瓢盆全用来接雨水，炕上、地面、柜盖、案板、灶台……到处都是湿的。外面下大雨，家里下小雨。更令我难忘的是，20 世纪 60 年代，家里没有闹钟，我上学以后，早上确定起床时间依靠两种办法：一是阴雨天就靠母亲听邻家公鸡叫第三

遍(寅卯,夏冬时差);二是晴天黎明时分,捕获从屋顶瓦缝透进的一点点光亮来判断起床上学的时间。如今清楚地记得,那时睡在火炕上,快到天亮(卯时)时,心里惦记着怕上学迟到,不停地醒来,睡不踏实,睁开迷糊的眼睛看看瓦缝有没有一点微弱的亮光。这漏光的残泥瓦房成了我上学的天然时钟,铭记于心,念念难忘。直到1965年家里拆除了这个潮湿漏雨的旧房屋,父母千辛万苦盖起了三间宽敞的大瓦房。

让我难忘的是这座三间土木结构的房屋所用的墙基石头,都是父亲在大河(汤峪河老家河段)干活收工时,肩扛、车推日积月累运回来的,约30立方米。20世纪七八十年代,乡友调侃说:"咱们大河里能搬动的石头都让你父亲搬回家了。"婆婆婶婶笑言戏称:"洗衣服的那个光滑的石头如果哪一天不见了,准是你父亲扛回家了。"老屋正面屋檐坎高约1米,有些石头很大很重,一般人都很难挪动,我惊叹父亲不是魁梧之人,不知一个个大石头他是怎么搬回家的。

房屋四周5米多高的土墙垛是父亲、母亲、叔父和哥哥一铁锨一铁锨将土扔上去的,人们常说:寸土难移。那时他们究竟洒下过多少汗水?真难以述说。

这三间土木结构的房屋所用的40根松木椽来之不易,原先我只晓得这些椽是父亲、大舅、哥哥当年费尽千辛万苦爬山越岭、蹚水过河从秦岭深山扛到山外,再用木轮小车推回家的。后来偶然间大舅动情地对我讲:"当时所费周折难以想象,40根松木椽多亏了你父亲的军人复员证,才申请到国家木材指标买回来。"至今家里还留有母亲保管完好的当年蓝田县木材公司的售货发票。

大舅说,1964年腊月隆冬,天寒地冻,久旱的秦岭北麓终于落下第一场冬雪,山岭、川原、沟壑白茫茫一片。为了不影响第二年盖房,必须及早备好木料,虽天公不作美,可大雪并没有阻住他们的行程。一日清晨,父亲、大舅、哥哥一行三人背着干粮推着独轮轱辘木车,嘎吱嘎吱行走在乡间小路

上,迎着空中飘落的粒粒雪花,踏着薄薄的积雪进山了。小推车只能推到百神洞石灰厂寄放在农家,他们还需再徒步翻山越岭去蓝田玉川乡两河桥捎回所买的椽。

据大舅讲,捎回的每一根松木椽大头就像一根檩。从两河桥到寄车处,要翻好几座山,过几道沟,蹚几条河。哥哥那时 20 岁,身体单薄,捎着四根重量在 160 多斤 5.5 米长的椽,路上歇息很不容易。不是随意想停就能停,想歇就能歇,一定要找一个高台阶把椽的大头扎下去,不然椽的上部重,容易颠倒。大舅说有几次哥哥实在累得不行,抱怨椽太重,都想把椽扔在半路自个儿跑回家。大舅说他和哥哥后来总结出一点经验,下坡小跑,找个地方喘口气,上坡有条件就赶快歇,他们说父亲耐力好,比他和哥哥多加两根椽,捎六根,下坡上坡一个样,慢慢悠悠稳稳当当。

寒冬腊月,四十根椽总算扛出山运到家。开年 1965 年农历八月十六日,立柱上梁,喜气盈门,亲朋乡友前来祝贺,十分热闹。母亲曾经说:"家里那年盖房太难了,农历七八月,正是阴雨连绵的季节。"虽然老天爷不给面子,但是经过数日乡党亲友的帮助,大家齐心协力克服连绵阴雨,终于使三间土木结构、土坯墙体、由手工制作土法烧制的青色小瓦盖顶的房屋落成。在那个物资匮乏的时代,这座房屋在当地算得上是响当当,它矗立于故园,让乡友们羡慕不已。

我在这三间屋舍度过了灿烂明媚的少年和青年以及中老年时期,它更是我安身立命的家舍。尤其堂屋往昔的点点滴滴至今记忆犹新,自然眷恋不已。

每年到了春天,小燕子悄悄落户老屋,带给家人的是一份吉祥、希望和欢乐。春燕轻巧娴熟的身影划过正房门厅上窗户的小格子,衔来泥草,在房的中梁脊檩处、屋檐下,用人类无法超越的艺术筑起巢窝,繁衍生息。从春天到秋天,它们叽叽喳喳的歌声带给家人很多欢乐,为这个家驱走了无数阴暗与寒暑,点亮了家人对未来生活的希冀之光! 故乡的农家寒舍有了这些

益鸟,寂静的院落就生发出一股股蓬蓬勃勃的灵气和瑞气,处处洋溢着喜庆的气息,处处洒满和谐的春光。

作者故居门前电线上的小燕子

炎炎的夏日,一家人汗流浃背地从田间干活回家,坐在堂屋纳凉、歇息,时而飘进来一缕缕"过道风"穿过通透的堂屋,使人备感舒怡。

每年到了酷暑难熬的三伏天,于堂屋过道摆一张饭桌,这里便成了一家人吃饭的宝地。两个女儿两双水灵灵的大眼睛瞅着奶奶做好的午餐,乐呵呵地争着把饭菜摆上桌,一家三代人围着小圆桌吃饭,不用风扇,不用空调,沐浴着自然凉爽的"过道风",说说笑笑享受着"天伦之乐"。

这堂屋夏天的风儿,不是空调胜似空调,不是春风胜似春风。这舒适、凉爽的习习凉风可不是一般蒲扇、风扇、空调所能比的。至今这凉风带给人的惬意之感仍在我心灵深处飘拂回荡,怎么也难忘堂屋那缕缕"过道风"给人送来的神清气爽。尤其母亲到了晚年一个人独居老屋,我为她新买的躺椅她不舍得用,而是搬出几十年前的旧竹躺椅,夏天照样摆放在堂屋门口。她说:"风吹竹椅更凉快。"她老人家就这样修修补补伴随着那堂屋"过道风"又度过了十年酷暑,这堂屋夏天的"过道风"可谓功不可没,惠及全家人啊。

忙碌的秋天,地里的玉米棒子搬回家像小山一样堆积在堂屋,一家大人小孩白天抽空、晚上熬夜都在赶着剥离玉米棒外壳。那情景我仍记忆犹新,特别是双目失明的叔父,眼残志坚胜常人,玉米棒在他的手里,不论是剥外壳,还是绑、扎玉米棒辫子,其速度、质量,堪称绝活。眼尖手快的正常人也不及他动作熟练,我曾为此感喟、祈祷、祝福。老天爷虽夺走叔父一双慧眼,可又赐给他一颗慧心,送给他一双聪耳,赠给他一双巧手,这就是命运,天无

绝人之路呐！我永远牢记着叔父的背影和音容，就像院落清澈明亮的井水荡漾在我的心田，永不干枯！

作者双目失明的叔父

冬天萧瑟寒冷，堂屋里炉火通红、温暖如春，这里成了家人度过寒冬的温室。燃烧在堂屋里的火炉，驱走了冬的寒气，煮开了一壶壶清茶，煮熟了一锅锅羹汤，堂屋里蒸气缭绕、幽香弥漫。火炉还带给孩子们更多的乐趣，两个女儿常常会缠着爷爷奶奶在炉子上烤红薯、爆米花，爷孙们喜笑颜开、其乐融融。每逢雨雪天，在堂屋里烘烤淋湿的衣帽、鞋袜的情景至今依然历历在目，清晰如初。

这老屋给了母亲七十岁到八十岁这十年中一个人生活的精神寄托。十年寒冬，堂屋里火炉所用的蜂窝煤，母亲视它为宝贝，从不愿意浪费掉一块。一日三餐、做饭取暖都要用煤，母亲一天一夜仅仅用去四五块煤。每年我和女儿都给家里买好几百块数量的蜂窝煤，但母亲总是那样地节约。

老屋啊，老屋，想起你，我不免心酸，不免动情落泪，在这老屋里，母亲勤劳简朴，走过了自己后半生的坎坷之路。如今老屋虽已不在了，但父辈们不畏艰辛、勤俭持家的美德已经深深地烙在了我们这代人的心上，作为传家之宝，让后辈们代代不忘！

故乡、故土在每一个人心里都有一部写不完的抒情书，都有一种难以名状的情怀，都有一段让人回味不尽的故事，都有一幅刻在记忆深处的影像。

回忆故乡即幸福，道叙老屋情更浓！

2013 年 2 月 21 日于蓝田

橘园·遐想

　　我在乡下的院子里修建了一个小花园,将其唤作"橘园"。经过半年多的辛勤劳动,集思广益,于农历乙未年三月二十五日,终于顺利完成花园整体布局修建。

　　而今,每当人们进入院子,映入眼帘的就是"橘园"的月亮门和两边的仿古墙体、假山、池水、荷花、柱磙石凳、石磨桌、柴火炉灶,还有绿化的花草:牡丹、龙槐、翠竹、芍药、玫瑰、月季、桂花、橘子树,以及大枣、白皮松树……园内东边还栽种了西红柿、茄子、辣椒、黄瓜、豆角、白菜、芹菜、大葱、韭菜、丝瓜、油麦菜……看到这些花花草草,心情自然舒畅。这个小小的花园蕴藏着春的温暖,蕴藏着夏的炽热,蕴藏着秋的殷实,蕴藏着冬的内敛,还蕴藏着家人对逝去亲人们那份挥之不去的眷眷之情。

　　最让人舒心悦目的就是正房(坐西面东)院北的"月亮门",门两边镶嵌着古建青砖,白缝,黑白相间,线条分明。站在月亮门前或凝视,或遐想,这门仿佛是能工巧匠刀下雕琢的一个艺术品。最耐人寻味的是门的两个柱脚玄妙地伫立在灰色的仿古墙体上,门的两边是实心螺旋喷塑透视墙。墙的南面是主房的窗外绿篱,园里花草扶疏,栽种着牡丹、桂花、紫藤、橘子树、棕

作者故居新院花园菜园

楠。整体院落,鄙见布局较为合理,搭配得当,南北两个院子的景色相互衬托,形成浑然一体的别致雅园。

花园占地120多平方米,东西较长,南北狭窄,月亮门是通向花园的唯一路径。

园门通向假山的路,用三块条形水刷石板连接着花台。花台呈椭圆形,墙体立面镶嵌着天然文化石,周围铺设了39块扇形五颜六色的水刷石板,每个石板之间留有适当的空隙,这样一来使人环绕花台假山观景时视觉上具有立体感、创意感、美化感。假山与椭圆形环绕观景路的衬托相得益彰,为人们游园赏景增添了无限的惬意。

信步园内,跃入眼帘是西墙壁上的一幅吾舅指书的李白《春夜宴桃李园序》:"夫天地者,万物之逆旅也;光阴者,百代之过客也。而浮生若梦,为欢几何?……"伫立于此,这幅字给人四季如春之感,能使人领悟出李白面对现实生活乐观豁达的情怀。他把人生的宠辱浮沉轻轻拂去,吐纳借酒放歌

的豪情,吟咏出潇洒飘逸的《春夜宴桃李园序》,这不正是我们生活中孜孜求索的人生态度吗?

假山前筑有一水池,水池分为三格。假山居中,一汪池水簇拥着山体流转,山倚北面南,巍峨挺拔,秀峰耸立,悬崖绝壁,峥嵘可畏,潺潺溪流漫过峡谷,山泉流水,迷迷幻幻滴滴答答。山上"修建"着古塔、亭台、阁楼,塔体高耸入云;亭台、楼阁飞檐翘脚气势恢宏。山的东侧,是珍贵的亿万年"木化石",断崖峭壁下,一位垂钓的"老渔翁"悠闲自得,从容闲适。山前是清澈见底的池水,小鱼在雨花石凹凸的石缝间自由游弋。

水池西侧一格栽种着远近驰名的蓝田九间房"九眼莲藕"。

水池东侧一格是漂浮在水面上的"睡莲"和水葫芦。

花台正面园里栽种有白皮松、橘子树、牡丹、月季;假山后面及西面栽种着簇簇翠竹、龙槐、玫瑰、桂花……

花台东侧是一条淡红色石材铺设的"S"形蜿蜒曲径,它一直延伸到东边宅地界畔,曲径路边摆放着祖传的石磨和房柱石墩。而今这些古物也可当作石桌、石凳来欣赏和利用。

花园内紧靠南边的墙边搭建了一个简易灶棚,炉灶上支着一口一尺八寸的小铁锅,灶旁是手拉风箱。所有的摆设均充分体现出农家风格,处处蕴含着诗情画意和田园般的生活之感。

在神州大地,秦岭终南山有"天下修道,终南为冠"之称。近年来终南山隐居者逐年持续上升,据估计当前有5000人。一些舍弃百万年薪收入的人——为了啥,图个啥?他们愿将终南山作为自己的栖身之地,住窝棚、种蔬菜,吃水难、不通电。这些人夏不怕蚊虫叮咬,冬不嫌冰寒地冻。依然坚守,执意不变。

我修葺古宅又是为了啥?故居就在秦岭终南山下的峪口,终南山近在咫尺,满眼全是青山翠绿,伸手仿佛可触摸太白山。这园内蕴藏着幽、邈、灵、朴、透、逸。在这里,能体会到陶渊明"采菊东篱下,悠然见南山"那种闲

适的精神境界;在这里,借一弯明月能领悟苏东坡大江上月下把酒,声声向苍天发问的超然达观的浪漫情怀;在这里,我们能领略到古代的伟人英雄运筹帷幄、决胜千里的壮丽豪情!

于是乎,同样可以"隐居",同样可以励志磨炼,同样可以遨游世界,同样可以穿越时空和想象——故院既不是福利院、颐养院,也不是安乐窝……那它到底是什么?

这是一处可以修心养性的"修心苑、励志苑",这是一个能与古今人物互动的平台,这是一座心灵创伤的"疗养院",这是一所心态健康的"养生园",无为官之念,无发财之想,悄然遁世,不问炎凉,云:"自闭橘园如仙境,修身修心吾足矣。"这是一处能与天宫亲人心灵直线通话的"通讯站"。

仲夏,晚秋,当东方露出瑰丽的万丈霞光,当夕阳留下一抹晚霞,手捧一杯淡茶,或一杯晶莹剔透的白开水,或凝视,或徘徊,或坐享石凳,或"遨游地球(花台是椭圆形,形如地球)",总会让人遐思百度,激情澎湃,欲罢不能。

历史不强求每一个人都具有伟人和英雄的智慧和胆略,可是历史更钦佩伟人独领风骚的大手笔及英雄肝胆相照的气概精神,流芳千古的历史人物会激励我们后人前行和奋进!

倘若伫立于假山旁的荷花池,弥望着亭亭玉立的荷花,田田的叶子高高低低,出淤泥而不染,正是荷花最珍贵的品格。荷花被北宋诗人周敦颐赞为"君子之花",出淤泥而不染,濯清涟而不妖。寓物,荷花正是人们追求精神境界的高贵品质的君子之花,它以自身洁白的品质,表现了不与世俗同流合污、洁身自好的高尚情操。古往今来,文人墨客赏荷花,皆寓物以激励品行,从而让自己争做一个名副其实、气度非凡的正人君子,活在当下,活在园中!

倘若走近"橘园",会看到簇簇翠竹生机勃勃,翠竹笔直高耸,四季常茂,不畏严寒,凌霜傲雪。翠竹虽然不能开出鲜艳的花朵,但它有自己独特的刚直不屈的风姿和气节。在现实生活中我们就应脚踏实地,不做"山间竹笋,嘴尖皮厚腹中空"的虚伪之人。簇簇翠竹正是我们为人处事的标杆。

每当人们进入"橘园",会看见假山峭壁下贤达古人"姜太公"灵动的钓鱼身影。一曰姜公故事告诫人们要使别人臣服于自己,必须先提升自己的能力,自信是建立在能力基础之上的;二曰自古以来哪有国君背臣民,周文王气喘吁吁背着姜子牙行走294步,应验了姜子牙说的294年江山。故事隐含一个哲理,做人忌讳虚荣心,古人云:"大行不顾细谨,大礼不辞小让",唯有如此,才能审时度势,不失良机。

倘若漫步于橘园椭圆假山花台的池水周边,心绪会随着诗人毛泽东海阔天空的浪漫诗句旋转起来:"坐地日行八万里,巡天遥看一千河。"幻觉中行者绕地球来到了北戴河碣石山下,正在朗读一千八百多年以前的一位在历史海洋中赫赫有名的人物曹孟德的《观沧海》:"东临碣石,以观沧海。水何澹澹,山岛竦峙……"曹操的诗,气概雄伟,慷慨悲凉。这首诗写得气象万千,折射了他广阔的胸襟和远大的抱负。

倘若沿着假山上布满荆棘的羊肠小道登上"山顶",就会吟唱昔日汉高祖满怀气吞山河之势、称霸四海的壮言豪情而狼毫一挥写就的《大风歌》:"大风起兮云飞扬,威加海内兮归故乡,安得猛士兮守四方!"

倘若伫立山上俯览假山旁的"大海",瞬间范仲淹《岳阳楼记》中的名句就在耳畔萦绕:"不以物喜,不以己悲""先天下之忧而忧,后天下之乐而乐"。文中那忧国忧民的高尚爱国情操使人敬慕,抑扬顿挫的辞藻又刹那间把人带到了抒情散文的天地里。每每吟诵这具有赏析性和文学艺术造诣的华章,都会使人的精神境界得以擢升。

倘若穿越假山中的"山川河谷",会聆听到岳飞驰骋疆场的金戈铁马,会欣赏到岳飞《满江红》中豪迈铿锵的词句:"怒发冲冠,凭栏处、潇潇雨歇。抬望眼、仰天长啸,壮怀激烈。三十功名尘与土,八千里路云和月。莫等闲、白了少年头,空悲切。"这是一首气壮山河、千古传诵的名篇。字字句句洋溢着作者大无畏的英雄气概。"贤者不悲其身死,而忧其国之衰",古人尚有这样的远见和情怀,俗人何不效于斯、敬于斯、感于斯?

倘若登上假山上的"秦岭"山脉"太白山"主峰,就能领略独领风骚的诗人毛泽东气势磅礴的诗篇,一幅辽阔深邃、神奇静美的图画拂面而来,《沁园春·雪》:"北国风光,千里冰封,万里雪飘。望长城内外,惟余莽莽;大河上下,顿失滔滔。山舞银蛇,原驰蜡象,欲与天公试比高……"

倘若遭遇挫折和失败,心情浮躁,彷徨或厌世不公,橘园里一条弯弯曲曲的小路就是无言的心灵创可贴。倘徉在这条曲径之上,让人茅塞顿开,脚下的这条路诠释了人间世事:世间哪有一条路平铺贯终生?红尘哪有一帆风顺、十全十美的人和事?生命犹如一盏灯,生活犹如一条路,人生犹如一条河!

倘若夜阑人静,难得在这乡下宁静的花园里散步,万籁俱寂,晚风习习,"上接天宇,下接地气",吸大地之精气,揽九天之明月,啊,"天无私覆,地无私载,日月无私照"。仰望星空虔诚祈祷:人人都具有这样博大精深的情怀多好啊!生活中自然就少了拜金主义、势利庸俗、逐流之类的小人。在这小小橘园里,我还能寻找到……

每当……

每当我进入"橘园",四个纹理清晰的石头柱墩散放在园内,亦可做石凳矣。这是1965年父母亲建房时购置的石柱墩,四个石柱墩撑起了三间大瓦房,看着它,我仿佛看到亲人们为建房屋夜以继日流淌汗水,它是亲人们为家园建设做出贡献的历史物证。曾有收藏石物的人欲出钱购买,每个十元,我告诉他:"你一个给一百元我也不会卖。"他怎么会知道我对石柱的一番情感,怎么会知道我留存这石墩的深层寓意呢?

每当我进入"橘园",看见石磨静静地蹲在地上,当年父亲和叔父推磨的背影瞬间浮现。20世纪六七十年代,石磨房就挨着正房墙南边的空宅。石磨前郁郁葱葱生长着杏树、桃树、桑树、柿子树、葡萄树……

石磨房很大,屋顶覆盖着稻草,除了北面和西面有墙,南北都很敞亮。每年农闲或雨天,家人就赶忙推石磨磨面,我有时也会帮着推石磨。记忆中

推磨中要转好多圈,父亲驼背,推磨时他总是低着头,像一头"老黄牛"默默地围着磨台转,很少说话,偶尔提醒一下母亲添谷物。父亲在我的印象中,就是一个很质朴的人,沉默寡言。父亲的性格对我人生影响颇大,让我获益匪浅。而另一位推磨的叔父,虽然被病魔夺走了看见光明的权利,但老天爷又弥补了他一双灵敏的耳朵和一双智能手。他能凭石磨间摩擦滚动发出的微弱声音判断出磨膛里缺不缺谷物;他用手摸一下谷物的颗粒绵软度,就知道磨膛里的谷物再磨几遍该收白面和黑面。我很敬畏叔父,他在我心里是一位了不起的睿智大能人,身残志坚力不衰。

每当我进入"橘园",一个关中传统灶台十分醒目,一个圆铁桶做成的炉灶,涂着紫红色;旁边是手拉风箱,这些炊具像一件件古物供人欣赏和联想。

可知,我每每凝眸或使用这些灶具,铁锅还是那口一尺八寸的小锅,风箱还是那个楸木风箱,只是"人已故,物依旧,情尚存"。这些灶具犹如一根连接情感的网线,一头伸向遥远的天宫,我能与天宫的亲人叙谈,请回他们一起品尝慈母、贤妻烹制的美味饭菜。

母亲的平凡伟大,在于数年如一日,无怨无悔;妻子的贤惠,在于性情温和,细心周到,无微不至。

不管酷暑或寒冬,母亲总是系着围裙,娴熟地在灶台案板之间操作,她负责掌勺;有母亲在场,妻子总是让长辈当主厨,自己做助手,洗菜、切菜、配菜、拉风箱、烧火添柴,两人配合默契,一会儿工夫,香甜美味的饭菜就摆在桌上。

昔日的母亲、贤妻让我感动,一家大大小小的几口人的饭食羹汤,都由她们婆媳来烹饪。哪位伤风感冒,哪位不能吃酸,哪位不能食辣,哪位口腔溃烂,哪位肠胃不舒服,她们都会悉心照顾,不辞烦劳。啊,已故的亲人们,你们宽厚仁慈的影子,就像永不消逝的电波环绕在"橘园"里。

这"橘园"到底给予了我多少精神寄托和力量? 我在深深地思索,这花

园，每一处景、每一件物，都似古筝、琴弦、鸣钟蕴含音韵，当你拨动那一根琴弦，亦会散发出天籁之音；当你用心灵撞击鸣钟，亦会掀起一波跌宕的心海波涛！

赏景，历来都是相对的。心中有景且有景，心中有山且有山，心中有海且有海。心中有景，眼中的景自然妖娆，眼中的山自然伟岸，眼中的海自然浩瀚，眼中的一切景物皆情语。

在我心中，"橘园"轻灵中藏着风骨，散淡中隐着坚毅。在这里，有一方碧波荡漾的心湖，映出舒坦清丽的河山，在苍茫岁月中无不展露着生命中的蓬勃精神，预示着人生价值的不可限量。在这里，可以有不拘陈规的浪漫想象，可对人生目标展开执着的追求，可在心底臧否人物议论世事，可登高吟咏，"同台"随曲遐思合韵矣。

古事接千载，假如在春花烂漫的春天，假如在火辣辣的夏天，假如在明丽高远的秋天，假如在鹅毛大雪纷飞的冬天，当你踏入"橘园"，都会产生独特的意境；若有兴"登上石峰"与古代的伟人、英雄互动，聆听他们昔日心脏的搏动，领略他们高瞻远瞩的民族历史发展洞察力，就会体会到他们的品德和人格透露着远非等闲之人所能达到的乐观和高昂，他们会把你的思想引领到一个宏大的精神境界中。"君子慎始而无后忧"，同他们进行心灵的对话，抒发抚古思今的感情，终会使你思想开明，顿觉心胸辽阔，天空一片晴朗，朝霞灿烂明媚。

昔日古人的文采风骚，从来靠的是大手笔；金戈铁马，总会唱起大风歌。气贯长虹的诗词总能流芳千古，催人奋进。

朦胧中，"橘园"里迎面走来"以铜为镜，可以正衣冠；以古为镜，可以见兴替；以人为镜，可以知得失"的唐太宗；迎面走来"路漫漫其修远兮，吾将上下而求索"的屈原；迎面走来"老骥伏枥，志在千里"的曹操，还有登楼远望、心忧天下的范仲淹。刻写历史，笔笔入理；憧憬光明，声声不倦。

古往今来胸怀大志的先贤，均善于自勉和借物喻人。一代民族英雄岳

飞有句名言:"文臣不爱钱,武将不惜死。"他们不朽的名作和诗魂永载千秋,咏唱不衰。可是,现实生活中,我们鄙视那些昙花一现的碌碌诸公。"君子赠人以言,庶人赠人以财",纵观当今金钱万能、纸醉金迷、盛行汲汲于名利的世道中,神圣的文坛同样被人颠覆。这些年来一些作家不务正业,写小说已满足不了他们对于金钱的渴求,他们别出心裁,利用名人的影响,开始涉入书画界,拟楹联、写字画,这样敛财反倒"刀下见菜"来钱快。一字值千金,一幅画要价不菲。文学是神圣的,文坛是神圣的,我们要坚决抵制歪风邪气。

不论远看近瞅,"橘园"的小假山都隐藏着灵透和豪迈。倘若你细细倾听,倘若你深深凝视,这山水间还掩映着那些古代的伟人和英雄的身影与感情,凝固着穿越时空的理想与诗篇……

故乡的风物记载了多少人间的分分合合,和这座寂寞的故居相得益彰。

每每徜徉在"橘园"里,或徘徊,或静坐,或凝视,或伫立,或呐喊,或品茶,或孤芳自赏,或孤独清高,或用柴火做饭,或观赏袅袅炊烟,这是独属于自己的一块净地。再看那一株牡丹、一枚月季、一枝桂花,千古馥郁。一幅幅空灵淡远而又热烈炫美的画使人沉醉,仿佛入境化作神仙一般!

啊,"橘园"每一处景物都洞开着一扇窗户,这里有古往贤达风骚独具的个性情怀。山,成了追古抚今寄托情思、陶冶情操的载体,成了离弦的响箭,成了奔涌的狂澜;物,化作拂煦的春风,化作呢喃的春雨,化作悠悠的甜梦,化作泥土的馨香,化作亲人们的开心笑颜!

啊,"橘园",你是我心中最唯美的奇葩苑!

2015 年 6 月 12 日初稿于故居

老屋那口井

我乡下老屋的庭院里有一口井,三十多年来保存如故。如今看见它,自然就会想起井边的故事、井边的人,就会拾起散落在小院里点点滴滴的记忆碎片。

每当我推开院子大门,首先映入眼帘的是门楼旁边一个水泥圆井台,它似一个"迎客石"安静地躺在那儿,在"迎客石"的上面安装有一个手动压水泵。初到的客人第一眼看去,都认为水泥井台有碍小庭院的别致。但是,当目光一扫庭院,才会发现这块井台犹如一个小卫士,悄然伫立,恪尽职守,反倒为小院增添了一道别样的风景。

这口井对我来说,来之不易呐,它不是关中农家普通的井。这口井犹如一面清晰明亮的镜子,当我俯身井口,映照的绝非是自己的倒影,我看到的是父亲打井时用绳子吊泥沙,麻绳勒破掌心时的痛苦脸庞,看到的是叔父在井下蜷缩着身体淘沙刨石的幕幕身影。

俗话说:"吃水不忘打井人。"故园这口井清凉甘醇的井水,凝聚着我对父亲、叔父深深的爱戴和敬佩。每当细细留意,我似乎总能看到井台周边父亲、叔父的足迹,这是两位老人留下的坎坷人生的缩影。叔父是一位盲人,

虽然失去一双慧眼，老天却给予他两只巧手，这口井，是叔父与"黑暗"拼搏，亲手创造奇迹的技艺结晶，是他与残疾顽强斗争的历史见证。

水井位于坐西面东的堂屋南边，紧靠院子南围墙，井口覆盖着一个偌大笨重的圆形石井圈，口径唯有 32 厘米，井圈年代无从考究。每遇院子的重新布局改建，这口井处在门楼墙基的下面，填与不填，却是一个难题。当年为了不迁移这眼井我费了心思，在井圈下浇筑了一根混凝土过梁。过梁及井圈就像一个巨人的肩膀，载负着院落门楼的西墙，好歹将这眼水井保留至今。

多年来，我为何对这眼水井特别上心呢？这井大约是 20 世纪 80 年代初由叔父亲手挖掘，父亲配合，第三次院内移位后打成的。当年叔父蹲在井下，一铲铲沙石放在小桶里，有时铁铲使用不灵便，就用手刨，要刨到井下出水为止（那时没有潜水泵）。不能穿雨鞋，手脚长时间浸泡在水里，手脚的皮肤泛白，其苦莫言。叔父打井时有一手绝活，他的手在井壁四周一摸那就是一个圆规，就知道凹凸。这时，我对叔父的吃苦耐劳和聪明睿智更加敬佩。井打成功，若不是亲眼所见，谁会相信这是双目失明的叔父掘的井呢？

从井里掘出来的沙石是父亲用绳索一桶桶吊上地面的，泥石、沙砾在井旁堆积如山，父亲的两只手掌被麻绳勒下了一道道鲜红的血印，吃饭握筷子都不灵便，但他从不吭声。井旁堆积的沙石，由母亲和妻子用架子车一车车转运到河边。这口井凝聚着一家人的辛劳和血汗啊。

水井算是竣工了，可叔父打水用木钩提水也不是件容易事。没见过叔父打水的人都不会相信，叔父打水有自己的绝技。由于水井不深，水位在 2.8 米左右，打水一般不用井绳、不用辘轳，只用一个长八尺左右的树杈钩子。平常人将桶放下井，便能看见钩子缺口在哪边。叔父身为一个盲人打水应该有难度，谁知他却能照样轻松办到。平日我们总是不让他打水，怕他把水桶掉进井里，可他总是闲不住，每到农忙季节，家里人下田干活，他就自己摸（可以说走）到井边打水，日子久了，叔父便练就了一套打水本领。他

提着水桶径直走向井边,好似心里有一把尺子,用脚步丈量着院子,记着来回的步数。走到井边后,他左手拿桶,右手持树杈钩,再摸一下桶钩方向,不偏不斜将桶正好从直径32厘米的石井口放下去,手臂轻轻向外一伸再向内一搂,一桶水就提上来了。你若在一旁恰巧碰到,不得不咋舌惊叹,这是一般人都很难做到的技巧,他却如此运用自如!不过叔父这个绝技在20世纪80年代中后期就没有用武之地了,因为院子里的水井已安装了一台手动压水泵。

一年四季中和这口水井打交道最多的还是母亲和妻子,从厨房到井边大约十几米,这里成了她们婆媳工作的"车间"。她们夏不避日,淌着汗水,浇菜浇花;冬不避寒,在凛冽的寒风里,双手握着冰冷的手压泵压水洗衣、洗菜。尤其每年到了腊月年关,婆媳俩都要在井台旁忙前忙后,认认真真擦洗家里的坛坛罐罐,还要用井水擦洗桌椅,用石灰刷新墙壁。虽然刚压上来的井水带着暖意,但井水出井后很快就会变得冰凉,她俩双手冻得麻木也不愿喊冷,这些都在我心灵上留下难以磨灭的烙印。

老屋院内的水井与母亲朝夕相处六十余年,母亲惜水如金。她晚年一个人住在乡下十年,我回去看望她的次数逐渐增多,每逢遇到母亲的节水轶事我都从心底感叹不已。家里的手动压水泵成了母亲取水的唯一设备,洗衣服她用手动压泵压水还可以理解,天旱不下雨需要浇菜时,家里备好的抽水潜水泵她却不用。她依然自己压水、提水,再跨过一尺高的大房两道门槛,去后院用水瓢一瓢瓢泼下去浇菜,她说这样节约水。如果是下大雨,她会把家里所有能盛水的盆盆罐罐都摆到房檐下接水,用这些水来洗衣服。就是平日的洗锅水她也不舍得浪费,不顾年迈体弱把水端到后院浇到菜地里。

每年春天植树季节,母亲就移栽一些树木花卉,我从井里提水给坑里倒水,一个坑一桶水,母亲总是说:"少倒点,三个坑一桶水,别浪费。""妈,能活吗?"我问,她老人家说:"妈是水命,随便栽在土里就活了,不用担心呐。"

也是，过不了多久树木定会抽出新芽，绽放碧绿的枝叶。

母亲用水非常节约，这或与1928年陕西关中发生的大旱灾有关。当时母亲才一岁多，也许后来外公曾给她讲过旱灾时期人民受苦遭灾的情景，这给母亲心里留下了深深的印记，使她有了很强的节水意识。母亲在浇菜时曾说出一句话："一碗水可以救活一棵秧苗啊。"我幡然醒悟，哦，这句话我也晓得，这句话是20世纪70年代革命样板戏《龙江颂》中小红的台词："我奶奶说，一碗水也能救活几棵秧苗。"母亲看过这个电影，或许她被这句台词感动了。因为《龙江颂》取材于一个真实的故事，闽南大地遭遇百年不遇的大旱，整整八个月没有下一滴雨。日常生活中母亲节约每一滴水的节俭精神，潜移默化地影响了我。多年来，每到我要倒掉可再利用的水时，想起母亲的节俭品德，想起母亲一手提桶、一手泼水的形象，似有母亲的声音在耳旁提醒告诫我，于是我会把即将倒掉的水轻轻放在一边再次利用。母亲，一个从旧社会走向新社会、所受文化教育程度并不高的乡下人，都能做到节约用水，更何况我们这些后辈人呢？我们日常生活中更应学习前辈的好习惯，树立节约用水的意识。中国是一个人均淡水资源贫乏的国家，这种节约淡水资源的意识，愈加迫在眉睫、刻不容缓。

老屋的水井，是一个舞台，一场场丰富多彩的情感戏在这里汇聚，一幕幕酸甜苦辣的故事在这里回放，这井、这水，自然让我饮水思源。

在我眼里，乡下这口水井，它是一座丰碑，镌刻着亲人们艰苦奋斗的功绩；它是一种财富，激励后辈人，战胜困难不断前行；它更是一种美德、一种胸怀、一种智慧，值得我们永远铭记、代代相传。

我爱家乡，我钟爱家乡老屋的这一眼水井！

2013年1月24日于蓝田

遥望北方的故乡

伫立上海黄浦江边，举目望去，灯光瑰丽，江水滔滔，水波迷离，亦真亦幻。江岸各种肤色的游人涌动如潮。悠悠的江水、旖旎的风光，此刻牵动起了我更浓的思乡情绪。遥望北方，

作者黄浦江边留影

我的视线已穿越了时空，眼前似乎出现了秦岭北麓终南山下的那个村庄，那里有温泉，有富饶的土地，有览之不尽的青山绿水，有涌流不息的地下清泉，有举目可见的天然屏障南北气候分水岭——大秦岭山脉，有2010年秋季经我精心构思、倾注汗水与亲友相携构建的乡间农家小别墅……

南下列车

2012 年 10 月 26 日,我在西安站乘坐"西藏→上海 T166"列车去上海。当我提前进入熙熙攘攘的火车站候车大厅时,发现候车厅里一片狼藉,坐的、站的、躺的,姿势千态,表情各异。这里光线暗,人声噪。此时,我的惆怅写在脸上,迷茫和焦虑——刻在眉宇间。眼睛目不转睛地瞅着车次显示屏,耳朵听着他们私下嘀咕、猜测着 T166 列车会不会正点出发、会不会晚点,我的中枢神经异常紧张,在心里默默祈祷列车能正点发车。

世间的事往往事与愿违,祈祷的心思刚在心底萌生,就听到广播里传来 T166 晚点的通知。面对现状唯有叹息出门不易,真难、真难啊!

这次出门行李较多,已是我携带行李的能力极限,多带一个小包也不能行走。四十多分钟过去了,喇叭里终于传来 T166 到达西安站的消息,我不安的心在扑通扑通地加速跳动……

由于火车晚点一个小时,两个女儿不断地来电话发信息安慰我耐心等待。都知道等车的分分秒秒是漫长难熬的,另外我也担心自己携带的超负荷的行李,一个人怎么拿得上车厢呢?

进入车站通道前那一刻,候车厅栅栏门尚未被打开,涌动的人潮像是即将从被关押的牢笼释放,人们期待的眼神,随着车站服务人员手里的钥匙在移动。急不可待的眼珠仿佛要从眼眶里滚落出来,恨不得此时生得丈二臂,一把夺过钥匙自己打开栅栏冲进站台。很多人两只手紧紧抓住不锈钢栏杆不放,嚷嚷、使劲摇动,情绪异常激动……

当乘客挤进入站口,好像拼命去寺庙里争烧头炷香,洪流般的人群前后左右裹着我奔跑到站台。看看 T166 列车,我心中徒然升起一股怨气和愤慨。而一节节车厢,仿佛是一个个饱受风霜的疲惫老人,一副老气横秋的样子待在那里,在内疚、惆怅、反省自己,忍受着乘客的愤怒情绪和谴责。此时,列车昔日的雄风气势荡然无存,没有巨龙的威烈,没有猛虎的呼啸,没有

驰骋的洒脱……懒洋洋躺在那里一丝也不动。

好不容易挤上14号车厢，放好行李那一刻，我如释千斤重负，长吁一口气。车厢里闷热得要命，我满头大汗，汗渍湿透了衣衫。整个车厢里弥漫着混浊难闻的气味，使人窒息得透不过气来。

晚上22点，这位"老人"经过9分钟的简短休息，重新振作精神，随着一声长鸣汽笛，徐徐驶出西安站。我匆匆洗漱，躺在中铺上，夜不能寐，浮想联翩。这次我去上海，恨不得多带些北方的土特产，只要火车携带行李的规定允许，再累再多也愿意。只因小女儿远在他乡。今年国庆节她匆匆回家，匆匆离去。离别时环山路洪家寨十字路口父女分别，女儿眼含晶莹的泪珠，用沙哑的声音嘱咐我照顾好自己，别太累了，按时吃饭，父女俩热泪涟涟。这一幕，这一景，这一声，我记忆犹新，如荧屏帧帧，如海水涟漪，如时钟滴答，如杜鹃啼鸣……

旅途困惑

驶离西安车站，火车风驰电掣、不知疲倦地昼夜奔驰，越过田野，越过市区，越过桥梁，越过隧道，若以西安为起点计算，已行驶了1400多公里。约14.5个小时后，途经几个省，火车终于进站。此时经过长途跋涉的火车犹如一头身心衰竭的老牛，一声长吁叹气，横卧在上海站台上。

我拎、背、挎着几个包，拉着大箱子从14号车厢下车一直向前走，寻找出站口。每一步都很艰难，汗水湿透衣服，望见西南出站口，才晓得那才是第一节车厢，我竟走错了方向。此刻我的确懵了，这14节车皮似乎变成了万里长城、幽幽廊桥，那么漫长、那么幽远，站台简直就像诡异莫测的幽幽通道。

终于挪到站台出站口，我顿觉犹如在茫茫荒漠望见绿洲、夜间迷路人望见北斗、黎明时望见东方拂晓，心里露出了一份欣喜。

我知道女儿在站外心急如焚，我怕孩子心急，恨不能变戏法一样变出一

辆超市购物车，推上行李那该多好啊！

快到出站口五十米处，猛然听到一声——爸爸，这个声音太熟悉了，是女儿，是楠楠！我抬起头，向着出站栅栏外寻找孩子。瞬间，我惊呆了，我知道买不到站台票进不来，她怎么会从天而降呢？给了我一份意外的惊喜。刹那间，孩子已经越过出口栅栏，三步并作两步冲向出站通道，像一只小鸟飞到我跟前，一下子接过行李。父女俩热泪盈眶，我急忙询问孩子怎么进得来，她说向站台出口工作人员道明了用意，征得了同意。我心中一喜，女儿锻炼成熟了，这一刻在父亲眼里她是聪明、伶俐、机智的孩子。

出了上海火车站西南口，女儿叫了一辆出租车。浦东的道路比较宽广，高架桥上下几层，路上车速较快，车辆飞奔在视野开阔的大道上，计价器在不停地翻转。看着计价器，我脸上的表情也随着计价器上不断变化的数字在变化，计价器从 20、30、40、50 元，数到 70 元还没有到女儿公司院内。到达目的地用了 20 分钟左右，打的费 83 元！我很吃惊，上海的高消费触目惊心，真不假——出租车不是赚钱，是揽票子！

到了女儿的公司院内，女儿开着她新买的小车载着我向她居住的小区驶去。

浓浓春意

一路上我担心小区停车问题，女儿告诉我，小区地下有停车场暂时闲置，地面停车也很方便，路边、河边、楼房门前处处都有车位，不必为停车发愁。下车后徒步沿着河边栅栏墙行走，满目皆是新颖的设计，譬如：人民地下防空洞、自行车地下停车场、单元门口既有台阶又有 U 字形慢坡便道，这些设计富有人性化。小区其他配套设施也很齐全，楼房间距大，南北通透，院内郁郁葱葱，林荫藤架幽深缠绵，鹅卵石铺就的小道曲曲弯弯。暖冬季节枝叶没有枯萎肃杀，依然枝叶繁茂，碧叶青翠，生命力旺盛，看不到北方隆冬那一幕荒凉与清淡的景色。一米多高的栅栏墙旁整齐地栽种着清一色的月

桂,一簇簇、一串串淡黄色小米粒般的花朵,在不经意间绽放着清香,使人在惬意中感受到江南的寒冬依然是春意浓浓!

当我第一脚迈进女儿的新家时,看到房间的布局十分和谐,感觉好像回到自己的家里一般。这是女儿2012年春季在上海浦东新区购置的一套两居室的房子,房间设计简约大方,格调淡雅,没有什么精装点缀和烦琐的装修。再看房间南北通透、采光好,卫生间窗户通外,客厅、厨房、卫生间较大。整体房子面积虽然不大,但利用率较高,设计堪为最佳效果。初来乍到,这样的环境令我十分满意。加之女儿对房间的精心布置很合乎我的审美嗜好,看到房间门口的绿色脚垫,房内的绿色植物,我暗暗赞许女儿了解其父的性格,不愧是我养育的孩子,揣摩心思就知道我喜爱绿色。因为绿色是生命力旺盛的象征,是奋发向上的动力,代表着自强不息的拼搏精神!

闲暇之余,我漫步于小区附近,对浦东这带感触颇深。这里小河纵横交错,碧水如镜的小河四面环绕着一个个小区,微风吹拂河水荡漾起一层层涟漪,风儿又推动一波波涟漪顺着河流渐行渐远。一波水、一条河都是一道旖旎的风光。小河水系为这片高耸林立的楼房注入了新的生机和血液。在初升阳光的照耀下,河面波光粼粼,河中倒映着垂柳,水里旋转着金黄的太阳,一缕缕阳光染红了水面。行人休闲踱步的河岸护坡衬砌着V形瓷砖,视觉上使人赏心悦目。河边一道道仿古防护栏杆连绵逶迤,气势轩昂。当游人沿着岸畔前行,一定会看到铺满地面的小草那羞涩的笑容,它们的滋生为这些小区倍增了一份春意,将这里的景色装扮得分外妖娆。

河里偶尔驶过一叶小舟,在小桥下轻轻穿过,瞬间荡漾起一涟水波,就是一幅"小桥流水人家"的图画。桥下碧水清澈,鱼儿游弋。几个垂钓之人伫立小桥上,神情庄严地凝视着悠悠的河面。一条鱼儿上钩,会打破他们寂寞沮丧的心境,他们情不自禁地像发现"新大陆"一样兴奋不已。我偶尔立于"姚渔港"桥头,俯览清澈如镜的水面,感叹上苍给予这里江南水乡特有的景致。这里既有城市的繁华,又有江南渔家河畔的一份恬静。

作者二女儿居住的上海浦东小区周围环境

我来到上海浦东，孩子小心翼翼从各个方面为我提供一切便利，尽力满足我对新环境的适应，唯恐照顾不周。床上铺的床单和被罩，都是柔软纯棉的，花色淡素，使我睡得舒服；饮食随我习惯，与我口味相宜。虽不让我做家里的杂务，但面对这样乖巧的女儿我怎么能停止劳动，不为家庭和社会贡献一点人生价值呢？为了近距离出行方便，女儿专门为我购买了一辆崭新的折叠式自行车。在这里，孩子处处为我着想，时时关心体贴，让我少干活多休息。我懂得，生命的历程走到这个年龄，每一个人都有这一步，这是自然规律。然而对我来说，每一寸光阴都是值得珍惜的，能干一点活，减轻孩子的一点劳动，亦是我夕阳残辉的异放。蜗居此地，感想颇多，于家庭于社会发挥一点余热，何乐而不为！

11月，上海浦东虽未到春天，却似春天，虽不是南国（岭南）温润的峻岭秀水，竟是江南春意的复现。在孩子家里，我精神爽悦，感觉每一天都弥漫着暖融融的气息，沉浸在春天的"福"海里！我满足的不是物质享受，知足的是女儿懂得关心孝敬长辈，秉承了家风美德！

梦系故乡

身居大都市上海数天，总是情不自禁地遥望着北边，遥望着浩瀚的银

河,遥望着北斗七星,因为那个方向有我魂牵梦绕的地方——故乡。

上海地处长江三角洲,由长江所携带的泥沙在长江口堆积而成,其地形为冲积平原。这里是一望无际茫茫无边的原野,这里是亚洲的经济中心,这里是中国改革开放的前沿窗口,这里是新中国经济命脉和科技文化教育的里程碑……这里蕴含着大都市化的先进理念,并逐步与国际接轨,是其他城市无以比拟的。这是一个工业化较强、较早的城市,不论是浦西的飞跃发展,还是浦东的风流崛起,都彰显着一个民族从古到今的风采,这里是华夏科技工业最亮丽的一道风景线!

本想来到上海这所美丽的城市,有女儿陪伴在旁,自己能够静下心居住一段时间。可谁知对故乡依恋的情感愈来愈强烈,故乡的山水、田野都是心目中一幅幅清新悦目的画屏,我怎么能忘记得了呢?每每想起一位文友说过的一段话,思念家乡之意,不谋而合。她一家三口落居江苏昆山,有房有车,她却说:"我告诉我爱人,如果到我老了,老家(陕西咸阳)故宅不被拆迁,我还是想回老家居住,我喜欢关中的小吃,喜欢家乡的风俗,喜欢那里的文化底蕴……我死了还想土葬,埋在老家。"她爱人听后扑哧一声笑了。她的几句朴实的语言,实则是漂泊异乡的陕西众多乡党的共同心声。有人说,人出生在哪里就爱哪里,有谁能不眷恋自己的故乡呢?

上述道理的确如此。可现在社会上一些人的思维理念和人生追求却发生了天翻地覆的改变,一些人只为贪图名利和物质享受,早已忘却自己的根。世界文化、科技交流,古为今用,洋为中用,无可非议。可某些有条件的莘莘学子却把留学当作镀金,当作引以为耀的资历,不屑一顾地亵渎了中国的传统优秀文化。有句成语叫"乐不思蜀",这类人让世人嗤鼻,他们盲目地崇洋媚外,盲目地加入外籍,以为外国的月亮总比中国圆;他们怀揣着一张绿卡,感觉心里踏实,甘愿寄人篱下生活在别的国家。诸位别误会,这不是穷人仇富,我真佩服这些人的情感移居"精神",不知血脉里流淌的还是华夏人的血液吗?

北京、上海两大城市，人才荟萃，科技领先，薪水丰厚，也是当代年轻人圆梦的地方。当你真正领略了这里的高工资、高消费以后，才知道在这里人民币就和卢布差不多，内地人的生活质量并不逊色于上海。女儿居住的小区出行交通便利，生活用品购买方便，其价格和内地相差甚微，一些商品的价格还低于内地。但是交通费、房租费、购房费、就医费等明显是大城市的"高消费"。所以说事物总是辩证一分为二的，没有绝对的好，也没有绝对的差。

上海市区虽说到处河流密布、水源充足，天蓝、水清、地绿，空气新鲜，气候宜人，寒冬不冷，夏暑不热，虽比不上人间天堂的杭州的气候环境，但在工业化城市中也堪称优越。可我身处异乡，还是每每滋生出思念故乡山水的情结。

上海没有山。山是大自然的命脉，没有大山，就没有浮云飘忽之美景。人常说"靠山，靠山"，没有高山，如同人的大脑没有中枢神经，风里来雨里淋，缺少坚韧和信心。自古以来，文人墨客对名山大川赞美颇多，美妙的诗句，泼墨的画卷，哪能分隔开山和水，山水紧密相依。山是载体，是灵魂，是脊梁，是人们孜孜不倦赞美的祖国的根脉。有了山，才有豪情壮美的诗篇；有了山，才有山魂磅礴的气势；有了山，才有山川河流的钟灵毓秀；有了山，才有巅峰挺拔逶迤之感；有了山，才有坚韧向前砥砺的理想和追求！

我们不妨在没有高山林立的广袤平原上的上海市区抬头瞭望，没有山，再多的河流就缺少了坚强殷实的臂膀，孤影吟唱。自古山水相依，水蕴含的是细腻、温柔的情调；水是山的音韵，是潮起潮落的源泉，亦是韵律，是跌宕起伏的音节；没有河流水系温柔细腻的浸润、抚摸、慰藉，寂寞空旷的山峦孤苦伶仃，巅峰峻岭孑然突兀，自然缺少神韵和魅力，只能亘古守护和相视瞭望。有了水，这山峦就活泛起来，有了歌唱美好山川的动情山歌，有了赞颂山河流动的诗篇，有了流动的歌赋音韵，有了江山虞美人绝代风流的一幅幅画卷！

唯有山水相辉映的地域才是完美的画廊,这样的高山流水只能属于秦岭山下——我的故乡,那里有陶渊明笔下的"采菊东篱下,悠然见南山"般的田园生活之境!

上海市郊虽也有山,但寻觅不到华山天险的巅峰峡谷,看不到塬岭沟壑的连绵起伏,领略不到太白山的冲天高耸,眺望不见终南山巍巍壮观遒劲之势,欣赏不到白云缭绕山峰的俊美幽邃……来到这里,身处他乡,每一个夜晚,每一个梦境,都呈现出故乡的一幕幕画面:

我伫立秦岭脚下,环视幽幽的山谷;我感受到了山的深沉与博大;

已故年迈的母亲搬着木梯子上到大房屋顶,替换一页页残破瓦片,我回家站在院子里顿觉愧疚;

贤淑的故妻为我做好一碗羹汤,飘飘然向我走来,我不好意思独享口福,推诿再三让父母孩子先品尝;

才华出众的大舅伏案挥笔檄文,撰写惊世旷目的长篇小说《洪荒梦》(初名《华根》),我登门拜访舅舅,手捧初稿大加赞美;

春天故乡绿油油拔节的小麦随风摆动,还有那油菜花儿盛开的畦田,一股淡淡的清香弥漫四方,一只只辛勤的蜜蜂在明媚的阳光下,像一颗颗小流星,在花的海洋里辛勤耕耘;

承包责任田中一家人播种玉米,父亲扶犁铧,叔父和我及妻子拉犁,身后留下一道道润土犁沟,母亲在犁沟里撒下一行行玉米种子,两个闺女轮换端着小盆帮着播撒化肥,全家齐上阵精心耕耘着那片沃土;

曾经的邻居爷爷以及对门叔叔为老家照看门户,架木梯爬墙探头观望,搜寻院内窗户、防盗门是否完好;

我和小时候的伙伴在房后半崖玩耍,从地下挖知了蛹,想攀登两棵千年皂角树;

梦见天堂宫殿里父亲、叔父、哥哥那熟悉的身影进进出出,忙得不亦乐乎,他们的脸上浮现出温暖亲切的笑容……

待晨起睁开朦胧的双眼,揉搓眼皮,全是梦境一场。我深知我与故乡、故乡与我融为一体,这份情怀难以分割,不管身居天南地北。因为,故乡的方向——秦岭北麓,早已浇筑在我的心田,不论走到天涯海角都会出现在梦境里,使我流连忘返、根系故土、情牵故乡!

瞭望北方

初冬时节,我身居异乡数天,每每湿润的眼睛,总会隐约看到北方枯木逢春的"迎春花"那淡淡的花朵,看到终南山峰峦叠嶂、积雪皑皑,看到故乡老屋房檐瓦楞吊坠着盈尺晶莹的冰凌,看到乡下寒冬漫天飞舞的鹅毛大雪,看到孩童在雪地上玩雪球、堆雪人,看到山坡上青翠松柏不畏严寒冰雪挺拔傲立,看到院子里"牡丹花"蓓蕾待放,看到窗前"玉兰花"硕大的羞涩的白色花朵,看到北方的早春,看到田畴、院子里绿绿葱葱的蔬菜,看到莽莽的绿色田野……

我土生土长在四季分明的陕西关中,一往情深地眷恋着这片沃土、这片蓝天,希望回到绿荫掩映、风光旖旎的故园故居,沐浴它和煦的春风、温暖的阳光。陕西地域的陕南、陕北、关中素有"人文资源丰富"的美誉。进入21世纪,从南到北它们就像三朵金花,绽放出璀璨的花朵,芳香四溢。关中镶缀在祖国版图的中心,五千年华夏文明光彩琉璃,它生机勃勃,审时度势搭乘世纪之风,使龙的精神不断传播、不断腾飞……

中国有句老话:"君从故乡来,必知故乡事。"

俗语云:"人离乡贱,物离乡贵。"在上海浦东大小的瓜果市场里,我看到了很多陕西的物产:苹果、猕猴桃、酥梨、野山核桃、陕北大枣、土豆、陕南木耳、西安回民腊汁牛羊肉、关中五花八门的小吃等。摆在橱窗柜台里的土产琳琅满目,它们远离产地备受南方人青睐。每当瞅见它们的价格标签,发现它们价格不菲、身价倍增,我的心中仿佛数九寒天升起一缕阳光,暖融融、美滋滋,我不由为陕西的物产非常受南方市民的追捧和喜爱而感到高兴和

自豪!

在秦岭北麓，在终南山下，在太白山峰，在七十二个峪口，每一个峪口，每一个村庄，都有一段动人的历史故事发生，让人倾听不完；每一座山，每一座峰，都有其冠名的来龙去脉，扑朔迷离，让人回味无穷，百思待解，有待深究；秦岭横贯东西连绵1600公里，是隔开南北气候分界线的屏障，举目翘望，巍巍壮矣，每到雨后日出，青山吐翠，峻岭逶迤，云雾缭绕，云卷云舒，连接天幕，一幅幅旖旎迷人的风光图；每一座山坳，都蕴藏着丰富的矿产；每一座山坡，都生长着珍贵的药材和植物；每一个峪谷，都有稀世珍贵动物出没的痕迹；每一条河流，流淌的都是清澈纯净、天然优质并可直接饮用的溪流河水，秦岭北麓八水绕长安，堪称一景一绝矣！

关中，八百里秦川，祖国的心脏地域。我们常说"北京时间"，岂知中国科学院国家授时中心（国家授时台）就在陕西临潼和蒲城；我们常说"大地原点"（大地基准点），它就在陕西省泾阳县永乐镇北流村。

"南方才子北方将，关中的黄土埋皇上"，待你静下心来慢慢琢磨，会发现这样的流传语根深蒂固，可见关中乃风水宝地。关中帝王将相的陵墓、坟冢星罗棋布，墓旁石羊、石马栩栩如生，它们千年风雨沧桑，静静伫立守卫在陵旁。这些景观是散落在民间的智慧星辰，其文物、艺术价值连城，尚待进一步开发。这块地域文化底蕴深厚，古往今来，多少文人墨客云集于此，纵情挥毫，留下千古不朽的文学作品。

昔日西安为十三朝古都，自有她的缘由，基于自然条件优越，土地肥沃、物产富庶、四季分明……其细说，还有关中美食小吃适合中国多数人的口味：麻食、面条、饺子、馄饨、油泼面、炸酱面、锅盔馍、荞面饸饹、浆水鱼鱼、洋芋糍粑……好多面食佳肴不是南方人不喜欢，或许是他们不会烹饪。吃关中美食，赏关中美景，思关中故土，尚在思乡情理之中。

陕北——世纪能源基地的崛起，让陕西人扬眉吐气，陕北神府煤田储量丰富，延安、榆林石油、工业盐资源丰富。在上海，每当打开煤气阀做饭那一

瞬间,就会联想到——这天然气或来自陕北。2003年国庆节,西气东输进上海,定边天然气走进大城市百姓之家,陕北能源基地被称作当今"科威特"。每一个身居上海的北方人,都会为北方、为陕北感到由衷的骄傲和自豪。上帝恩赐陕北,造物主是公平的,为它造成了贫瘠的地表,却在其地下孕育了丰富的油、气、煤、盐等资源。

陕南汉中,堪称小江南亦不过赞,她有江南的旖旎风韵,她有关中人的厚朴,她有巴山人俏丽的姿色,她有川姑娘柔润的嗓音,她有鱼米之乡盛产的珍贵品种——黑米。汉中是汉代的发源地,那里有很多历史人文景观、历史典故,有秀丽的自然风景,有稀奇珍贵的鸟类朱鹮繁衍的基地,有国宝大熊猫自然保护区,有一江清水向北流的蜿蜒之势……

南水北调润京城——北京人喝的是汉江水,上海人做饭燃烧的是陕北天然气,谈美食关中小吃屈指一数,独占鳌头。因此,我为自己生长在陕西这一能源大省、文化大省、文物大省而欣慰、而荣耀、而自豪!我最最挚爱的热土——陕西!

2012年11月19日初稿于上海浦东

(2013年2月22日定稿)

庭院盛开牡丹花

农历甲午年三月十二日黎明时分，我还未起床，侧耳静听窗外忽然传来的滴滴答答的雨点声。雨点拍打着院中的棕榈枝叶，雨点、枝叶合奏出分外柔和的韵律，我惊喜难眠，下雨了，终于下雨了，于是匆匆起床。

在打开房屋正门那一瞬间，一股清香迎面扑来，透过空中的霏霏细雨，我一下就瞧见窗外绿篱里那一簇簇牡丹。呵，牡丹花竟然在一夜之间悄然绽放，着实令我激动不已。弯腰扶着一枝牡丹花，吮吸花朵那芬芳馥郁的香气，我贪婪地嗅闻着那纯洁的气味……

绚丽的牡丹花，枝叶繁茂，郁郁青青。叶子上晶莹的雨珠儿时不时地在微风的吹拂下，从花叶上滚落。在绿叶的衬托下，一枚枚硕大的粉红色牡丹花挺立院中，米黄色的花蕊镶嵌在花心，花蕊又点缀着花瓣周边。花蕊上还散落着点点剔透的雨露，锦上添花，构成一幅幅煞是妖艳夺目的庭院图画。

牡丹花，被誉为"花中之王"——富贵花，是中国特有的花卉之一。牡丹在众人心中有着特殊的地位，有着丰富的文化象征意义。

牡丹花开之时繁花似锦、雍容典雅，朵朵绚丽灿烂，其美丽的花姿和幽香让人为之倾倒，但令人惋惜的是其花期较短。

　　瞅着家院如今这一簇簇盛开的牡丹花，自然想起去世的母亲。牡丹花是我20世纪80年代初从辋川公社移栽家院的(同时移栽的还有月季和玫瑰花)，但栽种后的三十多年间，唯有母亲培土、移栽、浇水、施肥、精心管理。

　　往事如云，而今满园一簇簇牡丹花、一株株月季、一棵棵玫瑰花，待到春暖花开，这些诱人的花草，自然而然地勾起我对母亲的深切怀念和敬仰，母亲的音容笑貌就像飘逝的浮云一般又在我眼前浮现。那年移栽牡丹花，母亲有一段教诲，令我获益匪浅，终生难忘。

　　1981年春天我从辋川公社带回几种花卉苗木，母亲犹获至宝般地高兴。因为，就我知道，或许几代人以来，生长在故居宅前屋后的都是自然生长的刺槐、香椿、臭椿、楸、榆、桐、杨、柿树……还有一些无名的野花。别说我带回的好品种牡丹花，就是一般的牡丹花，在当地农村栽种的人家也为数不多，母亲说她活了半辈子，还不知道村里谁家有牡丹花。所以，她把牡丹当成珍贵植物来栽种，从挖坑浇水到栽种都是自己一手干，说："我是水命，栽种什么花草树木都能成活，还是我自己来栽好。"

　　栽花时，母亲说："亮娃，牡丹花虽是富贵花，是花中之王，象征着吉祥富贵，可咱们还是把它栽种在菜畦地边、墙角旮旯儿，或许委屈了它。但这样比较好，好让它对土壤、环境有个适应性，别过于娇气。"母亲这段语重心长的话令我默默牢记。

　　她又说："再好的花开不过百日，再好的人夸不过百天。好土壤还是留着种菜吧，花花草草毕竟不能当饭吃。"

　　母亲边栽花边说："别看人们给予牡丹花那么多的美好意义，什么大富大贵啊，吉祥吉利啊，都是一种寄托。世上哪有那么多的好事呢，咱家虽然今天栽种了牡丹，咱们并不想就此家兴族旺、飞黄腾达。"

　　母亲继续教诲我："你要知道，花无百日红，家无万事兴。俗语说，'三十年河东，三十年河西，风水轮流转'。但是，你要明白，咱们是普通人家，别指望一株牡丹就能改变命运和门风。平民人家，平平安安就是福，幸福要靠

自己辛勤劳动，一步一个脚印地勤奋、努力和奋斗才能获得。咱家栽种牡丹花，就是期待未来你们有个平安健康的生活就行了……"

过了一年左右，我又从汉中

作者故居院中的牡丹花

带回了几棵棕榈，母亲便在牡丹花的旁边栽种了一棵棕榈，后来这棵棕榈占据了得天独厚的肥、水、光照诸多优越条件。三十年后它的主干枝叶越过牡丹，已长成四米多高的蓬蓬勃勃的大树了。牡丹花依然在棕榈的枝叶下生长，虽受压迫委屈三十多年，但它凌然傲立，展现出了自己顽强的生命力，枝叶葱茏茂盛，花朵累累，幽香四溢。当年一株牡丹花幼苗经过三十多年的生长繁衍，茎叶繁茂，发展了发达的根系，已成为锦簇的一丛花。2011年晚秋时节它被分枝移植到家院几处，枝叶扶疏，生长旺盛，次年就繁花似锦。

而这株棕榈树，2011年在和牡丹花同一日移栽时，对它我的确费尽心思，花费了很大的精力，小心翼翼移植，可到头来，两年时间缓苗成长中依然是萎靡不振。去年冬天，终于经不起冬天的寒冻，树枝干枯，被我从家园花圃里弃除了。

唯有牡丹花，在寒冷的冬天不畏严寒。尤其是每年的农历正月，北方的植物还在经受寒风料峭时，牡丹已透露出红色的苞芽，显露出不畏严寒、自强不息的精神。待到四月初旬，含苞欲放的蓓蕾已孕育成熟，春风拂煦，气候湿润，于一夜间悄悄绽放出艳丽芬芳的花朵，装点得小院愈加温馨可爱。

　　屈指算来,母亲离开红尘远赴天宫极乐世界已有整整七个年头了。我在故乡居住,总有一种幻觉,感觉母亲仍然还在家里,整天闲不住,手里握着锄头、铁锨、镢头,耕耘着家院的这片菜畦。

　　如今观赏牡丹花,触景生情,仿佛母亲回到庭院和我一起共赏这里的美景。牡丹花历来不光是雍容大度、吉祥富贵的象征,也是华夏民族的一种优秀品格的象征。

　　家院的牡丹花啊,看见你,我仿佛看到了母亲的容貌。你不怕严寒、不畏风雨,这不正是吾母的高尚品德吗?

　　母亲一生勤劳吃苦,默默奉献,为大家、小家吃苦耐劳、先人后己,这种奉献精神值得我们后辈敬仰和爱戴!

　　啊,院里绽放的牡丹花,看见你,就像看见母亲那慈祥的笑容,你美丽的花朵和馨香永远会留存我心间:年年花开花亦谢,心花怒放花不落!

2014 年 4 月 13 日于故乡

▌乡 愁

2005 年 7 月 14 日是小女儿在老家度过的最后一晚。

这是个不平凡的夜晚:是难眠之夜,是伤心之夜,是留恋之夜,是挂念之夜,是珍惜之夜,是回首之夜……次日天亮以后,孩子就要迫不得已离开故乡,离开奶奶,离开父亲,踏上自谋职业之路。昔日的亲情、乡情一一涌上心头。这情既不能淹没,也难以淡忘,这情该寄给何处? 这情该寄给何方? 思来想去,唯有寄存在字里行间。那时候她展开便笺纸,用心泪来述写心中的惆怅和眷恋。数年后,再读孩子这些从内心深处流淌出来的话语,颇感情真意切、朴实无华、深邃动人。

二十年来,女儿记忆中的亲情就像绵绵长江水,就像澎湃黄河浪,就像七彩雨后虹,怎能让她割舍遗忘?

她的肺腑之言是这样写的:"这里是我的家乡——陕西省西安市蓝田县汤峪镇聚庆村,我在这里度过了幼年、童年、少年。十二岁那年,小学毕业,我便离开家乡去了父亲工作的县城。从此开始了求学之路,自己有了理想,有了奋斗的目标。梦想也是从那里开始,从那时开始,我的奶奶,我亲爱的奶奶一直住在老家,因为那里才是她心中的家,我们试图劝说奶奶一起到县

作者二女儿便笺纸日记

城住，可过不了多久，她老人家就又坚持要回老家，无奈之下，也只能随她心意了。我们希望奶奶能和我们住在一起，可她却离不开那片土地，曾经洒下汗水，曾经吃苦、耕耘过的土地，她手里盖的大房，她所眷恋的一切。奶奶对我们的爱无法用言语去表达，一切言语都是苍白的，内心的感觉才是最真实的！每到寒暑假，我都迫不及待地回家和奶奶住一起。那种渴望放假的迫切心情从初中开始，一直到现在——大学已经毕业。

明天就要离开家了，离开这个村，这个县，这个市，这个省，而且以后再也没有寒暑假了，所以在家的每一天、每一刻我都尤为珍惜。没办法，鸟儿长大了，总有一天要飞走。心里挺伤感，也有些许的无奈……

希望奶奶、爸爸身体健康！"

为了求学，孩子从初中开始就忍痛离开了从小相依相亲的奶奶，每遇节假日都是迫不及待地回家和奶奶住一起。在县城上学，孩子基本上是每隔一个周末都要匆匆回家看望她奶奶，当奶奶揣摩着孙女快要到家时，就提前站在大门外等侯，遇到烈日高照，她会以手遮阳，望眼欲穿地等啊，等啊。

——这时，车在路上飞快地行驶，女儿归心似箭，恨不得插翅飞回奶奶身边。当车子刚到巷口，孩子瞧见奶奶已经伫立门口，刹那间，脸上就会浮出渴望、惊喜的笑容，啊，奶奶，奶奶已经在门口了！当打开车门的一瞬间，孩子快步走下来挽扶着她奶奶，两人喜笑颜开，问寒问暖，晶莹的泪珠在眼眶里打转，团聚迫切之情不言自喻。这场面或是人间最动情的画面、人间最

真挚的情感的写照吧！

孙女回家，她奶奶赶忙从空中铁钩挂的提篮里、从木柜里取出平时舍不得吃的糕点，叮咛快吃、多吃，又不厌其烦地下厨为孙女做她喜欢吃的饭菜，穿着围裙忙来忙去，就像招待多年不见的远道客人或贵宾。

孙女回家，奶奶开始絮絮叨叨地给她通报家乡的逸闻轶事，好像有说不完的话、道不尽的情。作为奶奶，总愿将家乡苦与乐的信息与孙女共分享，说说心里话。

孩子就读大学期间，奶奶和孙女相处的日子越来越少了，除了寒暑假，随着毕业期的临近，孩子回家的次数不断减少。这对孩子应是遗憾和伤心的事。好在学校毕竟离家较近，心理上就像近在咫尺，兴许得到了一丝安慰。

孩子从幼儿到成人，几十年间，她奶奶任劳任怨，为孙女成长付出了很多心血。孩子深知奶奶的这份无私的大爱是无法用语言来表达的，这份真挚的绵绵情愫今生永驻心间。而今远离家乡去南方工作，她知道自己和年逾耄耋的奶奶从此后聚少离多，不免滋生诸多愁感，数年的亲情难以割舍，千言万语难叙奶奶的恩德，字里行间道不尽祖孙亲情，一张心语随笔，也安抚不了一个离家游子的眷顾之心。

家乡是女儿出生的地方，她来到这个世界的第一声啼哭，就注定着她与奶奶的心连在一起。从咿呀学语到幼年、童年、少年，直至大学周末寒暑假，都是她陪伴着她奶奶入眠，借此她也给奶奶带来了健康长寿的福祉。在和奶奶的朝夕相处中，她自然也收获了一份天真快乐的幸福和大爱。

这片褐色的沃土曾伴随着女儿成长：她忘不了幼年、童年、少年时的伙伴，忘不了儿时妈妈教给她的儿歌，忘不了依偎在妈妈的怀抱里尽情撒娇，忘不了慈祥的奶奶下厨做的可口的家常菜，忘不了小时候上学爷爷雨雪天送伞，忘不了在春暖花开的田野里挖野菜，忘不了炎热夏天在麦茬地里捡麦穗，忘不了秋天在自家菜地里摘豆角，忘不了家乡那绿草葱茏的小路蜿蜒绵

长,忘不了屋前那小河清悠悠的水,忘不了侬也依、侬也爱的浓重乡音绕心间……

是啊,每个人即将离开从小生长栖息的地方时,自然会动情缅怀家

作者二女儿楠楠在岭子麦田

乡。恋乡、恋土、恋山、恋水、恋家、恋这里的寸草花木……都在情理之中。

家乡啊,家乡,宛如飘飘的裙带连接着女儿的衣襟,宛如温馨的鸟巢使女儿痴迷难舍,宛如厚重的无字天书让女儿无法读懂。这家乡,仿佛蕴藏着一坛甘味浓烈的陈年美酒,无论游子飘荡天涯海角,酒香永远醉于梦中,酒香永远醉于心中!

2015 年 9 月 20 日于故居

五月槐花香

五月初的家乡，景色煞是迷人。远眺秦岭山脉，巍峨耸立，连绵不断；近看汤峪河水，清澈见底，出峪流转。山岭、村庄、清溪河畔、故居房前屋后，处处开满了槐花，放眼望去，已是花的世界、花的海洋。袖珍般的小花洁白剔亮，一串串花絮竞相绽放，幽淡的芳香弥漫在田园，飘散在沟壑田野……

傍晚，夜幕渐渐吞噬了最后一抹晚霞，西山隐没了太阳，大地沉睡了。一缕缕农家炊烟从屋顶袅袅升起。此时房间、院落、街道、田野里到处飘散着槐花爽心的香气，沁脾的香味儿浸润着村村寨寨。农家人此时吮吸着清香四溢的空气，这馨香浸润着他们的心田，或能化解庄稼人一天的劳作疲惫，伴随他们进入醋甜的梦乡。

夕阳西下，我漫步在田间小径，春风拂面，清爽怡人。一股香气扑鼻而来，我深知这是槐花的郁香，霎时，幽香使我陡然想起，想起20世纪60年代初期生活困难的岁月。

三年自然灾害期间，家人多么心切地期待每年槐花盛开，因为一串串洁白的槐花能拯救一家人的生命，一棵棵槐树成了家里乃至乡亲们救命的菩萨树。

在困难时期,与嫩玉米芯、榆树叶相比,槐花是何等珍贵的食物啊!槐香且不论,槐花和少许面蒸成的香喷喷的麦饭,便是乡下人的一顿美餐。

那年那月,一家人吃着香喷喷的槐花麦饭的情景,至今依然清晰可见,成了我这辈子难以磨灭的记忆。

20世纪60年代自家三合院门前空院很大,生长最多的就是槐树。槐花每年五月初还是半羞涩的蓓蕾,这是最好的采摘时间。母亲会在木棍前端绑上一个铁钩去采撷槐花。采摘的槐花放在筛子里,就会有一股浓浓的扑鼻幽香弥漫在院子和厨房。母亲用槐花掺和黑面粉(那时是用石磨磨面,黑面就是将麸子皮再次研磨用箩子筛出而成的粉),用手将其揉搓均匀放在上层蒸屉上,下层蒸屉上还有麸子野菜窝窝。我那时还是几岁的娃娃,母亲一会儿烧锅一会儿整理案板,我便围着锅台转。闻着快要蒸熟的麦饭,那股香喷喷的味道诱惑着我垂涎三尺。麦饭蒸好,母亲盛给全家人每人一碗,看着大家狼吞虎咽的样子,母亲脸上浮出舒心的笑容。然后她继续系着围裙,忙着洗刷锅灶、瓢盆。我吃饱后,看到母亲还忙乎着不吃饭,就问母亲:"您怎么不吃饭?"母亲说:"我不饿,等会儿吃。"等到家人吃完饭,我无意间返回堂屋(堂屋和厨房是通间),却看到母亲背着家人一只手拿着麸子菜窝窝,一只手端着一小碗开水,正用水就着难咽的菜窝窝慢慢吞咽,一口菜窝窝噎得要喝几口水才能咽下。但母亲脸上依旧挂着淡淡的笑容。母亲那天的身影至今印在我的脑海,母亲无怨无悔甘愿吃糠咽菜的点滴音容,烙在我思亲感恩的心中。

如今回想,不是母亲不饿,是她舍不得吃槐花麦饭。因为那时黑面槐花麦饭和麸子皮、树皮相比已是最好的美餐了。父辈们的呵护恩泽四海,我们晚辈怎能在衣食无忧的年代淡忘那些情景啊!

如今,人们的生活水准已经得到很大程度的改善提高,可在关中乡下槐花麦饭依然是人们喜爱的食物。许多城里人到"农家乐"品尝餐桌上的槐花麦饭,顿时赞不绝口,但却缺少了20世纪60年代初期乡下人对槐花的那份钟情、独爱。槐花只有我们那代人感触最深、感情最浓、感觉最香!

现代农家人的生活水平不断地提高，当今，槐花无论怎么精心配料，估计做出的槐花麦饭也吃不出那个年代那独特的美味。

哦，一轮圆月冉冉地从东方的地平线爬升，大地瞬间妖娆妩媚，寂静的村落听不到犬吠之声，大地一片静谧。

我朝着月亮升起的地方继续走去，贪婪地呼吸着清新的空气，低头冥冥深思。多少达官贵人，歌颂牡丹的雍容华贵，美其名曰"国色天香"，绚丽多彩，富贵吉祥；多少文人骚客，讴歌赞美其他名花的绰约身姿。可那又怎及乡下五月的槐花呢？一曰：可食之。二曰：沁香飘田野。请问文人雅士，古今世间哪个植物能开出这般妩媚动人而又馥郁的花呢？

自家院子虽然栽种着牡丹、玫瑰、月季、茉莉、橘子……它们拥簇开放，自有诱人的芬芳，但它们在我心中都不及槐花美丽，只缘它们毕竟形单影孤，难以燎原；只缘它们缺少庞大顽强的自然生命群体，形成不了豪迈恢宏的气势，征服不了山沟卯梁的浊流，预防不了水土流失。

一棵棵槐树，能适应任何山沟河谷、沟坎渠边恶劣的自然环境，平而不娇，茁壮成长，根系发达，泼辣成材。乡下人爱戴槐花，它是盛开在人们心上的"圣洁花"，称得上世间最美的花朵。这不是乡下人偏袒，坦率而言，我与故乡人同感。

站在田野，我感情奔放。

多么想赋诗一首，用激情、用敞开的胸怀，把乡野槐树的美姿歌颂；多么想伸开双臂，把地球上的槐花树一起拥抱；多么想发明一种气囊，把五月的槐香浓缩囊中予以保存；多么想建一个民间收藏馆，把山川大地间的槐花标本一起珍藏；多么想……

故乡的槐树，啊，你在灌木丛中，独领风骚，劣境成材；你在花海之中，含苞怒放，风姿灵秀；你在槐树林中，馨香四飘，亘古流芳！

2012 年 5 月 21 日作于故乡

▌啊！书橱

啊，书橱，辗转几处，你漂泊异地，归宿依然是"故居"。

回眸 1991 年至 1994 年"聚兴综合商店"时期，你是橱窗，身披淡绿色的素装，为商店招揽着南来北往的顾客，你的条形服饰上配着磨砂玻璃，让橱窗里的物品若隐若现，美轮美奂。看到你的身姿，顾客褒扬的话语不绝于耳：夸你"绿衣"绿得恰当、绿得可爱、绿得清纯；夸你像个亭亭玉立的"闺女"，浑身富有青春活力。你和你的柜台主人——我的妻子相得益彰，配合默契，因你绿衣的映衬她格外明丽漂亮。她善于人际交往，尤其在处理与顾客的关系方面游刃有余；她热情好客，心地善良，不欺诈，不鼓动，不忽悠；常怀一副菩萨心，每每顾客盈门，她总是满面春风笑脸相迎，以当好顾客的好参谋为宗旨。众口皆碑，她付出的是满满诚信，收获了好多殊荣。她出尘脱俗的气质，她的聪明、智慧、娴熟、漂亮常常被人们夸赞。在那几年中，她用"真挚、信誉"之情打动了前来购物的顾客，赢得了他们的信赖，得到了他们中肯的评价。同时，那几年她也用事实颠覆了"凡商必奸"的世俗偏见，向人们证明：生财之道，贵在信誉。

1995 年你离开故乡去了县城，在异地蜗居了十七年。在财政局家属楼,你的身份是我两个女儿的书橱兼衣柜。她俩去学校,你静静伫立卧室等候,恭迎她们姐妹放学回家,你和她俩一起分享苦恼和欢乐,一起度过了六个春秋,陪伴着她们相继顺利考上大学。此后十一年,你又孤独地在她俩的卧室默默待了很久。

常言道:人的生命归宿地——叶落归根。你的归宿地当然是你诞生之地——我的故居。

作者家中当年的书橱

啊,书橱,掐指算起,1991 年你于故居诞生,二十多个寒秋你迁徙几次,终于在 2014 年春天荣归故里,回到了属于你的这片天地——故居。而你依然勤奋敬业,恪守职责,继续甘做我两个女儿的书橱和衣柜。你的存在仿佛使这个家依然充满着生命的活力,你的存在仿佛为这个家里珍藏了两件奢侈的艺术品。

瞧你笔直的身体,高矮一致,宛如双胞胎姊妹;瞧你毕恭毕敬,伫立墙边,宛如两个忠实的卫士,守护着家院门户;瞧你竖条隔道的玻璃,宛如青年夏装时兴的衬衣;瞧你淡绿色的"绒衣",宛如风华正茂的青春之体散发出的一道浓浓春光。这光源时刻撩动着我的心,照耀着我的心,使我心潮激荡,浮想联翩。

啊,书橱,看着你,如烟往事,恍入眼帘。你的骨架、台板,及其他家具如半截柜、写字台、饭桌、木柜、窗门、床板等,都让我刹那间产生无限的念怀之意。你和你那些"兄弟家具"的材料来源,都有一段难忘的往事,如数家珍,历历在目。

啊,书橱,为了你的骨架、台板,1982 年大雪纷飞的冬天,辋川公社拖拉机站的朋友,冒着冰雪路滑的危险,嘟嘟嘟开着铁牛－55 型拖拉机,满载一

车松木料，从辋川公社安山、斗沟、白家坪、东杆沟村开到故居。

　　啊，书橱，为了你的面板，面对这些从辋川运回的"金子般"的珍贵木材，怎么用大锯把原木解成有用的书橱面料，谁来帮我，又是一个新的难题。作难之时，妻子说她试试，这一试她真正成了助我解板的好帮手。松木好解，而椿木，尤其是槐木木质特别坚硬，也似乎是锯齿不锋利，每解一寸，耗力颇多。而今看着你的骨架，再瞅那些坚硬如铁的木板，想起贤妻与我只能同甘苦却无法共富贵，令人唏嘘惋惜。

　　啊，书橱，你知道吗？那年，为了筹备做书橱的龙骨板材，十分费神。老家后院面积约80平方米，靠南墙边生长着一排直径约十五公分粗的桐树，北墙边生长着一棵直径约二十公分的榆树，两种树都不合适，唯独院中偏南一棵直径三十五公分的椿树，高耸挺拔，枝叶繁茂，郁郁葱葱。于是这棵椿树便成了我和妻子解板用的固定圆木树桩，但也成了父母束缚幼小孩子身心的枷锁之树。

　　那年月，哪有钱给幼小的女儿买如今的童车、童椅呢？每当我和妻子解板时，我们就把二女儿放在一个小铁椅子上，尽管她从小乖巧听话（已经学会走路了），我们还是怕她跌倒，只好用绳子把孩子和小椅子绑在椿树上。我们一边解板，一边哄逗着女儿。孩子也争气，好像理解父母的苦衷，不哭不闹。这一情景已经镌刻在我的脑子里，时常想起来，深感痛心，眼噙泪水。

　　啊，书橱，于我笔下，你的成形很不平凡，既有原材料的不易，还有妻子解板的辛酸，兼有我约束女儿的愧疚。今天，明天，或许未来若干年，你依旧可以傲居故居，你将成为启示备忘录，成为故居的历史健在长寿"老人"，荣归故居，立于故居，辉照故居，不论四季轮回，日月升落，你依然不倦地默默诉说着逝去的点点滴滴，照耀着后来人，让他们牢记困难时期，勤俭持家、不忘家风。

2015 年 12 月 12 日于故居

桌·椅·情

当今,乡下人家的餐桌、椅子已经是时代潮流下的新样式,新颖别致,功能多变,从价格到材料选购上,毫不逊色于城市人置办的家具。可是我的老家至今一直使用着三十多年前的一个饭桌、四把椅子。不知情人士,见此物定会嗤之以鼻,表示难以理解。

古人说:人非草木,孰能无情。这名句或许要被颠覆,草木依然有情,它的情来源于物的不易,来源于人在使用物件过程中对物产生的情感,难道这不是情吗?老家的小饭桌和小椅子与我及家人就有一种难以割舍的情分。

我常常在想,一个圆饭桌、几把小铁椅,为何我至今依然保存着、使用着?如今屋里地板已不再适用于小饭桌和铁椅,可为何我仍然对小饭桌、椅子情有独钟、难以割舍呢?

因为,这四把小铁椅子来之不易。1976 年我参加工作不久,利用华胥公社孟岩砖瓦厂修理车间的便利条件,自行设计了这四把椅子,然后由修理车间电焊工焊接而成,木板圆椅面则是自己动手做成的。

两对铁椅是用 8 号钢筋做成的,颜色统一涂成浅蓝色。椅子面由于木料原因,一对是深黄色,一对是浅黄色,椅高 51 厘米,圆椅面直径 28 厘米。

　　20 世纪 70 年代中期我刚参加工作时,凳子在老家也是紧缺物,家里使用的一个低矮小条凳,及一个红椿木做的小方桌还是哥哥初学木工时做的,活路粗糙,实难褒赞。但它是家里人吃饭时唯一的饭桌。凳子不够就搬几个石头当凳子,母亲多数情况是坐在灶台烧火时那个木墩子(家里老屋当年盖房柱子檩头的截面)上。

　　自从我做了这几把铁椅子,不但吃饭用得上,解决了一家人吃饭的凳子问题,到了 20 世纪八九十年代,它们还为两个孩子在家的学习贡献了力量。

　　有了小铁椅子之后,哥哥做的小方桌显得太矮,和椅子很不协调。这就需要一个小饭桌了。时间一晃到了 20 世纪 80 年代中期,有了木板,一切家具迎刃而解,1985 年家里在做门窗和家具时,辋川的民绪哥顺便做了一个十分简易的小圆饭桌,桌高 52 厘米,面直径 70 厘米,我买了一个活动铁支架装上,从此家里有了一个漂亮的小圆饭桌。

　　别小看这张小圆桌和这些小椅子,它们对这个家来说功勋卓著。吃饭时它是饭桌,女儿玩耍时圆桌又是"娱乐台",学习时这圆桌就是她们最好的作业课桌,伏桌而坐,高低合适。

作者两个女儿曾经的学习桌凳

　　大女儿从小学习认真,每学期老师布置的作业,她都会在第一时间完成,好像小学时"寒号鸟的故事"令她印象深刻,今天的作业不能得过且过

推到明天去做,使她逐步养成了一个自觉、主动学习的好习惯。

小女儿幼时,爷爷奶奶、爸爸妈妈有事忙。如天气晴朗,院子气候适宜,她就一个人搬个小铁椅子,伏在小圆桌上玩耍,手里一个小手绢,就是一方"魔术道具",自己动脑筋琢磨,一会儿叠成方形,一会儿卷成圆筒,几个小时就这样在自乐自娱中度过了。因此她逐渐秉承了她母亲坐得住、静得下、心细如麻的特性。

一个圆饭桌、两把小椅子成为两个女儿小学、初中阶段,巩固知识、博览群书、完成课外作业的最好桌凳;一个小圆桌成为她们刻苦学习、放飞梦想的一片天地,也成为我记忆中的珍藏瑰宝!

如今,这个小圆桌在我眼中:似一幅地图画册,让孩子们了解七大洲、五大洋,懂得世界发展历史;是一个课外辅导员,让孩子们在娱乐中涉猎知识、积累知识;是一个多功能"游戏桌",让孩子们自我"开发",创造"魔术般"的游戏,开启知识的闸门。正所谓:人小志气大,励志好学科,台阶稳步上,一泻千里阔!

2015 年 12 月 16 日于故居

▌母亲的"时辰"

　　20世纪五六十年代,在我的故乡,母亲生活中的时钟就是太阳、月亮、星辰、公鸡叫鸣……可母亲能适时掌握并运用这些笨拙的观测时辰的方式方法,这或是对古代人民生活智慧结晶的继承和发扬。母亲在没有时钟的五十六年漫漫生活中,利用天体和民间的测时办法,自己摸索,灵活运用,为小家,三更起五更眠,织布纺线、插秧种地、场间碾打、晚上开会、送我上学……最古老的时间测时法随她度过了一生中最艰难、最坎坷的那段岁月。

太阳时辰

　　一年四季太阳运转,照在老家大房东、南、西三个方向,从东升起到西落,母亲把大房作为固定物,根据太阳移动到大房各个部位的阴影,就能八九不离十地判断出此时此刻的相对时间。例如:清晨,以大房堂屋屏风为参照物,初升的太阳照在屏风上沿(冬夏需设置不同参照点),就是早上七八点;10点以后太阳移动到堂屋门槛内一米左右,到了中午11:30(宅地坐向不是标准的坐西面东),太阳就移动到大房房檐台阶下"一扎"(方言,食指和大拇指同时分开叫"一扎",长度为十几厘米),母亲就知道离中午(正午

时分12:00）很近了；当太阳逐步向南、西南移动，这时母亲又以大房门前的院子为参照物来判断时间；到了下午日落西山，又以大房后院的檐墙或后房檐为依据判断时间。

月亮时辰

聪明的远古人根据月亮有"初一升，初二长，初三初四见月亮""二十八九，月亮一扭"的特点来计算时间；根据"十五月中天，二十二三，月亮落在正南"等计算夜间时间；到了冬天还有"参落正南"——半夜之说。

在农村，一般人不讲朔月、蛾眉月，基本以上弦月（习惯称月牙或半月）、满月、下弦月（左半边的月亮是亮的）为时间参照物。例如，上弦月出来，母亲就知道这是亥时（21:00—22:59），再者就是用一竿子高来形容时刻；当然到了满月，月亮升起得早，时辰相对就容易估计了；如果是下弦月，她会以大房的瓦缝隙的亮度或月亮透过后檐窗户照在小房间里的影子来判断时间。记得我小时候，母亲睡一觉醒来，看看月亮照在大房哪个地方，就能大致估计当时是什么时辰。

星辰时辰

人类经历了漫长的生活过程，聪明的远古先人根据银河系的星辰移位总结出了观星断时的方法。仰望北斗星在每个季节晚上的转动位置，则更是古代晚上报时和研究四季的重要方法。古时夜行的人们经常根据季节观看北斗七星所在的位置，依此判断夜间的时辰。古有"斗转星移"之一整套夜观天象之术。

在老家，母亲擅长依据启明星来判断时间。启明星，称作金星或长庚星。黎明时分，东方地平线上会出现一颗特别明亮的"晨星"，老家人们叫它"启明星"；而当它移动到黄昏时分还是特别明亮，于是人们又称它为"长庚星"。母亲在日常生活中，不断总结启明星从东运转到西边的时间刻度。

她会以前院的白杨树、宅南的桑葚树、后院的榆树以及后崖为参照物,再以自己所处的位置与启明星的角度,实则也就是用三点成一线来确定时间。譬如,站在大房后门口看一下,若启明星转到后崖边沿,就是下午五六点钟(冬夏有别)。

家禽时辰

"鸡鸣"是我国古代劳动人民在长期生活实践中积累发展出来的时辰计时方式,在农村一直沿用至今。它根据土公鸡叫鸣的规律来确定时间。一般有"鸡叫三遍"之说。鸡在前半夜是不叫的,只有过了午夜整零点后半个小时左右,也就是母亲常常说的后半夜,公鸡才会发出第一遍"咯——咯——咯——"的鸣叫(随后鸡鸣二、三遍,时间一遍比一遍加长)。第一遍是子时三更(23:00—01:00),第二遍是丑时四更(01:00—03:00),第三遍寅时五更(03:00—05:00)则是黎明时分。"夜有五更"就是这样来的。

当然,在广大农村,母亲和其他人家一样,还有一种把握时辰的方式——母鸡正午(12:00 左右)产蛋,会离窝引颈高歌,"咯哒咯哒"地鸣叫。母亲听到母鸡这个时间鸣叫,就知道时间约正午 12:00。我猜想,母亲生活在这个家的 33 年大概都是用上述方法测时的。随着社会的进步,直到 1976 年,母亲才终于用上机械发条"马蹄表"。

20 世纪 70 年代中期,我离开水库参加工作时,跟随我六年的马蹄表留在了老家。从此,母亲这一生终于告别了观星、览月、看日出、听鸡叫的古老判时模式,用上了我国第一代闹钟系列产品马蹄表,母亲当然视它为宝贝。

这个外观绿色的马蹄表伴随了母亲 32 年(49—81 岁),母亲对它情有独钟、爱护有加。按时上发条,按时清除表面的浮尘。后来我用玻璃和医用胶布做了一个马蹄表护罩,再用朱红油漆加清漆把连接的医用胶布涂刷了几遍,医用胶布就变成了朱红色。马蹄表被套上罩壳,貌似一个人提起精神来,又似一个别具风格的古玩艺术品。

母亲使用马蹄表六七年后，到了1983年，市场上有了电子钟表。马蹄表毕竟每天要记得上发条，于是我给母亲买了一个当年刚流行的"电子钟表"，这个钟表需要安装两节一号电池，有日历，有闹铃，字迹清晰，走时准，误差小。

作者母亲眷恋的马蹄表

很遗憾，母亲的美德依然是——恋旧。虽说有了现代的钟表，可在她老人家心里，从观星、测月判断时辰过渡到拥有一个马蹄表已经足矣。电子时钟悄无声息地四季运转，可她依旧每天习惯看这个马蹄表，按时扭动上发条，每晚就把马蹄表放在枕头旁边或木柜盖上显眼处，以便夜间开灯可以看得见。这只马蹄表陪伴母亲度过了寂寞孤独的晚年生活，同样它也给了母亲一种无形的精神食粮——生命不息，勤劳不止！

母亲曾经说过："人生如同鸡刨食一样，鸡要靠刨土觅食，这是它们最好的生存方式，人也不例外，人的勤奋劳动形同鸡刨食，哪有不劳而获的事情呢？"母亲认为生活中，人活一天就要耕耘一天，多为社会创造一份财富，多为家庭做一点事情。马蹄表里的秒针就像是一只鸡，嘴不停在地上觅食——扬起、低下，或许母亲认为马蹄表在诠释人生——靠劳动和双手去创造生活，体会生活的真谛。每当看见这只马蹄表，她自然就会想到人生的各种追求——马蹄表鸡刨食之启迪，亦是人类精神领域生命在于运动的哲理和探索，因而眷恋不弃之！

马蹄表啊！我母亲擅用你，你是她老人家后三十余年的生命时钟。

2017 年 12 月 19 日于西安

父辈为镜

父辈的优良作风,仿佛是初升的一缕晨曦,又似一盏高悬的明灯,熠熠生辉,照耀着我们绵长崎岖的生命之路。他们笃信人生,追求信仰,崇尚信念,为国为家,默默奉献。在峥嵘岁月里,他们经历了磨砺和不平凡的际遇,也为我们留下了一笔最为宝贵的精神财富。

父亲的军旅生涯

　　1949 年春天，全国解放的东风席卷了祖国大西北，春风吹暖了北方冰封的大地。父亲——一个旧军队的士兵重新获得了新的生活，加入了中国人民解放军第四军。十年军旅生涯，十年峥嵘岁月，父亲驰骋疆场、艰苦奋战，为全国的解放事业做出了自己应有的贡献！

　　回忆六十四年前的父亲，时年二十二岁，血气方刚，他发誓要除掉自身旧军人的陋习，重塑军人新形象。当年父亲穿上人民解放军绿色的军装，感到无比的光荣和自豪。军营犹如一个大熔炉，在解放大西北战场和新中国建设事业中，在火热的军营生活中，父亲经历了残酷战争带来的生死考验，经历了重重的艰辛与磨难，终于成为一名合格的军人，成为一名合格的中共党员！

　　人民军队塑造了父亲的人生。中华人民共和国成立前曾祖父、祖父留给父亲的家底比较殷实。不过祖父去世过早，父亲在邻村石门村的舅舅家长大，自小缺少父爱和严厉管教，成年后不慎染上赌钱的不良习气，以至变卖田产和宅地。到了 1948 年冬季，家里生活拮据，田地已无法再变卖时，父亲走上了军旅之路，在胡宗南部队三十师九十团整编警卫连当士兵。

父亲1957年复员回到家乡,在农村时常和村民谈到当兵经历时,他很坦然,没做亏心事,说他在旧军队没有和解放军交战一次。在国民党胡宗南部队里,父亲没打过仗,不会使用枪支、手榴弹。1949年2月父亲的旧军队在陕西麟游全师起义,部队经过三个月的整编集训和诉苦会,于1949年5月29日被编入中国人民解放军第四军十二师三五团三营九连。

集训期间,父亲苦练了杀敌报国的本领,学会了射击、刺杀等技能。接着就参加了解放三原、泾阳、咸阳、兴平、武功、礼泉、乾县等战斗。据舅舅说,在一次战斗中,父亲所在的部队隐蔽在芦苇里一天一夜不能动,"雁无踪迹"悄然无声,第二天傍晚才向敌人发起总攻。这段经历父亲曾在1964年冬天去辋川印沟捎橡的路上对大舅讲述过。

1949年7月,他跟随部队刚参加完"扶眉战役"。部队稍作休整,又从陕西向兰州挺进。兰州不好打,防线固若金汤,但夺取兰州是人民解放军解放大西北必须要经历的一次重大战略性战役。1949年8月19日晚,他所在的部队三五团三营九连经张家川,日夜兼程赶到兰州郊外的桑园子,并沿沟绕道至"和尚源",后到了"皋兰山"西南侧的"狗娃山",迅速修筑工事,准备迎接一场恶战。

8月21日拂晓,修筑工事的部队刚撤回,却遭到了敌人的偷袭。敌人从"狗娃山"与"沈家岭"中间的山沟里窜了上来,对正在休息的三营九连进行了猛烈的袭击,击溃了九连的第一道防线,全连损失惨重。敌人来势凶猛,轮番对阵地进行强攻。此时天已慢慢亮起来,一股敌人已迫近战壕,战士们跃出战壕和敌人进行了惨烈的白刃厮杀。经过浴血奋战,打退了敌人的疯狂进攻,守住了阵地。这次与"马家军"交战中,战士们英勇无畏,拼力杀敌。

父亲说,这是他参加中国人民解放军以来最惨烈的一次战斗,"狗娃山"守卫战整整打了七天七夜未合眼,战斗结束全连战士只剩下九个人,由于饥饿和过度疲乏,有的人头发、眉毛、胡须都变白了,六个战友又因身体极度衰弱躺下后,再也没有睁开眼睛。一个连的战士包括他只有三人幸存,这

次战斗他立功受奖。

兰州解放后,部队有新的任务,路过西安时他想给家里捎个口信报个平安也没有机会,就这样跟随大部队匆匆开赴云南、四川、贵州前线参加剿匪战役。

父亲1948年离开家乡,生死未卜,渺无音讯。1949年西安解放,母亲和家人四方打探父亲的下落,终无结果。

从1948年冬季到1950年初秋,两年时间未得父亲一丝消息,一个支离破碎的家,由母亲一人支撑,上要侍奉双目失明卧床不起的奶奶,还要照顾我双目失明的叔父和五岁的哥哥,多亏外公一家人鼎力帮助,才算渡过难关。

"烽火连三月,家书抵万金。"1950年秋季,家人收到一封特殊的"信件"——革命军人证明书,内容如下:"陕西省蓝田县政府并转,黄世民同志(原名黄世礼)系你县四区一乡二村人,于1949年5月29日在麟游地区解放后,光荣地参加了中国人民解放军,现在我四军三十五团三营九连工作,特此证明,希人民政府以依照革命军人家属优待条例以待之,此致敬礼。中国人民解放军第四军政治部,1950年8月29日。"

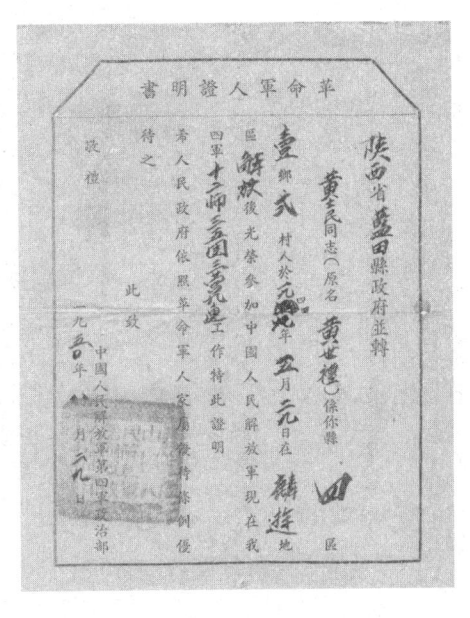

作者父亲的革命军人证明书

这份军人证明书转到家乡以后,一家人欣喜万分,亲朋奔走相告,父亲从一个旧军队士兵脱胎换骨,成为一名光荣的人民解放军战士,真可谓是家里的一个福音!

直到1951年春天父亲才托战友给母亲捎了一封信和一包衣物,这些东

西是由外公徒步从西安取回的。

1952 年父亲由野战军转到公安铁道部队服役，参加了"抗美援朝，保家卫国"的铁道后勤保障工作。

进入和平年代后，部队又送父亲参加文化学习。1953 年父亲的部队到了贵州省，部队驻扎在黄平县九州镇，番号 0501 部队，父亲在一营四连七班服役。这是一处军事文化训练基地，父亲擅长单双杠，他一边学习文化课，一边兼做单双杠教官。1953 年 5 月在本部修完高级语文课程，经考试及格，同年 6 月份取得中国人民解放军文化修业证书，证书编号为"修字第四十九号"。父亲不愧是军人，练得一手笔力遒劲的钢笔字，写出的字就像部队操练的士兵一样排列有序，笔法功力飘逸，使我辈望尘莫及。修业结束回到部队后，父亲开始担任班长。

1956 年 8 月 27 日在贵州黄平县九州镇部队驻地，父亲光荣地加入了中国共产党，所任连长马有德、排长杨毅是他的入党介绍人。

1957 年 5 月父亲复员回到家乡。我们如今只能从照片上领略父亲当年的军人风采。这些看似普普通通而又非常珍贵的物件，记载了战争的残酷，记录了父亲的光荣，记忆了父亲为共和国做出的贡献。父亲从军十年，除了照片和四枚军功章，现唯一留下的就是"革命军人证明书""文化修业证书"和一本中国人民解放代表团赠的慰问手册。

虽说父亲没有赴朝参战，但他一直心系家国。记得我懂事后，父亲常说，每听到志愿军军歌"雄赳赳，气昂昂，跨过鸭绿江……"，就难忘那战火纷飞的岁月，一脸兴奋、激动和骄傲，似乎自己和战友们并肩战斗在抗美援朝前沿阵地，似乎回到了打蒋解放大西北的岁月，似乎再一次站到军旗前接受勋章和在党旗前宣誓。他总是乐观地说，战争中能从死人堆里爬出来的人，幸免殉国，就是幸运的。我每每倾听他的军事生活故事，眼睛总是湿润的，偶尔也溅出泪花。父亲——儿子为你骄傲！

1957 年响应祖国的号召，父亲转业回到家乡。敦厚诚实的父亲在家乡

劳动时,无意中说出在旧军队时看到(国民党残害百姓)的一件事情,未曾想这给他带来了以后的政治灾难。1966年"四清运动"大祸临头,批斗他的大字报铺天盖地而来,一堆大帽子扣在父亲的头顶,压得他喘不过气,批斗会一场接一场,父亲实在扛不过去,选择轻生未果。"四清运动"结束定案时,工作组草率地以对抗运动、态度不端正予以处理,开除了父亲的党籍。父亲的政治面貌被冤枉画上污点,给这个家庭,给我以后上学、参军都带来不可逾越的障碍,这是那个年代制造的悲剧,父亲和我只是众多受害者之一。

回顾父亲的军旅生涯,从旧军队到人民军队,以旧帽换新帽,头顶金灿灿的八一帽徽,胸戴人民解放军的胸章,在锣鼓声、鞭炮声、庄严的宣誓声中,把青春洒脱地裹进行囊,裹进那草绿色的军装,迈着坚实的步伐,走进了新军队的绿色军营。从此,他南征北战,毫无保留地奉献出自己的青春年华。

父亲至去世也未得到平反,政治上的阴霾伴随他度过了后半生。他生前嘱咐我:"亮娃,爸这点冤屈(被开除党籍)不算啥,比起战场上我那些牺牲的战友,活到今天已是我最大的幸运了。你们后辈也一样,要经得起挫折磨难,以后的路再曲折也要面对现实走下去。别说咱们这些小人物,九泉之下不是照样也有大人物的冤魂吗?"父亲朴实无华的肺腑之言令我铭记于心。在我以后政治生涯遇挫的那些年,父亲的这些谆谆教诲时时鞭策着我、教育着我、激励着我!

父亲的军旅生涯是平凡的也是辉煌的,父亲不愧为一名战争年代的合格军人,在我心中他也不愧为一名合格的共产党员。

一代军人的风骨和精神永垂不朽!

2013年1月26日于蓝田

金灿灿的军功章

　　父亲的四枚军功章,静静地躺在一只木匣子里沉寂了数年。据我了解,父亲在那苦闷年月,总会时不时地把它们拿出来"孤芳自赏",几枚军功章瞬间将他带回战火纷飞的峥嵘岁月。自从父亲去世后,这几枚勋章已成为家庭历史的辉映,其闪耀的光辉在后辈心中千秋永存,流光溢彩。

　　打小印象中隐隐约约见过父亲的军功章,出于好奇我还偷偷地从母亲木柜的小匣子里拿出来看过,又怕父亲责怪赶快放回原位。后来随着我年龄的增长,母亲的小木匣我再不能随意乱翻了。父亲逝世后,我曾经揣测,那几枚勋章会不会还在那个小木匣里。又猜想会不会父亲在政治生命低谷的那几年,一气之下把它们扔掉了。十几年后,直到2013年初秋整理家里的木柜时,意外地在母亲存放衣物的木柜里的一个小匣子中,找到了被几层红布包裹的军功章,自然令我欣喜。

　　四枚金光灿灿的军功章,两枚是1954年2月17日全国人民慰问人民解放军代表团所赠纪念章。这两枚军功章是镀金、珐琅材质,图案清晰,规格为42厘米见方。上面的图案是三个五角星重叠在一起,底层的五角星是金黄色,二层的五角星是米黄色,这两层五角星均喷射着万道霞光,重叠第

三层的五角星置于约五分人民币硬币大的圆圈内,圈内五角星依然是红色万丈光芒,五角星外圈内的底色是金黄色,五角星中心是北京天安门,五角星的两个下角是麦穗和一支冲锋枪。另两枚是1955年2月10日中华人民共和国铁道部赠"铁道卫士"纪念章。纪念章依然是镀金,珐琅材质,图案清晰,规格为37厘米×42厘米。圆形纪念章的中心是五角星,五角星内有火车、持枪战士。火车、持枪战士的周围就是太阳照射的霞光。纪念章的左面是万里长城,右面是麦穗,上面是八一军旗,下面是繁体字"中華人民共和國鐵道部贈"。

勋章对于一个从军十年,在战场上经过生与死的考验的人来说,就是无穷无尽的精神食粮,无价之宝。无论在何处何时,勋章就是生命中的精神力量源泉。

作者父亲的军功章

1954年全国人民慰问人民解放军代表团赠的"慰问手册",也成为父亲几十年来的日记本。从日记中可以看到父亲从1958—1964年元月曾组织本村民兵集训并担任教员,一组数字可以看到父亲的教官作用:1958年12月17—19日正式训练,参加训练的200人,打靶的193人,优秀11人,及格120人,不及格32人,总评占88.64%。

"四清运动"中,父亲在政治上受到了不公正的待遇,从此失去了用生命换来的中共党员的党籍。

对于一个有崇高信仰的人来讲,政治生命要比自己的生命还重要,在政治生命遇到红灯时,或许是这几枚纪念勋章挽救了父亲的生命,使他从精神萎靡不振之中解脱出来,寻找出人生况味,走完了七十一载人生。

父亲逝世后,据母亲讲,在"四清运动"中,父亲承受的压力很大,大字报、批判会接踵而来,家人不得安生。父亲的思想弯子转不过来,一时糊涂就想结束自己的生命。轻生获救后,他从墙上取下相框,望着当年他英姿潇洒持枪佩戴勋章与母亲、哥哥的合影,以及他与战友的合影,又从匣子里取出那几枚纪念勋章,捧在手里,眼睛湿润了。

父亲蒙冤的二十多年间,据母亲回忆,没有人开导父亲。他和过去相比,好像判若两人,变得沉默寡言,不论是在生产队集体劳动还是去街道人多的地方闲聊,只带耳朵不带嘴,轻易不说话。

勋章在那段日子里伴随着父亲,它或是父亲的治病良药、良师益友、宽心钥匙。它让父亲想起解放兰州时的"狗娃山"战斗,想起战场上震耳欲聋的枪炮声使自己落下了耳聋,想起驰骋疆场解放关中、大西北和他一

作者父母亲和哥哥的合影

起并肩战斗的战友都做了"狗娃山"的英魂,一个连队他是三个幸存者之一,能够死里逢生已经算是天大的幸运了。

父亲或许又想到,党旗、党徽,军旗、军徽都蕴含在纪念勋章里,几枚军功章就像当年部队里的政治指导员,给他做耐心细致的思想工作:你是一个革命军人,虽说你的组织生活被终止了,但只要你恪尽职守、遵守党章,你依旧还是一个合格的共产党员、光荣的革命退伍军人。

受到冤屈的父亲,对党籍的事或许想明白了,但是他的心中似乎还纠结一个问题,即那几枚勋章还有没有价值和意义,基层组织还认不认定他这个退伍军人? 纪念章可是他用献血和生命换来的,国家和人民还认可吗? 母亲曾说,父亲那些年每到大年初一就兴奋不已,早早起床在院子里徘徊,等待村里给军烈属和退伍军人拜年。因为在这个节骨眼上,虽不是中共党员了,军人为国舍命的军功还留在名簿里。

好在父亲退伍后数年间,直到 20 世纪 80 年代末,每年农历大年初一,大队(村委会)都会组织村民,敲锣打鼓到家门口慰问拜年,送蜡版刻印的慰问信,或年画,或挂历,使失去党籍的父亲得到了一些安慰。

或许,支撑父亲几十年生命的正是那些没有中断的春节拜年。光荣的历史以及基层组织的慰问信,事实上给了父亲满意的答案与精神愉悦。勋章或许是父亲的精神支柱,使他在痛苦中挺了过来,伴随他在农村生活环境中度过了后半生,走完了平凡的人生路!

我是父亲的儿子,从小在父亲身边长大,父亲的军功章也影响着我、激励着我、感染着我。我从心底羡慕、崇拜、敬仰父亲是一位战斗英雄。他的功绩是一代人的缩影,他是我人生的一面旗子、一面镜子,永远指引、照耀着我前进的路,激励我在跌落人生低谷时,仍然迎着困难往前冲!

家里珍藏的军功章,永远绽放着父亲叱咤风云的光辉!

2015 年 9 月 26 日于故居

娘留下的"宝物"

　　2007 年农历正月二十四,这是一个让家人悲痛欲绝的日子,娘告别了纷纷攘攘的世俗生活,八十一岁驾鹤成仙。娘一生奉行节俭,勤劳朴实。老家一些人或许认为,娘节俭了一辈子定会留下一些贵重财物。是的,娘的确给我们留下了价值连城的宝贝。当然,最让我遗憾的是娘没有留下她所剪的栩栩如生的各种花鸟人物窗花。

　　打开娘的木制柜子,层层叠叠,琳琅满目,摆放有序。四尺木柜里娘留下的物件有:

　　娘一生缝制全家大人、小孩的衣服时裁剪的衣服下脚料;

　　娘多年前用布条编制的蝴蝶纽扣;

　　1951 年 1 月 10 日颁发给娘的中苏友好协会(陕西)会员证;

　　装在竹筒里的 1952 年 1 月 20 日由蓝田县人民政府颁发的老家"土地房产所有证";

　　1953 年 4 月 12 日娘当选为蓝田县聚庆乡人民代表证书;

　　1953 年发行的一分、二分、五分纸币数张;

　　父亲转业前夕从贵州黄平县 0501 部队给娘的信件;

父亲1955年2月27日在兰州市给娘买的毛衣发票;

1955年7月至1956年6月30日的陕西通用四两粮票;

娘1956、1957年中共聚庆乡支部党费收据;

1957年4月20日国营贵阳金银饰品店18K发票一张;

1960年至1980年全国通用粮票数张;

1960年至1961年于蓝田县高堡中心商店批发店购买鸡蛋发票;

1964年12月21日从木材公司购买松椽的发票;

1965年至1968年父亲、哥哥焦岱集市贸易购买原木的纳税票据;

1966年至1969年从生产队年底分配中预支借款的借据;

20世纪60年代"文化大革命"时期的毛泽东纪念章;

1967年娘参加县党代会、人代会去粮站兑换粮票的介绍信;

1976年8月我参加工作后给娘的唯一的一封信件(只有信封);

1978年4月1日渭南地区商业局发给的"灯用煤油购油证";

陕西省1980年配发的布票;

陕西省1984年配发的棉花票;

1998年至2003年老家用电收据;

娘亲手用麦秆编织的针线篮子;

娘的二孙女、三孙女小时候穿过的鞋子、衣服和帽子;

娘的二孙女、三孙女从小学到初中阶段的学习奖状及日记本;

娘的二孙女、三孙女工作后给她买的从未穿的新鞋、新衣服。

碎布情思:鼓鼓囊囊一包袱裁剪衣服剩下的边角料,从大人到小孩都有,从这里折射出娘一生的细心、勤劳、节俭。娘说过:"裁剪衣服的下脚料都要留着,以后裤边、上衣领子破了缝缝补补用得上,少了这些原色原布用其他颜色布料代替就不好看了。"到如今我在老家干活,依旧穿娘用布块缝补的20世纪70年代刚兴起的尼龙袜,脚后跟垫上布块,用针线密密麻麻缝着,穿起来很结实。那些年我穿的衬衣领破了,娘就把衬衣领拆下来,里面

翻过来重新缝制后,就和新的一样。再破了就给领子上垫缝一层布,依旧可以穿。

她老人家的线衣线裤也不知道缀了多少布丁,比我的衣服缀的补丁还要多。晚年娘怕家人说她过于节俭,还悄悄把洗了的衣服晾晒在后院偏僻处。

娴熟聪慧:过去在农村,不管男式的对襟衣服或是女式的偏式腋下左侧扣子衣服(掩襟),纽扣一般都是用同等衣服的下脚料来编制的。娘当年自学裁剪,编制的蝴蝶纽扣,放到如今堪称工艺品,足见娘心灵手巧。她不但给家里的大人小孩裁剪衣服,还服务于村里的邻居乡友。不管春夏秋衣,或是棉衣棉裤,她都能根据布料,合理利用,裁剪出合体的衣服,并根据衣服款式手编纽扣,众人称她为"贤惠聪明人"。

巾帼楷模:中华人民共和国成立初期,思想潮流进步的娘就是中苏友好协会会员。时隔六十多载,1951年11月10日签发给娘的中苏友好会员证如今如新,蓝颜色的字迹依然清晰可辨,蓝色印章"陕西中苏友好协会"十分醒目。会员证为三折六页面,印刷字体为浅蓝色,长18厘米,宽8.5厘米。首页写着"中苏友好协会(陕西省)会员证",中间的红旗上有毛泽东主席和斯大林的画像。封面的中间一页是"会员使用规则",最后一页是"本会宗旨"及"会员权利与义务",均是繁体字。证件内页的第一页手写证件持有人的姓名、年龄、籍贯、性别、职业和会员证号码及发证日期,编号为7274,下边是"会员入会志愿书"和粘贴照片处。内页的第二页为会员转移登记,第三页为缴纳会费记录。

中华人民共和国刚建立时,思想觉悟激进的女青年,尤其是在农村妇女阶层,凤毛麟角。娘受外公的进步思想影响,极早地就投入到如火如荼的宣传中苏友谊关系的活动中,号召村民积极学习苏联强国经验,在提高民众建设富强国家的爱国热情方面做了很多工作。这张会员证,作为历史的见证,说明娘也是中苏友好启蒙宣传的拓荒人之一,这是娘的荣誉和最大的骄傲。

煞费苦心：老家的房屋在双亲亲自盖房前，破旧阴暗潮湿，屋顶能数星星，墙基返潮有霉点。尤其是1965年前的旧屋，可以说到处找不到一处干燥之地，要保管好"土地房产所有证"实在难为娘了。娘为了保存"土地房产所有证"可谓煞费苦心，她将一段63厘米长、直径4厘米的竹子中间两节捅开，后将土地房产所有证装在竹筒里，一端口用布块堵严，至今保存完好。

荣满乡邻：20世纪50年代初到80年代末，娘一直都是社、县历届党代表和人大代表，这与娘的认真、执着、负责、奉献精神密不可分。据我所知，20世纪六七十年代，她白天照常参加集体劳动，晚上又要参加村党支部会或大队的一些会议。那时街道到家里有一段四尺多宽七八十米长的黑胡同，尤其三合院宅子前树林荫翳。我曾问过娘："妈妈，都说晚上有神鬼，您晚上回家怕不怕？"娘说："都说有神鬼，可妈晚上从来不害怕。人只要不做亏心事，心正压百邪，晚上就不怕身后鬼跟踪。"

勤俭持家：1953年发行的一分、二分、五分纸币，在如今看来不值一提，并不值钱，甚至掉在地上也无人捡拾。可在当时它们可不是小额钱，一斤鸡蛋六角二分，娘理财有方，省吃俭用积攒了那么多的纸币，令人赞叹。五分纸币在20世纪60年代时基本就可以买一个小鸡蛋哩。从小我记得，娘不是贪吃的人，不为口福，不是馋嘴。有句话："聚财好比针挑土，败家犹如水推沙。"如果她是爱吃爱喝只顾自己的那种人，也不会积攒下这么多纸币，另一面折射出娘是一个未雨绸缪、精打细算、会过日子的聚财人。

小时候，娘的一句话就在我耳边萦绕："吃不穷，穿不穷，计划不到一世穷。"粮票在20世纪50年代，直到90年代都是购买米面的紧俏凭证，在家里生活不受影响的情况下，娘花钱很节俭。还有一点，娘轻易不串门，这就少了和谁家攀比吃喝的事。勤劳节俭就是唯一的理家之本，她不会从指甲缝里浪费一两粮票。那些年娘从牙缝里挤出来留存了这么多粮票，尽管后来粮票废止了，但是娘的勤俭持家之道和人无远虑必有近忧的理家观念还是值得后辈肯定和学习的。

和谐称呼：父亲 1954 年从贵州黄平县 0501 部队邮寄给娘一封信，从父亲信封上称娘为"同志"就可见在中华人民共和国成立初期，社会风气、党

作者父亲 1954 年邮寄给作者母亲的信函的信封

内风气之良好纯净。人与人之间的关系，若夫妻均是党员，党内一律以同志惯称，和如今的直呼官衔和夫妻之间的亲昵称谓相比，过去的一声"同志"道出了人间的真情和冷暖，反倒给人一种清新自然平实独到之亲切。

军魂铸就：军营是一个大熔炉，加入中国人民解放军后，父亲洗心革面，摒弃了过去的陋习，已经知道顾家。他把部队每月发的微薄津贴，一点一点积攒起来，在兰州给娘买了平生最奢侈的一件深绿色的毛衣，价值 400200 元（相当于 1955 年人民币 40.20 元），这在当时已经算得上是昂贵的物品了。

在我的记忆中，那件毛衣的确让众人羡慕，娘平时当然舍不得穿，只有去亲戚家或参加重要会议才换上，这件毛衣直到娘离世前半个多世纪，色泽质感还依旧完好如初。娘知道这件毛衣价格不便宜，除了穿戴仔细外，又将毛衣的下摆及袖口边沿用布料裹起来，所以娘穿了四十多年，毛衣依然如新。

恪守誓言：中华人民共和国成立初期在农村入党，那可是非常光荣的事。党员及时缴纳党费也当然是一个党员必须履行的义务。在困难的年月对于娘来说，每季度缴纳少则 0.75 元、多则 1.50 元的党费已经是家庭的一项不小的额外开支了。然而据娘保存下来的收据证明，娘都是在每个季度

中按时缴纳党费的,娘不愧是遵守党员义务的模范。

略表心意:父亲1957年转业前,在贵州给娘买了一只0.1克的手镯,价值10.80元。这个手镯娘一生都放在柜子里。直到病危时才让家人给她老人家戴上胳膊腕,我问娘这些年为何不戴,她说:"整天和锅碗瓢盆、馒头铁锹打交道,磕磕碰碰,劳动人民戴那些金银首饰不合适,这个就到我老了不能动了再戴。虽说我一辈子不爱金银首饰和穿红戴绿,可这毕竟是你爸回谢我在家苦撑十年的一分心意,值不值钱,我只能乐意收下了,作为我唯一的一件值钱首饰保存着。"

艰难岁月:国家三年自然灾害后期,物资匮乏不言而喻,鸡蛋凭票供应,要吃鸡蛋可不是容易的事。从娘保存的购买鸡蛋的发票中看,鸡蛋每斤的价钱为0.62、0.84元。中华人民共和国成立初期,计量单位1斤是16两,娘买鸡蛋保存的发票有四张,最少的一张票只买了8两(半斤),单价是每斤0.62元;最多的一次买了15两,价格为0.58元。

据我回忆,在鸡蛋稀缺的日子里,我刚刚上小学,娘买回鸡蛋后,除了偶尔给大锅饭里打个蛋花,其余的鸡蛋都给我吃了。娘用筷子在油瓶里蘸一点棉花籽油,放在长柄铁勺里,然后在灶膛柴火上炒鸡蛋。至今我一直喜欢吃"铁勺炒鸡蛋",每每回忆起那个味道,我总觉得,人生中最香、最美、最传统的美味莫过于娘的"铁勺炒鸡蛋"了。

丰碑永存:老家1965年新建的大瓦房,在方圆数十里屈指可数,因为椽头像檩,房屋高大气派。这些丈五椽是仰仗父亲军人转业证的荣光才买到的。娘是一个心细如发的人,买椽的发票一直在木匣里妥善保存了四十多年,发票上的字迹如今还清晰依旧。今天,在我们后辈看来,曾经的大房椽头如檩已经成为记忆中的往事,但这些当初购买松椽的发票仍然有它的历史意义和价值。透过这两张发票,我们看到的是父辈、哥哥为盖房而吃苦耐劳的精神,以及为此行走的捐椽身影。

特殊票据:"文化大革命"后期那几年,父亲、哥哥为了维持小家的生

活,只得偷偷去焦岱集市买原木,大点的再掮到引镇卖掉,小的木头,哥哥在家锯解成料,再做成凳子、木柜之类变卖。有了之前的教训,娘懂得了一些法规知识,为了防人陷害举报偷税漏税,娘把一些纳税的完税票据都保存了下来。如今看来这几张税收票据已经失去现实意义。但是,在我心里,仿佛看到父亲、哥哥躬身掮木材的胆怯身影,看到他俩担心市管会人员(集贸市场管理)没收木材或面对税务人员查票补税而受惊的面孔,看到哥哥夜以继日地拉锯凿木,看到娘起早为赶集的父亲、哥哥做饭的身影影影绰绰。

清贫年代:"文化大革命"期间,家庭受父亲政治上的阴霾所影响,各个方面处境十分被动。同时经济上也陷入了捉襟见肘之境,一张张父亲、母亲、哥哥填写的借款欠条,从 1966 年 9 月 29 日到 1969 年 12 月 18 日共有八张之多,共借款 103.00 元。那时借款,要经队委会、贫协会和生产队长三方审批,足见财务制度的健全程度。有几张借条都是借款三元,可见当年家里经济拮据、生活困窘,父亲、娘为三元钱都要踏进几家干部的门槛,好说歹说道家底,才换得了审批签字。

纪念像章:"文化大革命"中发行的毛泽东纪念像章,娘保存了几枚。几枚像章使人联想到那个时代群众的信仰、信念、理想和对党的领袖人物毋庸置疑的那份虔诚。不免让人怀念 20 世纪六七十年代农村干部的良好作风。干部多了一份秉公办事,多了一份群众监督,多了一份体恤民情。

有一张 1970 年 4 月 22 日的贷款申请是我代写的:"最高指示,备战,备荒,为人民。汤峪信用部聚庆三大队分站负责同志:兹有四队社员黄世民家因生活困难无法解决,特申请贷款二十元整。祝毛主席万寿无疆!"如今我手持借条,百感交集,此时此刻仿佛又把我带进那个困难的年月,虽苦犹甜,追忆无渊。

通用粮票:粮票分为本省粮票和全国通用粮票。1955 年 9 月开始启用,直到 1993 年粮油实现敞开供应,粮票从那以后再无用武之地,被正式宣告停止使用,中国长达近 40 年的"票证经济"就此落幕,老百姓再也不用为找

不到粮票发愁了。可娘保留的一纸她1967年参加县党代会、人代会去粮站兑换粮票的介绍信，瞬间将我的思绪拉到了那个为粮票而犯愁的年月。那是我刚参加工作那几年，属于亦工亦农干部（也称副业工）税收专管员，初参加工作就被分配到蓝田县华胥公社财政组。当时我的户口还在农村，我下队吃饭要给群众粮票，粮票令人犯难，几年间我多次骑自行车去渭北高陵、临潼零口买玉米，再去粮站找熟人换成粮票。娘知道后，劝我不要再骑自行车去那么远的地方买玉米了，她说："穷家富路，你在外，娘在家省吃俭用尽量不用粮票，给住队干部管饭收的粮票，还有我每年去县、社开会粮站按规定换的粮票尽量都给你攒着。"而今手捧这些金子般贵重的粮票，泪洒心间，血浓于水，亲情之恩，至深似海！

唯一信件：1976年8月中旬，母亲为参加工作的我缝制了新被褥、床单，依依不舍地将我送到洪家寨十字开往蓝田的汽车上。车走远了，我透过车窗看见娘一直木讷地站在原地遥望着渐行渐远的汽车，十分伤感，眼泪夺眶而出。我到了县城县委招待所报道后，开始了一星期的集中培训，培训结束后，我被分配到蓝田县华胥公社财政组。那年7月唐山发生强烈地震，一段时间全国都在预防余震。家距我工作的公社直线不到40公里，想来家中的娘一定很牵挂我。屈指算来整整四十年了，我真不知道当年是否给娘写过问安信。据娘留存下来的信封，信封上邮戳显示为1977年6月2日，在我印象里算是我给娘写的唯一一封信吧。娘一直将这一落款印有"蓝田县华胥人民公社"字样的信封保存着，其含义唯有娘知道。

暖暖油灯：现在说煤油灯或许好多年轻人不晓得，娘的一本"灯用煤油购油证"又使我不免回忆逝去的年月。20世纪70年代末，尽管农村逐步有了电灯，但是电量不足，煤油依然是农村必备之物。在那个物资匮乏的年代里，一盏玻璃罩子灯，就算是人们奢望的灯具了。一只小墨水瓶子，盖子上穿一个三毫米的小孔，再用棉花做成一个灯捻，就是农家很节约的一盏油灯。即使如此，娘和妻子还是舍不得点亮，她们都是尽量在合适的季节利用

明朗的月光摇车纺线。这点点滴滴暖暖灯辉成为家族节俭的典范和明灯，照耀着后辈的生活及理家之路。

寸布恩泽：家乡在20世纪80年代去供销社买布仍然使用布票。娘的木匣子里还有一些小面值布票，刹那间我的思绪回到了二十多年前的1984年的夏天。那天，乌云密布，大雨滂沱，道路泥泞。娘为了给她即将上小学一年级的二孙女缝制一身新衣服，步行十里路去高堡供销社扯布。家里人说，村里供销社聚庆分站也有花布，就不要跑那么远了。可娘说："高堡是大供销社，也许布匹的花样多，就多走几步路去那儿买吧。"待娘返回途中，天上下起了大雨，娘浑身湿透，拖着沉重的泥鞋回到家里，可她苍老的脸上依然挂着满意的笑容，因为她买到了称心如意的花布。娘这次买布搭上了陕西布票使用的末班车，所以布票所剩无几。

情暖心间：娘留存下来的几张"陕西省1984年棉花票"未曾使用，想必20世纪70年代配发的棉花票早已购买了棉花，成为我的新棉袄和参加工作时暖融融的褥子了。时间追溯到1970年，我中学毕业当天就加入了修建"汤峪水库"的水利工程建设中。冬天汤峪峪口山风呼啸，冰天雪地，冷风刺骨。我那时已是"汤峪营部"架子车的管理员。第一次冬天离开娘，娘心疼我。于是她用自己舍不得用的"棉花票"去买了新棉花，为我缝制了一件合体的新棉袄，并亲自送到了水库工地。我穿着很暖和，脸上总是红扑扑的。或许是棉袄过于厚，太保暖了，整个冬天我的眼角一直上火。1976年我参加工作临行前，娘又给我缝制了一床厚腾腾的褥子。可在家一贯节俭的娘和父亲，用的还是父亲当年转业时带回来的棉被，有的棉被里面的棉絮已经不知道用了多久，没有一点弹性，冬天盖在身上很沉重，哪有一点暖意啊！他们的冬天就是这样年复一年凑合过来，省下的棉花票买回的新棉絮全给我用了。

节电典范：一个用过煤油灯的老人，她会更珍惜电力资源。娘的视力比较好，节能俭朴伴随着她的一生。生活记忆中，我记得在煤油灯年代，娘在

灶台做晚饭,有月亮时,她会利用月亮的光泽不点灯,没有月亮时,不到天特别黑,她不会掌灯;直到20世纪70年代,家里已经用上电灯,可是娘依旧不轻易浪费一点电力资源。尤其1997年后她一个人在老家居住,节电更是到了极点,最少的一个月用电1度,电费0.57元。为了节约电费,娘在天黑前就早早上床休息了,人到老来瞌睡少本是常理,可是一个"节"字约束着娘晚上不看电视,起夜也不开灯,摸着去。我们曾回家劝过她,该用就用,不浪费就行,怎么起夜不开灯呢? 她说:"没事,家里这些地方,我闭着眼睛也能找到,能不开灯尽量不开灯。"

麦秆篮子:娘有一个手编的"麦秆篮子",直径约35厘米,底大口小。编麦秆篮子前,必须先将麦秆在水里浸泡软,再整理顺,然后就像编笼一样做一个底。底层以上就和编笼编法不一样了,一层层、一圈圈,底层与上层错落编织,篮子的上部收边也和笼不同,做好后就是一个难能可贵的手工艺品。使我意想不到的是这个工艺品竟然出于吾娘之手,娘是一个心灵手巧之人,处处留心皆学问,她一看就懂,一学就会。娘平时就在麦秆篮子里面放着随手用的针线板、顶针、纽扣、小布块、松紧带等常用的杂物。

留物念旧:娘生前留下两个四尺木柜,我整理后觉得可以保留的物品至今还是放置了满满一柜子。柜子里面有娘洗净晾干叠好、整整齐齐保存堆放的她两个孙女小时候穿过的鞋帽、冬装、小裙裙、春秋装、夏天凉帽、冬天手套、小布块拼缝的图案书包……

娘是一个感情细腻丰富的人,她为什么要保留这些衣物呢? 我猜想,这木柜就像娘身上的中枢神经,这叠放在柜子角落里的衣物仿佛就是她体内的每一个细胞。当她揭开木柜,每一个细胞都在血液里加速流动,给她老人家带来不可估量的愉快和感受。这木柜就像娘的一双明亮眼睛,这木柜里孙女曾用过的物品,仿佛就是孩子天真的笑脸,当她揭开木柜,活泼的笑容都会注视着她,给她老人家送来不可估量的宽慰和福音。

魔力秘籍:娘的长寿秘诀或在于"魔力奖状"。父亲去世后,娘一个人

在老家生活了十个春秋,这十年说孤独并不孤独,这十年道寂寞并不寂寞。因为堂屋墙上每年都会添加娘两个孙女的学习奖状,以及她晓得的成绩通知书,这些奖状日夜伴随着娘,如同孙女伴在身边。二十三个奖状,贯穿着娘二孙女、三孙女小学到初中的成长过程。娘的心似一根金线,时常串起这二十三颗金光闪闪的明珠,这才是娘老年精神矍铄的源泉和动力。

喜新恋旧:娘操持家务一辈子,不是今天吃饱不管明天饥饱的人。就拿做饭烧柴来说,就我知道,每年玉米秆下来就堆放在大房南边大墙下,这是农家烧锅必备之物,直到第二年接上新玉米秆,旧秆还烧不完。新的玉米秆好烧锅做饭,可娘还是把那些淋雨烂掉的旧秆晒了再烧,淋湿再晒。我曾经说过:"妈呀,你是好柴放着不烧锅!用那些干嘛?"她说:"娃呀,柴哪儿有多的,总不能把这些旧柴拉走倒掉吧!"

一堆烂玉米秆娘舍不得扔掉,生活中的衣物穿戴娘也是格外仔细。娘的两个孙女工作后,几年间给她买了好多时兴的鞋子、轻薄保暖裤和上衣,娘试穿这些衣物,挺舒服,也合身,高兴得合不拢嘴。可这些被她认为是要珍惜的衣服,只能留给逢年过节或走亲戚时穿一穿,回来还是依旧换上她自己缝制的衣服。我理解娘,不是她不懂得享受,这是她生活中的节俭习惯,更是娘的一种美德体现。

娘给我们留下的不是白银,远比白银更纯;不是黄金,远比黄金更珍贵。穿过八十一年的历史时空,娘保存的物件,点点滴滴都是撩拨追思的起源,生动中蕴含着伟大的、高贵的人格魅力和精神,这种高品位的道德风范会在故乡的家园里流传,从而成为后辈们效仿敬仰先辈的光辉典范,这个接力棒应该一代一代传下去。

2015 年 10 月 5 日于故居

▌一把油纸伞

油纸伞集合了濒临失传的手工艺,古典华丽,精致唯美,是一件高雅的艺术品。家里母亲收藏了一把油纸伞,收着的是一种思念,小时候,它曾经为我遮风挡雨,母亲收藏它寓意深邃。

20 世纪四五十年代,油纸伞制作、使用达到了鼎盛时期。到了六七十年代,随着市场上出现钢制骨架的晴雨两用伞,这种油纸伞逐渐被淘汰。家里仅存的一把油纸伞,想必就是四五十年代的产物,虽然已破烂不堪,却一直被两代人悉心收藏着。

在父母亲1965 年盖的大房后门门转边,曾经靠着一把不能再用的破烂油纸伞。母亲在世时,每年年前扫刷整理屋里,拿起这把伞依旧又会放回原位,直至母亲病故,油纸伞一直放在大房后门门转旮儿。

2010 年要拆除父母盖的房屋时,这把不能再用的油纸伞被我拿在手里掂量再三,父亲伟大的形象和母亲年轻时婀娜的姿影又仿佛出现在我眼前。瞧着昔日的雨伞,我的眼睛模糊了,很多年前的恩情眷顾浮上心来,我依然又将它放在了如今的车库门后。

母亲不愿意扔掉这把雨伞,或有她老人家的念想,这把油纸伞伴随着她

走过了青年时期。20世纪50年代初全国掀起了声势浩大的"抗美援朝、保家卫国"运动,母亲积极响应党和政府的号召,挨家挨户,动员人民群众支援前线。老家乡下出现了广大青年积极踊跃报名参军、母亲送儿子、妻子送丈夫、兄弟争相入伍的动人情景。风里来雨里去,这把雨伞是母亲的唯一雨具,母亲对这把伞的深厚感情或许源于此吧!

母亲的"伞情"我能理解,这把雨伞伴随她老人家走过了人生的辉煌时期。1952年入党后,母亲担任过聚光乡乡长,担任过吴村庙法庭"陪审员",担任过本行政村历届村妇女主任,担任过数年县、乡党代表、人大代表。

我不忍心扔弃这把油纸伞,是因为记忆中父亲、母亲的点点滴滴令我难以忘怀。我幼年时,母亲常年风里来雨里去开会,这是家里唯一的一把油纸伞,也是我和母亲唯一的遮风挡雨的雨具了。母亲常常一只胳膊抱着我,一只手撑着雨伞,迎着风雨,跋涉在泥泞的乡间路上;而在冬天,母亲用油纸伞遮挡着飘舞的雪花,小心翼翼一步一步地赶赴"黄家台台"乡公所开会。

记得1961年9月到了我入学报名那天,雨季中母亲依旧撑着这把雨伞领我去报名,原乡公所办公旧址的几间房屋就是我们的学校,用泥台垒起来一个个简陋的桌凳。就是这把雨伞送我第一次踏进了文化知识的门槛,开始学习启蒙教育的"b、p、m、f……"。这把雨伞又使我想起了小学一、二年级时父亲雨天送我上学的画面,大雨中,父亲牵着我的手,把有窟窿的一边转向自己,把好伞的一边放在我的头顶,雨伞尽量偏向我,等到了学校,父亲的衣服已经淋湿了。我站在屋檐下望着转身回去的父亲,心里有说不出的感动,这刻骨铭心的父子情我怎能忘记啊!

我喜欢追忆往事,追忆往事总能给情感画卷涂上绚丽的色彩。中国有句古语:"百善孝为先。"孝敬长辈、父母是衡量一个人美德的第一要素,一个人如果都不知道知恩图报孝敬父母,就很难想象他会有仁爱之心和博爱之情。

话说晚辈孝敬父母天经地义,想起一个远古的故事:

　　"古时,子路,春秋末鲁国人。在孔子的弟子中以政事著称。尤其以勇敢闻名。但子路小的时候家里很穷,长年靠吃粗粮野菜等度日。有一次,年老的父母想吃米饭,可是家里一点米也没有,怎么办?子路想到要是翻过几道山到亲戚家借点米,不就可以满足父母的这点要求了吗?

　　于是,小小的子路翻山越岭走了十几里路,从亲戚家背回了一小袋米,看到父母吃上了香喷喷的米饭,子路忘记了疲劳。邻居们都夸子路是一个勇敢孝顺的好孩子。"

　　每每看见这把破烂油纸伞,平静的心海便会荡起涟漪。这把油纸伞会使我追亲思旧,会使我浮想联翩忆当年,冥冥中回忆父亲吃苦耐劳敢为孺子牛的精神,受用一生;冥冥中回忆母亲一生勤劳辛苦秉承节俭,贤能智慧吾辈敬仰。存下这把伞,冥冥遥想忆春月,常常慎思笃己行。

　　这把雨伞于我有生之年留家中,这把雨伞中凝结的父情母爱我将永记心中!

2015 年 10 月 11 日于故居

珍贵的人大代表证

　　将一张 1953 年繁体字的"聚庆乡"人民代表大会代表证摊开,母亲的名字赫然列于纸上,让我敬佩不已。虽然代表证纸质已经泛黄,但韧度较好,毛笔楷体清晰飘逸,58 个墨迹,字字掷地有声,如同 58 个音韵奏出一曲美妙的旋律,在亘古的秦岭脚下、在汤峪河畔的聚庆村故居萦绕,在我的心中荡漾⋯⋯

　　我在老家整理木柜时,偶然看到一个长 30 厘米、宽 15 厘米的小木匣子,从外表观察它很不起眼。仔细端详,却有一些木工技艺。匣子四壁木板又薄又光,厚度不过 6 毫米,在距两个长块板的上沿六七毫米处,左右各拉有一个 4 毫米的槽,一块薄板穿进木凹槽,就是一个抽屉匣盖。

　　母亲健在时,没有念叨过这个小匣子里都有啥,她想儿女们也许都希望在自家的房屋墙角下挖出一罐"袁大头"、金银首饰、古玩一类的,谁还关注她的那些一文不值的纸片呢?

　　我小心翼翼抽开匣盖子,信手翻阅,令我惊讶的是,满满一匣子装的都是母亲生活中的酸甜苦辣;装的是母亲青年时期在基层工作,为理想而奋斗的灿烂云霞;装的是母亲一颗向着党的红心;装的是母亲人生阅历的

指南针……

那天发现的这个小匣子，正是母亲留给我的一份特别家产。我放下手中的活计，聚精会神地一整天都埋头沉浸在一摞摞纸片里，一边整理，一边回味，一边细思。母亲留下的匣子，不是杂物，是金银；不是纸张，是财富；不是真经，是至宝。这些历史文字、数字让我从中获益匪浅，受用一生。

母亲这个木匣子，简直就是一个"百宝箱"。待我把里面的物件一一摆在床上，琳琅满目，有 1951 年中苏友好会员证、1955 年陕西省通用粮票、1955 年兰州市商座发货票、1957 年 4 月 20 日国营贵阳金银饰品店发货票、1960—1961 年高堡中心商店购买鸡蛋发票、1964 年 12 月 21 日蓝田木材公司开具的松木椽购买发票、1978 年 4 月 1 日渭南地区商业局"灯用煤油购油证"、母亲参加中共汤峪镇第十次代表大会代表证……一张 1953 年母亲当选县人大代表的证书，虽布满褶皱，但使我眼前豁然一亮，这普通的证书熠熠生辉，幻觉中母亲姗姗向我走来，我急忙搀扶母亲坐下与我一起欣赏……

摆放了一床的件件物品让我情难自抑：世界上什么样的路最漫长？是心路；世界上什么样的路最短促？是心路；世界上什么样的路最艰难？依然是心路。此刻，眼前看到的不再是一件件物品，而是母亲一生艰苦辛劳、朴实无华的缩影。

大舅曾告诉我有关母亲的一些轶事。1949 年（民国三十八年）春雷一声震天响，中国人民解放军解放了西安，二十二岁的母亲在外公的政治思想影响下，积极参加农民协会，全身心投入到基层工作中，成为作风正派、思想纯洁、工作积极的新青年，成为当地农村有一定影响力的青年典范。基层工作千头万绪，母亲挨家挨户动员群众、发动群众，宣传贯彻党的各项方针政策，深受群众信任和爱戴。由于工作扎实肯干、热情高，成绩显著，群众口碑好，1953 年她被推选为县人民代表（1953 年颁布的《选举法》规定，人民代表只在乡镇和市辖区实行直接选举），从那以后母亲多次参加县级人民代表大会和乡、镇党代会。

捧着这张母亲1953年的人民代表当选证，思绪万千，刹那间我仿佛回到幼年，50多年前的幻影幻觉浮现在眼前，美好幸福的时光定格在半个世纪前，这个朦胧难忘的记忆一直在我人生的长河里流淌……

作者母亲1953年当选县人民代表证书

小时候母亲带我到县上参加过一次会议，大约是1958年，那时我刚满四岁。如今脑子模糊地记得母亲一个人领着我，带着铺盖卷翻塬越岭，我走不动了，她还得抱着我。在乡间偏远崎岖的小路上行走了一天，于天黑前才赶到县里开会报到处。吃饭时母亲凭饭票只能打一份饭菜，饭菜好像是烩菜和白面馍。每吨饭菜母亲都先给我吃饱，剩下的她再吃。母亲在旁边看着我吃得津津有味，问道："亮娃，好吃吗？"我幸福地点点头："比咱家饭好吃，妈，你也吃。"母亲摇摇头："妈不饿，你先吃。"母亲待我吃饱后，再拿出我们来时她备的黑馍，就着剩下的饭菜一块儿吃。

那时与会的女代表在一个礼堂里休息，好大好大的通铺，青砖地面，地面铺着厚厚的麦草，靠边有一个大圆木挡住麦草，这就是母亲和婶婶阿姨们开会期间住的床铺了（当时参加会议的代表们都是自带被褥）。

抖落出这张人大代表证，我钦佩母亲的坚强、伟大、执着。父亲1948年离家后的几年间杳无音信，母亲把全部精力和心思都奉献给了家庭和农村基层工作。她起早贪黑，挨家串户通知会议，不避风雨地工作，从不落伍。

我懂事以后,好奇地问母亲:"您晚上开完会回家害怕吗? 人都说夜深有神鬼。"母亲爽朗幽默地说:"妈身上火气旺,神鬼不敢靠近我。"似乎母亲心中燃烧着一团烈火,这就是革命事业,这就是母亲一生不怕鬼神的精神力量!

一张普普通通的人民代表证,看似平平淡淡、毫不起眼,可它蕴含的精神财富却难以估量。我为母亲光荣的历史而骄傲,为母亲一生孜孜不倦为党工作的精神而自豪。她纯净的心灵清澈透亮,她不谋私利,默默奉献,在基层为党孜孜不倦工作将近 60 年,风雨无阻,无怨无悔。她用勤劳的双手在这块土地上辛勤耕耘,日复一日,年复一年。这山,这水,这岭,这塬,这沟壑,这村寨,这小巷,都留下了她老人家的足迹……

历史不强求每一代人都牢记前辈们的事迹,历史不强迫每一个人都去奉献青春和生命,但历史会证明前辈走的路是一条光明的坦途,前辈光彩绚丽的精神境界定会影响后来人!

一张"人大"代表证,每每会串联起母亲无私奉献的一生!

2013 年 1 月 29 日于蓝田

祭母文

惟庚寅正月廿四,于先灵尊前,凭吊慈母,仁爱双馨。猝不及料,溘然病故,惶惶然已三载,音容依存,频频梦绕连连。哀母悲恸,抒以缅怀,予以追叙。诞辰丁卯二月廿一,寿寝丁亥正月廿四,福祉享年,八十一岁。

青年时期,吾母追求信仰,投身革命,年方廿五,加入中共。自始而终,五十五年党龄,光彩绚丽,颇获殊荣,社县两代会,誉满邻村乡。任聚光乡长,妇女干部,足迹遍布浐灞。于是乎,方圆数里,擅于乡里,调解民间纠葛,兼法庭陪审,不偏倚不徇情,处事公道众好评。数年间,虽有功而自省,虽德高而自律。心中常有一把尺,手中常捏一杆秤,明是非方向明。忠党不逾,恪守党章国法,铭记入党誓言,维护党员形象。为信仰,巾帼不让须眉,践行虔诚;为工作,不畏严寒酷暑,日复月载;为妇界,奔走乡里,宣传新婚法,动员适龄女,废封建思想,扬进步思潮。缅怀吾母,曾数年,勤勉不懈,且为公,默默奉献亦不倦;为国家为群众,虽无名终不悔。永葆崇高信念,九泉含笑荣幸矣。

树高焉耸,风轻焉微。吾母风高,贵在温柔贤惠。心胸宽广,善待亲朋乡友,和睦相处,远离是非,淡定一生。治家理家,六十三载,亦苦亦甜。吾

父从军,吾母时年廿一,操持家务,里外不辍。言传身教,侍奉卧床吾辈曾母,照顾眼疾失明吾叔父,手牵幼童之吾兄,煎熬备至。奈福不双来,祸不单至,曾母归天,灵柩在堂,无人送葬数月森堂。值此境强人必怀,莫刚定处,不敢思翌日怎渡,惊恐怎当。

缅怀吾母,心灵手巧,借明月纺线,挑油灯织布,三更就寝,五更又起,备尝人间苦衷。农忙季节,辛劳田间地头,插秧扶犁,麦场堆垛碾打,筛子簸箕,亦用娴熟。勤俭持家,艰苦朴素,日食三餐,吾母下厨,粗茶淡饭,亦美味可口。偶酿酒酿醋,香气四溢。面做行礼花馍,十二属相,栩栩如生。吾母节俭,为我榜样,床单衣裳,缀满补丁。滴水不舍,浇灌蔬菜。教育晚辈,端正品行,谦虚慎行,勿骄勿躁受用矣。

惟母一生,经历坎坷。九十年代,厄运迭生。数年之间,父叔兄妻四人,相继病魔夺命,乌云漫家园,家道剧震裂,大厦岌危矣。千钧磨难,吾母力挽狂澜,尽力助我,提神振兴。虽花甲,亦刚毅处惊不乱。全家人,齐心力,路漫兮越沼泽,煎熬兮挺劫难。然,雾散日出,吾母老年得福,谁与齐名矣。

惟母性情温和,然,生活于农家,堪称贤妻良母;亦品德高尚,堪称女强典范;故吾母一生,戒污言之秽语;忆吾年少淘气,始未谩骂吾辈。吾母上尊于长者,下疼爱于晚辈。众口碑,德高望重,莫非漫言。母八十高龄,精神矍铄,耳聪目明。遇夏日,头戴草帽,肩扛锄头;遇冬日,一把扫帚清积雪,铁铲铁锹堆雪人。惟母:恩德似泰山,亲情如东海。备数吾母身后银两,精神硕果留万贯,相传不怠矣。追忆吾母,当祭庚寅,时序春寒,敬酹薄酒,以表深情。呜呼哀哉!愿吾母天穹乐游!

拙子亮娃　作于母亲三周年

暖暖家园

　　家园是每个人生命的摇篮。这里有温馨的农家寒舍，这里有独具匠心的花果菜园，这里有纵横驰骋的遐想意境，这里有由爱而生的暖暖家园。不管你走遍天南地北，走出多远，这里永远都是你留恋的家、你的归宿，是让你遥望、倚靠，为你遮风挡雨安抚心灵的港湾！

家园又添"一棵苗"

一

"这棵幼苗儿,长大一定会有出息!"人们见到你时,总会这样说。你的乳名叫琪琪,我们亲昵地唤你——小琪琪。

公元 2011 年 10 月 10 日(农历九月十四日),一个新的生命诞生于上海浦东。第一声啼哭、第一次微笑,都给这个家庭带来无限的喜悦。一个"小不点"就像一束冬天里跳动的火苗,燃烧在这个家里,温暖着爷爷奶奶、爸爸妈妈的心。平静、古板的家庭生活被你打乱了,你,一个小公主,成了家庭的最高"司令员",一家大人都得察言观色地围着你团团转,个个喜在眉梢、乐在心间!

你哟——小琪琪,白皙的皮肤,圆乎乎的脑袋,俨然一副瓷娃娃模样;一双胖乎乎的小手时常攥在一起,左挥右舞;粉嘟嘟的小脸蛋,在暖融融的襁褓里显得格外明丽;细而柔软的黄发贴在头皮上,前额一小撮向右梳去,扮作一个小偏分型,发型里蕴藏着某种婴儿的独特个性;一双水灵灵的大眼睛长在黄黄的眉毛下边,又长又翘的睫毛一眨一眨地颤动着;鼻梁虽不高耸,

也并非平塌，鼻子嗅觉很灵敏，能闻到你的"警卫员、保姆"——奶奶身上的特殊味儿，眼睛不睁也知道是不是奶奶在你旁边；你那对耳朵，小巧而略带粉红色，恰似一对出水的贝壳；红润的嘴唇，宛如春天的樱桃，这张小嘴时而嬉笑露出两个小小的酒窝，调皮可爱，时而咂巴着奶瓶嘴，梦呓里嘴角还会露出甜甜的笑意。每一帧都是一幅幅珍贵的可爱的幼儿照片啊！

琪琪，你这"小不点"呵，仿佛是大西洋彼岸人侨居我们东方华夏，与东方人睡眠生物钟正好相反，昼夜颠倒，晚上要大人陪玩，白天却呼呼入睡。

前年你出生不到两个月的时候，外公我于 2011 年 11 月 19 日从西安坐飞机到杭州，再辗转换乘高铁去上海看你，亲身体会到如今一个孩子从呱呱坠地到抚养成人是多么不容易。亲人们要付出百倍千倍的艰辛，还有许多想象不到的困难。

我到上海当天，你一直兴奋不已，玩到下午四五点，你奶奶好不容易摇晃着你迷糊了，吓得我们都不敢大声呼吸，就怕惊动你又睁开眼睛。可是你的睡眠总是不踏实的，不到一个小时又会醒来。这样的情形令全家人束手无策，一筹莫展。当时大家就分析是不是你这孩子缺少锌或钙，决定第二天几个人带你去浦东儿童医院。你这个婴儿好像很懂事，去医院乘车、在医院等候你都很乖，人海如潮的医院，我们轮流抱着你，你静静地睁着一双乌黑的大眼睛一声不吭，就像一个大孩子，不给大人添乱，这是我们没有想到的。

医生诊断后告诉我们："孩子睡眠不好，是需要补钙和锌。另外，小孩白天睡觉，你们怎么还拉着窗帘呢，让孩子产生错觉以为是晚上，这个时间生物钟一定要改变过来。还有，不要给小孩养成摇晃着入睡的坏习惯，大人一个星期给她养成的坏习惯，纠正就要付出几个月的时间。"

你出生后那段时间你妈妈患有"腱鞘炎"。自从生下你以后，奶粉哺育就全依靠你奶奶了。你奶奶是个手脚麻利的人，白天黑夜 24 个小时，你的贴身"卫士、保姆"。这个角色可不好当喽，一家人看到她为你甘愿辛劳，内心非常羡慕你有这样一位好奶奶，这是你前世的造化和福分。

我曾问你奶奶:"小琪琪饿了、渴了,甚至身体不舒服都要你管,不认她妈妈,你这样白天晚上长时间带孩子累不累,能吃得消吗?"她回答得很干脆:"不累,习惯了。孩子睡觉了,闲下来反倒觉得不习惯呢。"多么贤淑善良的人啊,为了下一代,为了这个家,昼夜吃苦,默默奉献全部的精力和心血照管小孙女一步一步健康成长,真的不容易啊!

二

小琪琪,2012年国庆节你要和爷爷奶奶、爸爸妈妈一起回陕西西安你妈妈的故乡,这是一次长途跋涉的远征,这是一次对你的考验,也是对你体能的检测。我们都在为你初次的长途远行而担忧,不免手心捏着一把汗,一个不足周岁的小娃娃,能否经受住汽车的摇晃和颠簸,千里迢迢,隔山阻水,穿越城市,途经乡村,必有难以预料的困难。

9月30日拂晓,窗外的物体还处在一片朦胧雾色之中,你们一家人匆匆忙忙吃过早餐,你爸爸驾驶的车辆慢慢驶出小区后,奔驰在浦东的大街上……

后来大家知道9月30日出门道路极不顺畅,从早上6点到下午18点,12个小时行驶了五六十公里,还没驶出上海市区。大人遇到塞车很是无奈,而你,一个小孩子,出发前身体就有点小毛病,遇到这样的堵车你再哭闹怎么办呢?令大人们没有想到的是,你很懂大人的心思,不哭不闹,乖得出乎情理。

第一天白天车辆行驶速度太慢,大人们吃过晚饭决定熬夜行车进入安徽境内。你一个小娃娃,路上睡眠更少,都是睁着晶莹的一双眼睛,瞧着外面精彩的世界,无形中给疲惫的大家增添了一种力量。你是天生善解人意的娃娃哦,可爱的微笑似惬意的春风吹拂在每个人心里,滋滋润润、淡淡甜甜飘洒在流动的山水河畔……一路北上播下了天真可爱的笑容和乐趣。

沪陕高速途经南京、合肥、商洛等地,到达秦岭北麓下,全长1400公里。

经过两天两夜的奔波,你们终于在10月2号的凌晨1点30分到家了。当我见到你的那一刹那,你爷爷正抱着你,你瞪着圆溜溜的眼睛瞅着我这个陌生人,我想抱你一下,你转个身,赶快躲在爷爷的肩后。是呀,一晃快一年了,外公没有抱过你,灯光下突然出现一个陌生人的面孔,你胆怯而认生,情理之中。

　　第二天你已经适应新环境了。10月2日,秋高气爽,晴空如洗,我们大人在院子锅灶上用柴火做饭。这是关中传统的锅灶,用风箱烧火,你妈妈抱着你拉风箱,大家怎么也没有想到你这个"小不点",竟有来回拉动风箱的本领,而且很熟练,逗得我们捧腹大笑。那一刻的动感画面已成为珍贵的纪念照留存下来。

　　你这个孩子,到哪都会给人留下美好的印象。有时我在想,作为一个女孩,你妈妈遗传给你的基因看来真的不少哟。10月5日去汤峪温泉小镇,去后其他人都去游玩了,我和你爷爷负责原地看护你。

作者二女儿楠楠和外孙女琪琪回老家

三四个小时你不哭不闹,乖顺听话,惹得我俩乐呵呵地笑。

　　小琪琪哦,你是幸运的,你不但有一个好奶奶,更有一个视你如至宝的好爷爷。你爷爷平时都很简朴,不舍得乱花一分钱,不舍得给自己添置一件昂贵衣服,长年几乎都是穿着工服。可你爷爷给你买衣服毫不吝啬,不惜花钱,哪怕你穿一天、穿一个月不合适退下不穿了,他心里也乐意,这就是疼你、爱你的爷爷。俗语道:"爷爷疼孙辈,感情加一倍。"

　　那天我徘徊在路边,望天宇感怀,望汤河滔滔,望"天潭温泉"耸立东

岭,望东峰山葱茏翠绿,团团迷雾缠绕着山峦,心情自然愉悦,感恩上帝赐给我们两家人这么一个懂事的小孩子。你的懂事更增添了我们对晚年美好生活的憧憬和希冀!

<h1 style="text-align:center">三</h1>

一棵"小树苗"经过"园丁"们300多天的精心呵护,如今已成长为一个咿呀学语的幼童了,外公内心是多么的高兴啊!

外公2012年11月26日再次见到你时,你基本可以叫"爷爷奶奶""爸爸妈妈"这些称呼了,那一刻我们多么兴奋。你能组装玩具,能识别幼儿卡片,看到墙上爸爸妈妈的照片,你会奶声奶气叫"爸爸、妈妈",让你找爷爷奶奶,你会笑嘻嘻地扑入他们的怀抱,慢慢知道逗着大人取乐。你啊,天生仿佛是一剂"兴奋剂"注入我们的肌体,让我们沉浸在兴奋之中,又是一种精神食粮,让我们获得无穷的力量,取之不尽用之不竭。

你快乐时,便会即兴奖励我们一个顽皮的微笑,我们权作一份胜利品,把它视为百看不厌的瑰宝珍藏于心。你的一个童颜微笑就是犒劳大家辛苦操劳的最好礼物。

当然,小琪琪你也有淘气的时候,但那种稚嫩的淘气很可爱、很天真,每每回忆起来,大人们脸上总会浮出春意般的笑容。

回想你刚刚会爬时,只要看见纸巾盒,就会像挨饿的孩子找到食物般,抓住它紧紧地抱在怀里,胖乎乎的小手麻利地抽出里边的纸巾,一张接一张,熟练地扔向身旁。片刻,被你抽出的一盒纸蓬松地堆积成一座小山,这时不等大人嗔怪,你瞅着大人们"嘿嘿"一笑,就像打了胜仗似的骄傲,脸上绽放出一朵花儿。瞬间溶解了大人要嗔怪的那份念头,我们同样乐在其中。

哦,小琪琪,据你爷爷讲,你乘火车还有一段小插曲。一次爷爷奶奶由江西送你到上海的火车途中,乘务员阿姨在大站停车时抱你下车去玩了,吓得你爷爷、奶奶急忙去找,担心陌生人把你抱走。谁知你和乘务员阿姨正玩

得开心呢。你这个惹人喜欢的小孩子，不论在社区、在列车、在老家，走到哪都会逗人乐呢。

琪琪啊，外公期待着你这棵幼苗健康成长！不要辜负两代人对你的殷切期望。我们不希望你有多么聪明能成大事，只盼望你从小走好每一步，身心健康，茁壮成长。常言道："一岁看大，三岁看老。"这句话有一定的道理，万丈高楼平地起。幼儿阶段是一个人脾气秉性塑造的关键时刻，启蒙教育、学前教育、家庭教育点点滴滴都不可忽视和失误。古人云："千里之行，始于足下。"大人言传身教更是促进你各个时期模仿成长的重要因素，我们都不会掉以轻心，教育你、培养你，爱而不溺，严而不苛，因势利导，顺其自然。在我们心中你犹如家园中的一棵小树苗，只有经过园丁们共同的浇灌和精心呵护，才会成才，才会成为一个对社会有用的人。

祝愿家苑一棵"小树苗"茁壮健康成长！

2013 年 1 月 20 日初稿于蓝田

殷殷"双节"情

2012年的国庆长假适逢中秋,于我来讲难忘于斯,牵挂于斯,感激于斯。这年农历八月十五日黎明前夕,天空一颗颗星辰忽闪忽闪,点缀着浩渺的天宇,唯有东方一颗启明星耀眼夺目,引领着银河系数不清的星座迎接朝霞。启明星呵——你在诱惑着拂晓,诱惑着旭日东升的霞光,诱惑着我和女儿一家人团聚的殷殷之心!

车行千里父担忧

清晨,当东方刚刚露出鱼肚白的时候,我漫步行走在乡间弯弯曲曲的小路上,足下小草芊芊莽莽,晶莹的露珠打湿了鞋袜。站在土崖上翘望东山,仿佛看到女儿女婿一行人领着我那不满周岁的外孙女开上小车,匆匆忙忙从浦东启程。现在交通便捷,他们驾车驶上沪陕高速,从上海到秦岭终南山脚1400多公里,千里之途,若顺畅的话一天便可到家。特别的今天,特别的惦记,特别的牵挂,女儿何时才能顺利回到她这相思梦绕的故乡啊?

双节,一个牵动亿万人心的佳节,她撩拨起一颗颗孤寂思乡的心,成全了一个个游子思乡的梦。双节呵,中秋十五,人们等待了365个日夜,等待

一年一度的团圆相聚,多少份相聚之情浓缩成一团火,这火在亲人彼此的心里燃烧、蔓延……双节呵,一颗颗心意遥寄明月,一双双眸子望眼欲穿。每当这个佳节的夜晚,举目望明月,想到若每一个人都能与家人团圆、促膝叙谈该是多么的浪漫和温馨啊。为了实现家人团聚的愿望,我和女儿全家人一起默默祈祷,默默编织一个美好的花篮献给中秋,祝福十五,祝福国庆,祝福月圆!

十五的傍晚,月儿静静地升起来了,天空布满繁星,缀着宝石般璀璨的亮晶,像个羞涩的孩童眨呀眨着眼睛,月光撒下一片银辉笼罩着大地。我伫立院中,抬头望着缥缈的银河。今晚这么美好的景致,可怎么也激发不起一点赏月的兴致呢?因为,心中充溢着惆怅、担忧、挂念,神志恍惚,嘴里磨叽念叨着,念叨着,莽莽千里、关山重重、路途堵塞啊!下午5点多女儿来信息,计划稍加休息,然后夜行穿过南京塞车路段再赶路200公里进入安徽境内。这时还在奔波的女儿一家人呐,何时才可到达终点!

顺手关了院门,漫不经心地去田野踱步,猛然一回头,已到了机耕路鱼塘边,遂拐向通往汤峪河(汤峪河本村流经段)那条坑坑洼洼的石子路,这里环境静谧,万籁俱寂,安静得没有一点声响,似乎地球停止了转动。在这种似深山峡谷般幽静的田野玉米地边,此时我只听见自己脚下鞋底带起细小沙粒的摩擦声,它似一种美妙的音韵,安抚了我彷徨不安的心灵,化解了我心中的郁闷。此时,我真想点燃胸中的一把把篝火,用它去照亮女儿一行回家的那一条条道路。

顺着路边一块块、一垄垄黑黝黝看不到边的玉米地朝前走,这么寂静的夜色,这么宁静的田野,这么温柔的秋风,还有远处暮色里雄壮巍峨的终南山,谁懂我的心,谁解其中味啊!

姗姗来到汤峪河畔(大河),随便寻找一块大石头坐下。今晚的月光似乎洗刷了顽石,使顽石格外光亮柔滑,坐着十分舒服。幽谷荒滩,河水潺潺,银波闪闪,轻轻拂岸的浪花,一卷卷、一涔涔,如歌如诉在合欢吟唱中秋之

夜。独自望着明月，心里辗转琢磨女儿一家人如今熬夜赶路到了哪里。最让人煎熬的是女儿中午 11 点来信息，说早上 5 点起床，6 点出发，5 个小时了，车还没有驶出上海市区。车像蜗牛，路上车多得像蚂蚁，宽敞的高速路居然成了车展闹市，成了让人堵心彷徨的地方。按这样的速度如何不叫人担忧。时间一秒秒熬到下午天快黑时，女儿再次来信息说一天行车不到 200 公里，还未到南京，他们计划趁夜晚赶路越过南京进入安徽境内。

我在河边踱来踱去，自言自语，悔不该让女儿带着不满周岁的外孙女长途颠簸，卷入双节车潮的漩涡。若劝说女儿放弃思乡念父之心，哪有我今晚这样的揪心懊恼，哪有他们路途堵车所受的不便，哪有我坐卧不安来到河畔？突然，我臆想：

颇想魔术般修建一条坦荡的阳光漫道，让车风驰电掣不受阻；

颇想把堵塞路段变为淼淼湖泊大海，让女儿乘舟千里江陵一日还；

颇想建造一个宇宙飞船，载着女儿一家人绕地球一周返家园；

颇想化作百灵鸟飞翔在他们行车上空，为他们高歌吟唱，让他们一路畅通不堵；

颇想成为一位空警刹那间出现在高速路上维持交通秩序，使堵塞道路变通途；

颇想驾驶一架直升机，钩起轿车飞越山谷把家还；

——还有多少个浪漫邈思在心里酝酿尚待迸发！

月亮不懂我的心，一腔深情留河畔。深秋的夜晚，秋寒袭来，心寒、身凉，心路漫漫。中秋本是团圆节，可他们此时还在备受节日带来的煎熬。遥望着明月，唉，明月啊，女儿一家人这时或许已到安徽某地宾馆了吧？这样想着，我的心稍宽一点，凉气袭来，我起身回家，回家去，可脚步十分沉重，这段本不远的路程，突然变得遥远起来……

心随千里行

昨晚我从河畔回家，躺在床上，翻来覆去不能入睡，邻居家的公鸡咯咯咯叫了头遍，脑子里意识到新的一天即将来临，打个盹，睁开眼拉开窗帘已晨曦初露，晴空无垠。

清早起来，得知女儿昨晚歇息于安徽某县，离家还有900多公里。900公里在平时算不得什么，11个小时足可到达，可过节期间，路上情况难以预测啊。

女儿一家人远在安徽，我估计着他们一路可能遇到的困难，估计着外孙女是否乖觉，估计着车行时速，估计着疲惫不堪的一行人在身体极限中唯有忍耐和坚持，恨不得和他们同乘共难，总比心长臂短莫及、不知情要好得多。

中午我发信息询问女儿一行人到家吃啥饭，她不假思索地说："爸爸，吃撺面吧。"得到这一消息，我和了一大块面，准备撺两种面（细面和宽面）。另外特意从西安西大街买了回民"腊汁酱牛肉"，从大超市买了山西袋装"猪耳朵"等下酒菜，还准备了饮料、啤酒，饭菜尽量做得比较丰盛一点，合乎远道而来的南方人的胃口，给他们满满的家的那份温馨。

等啊等，等到日落西山，想着怎么也该快到陕南商洛地区了。可女儿来信息说他们还在河南境内，又让我失望。从晨曦到深夜，我的心，牵肠挂肚在旅途，时间一分一秒过去，我徘徊在院子里，无可奈何地抓耳挠腮，爱莫能助。

我担心他们到了秦岭北环山路辨别不清方向，询问要不要去半路接应，女儿说："爸爸，不用了，车有GPS导航仪。"但放心不下的我还是啰唆地叮咛女儿出了辋峪口，下了沪陕高速依据月亮再辨别方向。月亮是从东方升起，傍晚依然会在东南方向，顺着环山路向西走，大方向不会错。

我心急如焚地在家出出进进，看看墙上挂钟，侧耳听着街道有没有汽车发动机引擎的声响，有没有汽车喇叭鸣笛，有没有女儿的敲门声……

晚上 9 点多手机嘟嘟鸣响，女儿来信息告诉我路途中出乎他们的意料，GPS 导航仪恰恰在半路上出了问题，导致他们走错了路，耽误了好多时间，但目前终于到达商洛。我一屁股坐在门楼的石台阶上，长长出了一口气，再有一个多小时，晚上 11 点百分之百就到家啦。

等待的时间虽然进入倒计时，但同样漫长得让人煎熬。过了晚上 11 点，我怀疑家里墙上的挂钟走时不准，怀疑自己的手机走时不对，怀疑自己的视力模糊看错了时间……一串串怀疑浮上心头。

10 月 1 日晚间一直等到深夜，时间已经是次日零点。手机里突然传来女儿的声音，说她们下了高速路，导航仪"迷失方向"不导航了。她们迷茫地站在路边，找不到问路人，无奈之下将车开到加油站去询问，可哪知那人又指错了行车路线，让她们偏离家乡，朝着西北"人"字另一撇——西安灞桥方向开去了。车行驶了一段后，女儿发现路线不对，便打来电话询问我怎么走，说她们前面路标指示灞桥。我惶急之下，误以为是"辋峪河"大桥，就不假思索地说："你们沿着环山路一直向西走，咱们就在'将军岭'隧道西口会合。"待我开车到达"将军岭"隧道口，等了一会儿，仍不见她们的踪影，于是联系她们走到哪里了，但晚上女儿迷失方向报不上准确的区域，我揣摩她们是在 312 国道上。这下糟糕，情急之下，我和女儿商量还是在县城会合吧。因为女儿对县城比较熟悉，还是知道方向和地方的。我真不知道自己是怎么从"将军岭"把车开到县城的，幸好她们的车从蓝关镇北窑村里拐出来，远光中我看见一辆车从北向南驶来，车到向阳公司的机关大院门前，两车相向而遇，我潜意识觉得就是女儿她们的车，没错。两车同时停下来，当我走下车的那一刻，心情万分激动，可喜可贺她们一行人终于安全到达了县城！

女儿坐上我的车，落座后几句肺腑话，温暖着我的心。她说："爸爸，您曾经严格教育我和姐姐，我们那时不懂事，对您有些误解，现在才明白您的良苦用心，一切都是为了我们好啊。"一句话溶解了十几年女儿和我之间的

隔阂和误会。

车到达家门口,已经是 10 月 2 日凌晨 1 点 30 分。简单地吃过饭后,收拾完毕,已经是五更鸡鸣的时辰——凌晨 4 点钟。

女儿为了探望我这个父亲,历经了约 45 个小时的颠簸。而我呢,自从他们踏上千里之行,我的心中便仿佛有一根隐形的丝线,有一根中枢神经连接着他们的行程。45 个小时,在人生的历程长河里不值一提,可特殊环境下的分秒,都是度日如度年呐!45 个小时,心脏该颤动多少次?它一路随着流动的汽车引擎轰鸣,作响多少回……

短暂的相聚

2012 年 10 月 2 日,碧空万里,阳光灿烂,气候宜人,空气清爽。长途跋涉的女儿一家人起床已是上午时分,八天假期路上耗去了两天半。女儿很懂事,十点多就急忙起床洗漱完毕帮我下厨和料理家务。

我知道女儿身体单薄,耐力有限,可孩子知道在家里、在长辈面前,怎么也要挺得住,强打精神去做一些事。自从女儿回到家里,我们父女二人还没有定下心来叙叙家常,都想把一年来藏在心里的话全道出来,都想打开话匣子轻轻松松畅谈一番,可是每一秒时间对于我和女儿都是奢侈的,每一天我和女儿的时间都很宝贵。

亲家和女婿的姨妈初次来西安,真不知道他们喜欢去哪里玩,因为西安名胜古迹太多,旅游景点不胜枚举。城南大雁塔、明代城墙、钟楼、鼓楼这些具有代表性的建筑值得一睹,"世界八大奇迹"秦陵值得一看。10 月 3 日他们到家第二天,我们一行七人来到大雁塔北广场,观看了北广场喷泉。中午 12 点,北广场人海汇集。音乐喷泉跌宕起伏,一条条水柱随着欢快的音乐节奏蹦跳起来,宛如一个个窈窕多姿的演员在舞台上翩翩起舞,水柱又像一把利剑直插空中,跌落下来在阳光的照射下闪闪发光,四散的水珠像是仙女洒向人间的一颗颗晶莹剔透的珍珠;又如一簇簇烟花爆竹在天空绽放,使游人置身于花炮焰火之中。艳阳高照,倘若游人喜欢在此体验一番喷泉瀑布,不妨从喷泉中段任意穿越,一帘水珠飒飒作响,瞬间形成一个壮观的瀑布。

观摩完大雁塔北广场音乐喷泉,远道而来的亲家对西安重新定位,感叹不已:这大雁塔北广场集聚了众多的游客,诠释了西安旅游的精华荟萃,是西安的名片和标志物。西安可真是一个文化底蕴深厚的古城啊!

作者的外孙女琪琪在西安大雁塔留影

午饭罢,按照这一天的安排,我们坐公交去钟鼓楼参观。可到达钟楼、鼓楼一看,人流如潮,大家都觉得厌烦疲倦,就坐在鼓楼前的石凳上,苦苦等待天黑,好观赏西大街仿古一条街的夜景和明城墙夜景。

两个小时的等待,身心困乏,对城墙的向往期待感一点点在心里滑落,等到下午4点左右,瞅着大街上人满为患的场面,终于大家不约而同迸发出一个共鸣——回家吧,这样的假日旅游真累,真的好累啊!

打道回府回到老家,已经是华灯初上,袅袅的炊烟笼罩了整个美丽的村庄。大家都筋疲力尽,女儿帮着我下厨准备晚饭。

第三天女婿怕我累,便带着他父母和姨妈去了临潼兵马俑,我和女儿则在家照看外孙女。我们俩带着小琪琪去县上转了一圈,又急忙赶回老家准备晚饭,晚饭还没有准备好,5点多他们几人已经从临潼返回。我和女儿的神经就像琴弦一样绷得紧紧的,我多想让女儿休息一会儿,自己多干些事。可女儿的双手并没有停下来,越是让她干慢点,她越是忙碌不停手,我束手

无策,也是无奈。

10月5日,他们是最后一天在家停留了。和亲家商议吃完早饭去汤峪温泉小镇转转,泡个温泉澡,毕竟远道而来也没玩好。小车沿着蜿蜒的坡路开上"天坛温泉",此时,伫立在此,天高云舒,微风习习,身心皆爽。居高临下,小镇一览无余,仿古建筑错落有致,这个新兴的小镇跨越尘封千年的历史,而今已冲向现代文明都市行列,日新月异向前发展。东峰山、西峰山,碧绿青翠,高耸入云,一道天然对峙的屏障,远眺就像是魁伟的武士守护着峪口的大门,成为峪口一道锁门关卡。

我们一行人站在这里,赞叹不绝,这里的山、这里的水、这里的景,都是一幅幅俊美的山水画屏,生活在这有山有水似画乡的地方是多么的幸福啊!

依依别过情

10月6日这一天吃过早饭,我们几个人于家院门外拍摄了几张照片。最让人高兴的是小外孙女送给家人一个厚重的礼物——微笑。甜甜的笑靥就像门外的月季花灿烂绽放,将这一美好的瞬间留给了故乡的小院。拍完照,早上9点女儿一家人就要返沪,千里行程、难以预测的道路情况又让我揪心。我骑摩托车送客到环山路洪家寨十字。分别那一刻,我如今不愿再回忆,动情、伤心、落泪。洪家寨十字有女儿凄酸的泪痕,有女儿的离情别怨,有女儿恋乡眷顾之情愫!

我将摩托车停在他们的车旁,女儿下车泪流满面、泣不成声,她边擦着眼泪,边用沙哑的声音叮咛:"爸爸,您别再干活了,家里活干不完。您一个人要多保重身体,按时吃饭,别让我们再放心不下您。希望您早点到我们身边来!"

我哽咽得说不下去话,眼泪夺眶而出,一刹那,我竟然反应不出一个恰当的词语来安慰女儿,语无伦次地说了什么至今也想不起来。分别这一幕,我很快把它速写在心中的记事簿里,并打上一个勾。

如今只记得分别那天，看着女儿坐上车，我一直目送着小车渐渐远行而去。我望着东方，望着桃花岭，望着八斗岭，不免产生自责，惭愧这次没有招待好亲家、亲家的亲戚和女婿，没有照顾好女儿，没有做一顿像样的饭菜。时间太紧，买回的菜放了一大堆，买回的肉只好冷冻在冰箱。仓促三天，没有陪他们开开心心游玩，没有闲情逸致抱外孙，每天都是跑马场般穿梭来回跑。长假节日，让人厌倦和忧虑，真是游子不回心不甘，回家且累不划算。

送走他们后，想起他们来时因 GPS 导航仪出错绕了弯路，我又滋生出一个愚昧的想法，今天何不送他们到商南陕西出境处，虽然明知那是一个得不偿失的无谓陪送。可对一个父亲而言：千难万险我担当，莫让女儿委屈行。

女儿离开家乡那一刻，我的心怎么也不能平静。洪家寨十字路口分别之后，我更是寝食难安，怎么也放心不下女儿，很短时间内就酝酿着去上海看望女儿。

亲情如山，亲情如海！

2012 年 12 月 25 日于蓝田

▌我与婴幼外孙女"对话"

2015年10月12日,你在首都北京某医院诞生了——我的外孙女。感谢上帝赐给家人珍珠般的"礼物"!霎时,亲朋好友为你而高兴,为你而祝福。在你出生的当天下午,你爸爸给我发来一张你的照片,襁褓中的你,衔着自己的小食指,很逗人喜欢。后来和亲友们一起分享了你的照片,谁都不相信那张照片是你刚出生几个小时后拍摄的。

你出生约四十天,外公我于2015年12月20日去北京看望你这个"小天使"。我刚进门,就迫不及待地让你母亲把你抱到客厅。当外公怀抱你的那一刻,有千言万语想对你说,但瞧你半睁着调皮的水灵灵的大眼睛,不爱搭理陌生人的可爱相,我只好欲言又止。

据你妈妈说,当你的第一声啼哭从医院手术室传来时,她的第一反应是你就是"外星人"送来的"小天使"。你妈妈说你前世和她有个约定,就是做她的"宝宝"。在医院那几天你给医生和护士阿姨以及同室其他阿姨留下了难忘的好印象,你是很少啼哭的婴儿,就像是个懂事的幼儿。圆圆的小脸蛋,一双明亮的眼睛,时而睁开小眼,好像要瞧瞧妈妈在不在身边;时而双眼紧闭,小嘴不停地蠕动;时而吮吸着自己的小手指。当然,还有你细腻白皙

的皮肤,都给她们留下了深刻的印象。

你出生的第四天,你妈妈就带着你和月嫂阿姨从医院回到家。月嫂阿姨在和你一个月朝夕相处的日子里,格外疼爱喜欢你,常常夸你是个很乖的婴儿,夸你这么小,好像懂得大人的心思——希望你少哭少闹、别烦人。满月后月嫂离开家里时,她说真心恋恋不舍,动情地说照顾你这样的孩子是她的福分。这里要说的是你上海的小姨夫,在看到你的出生照片后,他便感慨地说你是一个好说话的孩子。你小姨夫简直成了"陈半仙",会看面相啊!

你知道吗?在你出生满月前后,你的乳名和大名如何起成为迫在眉睫的事,所有关心你的人都在酝酿着给你起个既响亮好听又好叫的名字,你小姨说你生在北京,乳名谐音就叫"晶晶"。后来你爸爸妈妈考虑到各种名字限制因素,继而联想到你小姨的孩子——上海你琪琪姐姐的名字,就给你起了大名:李萌淇。出于五行学说,你和你上海姐姐的"琪"字有点区别。起名后,我们亲切唤你"淇淇""小淇淇"或叫你"萌萌",你的乳名可多啦!有时为了分清你和上海你"琪琪姐姐",就说"上海琪琪"或"北京淇淇"。

"小淇淇",你知道吗?尽管你还是一个四十多天的婴儿,可你遗传了你妈妈的诸多优点,从出生起就在大人心中烙下一个好印象,而今实践更是证明了这一点。

你熟睡中,脸蛋红红的,几个小手指常常攥在一起放在小嘴旁,小嘴微微上翘,莞尔一笑,好像美美做着甜甜的梦。当你醒来时,看见外公在你身边,你就及时"奖励"我一个可爱幼稚的笑容。

"小淇淇",你知道吗?你饿了也会哭。你的哭让人觉得好玩。你的第一声哭是先打招呼——我们形容是预哭,当你妈妈有时不能及时喂乳,你会逐渐提高哭声,再不理睬你,你就耍脾气了,小脸憋得红红的,闭着眼睛,嘴巴张得大大的,声音会再次升级。但是你的哭与一般婴儿不同,你的哭声是简短的、间接的,不连续哭,不会影响家里人或邻居的正常生活,从而邻家说几个月了都没听见你哭过。

"小淇淇",你知道吗?你的降生,对你爸爸妈妈来说,总算是有了一个比较完满的人生,不论抚养你多么辛苦,都甜在心里。为哺乳你啊,你妈妈吃得下难以想象的饮食之苦,饭菜少盐无味,无盐的排骨汤、无盐的猪蹄。盐是百味之首,无盐的饭菜等你长大懂事了就知道有多么难吃。

"小淇淇",外公在和你短暂相处几天后,就要返回西安的老家,可你留给外公的印象非常深刻。虽然你姗姗来迟,可你带给这个家庭的是无穷的欢乐和幸福。

"小淇淇",外公回到西安两个月后,考虑到必须帮你妈妈更好地照顾你,又于2016年2月7日再次来北京。这次照顾你的时间一年有余,在这段长达400多天的日子里,外公感想颇多,你每一天的成长都有可圈可点之处,每一个笑容都在外公的脑细胞里留存,不可忘却啊!那是2016年春节过后不久,你妈妈就要上班,照顾你的事摆在家人面前。方方面面考虑,唯有外公尝试着照管你是权宜之计。未曾想到,你很争气,从来不给我添乱。记得外公刚开始照管你,你好像对数字很敏感,每当你躺在床上不高兴时,外公就在你的面前扳指头,数数字"12345"。说来还真灵验,每数到5你就高兴了,露出天真的笑容,这个办法外公沿用了一段时间,很管用。

当然,"淇淇"你在婴儿期间就懂事,这或许是一种天生秉性。那是在你出生四个月左右吧,一次我和你妈妈正在厨房开着燃气灶做饭,不小心出门后,门打不开。这下可不得了,厨房随时都有失火的可能,急得我们抓耳挠腮,在我和你妈妈想办法打开门锁的四十多分钟时间里,你这可爱的孩子啊,一个人躺在小床上自玩自乐,关键时刻不添堵,事后我们夸赞不绝。

"淇淇",你这个娃娃呀!四个月后就对手机特别喜欢。这么小,看到手机就兴奋,或许是你出生后看到了一个五彩斑斓的世界吧!出于对新生事物的好奇,只要看见外公接、打电话,你就特别安静,认真细听。从那以后,外公就都把手机藏起来,不让你看到。可是,你妈妈上班后,照顾你吃喝的责任全落在外公身上,你从出生起就不喜欢喝奶粉,为了能给你增加营

养,就给你吃些米粉、蛋羹、苹果、橘子、圣女果、柚子、火龙果等,偶尔喂你吃喝时,为了哄你,外公不得已把备用的旧手机给你玩。当锁屏打不开,欣赏不到你所期望的屏幕变化图时,你会用灵巧的双手耐心地去鼓捣,竟然解锁了,于是你眉开眼笑。这下,你玩得更开心,好像自己解开了迷幻大千世界的秘籍,有时你打开的一些界面,外公都不知道在设置的哪里可以打开和关闭它们。

有时我会给手机设置复杂的锁屏密码。你这个小宝宝,对解屏很有耐心,外公要趁你注意力转移这几分钟时间,完成所有给你喂吃、喂喝的任务。当然,有时为了逗你高兴,外公也解屏给你玩一下手机(很短时间),这时,你天真开心的笑颜乐得我合不拢嘴,这才是真正的天伦之乐啊!

"淇淇",你生来睡眠偏少,有时一天十几个小时不睡觉,这可难为了外公。为了逗你开心,外公我也是"十八般武艺"全用上。说来外公缺少这些天赋,真是赶鸭子上架,在照管你的日子中要不停地摸索寻找方式方法逗你开心,不断地在变幻角色。我的"舞台"是地面,你的"看台"是床铺、童车。每当"表演"开始后,外公一会儿是魔术师,抽屉的物件,甚至花叶在手中交替变幻;一会儿是"歌唱家",为你演唱电影《海霞》的插曲"大海边哎,沙滩上哎,风吹榕树沙沙响……",演唱的同时还得手拿"乐器"伴奏。歌曲你听腻了,外公又为你表演京剧,唱眉户,或是轻声吼几句秦腔《十五贯》中的苏州知府况钟为真凶娄阿鼠抽签算卦的片段……你会聚精会神地听着,好像能听懂歌词大意一般。当你"欣赏"困乏了,外公就推着你的童车在家里阳台上来回移动,外公这会儿既是车站"播音员"又兼做火车司机:"各位乘客请注意,由北京开往上海的T109列车就要启动了……呜——呜——"这一刻你水灵灵的大眼睛眯成一条缝,脸上浮出会心的笑容。每遇到你情绪低落,外公也有一绝招,这也是让你最开心的身份——扮作"编导",上演独角戏:"喂——喂——你是上海的琪琪吗?我是北京你的妹妹小淇淇,你还好吗?妹妹我可想你来北京啦!……"听着听着,你脸上花儿般的笑容突然绽

放。在外公扮演各个角色的过程中,你得到的是快乐,外公收获的是天伦之乐!

"淇淇",在你还不会翻身之前,你的活动天地就是床和童车。你躺在小床里,将一本刊物或一个刊物大小的纸板在手中玩转自如,如果不是亲眼看见,外公是不会相信的。你用左手拿住刊物,右手四指(食指、中指、无名指、小拇指)将刊物正封面对着自己,右手大拇指放在刊物背面,轻巧地易如反掌地翻过来。哈哈,这个动作实在是太完美了,你的这个绝技是外公最喜欢欣赏的表演之一。

"淇淇",你还有一个毫不逊色于手翻刊物的绝技,那就是心情高兴时,躺在床上两只小腿犹如打鼓,而且动作频率很高,有时长达七八分钟,外公在一旁观看,忍不住拍手叫好,乐得合不拢嘴。这会儿,你和外公的角色又进行了互换,小床是你的"舞台",床下的外公就是你忠实的观众,同时外公还是"啦啦队",为你大声加油助兴,于是你越发卖力,把床打得咚咚作响。这时,你像是一个杂技演员,外公的鼓劲叫好使你咬紧嘴唇,激烈的运动令你脸上的红晕延伸到额头,看得外公高兴得合不拢嘴。

按照婴儿的生长阶段,人们总结出婴儿宝宝"三翻六坐七滚八爬十二走"的经验。可你过了四个月还不会翻身,急得你妈妈连忙翻阅查找训练婴儿翻身的方法。查出来个办法,即用一个浴巾之类的把你裹着,然后提起一边,你就会翻身。后来很短时间,有一天你竟然会翻身了,外公激动地将这件事赶快用笔标注在你的24小时生活睡眠日志本上。从此,你爬行的速度日新月异,动作相当敏捷。

当你会爬之后,我们担心你在大床上不小心自己爬空跌到地上。可没想到,每当爬到床边你都会低头仔细看地板,看看害怕又退回床里边,我们大人在一边看着你这胆小又可爱、又好笑的样子,忍不住感慨,小小年纪便谨慎小心,长大做事想必也一样。

你八个月以后,没想到坐在儿童椅里吃鸡蛋羹时,每当小勺子接近你的

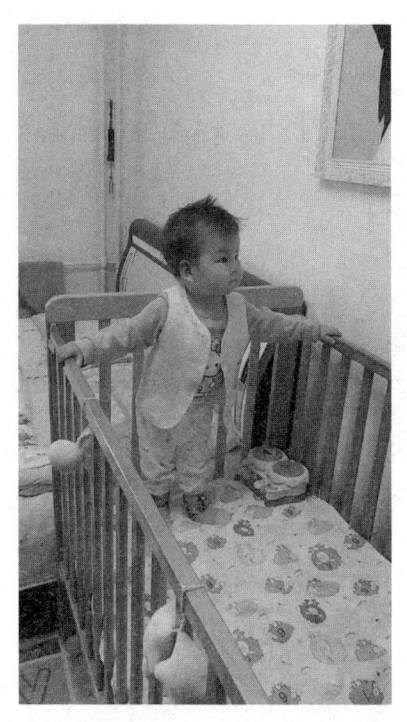

作者北京的外孙女淇淇

嘴唇,你就会昂起脖子,这样其实便于大人用勺子给你喂食物。从那以后只要是坐着吃食物你都会昂起脖子配合,这个自然而然的聪明动作让外公很激动。

一晃你已经十个月。十个月来你的小床头两旁摆满了各种花花绿绿的玩具,但你好像对这些没有兴趣。当你具有了稳当的坐着和快速的爬行能力时,你已经不再局限于十个月前的那些玩具了。当你看见你小姨和你妈妈的同事阿姨给你买的不倒翁、儿童音乐玩具,你会高兴地拿起它们如鱼得水地摆弄着,开关调控按键在你的小手中敏捷切换。你对音乐特别敏感,如果是你喜欢听的歌曲,你会按动前后选择按键找到那首歌,反反复复听,并会随着歌曲的跌宕起伏而点头。此时,你宛如一个乐器伴奏员,神情泰然自若,全神贯注地在伴奏,逗得大人们在一旁哈哈大笑。

人们常说欢乐的日子总是过得特别快,时间又到了你周岁这一天。十个月后你能快速爬行、坐,还能手扶儿童床走动。你的进步虽然很大,但你生来胆量较小,尚不能脱离扶手独立行走。为了能让你的第一个周岁生日过得有纪念意义,外公推着童车带你前往离家不远的"奥林匹克森林公园",你坐在车里,双手紧紧抓住童车的前围圈,身子挺直,头扬着,目不转睛地注视正前方,酷似你乘坐的是"检阅车",逗得路边的行人和一个外国美女向你微笑招手。

爷孙两人在奥林匹克森林公园玩了几个小时。你出门特别听话,耐力较好的最大优点体现了出来。你坐着童车,外公为了使你从小站得高看得远,连你和车子一起抱起踏着台阶登上了北园的巅峰"天境",在这里可以

可以看到"鸟巢",看到奥运会的好多建筑物……

从 2016 年除夕,一直到外公 2017 年 3 月 17 日回老家这段时间,你还不能独立走路,但是外公每次带你在楼下院子玩,你可以扶着童车、推着童车走路了,看着你这些进步家人都很高

作者北京的外孙女淇淇在公园

兴,毕竟你在一天天成长。外公明白每个孩子在各个时期的发育不尽相同,单凭走路并不能衡量一个孩子的健康和能力。外公相信你定会在几个月后迎头赶上幼儿测试健康标准。

小萌萌啊小萌萌! 和你相处一年有余,外公不敢预言你会成为什么样的人才。但是,外公可以断言,你长大之后会成为一个素质较高的孩子。外公向来是一个对人、对己要求比较严格、苛刻的人,虽然你出生才十六个月,可你心灵的优点已经在萌动,可爱之处可圈可点,长处已经初露。外公相信未来十几年,在你父母高素质的影响熏陶下,在你父母科学的教育和培养下,在你个人潜能不断发掘和努力下,你一定能成为一个对国家与社会有所作为的人!

2017 年 11 月 18 日作于西安

我的亲人不在远方

老天赐予了我两个比较懂事的女儿,她们大学毕业后远离故土在外工作十余年。父女三人所处的地理位置在华夏版图中近乎等腰三角形,一个北京、一个上海、一个西安。三人之间相隔千里之遥,平常孩子很少回老家,父女之间聚少离多。我曾善意劝慰孩子:无事不必问寒问暖,不必分心牵肠挂肚,你们只管安心忙好自己的事,各自注意保平安!

五十多年来我自感体质还行,平时头痛脑热不舒服的小毛病扛一扛也就过去了。所以,轻视疾病,对于自己的身体从来不放心上,不舒服时过于自信没有及时医治才导致了严重的胃部机能病变。

今年五一前夕,天气炎热,我和几位朋友在饭店用餐,自己点了一碗凉面,吃后一直感觉胃部不舒服(后来回忆病情隐约在4月初就有迹象),好像一个硬石头搁在胸口,总以为是那碗凉面导致的,过几天就可以正常吃饭了。

我怎么也没想到身体愈来愈糟,病情越来越严重,一直拖到了6月初,弯腰、下蹲都感觉困难,疼痛难忍。然而我依然认为是那碗凉面在胃里没有消化,或者是这段时间饭后着凉的缘故,或者……总找其他理由说服自己身

体无大碍，这小病无所谓。

病情拖到了 2012 年 6 月中旬，胃痛一天比一天加重。那个周末，大女儿打来电话，说话结束时突然问我："爸，您这几天身体还好吗？"

我犹豫了一下，随口说："胃最近不好。"

女儿问："多长时间了？"

我说："快一个月了。"

女儿一听跟我急了。说那您还不赶快去医院检查，我执意坚持再等几天观察观察再说，大女儿一听很着急。

紧接着她说："爸，要不我在网上预约好西安某个大医院的专家门诊，这个周末我回家咱们去就诊。"

哎呀！我一听这话就心急，女儿因为我不去医院要回西安，咋办，咋办呀！我顿时大汗淋漓，可语气还得压住，我哄女儿说："你别回家，别回来，我能行能走，你千里迢迢回来带我看病值得吗？我明天就去四医大或省医院看看。"听到我答应去医院检查病，女儿暂且放心了。刚放下电话一会儿，小女儿又打来电话询问病情，这次我有了思想准备，轻描淡写敷衍应付了她。

两个女儿放下电话就悄悄给我银行卡上打了检查费，千叮咛万嘱咐，让我别怕花钱，只要能治好我的病，花钱在所不惜。

次日，我食言没有去大医院，只在西安民航医院做了 B 超。肝胆脾胰检查一切正常，我悬在心口的那块石头似乎一下子落了地。心里暗喜，没事，没事，不就是少吃饭，胃不舒服吗？大夫为我开了两瓶药，但我回家吃了一个星期仍然不见效，最后索性自己在网上查病情，估计是胃下垂，于是吃完饭后就在床边倒立，又私自买药服用。

就这样胡乱折腾十天左右，病状丝毫不轻。6 月 26 号，大女儿坚持要从北京回西安带我去大医院看病，我再找不到理由拒绝女儿，再三保证，这个周五我一定去大医院检查。

6 月 29 号，我终于去省医院做了胃部方面的全面检查，后被确诊为慢性

胃窦炎伴增生。两个女儿知道后更加着急，要回家带我做进一步检查，我心里明白，她们是担心我贻误治疗。

我的病这下子牵扯得亲人们都心里不安。岳母知道后，四方打听他人治疗胃病的秘方，大舅得知检查结果也不放心，安慰我注意饮食，思想别加负担。

身患疾病之后的数月，我除了和女儿女婿联系外，几乎和外界中断了一切联系。数天后，岳母心急如焚，不知我的病情如何，妻弟打我已停机的电话打不通，后七询八问终于联系上了我，询问病情后，他代岳母安慰我，让我配合医生积极治疗，不敢再耽误治疗的最佳时期。

患病期间我一直住在西安。令我感动的是大舅。他没有通信工具，这段时间和他相互没有走动与联系（之前联系是通过表弟的手机）。待我某次回老家，邻家人说舅舅曾冒雨骑着自行车来家找我。自从我患病以后没有再去舅舅家里，我知道他是不放心来家里看看我。

自从患病五个月来，每逢静夜，深思年迈的岳母关爱我、真情的大舅疼爱我、暖心的女儿女婿感动我，他们的一切体贴关心让我暗自流泪，这辈子知足了。

患病的日子，多少次夜不能寐，多少次我扪心自问，如果按农村传统习俗，两个女儿，身边必须留一个，可我并没有那样做，我不想做俗气之辈，不想束缚女儿们发展的手脚，不想做她们事业的绊脚石。作为父辈我要给她们更大的发展空间，我要为她们解除后顾之忧，我要看着她们像鸟儿一样在天空自由地展翅飞翔！

患病以来，我亲身悟出一些体会，养儿养女都不重要，重要的是在孩子的成长阶段不要贻误最佳教育期，别陷入盲目教育的误区，别迁就溺爱孩子，助长不良习惯。作为长辈我们更要注重培养孩子的兼爱天下之心，培养她们的德才兼备之能。先贤有一段话我们不妨细细品味："若使天下兼相爱，爱人若爱其身，犹有不孝者乎？视父兄与君若其身，恶施不孝？犹有不

慈者乎？视弟子与臣若其身，恶施不慈？故不孝不慈亡有，犹有盗贼乎？故视人之室若其室，谁窃？视人身若其身，谁贼？故盗贼亡有。"通俗讲就是：假使天下都能相亲相爱，爱别人就像爱自己，还能有不孝的吗？看待父亲兄长及君上像自己一样，怎么会做出不孝的事情呢？还有不慈爱的吗？

当前农村重男轻女的现象依然存在。一些人为求生一个男孩，执着不休地生孩子。或许能达到夙愿，龙凤双全，但谁又能知龙与凤能否成为孝顺的孩子。生儿未必都是幸福，人常说"无儿气不长，有儿常常气"，对于孩子的性别，我遵循、信奉的是凡事顺其自然，即使未得一男孩，老年也并非不幸福。

时常回想当年小女儿刚出生，家里人受农村传统思想的影响，一时伤感，差点将小女儿送给别人家。如今回忆起来，令我不寒而栗，真要那样做了，我和家人会捶胸顿足后悔一辈子。幸好那年我们比较理智，小女儿留在这个家里，在家里人十几年的呵护下，已长大成人。

回望我的两个闺女在我生病期间的作为，非常令人感动。所以，我希望天下为人父母，尤其农村父母，生儿育女，顺其自然。不管城市农村，不可重男轻女，养老的宝不可全压在孩子的性别上。父母要做的，就是在孩子的成长道路上，为他们引导正确的方向。上大学并非是唯一的出路，三百六十行，行行出状元。关键是每一个阶段良好的熏陶教育，循序渐进，因材施教，因人而异，不能使用生搬硬套、复制他人的教条主义方法。实用的方法就是"基础方法＋灵活＋言传身教"，这样才能教育出素质较高符合社会需要的人才。

回顾我生病期间，女儿忧心忡忡，她们在尊老孝顺的道路上已经洒下了无尽的爱心，孝心可赞，孝心已领，我感激不尽。

她俩哪知道，她们越是对我孝顺，我越是内心愧疚。对她们后天的成长，我关爱教育很少，备感有愧。从学前班到小学，我没有辅导过她俩任何课程。当然初中高中那些课程对我来讲已经是心有余而力不足。她俩从小

就胆小不惹事,做事谨慎细微,学习靠自觉,不用督促,作业就能很好地完成。在做人做事的品德方面,爷爷奶奶和她们的母亲为其树立了很好的榜样,女儿的诸多优点都是秉承发扬了爷爷奶奶、母亲的优良品德。

我时常告诫孩子,我们普通百姓人家,就过平民生活,平平淡淡才是真,你们在校期间,要认认真真学习,踏踏实实做事,诚诚实实做人。要学会低调生活,虚荣心要不得。不攀高官厚禄,不生敛财之道,不求生活攀比讲排场。我们家祖祖辈辈注重的是个人素质的传承,希望这一优良传统继续发扬光大。

如今,不论农村、城市,女儿或许比儿子对父母更加孝敬,望天下父母不必过于重男轻女,生儿生女都一样,都是自己的亲骨肉。

从患病初期到而今,亲人们给予我物质、精神的双重"营养品",他们无微不至的关怀和问候,使我即将脱离病魔。我看到了绿色的田野,看到了生命的活力,看到了初愈的曙光就在眼前。仰望天空,仿佛一团浮云即将远离!

路途遥遥千里阻,爱心相通瞬息还。我的亲人不在远方!

2012 年 9 月 10 日于故乡

▋父亲的嘱咐——致大女儿

恍然间你已长大成人,新的斑斓生活即将开始。如今步入大学校门是人生的十字路口,是命运的转折点,也是你融入社会大潮流的跬步,这一步决定着你未来的前途和命运。作为父亲,我有千言万语,我有即将分离难以割舍的情愫,我有一颗郁郁忧虑的心……一切一切均凝结在字里行间,望女儿明晰为父之意。

翌日,你就要离开热爱的故乡,离开温暖的家庭,离开呱呱坠地时听到你第一声啼哭的奶奶,离开养育你的父亲,离开和你相伴十四年的妹妹。

一个普通人家,父亲没有什么贵重的礼物,思前想后,唯有家书一封送给你,望你稳稳当当、顺顺利利完成学业,为祖国建设事业服务。

首先,身体是学习及今后工作的本钱。一个人如果没有健康的身体,怎能完成学业,当然更谈不上工作。所以有必要注意学逸结合,合理安排,力求科学。吃饭、穿衣日用相信你不会奢侈浪费。生活方面可以简朴,但不能寒酸,标准还是以中上为宜,衣着朴素大方、干净整齐;饮食坚持一日三餐,千万不能不吃早餐,这正是一般学生最易忽视、大意的。饭菜应做到荤素搭配,摄取营养均衡适量,这样才有利健康。有些学生节食怕胖,莫学他们。

其次,学习方面,你应该珍惜人生难得的学习机会,抓住机遇,刻苦钻研,学懂弄通,不要一知半解,似懂非懂。获取知识要不耻下问,融会贯通。古有寒窗苦读"头悬梁锥刺股"之说,伟人毛泽东青年时期也说过励志名言"贵有恒,何必三更起五更眠;最无益,只怕一日曝十日寒"。当今,你要做的就是:"两耳不闻窗外事,潜心精读专业书。"必要的学习资料就买,正常的需要不设数额,不要怕花钱,不要整天算这学期或这个月花了多少钱,节约就高兴,超支就负疚,这是不对的。钱要用在刀刃上,该花就花,该用就用。常言道:穷家,富路。在家可以节俭,出门住宿、生活,以及给亲朋好友行人情礼就应出手大方,不应小气,这是我的处事原则,也是你妈妈生前的处事原则。

你不是花钱大手大脚的人,这点让家人放心(期望这一勤俭作风贯穿你的大学生涯及以后的生活),但我又担心你离开家里过于节俭,舍不得花钱,拖垮了身体,苦了自己,影响了学习。孩子,你要明白家里人要的是你身体方面的好素质和学习方面的好成绩,为人处事还要多和善。这才是企盼,这就是祝愿。

此外,在学好文化知识的同时,更要丰富社会知识,这是人生道路最要紧的一个方面。只有文化知识和社会知识有机地结合在一起,才能成为社会有用之才;只有充分发挥自己的知识专长,才能更好地服务于社会。进入大学的校门是你走向社会大家庭的第一步,处理好个人与群体之间的关系尤为重要。

我知道,校园里突出的矛盾是宿舍室友的关系,最怕钩心斗角、拉帮结派、明争暗斗、相互倾轧。

希望你平常待人处事不卑不亢,端庄大方,冷热相宜;多做好事,多关心师姐师妹,一人有难大家帮,众人拾柴火焰高;同寝室你要手勤、腿勤,多干别人不愿干的公共之事,乐于助人为乐。你要懂得凡事争则不足,让则有余,多提几壶水,多扫几次地,多抹几把桌子,累不坏,又何妨;同宿舍同学若

患病就应帮助她们打饭、看病,情同姐妹一样。要明白一个人做一件好事并不难,难的是持之以恒、始终如一。只有这样,日久天长,才会赢得大家的赞赏和尊敬。

孩子啊,在人生的道路上,社会知识的作用毫不亚于文化知识。还有话不得不嘱咐你:平常与人说话声莫大,轻声细语,想着说,不要抢着说,话有三说,巧说为妙,话到嘴边留三分。言多必有差,嘴勤嘴碎亦招祸,手勤腿勤多受益。常言道:"闲坐莫议他人非,一心只想自己过。"和同学之间交往不要贪占别人的小便宜,吃点亏心安理得,心里踏实。凡事不要依赖别人,要有独立性和个性,希望你做一个自强、自尊、自信、战胜自我弱点的人。

现在刚入校门要学的知识很多,横在你面前的困难自然不少,因为随着教育体制的改革,今后就业压力很大,但愿压力变成你学习的动力,催促你全身心投入学习,正确把握自己。不能有任何杂念、幻想(应该像高中阶段一样认认真真学习),想你能领悟父亲此话寓意,否则会影响学业,切记切记!

最后叮咛女儿,当你踏进大学校门,既要苦读书,也不能乱摄取,应本着较好完成学业之目的,独立应对一切事情。在校期间,积极参加校方组织的一些有益活动,必要的文体活动、健康的文化娱乐活动必须积极参与,这样才能拓宽知识面。本着贯彻德、智、体全面发展的教育方针,安排好自己的业余文化生活。其他的例如跳舞诸类,只要不是学校强调必学的一般最好不涉足。总之,既不能孤家寡人,也不可放纵自己。广而言之多交人,深而言之认清人,慎而言之少交人。归结即要合群,人缘要好。

最后爸爸再告诫你两句话:成绩不说跑不了,缺点不指改不了。愿你谦虚谨慎、戒骄戒躁、再接再厉、勤奋学习、不断努力、不断进步。

父亲　1999 年 9 月 4 日

(开学报名日为 1999 年 9 月 5 日)

琐事随笔——致二女儿

　　转瞬间,你踏进大学校门已数月,不知你是否已经习惯生疏的周围环境和生活节奏? 孩子,亲人们日思夜念你。奶奶、姐姐和我更是担心以你内向的性格、清纯善良的心地,以及未经逆境洗礼的心理,可否适应新生活。多日来不甚放心,你初出家门,像鸟儿离开巢窝,像鸽子一样独自飞翔。大千世界,人的生存环境十分复杂多变,犹如灿烂明丽的天空随时都会出现浮云,尤其是刚入校园事事都得从头学起,慢慢熟悉、慢慢习惯。为父谨以琐事随笔之言赠你,若不甚合宜,权作借鉴参阅。

　　瞭望人生,贵在修德。人可无才,不可无德。德为修身之本,做人先修德,才能不断提升自身的综合素质。要想在日常的学习生活中,处理好方方面面复杂的事情,切莫忽视以下事项:在校期间与同学交往,谨言慎行,遵守诺言不食言,同学朋友之间,往来贵在诚实守信;做人做事不能粗心大意,要胆大心细,粗中有细,细中有粗,粗细尽量斟酌适宜。

　　和同寝室同学相处,应多关心、照顾、体贴、礼让同学,让同学感到小集体的温暖,从而体会到四年的时光虽短,但友谊悠长,它将令人终生难忘、终生眷恋。寝室就是你四年的家,平常要整理好自己的床被、衣物、餐具、洗漱

用具、床头、书柜、放杂物的柜子等,使其干净整洁,这样就会不断提高你的生活自理能力,养成良好的生活习惯,惠及一生。

爸爸期望你拥有较高的综合素质,不能别人无德,咱也无礼,要与人为善,乐于助人,任何时候都要想得开,心胸要开阔;唯有站得高,看得远,才能虚怀若谷,志在千里。遇事多思考、多换位,就会明了是非曲直,答案自晓。每当遇到困难,闭目深思,黑和白,好与坏,有了反差和对比,就能鉴别是非曲直。因而,多做善事好事,必须抛弃那些斤斤计较的庸俗思想,跳出自我的人生小圈子,大智而大爱。

女儿,请你铭记这一真理:吃亏是福福常在,处处为人贵在德。日常生活中莫忘"吃点亏穷不了,占点便宜岂能富"的口头禅;有句话叫作不该得之不会得,不该去之去不了。人常说:"有福之人不用忙,无福之人跑断肠。"做事要心胸宽广,要有海纳百川大家之气,不和他人一般见识,不以怨报之,只能人负于我,我决不负于人。处事要严以律己、宽以待人,以诚相待,为创造一个相对和睦的校园学习环境而努力。

生活中在别人尊重自己人格、尊严的前提下,能容则容,能忍则忍。心情不畅与人产生小矛盾想不通时,多回想别人的长处、自己的短处,用自己的短处和别人的长处相比,取人之长,补己之短,要知尺有所短、寸有所长。再完美的圣人都有短处,再可恶的人都有他闪光的亮点。切记,切记:"钱财吃亏心里安,得之反觉情难还。"

面对未来,你要树立克服困难的信心和勇气,生命的长河没有一帆风顺的船只,总要经受风风雨雨,总要在坎坷磨难、挫折甚至是生命极限中磨炼自我。年轻时要在逆境中想办法生存,多经受苦楚曲折,这样才能增强抗压能力,缓解客观事物突袭时思想的波动变化,继而就能增强恒心、耐心、信心、决心和毅力。民间还有一说,年轻时不能事事顺利,太顺利反倒不好,就像自身没有免疫力一样。逆境可以磨炼人的意志和毅力,要知难而进,决不退缩,做一个拿得起、放得下的人。坚者如磐石,虽岁月交替而不移;忍者如

柔练,虽困苦艰辛而不摧。坚忍者刚柔相济,百折不回,持之以恒也。要知道:"年轻有福不算福,后半生享福才算福。"

父亲希望你继续提高心理素质,战胜懦弱胆怯。人生旅途哪能全是平坦的道路呢? 也许到处布满荆棘。生活本是五味羹汤,要面对现实,不管是现在或是将来的人生之旅,要有充分的心理准备,世间很多事往往事与愿违,有些事也许是家人和自己难以预料的。你要常树应对困窘的思想准备,做一个能适应各种复杂环境的坚强者。

何为健康的心理素质呢? 父亲认为是:胜不骄、败不馁。要善于总结经验、吸取教训,不断完善,不断提高。尤其在校期间,不以考试成绩论高低,文化课成绩好,不一定综合素质就高。

考场临阵发挥非常关键,保持平心静气就行了。考得不好不要紧,不以考试论成败,一时失利,所学的知识不会丢失,它必将为你今后的学习和工作奠定较好地基础,这才是你真正的学习目的和宗旨。

今后你的四六级考试过关与否别放在心上,不要急于求过,只要学到真正的知识,明确了学习方向,掌握了学习方法就行了,今年不过明后年继续努力重新考。

再说考试有它的偶然性、巧合性。讲点唯心论:"谋事在人,成事在天。"考试成绩好坏与否并不重要,重要的是平时要有考试的紧张,上考场要有平时的轻松,这样考试时就不会烦躁紧张怯场,就会忘掉一切,放下思想包袱,轻装上阵。

女儿,父亲告诉你,人生是一个万花筒,璀璨绚丽,遇大事小事一定要泰然处之,切莫浮躁,切莫滋生虚荣心,从而增加心理压力。这样的压力带给你的不是学习动力,而恰恰相反。所以要保持良好愉快的心态。遇到不顺心的人和事,既不能影响吃饭休息,也不能影响学习,要知愁一愁白了头,也无作用,再大的事总得想方设法去解决、去排除、去克服。不论何事,先从最坏处着眼,向最好处努力。打个比方,学习、处事就和打仗一样,不是先想着

胜利了怎样庆贺，而是先想到失败了往哪里退却，怎样保存实力重新发起冲锋。这就联系到若某门功课考试发挥不理想，达不到预期目的怎么办？如果有了充分的心理准备，即使考得不好也在预料之中，今后继续努力学习就行了。

纵观自古以来哪有万事如意之说，哪有天天都是艳阳高照的明媚春天啊？再好的一个人、一个家庭都有缺陷和不足，大有大的难处，小有小的难处。再美满的家庭都有它的难言之处，再苦再清贫的日子也都有它的乐趣。天下家家都有一本难念的经。人在矛盾中生存，旧的矛盾刚解决，新的矛盾又衍生，这就是辩证法；人生永远都是在矛盾中生存，在变化中发展，这就是哲理。

所以，人的志气最宝贵，胜于财物。人穷但不能没有志，再富不能乱挥霍，艰苦创业，勤俭持家，不忘祖训。

女儿啊！父亲叮嘱你饮食起居要讲求科学，吃饭千万不能太随意，要讲究荤素搭配，想吃的东西（必须对身体有益）就买，再好吃的对身体无益的食物勿买；至于作息方面，务必分配好时间并制成备忘录卡片，摆放于醒目之处，作为自警鸣钟。

孩子，切记，要做的事，雷厉风行立马就干，不要拖拉，当天的事不要放到明天，不能得过且过，一定要克服赖性、惰性、侥幸的不良习气。回家要带的东西、要办的事提前用纸写好。心理素质方面，父亲叮咛你，不要凡事都争强好胜、高人一等、擦肩比高。要知道人上有人，神上有神，事事可比皆不可比，要区分对待。父亲希望你能踏实认真学好基础知识，生活学习中无论何事都讲"认真"二字。不但要有执着的精神，而且还要树立磨炼个人意志的毅力，不断地锻炼、提高自己的综合应变能力，迎难而上，勇而往之。

现实生活学习中，个人想象难免与客观现实相去甚远，要灵活掌握、随机应变，在不违背客观事物规律的前提下适时调整思路策略，使之适应事物发展变化的客观需要。所以综合素质的培养和提高是一门复杂的、多学科

的系统工程,绝非一朝一夕就可尽善尽美,只能在日常的生活学习中,不断努力。最后送你两句话:"人生风雨几多寒,笑对日月艳阳天。"

父亲于蓝田

2002 年 12 月 9 日

向女儿道歉

　　我一生最内疚的，是作为孩子的父亲，作为家庭的"栋梁"，自然而然做了几十年的家庭"行政长官"，此间或许被女儿视为"一言堂"式教育，或许曾给她们纯净的心灵留下了阴影。今天，我郑重地向女儿表示深深的歉意——对不起!

　　两个孩子从咿呀学语就在乡下她爷爷奶奶妈妈身边长大，直到大女儿高一、小女儿初一才离开爷爷奶奶去我工作的县城上学。孩子在乡下时，我休假回家忙于干活，孩子一天天长大我却很少和她们交流、沟通。在她们眼里父亲有至高无上的权利，因此每当我回乡下家里，女儿处处小心翼翼、规规矩矩，生怕惹我发脾气。这样一来产生的负面影响就是压抑了她们天真活泼的天性。

　　由于社会传统和观念的原因，我们家一直以我为中心，我是掌权者、发号施令者，是家庭的"政府首脑"。这个首脑还是终身制，不会被改选换届，更不能辞职，我将永远担负这份责任。这种自然赋予的权力曾一度保证了家庭的稳定。

　　人类历史进入到 20 世纪末 21 世纪初，封建制度早已烟消云散，但它在

意识形态上的影响却依然在很多家庭存在着。

常言说:教子不到父之过,养女不贤娘有错;宁给孩子一个好心,不给孩子一个好脸。兼之慈母严父诸类的思想在社会和家庭根深蒂固,当孩子进入幼儿、童年、少年时期,我和妻子就遵循《三字经》"养不教,父之过"的说教。我俩更懂得"养不教,父之过"的另一面,换而言之,即父母是孩子的第一任启蒙老师,父母的准则是"言传身教""身教胜于言传"。

作为父亲我也很难,20世纪90年代末到21世纪初,正是我人生的转折困难期,上有老、下有小,中年妻子的悄然辞世更是给这个原本幸福美满的家庭蒙上了一层阴影。

作为父亲,养家糊口的经济负担暂且不说,教育孩子是迫在眉睫的事,容不得半点马虎。孩子就像成长的幼树,父母的抚育和教养责任融于一身,对我来说这种责任大于天。它是一种职责,要求我坚持教育孩子数十年而不放弃,从孩子的求学到成家立业,每一步需要或不需要,我都得不厌其烦地关心、督促。因为我是她俩的父亲,我责无旁贷,必须将她们平安地引入社会直到成人,这好比是老鸟带幼鸟学飞啊! 好比一个民主的模范政府,既要为她的人民提供就业、福利、教育,又要给他们充分的自由。因此我懂得做一个开明的父亲、一个现代意义上的比较合格的父亲,应该是民主型的、表率型的,付出很多,却不求回报,并且始终保持宽厚仁慈的心态。

客观与现实总是相悖,妻子溘然离去,教育女儿的重担一下子压在我这个父亲身上,在这个不完整的家,该如何教育孩子? 该如何和她们沟通? 孩子进入初中高中,教育问题已经摆在面前刻不容缓,唯有施行"偏左"教育的无奈方法,才能促使她俩心无旁骛、专心学习,更好地完成学业。

让我欣慰的是,孩子没有辜负所有亲人们的愿望,相继大学毕业后依靠自身的能力融入了社会大家庭,赢得了各自收入较好的工作。但是,作为父亲,十几年来我心知肚明,这份比较沉重的父爱可能一度让她们产生过逃离这个家,去寻找一个自由轻松的生活环境的想法;她们也许想反抗,也许想

违命，也许想争辩……

曾经给她们带来关爱的同时我也许带给了她们一些小小的伤痕。2013年某天，偶然打开拉杆箱，看到小女儿的几篇日记，我开始对当初的一些方式有些后悔，女儿这样写道：

"多少年来，头顶着沉重的爱，心里有着各种负担，真的很累，我不知道什么时候才能轻松地生活。

"如果说父母的爱是伟大的、神圣的爱，那么，我们所得到的父爱同时也是最沉重的爱。从小到大，我们已经习惯于父亲的管教，别的孩子可以和父母成为朋友，我觉得我与父亲之间则永远也不可能。在我的潜意识里，父亲总是一副严肃的表情，永远都是权利的象征。父亲一声令下，我们所能做的就只有服从，我们和父亲之间永远没有商量的余地。父亲为我们创造了童年、少年、青年时的生活学习环境，到现在，他又为我们规划着未来的生活。父亲真的很辛苦，操了不少心，吃了不少苦，都是为了我们，然而父亲却忽略了一点：成年以后，路还得我们自己走，我们选择自己的生活，父亲给予的应该是指导和建议，而不是军令和包办。他很辛苦，我们也很累。一边是父亲，一边是自己的喜好，选择哪一个都不行，不选择哪一个也都不行。其实，我从来不奢望有多么富裕的家庭，我只希望能够轻轻松松地生活。

"这个不完整的家，让父亲变得那么敏感，那么容易伤心，那么容易生气，也让我很难受，我不知道应该怎么说话、怎么做事。因为我知道不能犯错误，不是父亲不给我改正的机会，而是为父亲的生气和伤心让我无法原谅自己。每个人都有思想，都有自己对问题的见解、看法和想法，而我，其实长这么大，也不知道自己该怎样看待一个人、一件事，也没有人和我进行这种沟通和交流，我们和父亲之间轻易就能产生误会，也许一句话就能让父亲生气、伤心，这真是我们没有想到的。在我们家，父亲永远是家长，我们永远是孩子，父亲永远也不会跟我们进行心与心的交流。

"我觉得我总是想得很多，我活得太谨慎，其实我不喜欢这种生活，我讨

厌压抑，讨厌恐惧，我希望有一个充满爱、互相关心、互相谅解的和睦的家。这种非常紧张的家庭氛围让我难受，我不敢面对每一天，因为一句话可能又会让父亲生气、伤心。"

女儿凝重的文字仿佛一滴滴泪水，滴在我的心头。作为父亲，当时的境况之下我有我的难处，我深知严格的家教管制下，压制孩子的性情或有"敢怒不敢言"之后果。但是，在特殊环境中"小心驶得万年船"，尤其教育孩子，千万不敢有半点闪失。为了孩子的未来，为了她们的前途，不管她们理解与不理解，得罪与不得罪她们，我都得义无反顾、执着地那样走下去。

我的岳母健在时说过一句话："要知父母恩，怀里抱儿孙。"一个人只有有了一定的生活阅历，到了一定年龄段，再来回眸曾经的岁月，才会理解作为父亲教育女儿的客观性、艰难性、必要性和适时性。

如今的社会，我不可能再滥用封建礼教"棍棒之下出孝子"的一套来教育孩子。当前，她们已在大城市安家立业，并能融入主流社会，遇到事情权衡利弊、决策果断，完全可以独当一面。虽然我难免有牵挂之念，但，相信孩子会驾驭自己，在复杂的人际关系中能够游刃有余，在广阔的天地中能有所作为，在茫茫无垠的大海中找到自己的定位神针！

而今，我已年过花甲，经历了岁月的打磨，经历了曲折和挫折，留下的只是人生足迹，不再有"老牛自知黄昏晚，不待扬鞭自奋蹄"的精神，不会再去对千里之外的她们发施"命令"。我已到了"故耳顺不悖，万事都应入耳心平"之年代。

忆昔日，事过境迁，错对成败身后事。

看今朝，悔过自新，愿做赋闲明智人。为父思过，谨此向女儿道歉问好！

2015 年 9 月 13 日作于故居

女儿的成长之路

如今回顾两个女儿成长中走过的道路,每一步都走得比较坚实。当然,毋庸置疑,她俩每取得一点成绩和收获,她们自己也必然付出了一定的辛勤与努力。

话说如今两个女儿均已成家立业,每每回顾过往的旧事,倍觉愧疚。不论是襁褓中的婴儿、咿呀学语的幼童,还是天真活泼的儿童、面临中考升学的学生,在女儿成长的各个阶段,作为父亲,我所尽的责任非常有限。

大女儿的成长经历

人常说:"父母是孩子的第一任老师。"作为父母,从孩子懂事起,就应该教会孩子什么是善,什么是恶,什么事能做,什么事不能做,要让孩子懂得尊老爱幼。家庭是人生成长的摇篮,更是培养孩子成为对社会有用之人的大厦基石。在我们家,父亲、母亲、叔父、妻子是孩子的启蒙老师,他们的行为准则,以及良好的素质成为孩子启蒙学习的榜样。

女儿从小就跟着爷爷奶奶和妈妈,根本不去街道玩耍,她的朋友也都是邻家的孩子或是上学后的同学。家院就是她的小天地,每年到了收获庄稼

的季节,她就在家帮着大人们做点小农活,围在奶奶妈妈身边转,打小就懂事听话,从来不给大人添乱。她从小就知道尊敬长辈,小小年纪就很懂礼数。

那是女儿小时候,到了吃饭时间,她就赶忙挪凳子、放碗、拿筷子。给我印象颇深的就是长辈们不端碗,不动筷子夹菜,就是她饿了想吃饭菜,她也绝对不会先动筷子夹菜的。作为小孩,这一点已经是非常了不起了,说明她懂礼貌,有很强的自控和约束能力。

一转眼女儿已经进入小学学堂几年了。作为第一任老师之一,我总想把传统的家风像血液一样输进孩子的机体,教育她从小做任何事都要认认真真、踏踏实实。

记得在孩子上小学三年级期间,我在院子的地上教她用粉笔写"好好学习,天天向上"和"认真"几个字,并告诉她凡事只要认真,定会成功。这也许是我作为父亲唯一耐心教给孩子的学习态度吧。

就在我教孩子写这十个字的一年后,1989 年 5 月 15 日,孩子小学四年级,以较好的学习成绩被评为"西安市级三好学生"。

女儿小学毕业升入聚庆初级中学,学习成绩一直名列前茅。尤其是语文知识方面已经初露锋芒,曾经给她们班代过语文课的王伟老师在洪家寨107 道路上碰见我,欣喜地告诉我孩子的语文基础知识较好,作文每次得分都是较高的,他说:"这个学生今后在文科方面很有潜力,尤其有语文知识方面的天赋。"

初中时期,女儿"三好学生"的奖状和文化课竞赛荣誉接踵而来。1993年获得聚庆中学初二英语竞赛一等奖、初二数学学科竞赛二等奖和"知我中华,爱我家乡"演讲比赛一等奖;1994 年获得聚庆中学初二英语竞赛二等奖、蓝田县初中数学竞赛三等奖。

中考她以较优异的成绩考入县城一流重点中学,1999 年毕业高考,她以标准综合成绩 650 分,考入西北农林科技大学园艺专业。大学四年她埋

头苦读、勤奋学习,政治觉悟较高,追求思想进步,毕业前夕已经成为一名中共预备党员。

2003年春节前,已进入6月底毕业的倒计时。原以为中国是个农业国,学农会有所建树,就业面宽,没想到学农终归还是不及学其他工科、理科,就业面狭窄,尤其女生学农就业更难。女儿就业抉择那段时间,单位同事曾建议我找局领导把孩子安排到本单位,我摇摇头,心里很明白,从孩子报考志愿起,我压根就没想让她再回到县城来。为了宽慰孩子,我做了最坏的思想准备,曾经说过,如果找不到合适的工作,就去大西北支援边疆建设。

正在一筹莫展之际,峰回路转。孩子告诉我杨凌要举办一个人才招聘会,我们怀着试试看的心态去了招聘会。在招聘会会场转了一圈,父女俩不约而同地都看中了陕西农业杂志社编辑这个工作。显然,这份工作在此次招聘会上算得上是显赫的岗位。对待这份编辑工作孩子既羡慕也渴望,考虑掂量后冒昧投下了求职简历。未想到,编辑部招聘程序可不是一般的程序,称得上"过五关斩六将",杂志社只招聘三名编辑,可程序相当严谨、复杂和透明。招聘第二天就在杨凌现场笔试,当然主考科目是语文基础知识,修改错别字和一篇作文。现场考试结束连夜阅卷,第三天一早通知初录的十几名学生面试。初录后,因孩子是预备党员,编辑部又派人去学院支部调查了解情况。

等待总是折磨人的,大约一个月了还没有一丁点消息,这种煎熬真是度日如年。于是,我冒昧拨通了编辑部的电话,委婉地询问了招聘的进展情况,编辑部人员回答:"可以这样说,编辑部筛选是单个淘汰制,如果早早通知你孩子,就说明落选了;而通知得越晚,聘用的可能性就越大。"

有了这几句话,我们当然不希望早早得到通知。漫长的等待啊,等待,等到第四十九天,终于等来了聘用通知。巧不巧,孩子报考本校的研究生,此时也有了录取的消息。因为这份编辑工作来之不易,到底是工作呢还是继续上学呢,孩子犹豫不决,我又和孩子去编辑部找社领导商量。

陈副社长说:"这几年毕业生就业越来越难,2003年的毕业生又遇到了'非典',就业压力可想而知。《西北园艺》只有三个编辑岗位。这次招聘,不但在杨凌招聘会现场报名,同时还开通了网上报名,有来自全国各地很多名学生竞争,投简历的130多个,在杨凌参加初选笔试的就有不少,三个大教室都是考场。"

董社长指着门后那一摞应聘书,对我说:"女生的就业要比男生更难,你的女儿能在这130多名学生里脱颖而出,说明她很优秀。这次编辑部在选聘学生时,只重能力测试选用,不看面子、不认条子、不看性别。"

我表示目前本校研究生已录取,在上学和工作上很为难,董社长说:"至于是先工作还是先上学,可以想一想。考研一般是为缓解就业压力,或就业不理想。考研的最终目的是什么? 还是为了一份满意的工作。既然她有了这份编辑工作,我建议先工作。"与其一席话,胜读十年书,就这样,女儿毕业后走进了陕西农业杂志社《西北园艺》编辑部。

女儿在编辑部工作八个月后,鉴于工作的压力以及为个人未来发展考虑,毅然决定放弃这份令人羡慕的工作,此后去了北京开始汇入北漂的人群洪流中。

她到了北京后,应聘到中国农业科学院《农业科技通讯》编辑部。幸运的是2004年9月份就将户口迁往北京,成为北京户籍的市民。在《农业科技通讯》编辑部工作约一年时间,好心的同事建议她去中国人民解放军原总后勤部所属的金盾出版社,说那里更有发展空间,从长远计议应该去那里工作。

抱着尝试的心态,她给出版社领导写了一份求职信,四个多月后的一天,突然接到社长的电话让她尽快去面试。再之后她就成了金盾出版社的一员,并直接参与了《科学种养》的创刊编辑工作。如今她在这个编辑部已经工作十余年,算得上是编辑部的骨干。

就职于金盾出版社期间,为了拓宽知识面,丰富涉农专业知识,深思熟

虑后她选择了在职求学深造。2014年她以高于本专业录取分数线八十多分的成绩考取了中国农业大学的在职研究生。入学以后她依然勤奋学习，最令人折服的是专业课"农业科技与'三农'政策"的成绩类型是百分制，主观题，她得了满分100分，这足以证明她在专业学习方面的钻研力度和悟性。

女儿继续就职金盾出版社《科学种养》编辑部，逐步考取了编辑中级职称，取得了国家新闻记者证。作为一个编辑，虽然有国家新闻出版总署发给的培训资格证书和中级职称证，但是获取国家新闻出版总署认定，并具备高级职称的证书非常必要。

每一个从事文字编辑工作的人，都希望自己的编辑技能得到国家新闻出版单位的认可。金盾出版社克服重重用人机制不完善的难点，以部队序列的程序为女儿上报申请"高级副编审"资格证书。终于功夫不负有心人，经"国家新闻出版广电总局出版专业高级职务评审委员会"2014年9月25日的会议评审，确认女儿具有"副编审"任职资格。评审委员会评审意见总人数30人，参加29人，表决结果赞成28人、反对1人。

2014年9月女儿获得国家新闻出版广电总局颁发的"副编审"证书。

有了这样一个证书，意味着从事了十几年编辑工作的女儿，从此才真正进入到国家编审队伍里，告别了中级边沿式的编辑生活，开启了一个崭新的编辑工作新局面。

故不积跬步，无以至千里；不积小流，无以成

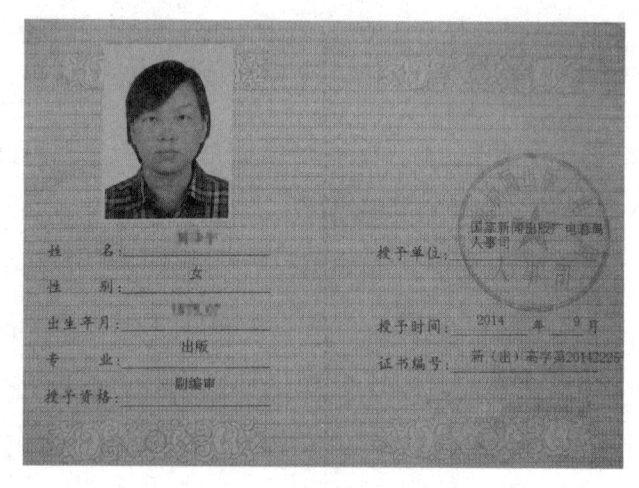

作者大女儿的副编审证书

江海。通过知识的积累以及工作能力的不断提升，女儿在事业上迎来了新的飞跃。2016 年年末，出版社决定由她担任《科学种养》的执行主编。

2016 年年度总结大会上，社领导阐述了组织信任、委任年纪轻、阅历浅的她来独当一面主持编辑部工作的理由，对她十余年来在编辑部的工作做了进一步的肯定。这是组织对她勤勉敬业工作精神的认可，更是对她未来工作事业的殷切希望和鞭策鼓励。

小女儿的成长经历

往事不堪回首，三十年时光倒流。三岁的女儿，说话吐字发音还不准，那时她把"兜兜"叫"嘎兜"，将"头发"叫"苟发"。当年，她是家里七个人的"小公主"，她奶声奶气的童声走音字，会惹来大家的一阵笑声。可在笑的背后，我们也担心孩子会不会长大说话也是这样，发音不准、吐字不清晰。时间过了好几个月，突然某天在大房堂屋里，她居然说话吐字正常了，全家人非常高兴，娃娃真是刹那间，说变就变了。

20 世纪 80 年代中期农村还没有幼儿园，她姐姐去上学后，大人要干活，没有人陪她玩。家里的一张活动小圆桌，就是她玩耍的游乐场，手里一个小手绢就是她的玩具。小手绢在她的小手中变幻多姿，一会儿叠成方块，一会儿卷成圆筒，一会儿折成三角形……女儿的童年就是这样自娱自乐度过的。

进入小学五年级后，女儿的学习成绩一直保持较好，并担任了班里的学习干事。1992 年获得汤峪镇中心小学期末考试语文数学双科优秀成绩奖；1994 年获得汤峪镇中心小学作文竞赛第三名；1995 年被评为 1994—1995 年学年"优秀学生干部"。

小学毕业她以较好的成绩，语文 86 分、数学 95 分成为聚庆初级中学考区的前几名学生。初中一年级转学到县城蓝关镇初级中学读书。刚刚踏入初中校门，人生最悲情的厄运袭来了，她亲爱的妈妈去世了。

晴天霹雳，一个十二岁的孩子失去母爱，这是人世间莫大的悲哀。面对

这样的逆境打击,孩子没有沉沦,没有自暴自弃。初中第一个学期就被评为"三好学生"。1995年11月10日获得1995—1996学年(一)作文竞赛二等奖。

三年初中学习阶段,孩子化悲痛为力量,学习更加刻苦努力。一分耕耘,一分收获,初中毕业孩子赢得了学校颁发的奖状,又以优异的成绩考入本县重点高中北关中学。

走进蓝田学子向往的北关高中,女儿很珍惜这份机会。她天性生来和她妈妈相似,做事比较沉稳低调,说话委婉,不爱出风头,但内心有一股强大的驱动力——"成绩单"。她明白全家人期待的目光都聚焦在她的身上,她必须刻苦学习,以较好的成绩报答长辈的养育之恩。高中几年,孩子由初入学的年级前80名到高中第五学期进入到全年级前23名,并且担任着她们班的数学"科代表"。

一晃时间到了2001年临近高考的节骨眼上。临考前,我知道女儿心里承受的压力太大,曾和她一起分析过。按高中三年每学期的综合考分,正常发挥高考成绩应在标准分630左右,假如考试失误,最低也就是600上下,希望她不要过于紧张,放下思想包袱。

俗话说:"人的命,天注定。"你怕的事,它偏偏发生。作为父亲,每次考试结束前,我都到北街城关中学的东门口等孩子。不用问考得如何,我一看孩子紧锁的眉头,就明白了她考场发挥不正常。

成绩公布后,印证了低估的界限,标准分607分。为了不再给家人增加经济负担,她选择了不复读,那就上二本大学的好专业吧:西安理工大学通讯专业。怎么也想不到,事情就那么巧,大学报到安排住宿后,她的公寓房间号竟然是"607",匪夷所思,令人愕然。当时我在心里自言自语叹息:"楠楠啊,楠楠,这是命啊,命,不信命这回咱们也得认命了。"尽管可以用巧合来解说,但是,不得不承认命运谁也无法抗拒。

高中阶段,女儿的英语、数学基础比较好,虽然考场未取得好成绩,但到

了大学,她的英语作文还曾被老师当作"范文"在班里讲读。女儿在校一次考过所有专业课程和文化课程、一次考过英语四六级,并且越过计算机二级考试,一次考过全国计算机等级三级。

具备了这些硬件就业条件,女儿毕业后于 2005 年 7 月 16 日前往浙江宁波奉化波导公司工作。在那里工作几年后,又辗转落户于上海浦东新区,成为南下的上海市公民,在岗位上发挥着自己的潜能和专业知识,为社会贡献自己所学的知识!

人常说:"没有压力,就没有动力。"回顾孩子走过的路,却是她们自己走出来的。我没有给她们提供优越的物质、就业条件,或许无形中还增加了她们的心理负担,但这种背负,虽沉重,却变成了一种学习动力,励志成才;变成了一个起爆点,迸发出瑰丽的人生奋斗霞光,照耀着她们前进的道路!

2015 年 10 月 7 日于故居

▌拾忆那年味

2013 年腊月,我和大女儿分别从西安、北京来到我小女儿位于上海浦东新区的居住地。一家三人,未备什么酒菜,一顿简单的家常饭菜度过了年三十,度过了一个令我终生难忘而又愉快温馨的马年春节。

这次大女儿带来两个消息:一是 2014 年正月二十八日,她要在六朝故都南京的中国人民解放军南京政治学院短期学习;二是她以较高的考分,考取了中国农业大学的在职研究生,目前只等录取通知。

小女儿 2013 年也是颇有成绩,几年来她在公司兢兢业业,以较强的专业能力和较好的人缘关系,赢得广泛称赞。公司于 2013 年为她和女婿、女儿解决了上海户口。

2013 年腊月三十晚上,按华夏传统习俗,人们对这个除夕十分在意,不管大洋彼岸,还是东西南北中,都要赶在这天晚上团聚。

我们所处的浦东新区的这个小区,张灯结彩,火树银花,节日的气氛很浓郁。在这辞旧岁迎新春之际,震耳欲聋的鞭炮此起彼伏,烟花爆竹直冲云霄,空中的焰火绚丽多彩,整个浦东上空洋溢着春节的吉祥和瑞气,一个万家灯火辉煌的不眠之夜即将来临。

晚上八点,华夏亿万人民瞩目的春节晚会拉开了帷幕,我们父女三人边聊天,边看文艺节目,女儿无微不至地关心和照顾我,端水递零食,处处表孝心。自从她奶奶去世以后这是我们父女三人第一次春节大团圆,有着不平凡的年味和意义。

当零点的钟声敲响,时间已经跨越到2014年正月初一凌晨,两个女儿不约而同地走进她们的卧室,几分钟后大女儿双手递给我一个红包,说:"爸爸请您收下吧,这是我们的一点心意。"我顿时懵住了,没有反应过来。经再三谢绝,她还是执意把红包递给我,我的心猛然酸楚,手握着这似金子般沉甸甸的"孝心红包"痴痴发呆,不知所措。对于孩子们的孝敬心,我内心感到特别欣慰,钱的多少并不重要,高兴的是她们知书达理,懂得孝敬、懂得尊老、懂得诠释爱心。

当然,她们姐妹二人自从毕业后,逢年过节都会给长辈们一些零花钱,我们那时也都乐意接纳了。唯有今年,三个人三个不同方位聚在一起,实属不易。女儿用红包表心意,情我领了,但我觉得亲人之间交流才是最重要的。今年她们给的孝敬钱我不愿意收,因为2013年腊月年关前,由于亲戚家的特殊情况我们三人回老家西安,赶年前又回到上海,姐妹俩已经花了不少费用,她们生活在大城市,生活成本又较高,这些情况我心里清楚。虽然我无法拒绝收下了孩子的这份孝顺钱,可我的心咋能平静呢……

春晚节目终于结束,我躺在床上翻来覆去,毫无倦意。遽然回首,光阴似箭,过往的那些大年三十守岁情景又涌上心来。

记得儿时,每年从腊月二十三祭灶开始,我就过一天在堂屋门背后用粉笔画上一道,盼着年三十有好菜大肉吃,记得母亲常说一句话:"宁肯穷一年,不肯穷一节。"那时生产队集体做豆腐,用豆腐渣喂猪,每年的年关前,就宰几头大肥土猪分给全队社员。

等到年三十这一天,晚上除了母亲一人在灶台忙碌外,其他人就早早坐在火炕上,眼巴巴瞅着案板上的菜肴和热气腾腾的大锅里的稠酒(米酒),

等着吃年夜饭。在关中农家,每个家庭都是锅台(方言称"锅头")连着火炕,灶台一般有两个铁锅,一个称小锅,锅比较浅,喇叭状,底小口大(口径约一尺八寸);一个称大锅,口径和小锅差不多,大铁锅上下口径一样通直,比较深,可以蒸馒头或溜剩饭剩菜等。都是农家必备之锅。

除夕之夜最辛苦的当然是母亲,她娴熟地一边给两个锅灶添柴,一边炒菜,等到酒、菜一切就绪,将一个"文革"时期的语录牌,当作菜盘摆放在火炕的中间,上面摆放四个菜(凉菜之一是炝莲菜。那时的炝莲菜用的不是如今的芥末油,而是母亲自制的芥末调料。记得母亲把芥末籽擀成粉末,放在一个小瓷碗里,加沸开水搅拌成稠糊状,扣在水桶旁,这样自制出的芥末调料比现在的芥末油还好吃)和一壶香气四溢的米酒。一家人盘腿而坐,就是年夜饭。吃完饭,父亲、母亲各自从身上掏出早已准备好的较新的角币压岁钱递给我,我赶忙压在火炕芦苇席底下。得到了压岁钱,好像了结了一桩心愿,就慢慢地倒在热炕上迷迷糊糊睡着了。

青中年时,自从我参加工作,每年除夕之夜孝敬父母的钱必不可少。后来,家里添了大女儿和小女儿,直到孩子工作以前,每年大年三十我都会给女儿压岁钱。到了女儿这个年代,父母给孩子的压岁钱已不再是当年的五角一元了。那时家庭生活负担重、工作压力大,我好像对过年已经麻木,已把春节那份快乐交给了后辈女儿去享受。

中年末期和老年初期,在家里逢年过节,我就是"财东",女儿总是千方百计给我手里递红包,钱数已经是二三十年前我给她们的百倍千倍了。她们希望我生活不要太过于节俭,嘱咐我该吃的要吃,该用的要用,要注意营养调配,身体健康才是最重要的。

蓦然回首,花甲之年,能在浦东新区一家人团聚欢度春节,真是难得的机会。虽说年三十年夜饭,我们吃的却是粗茶淡饭,什么四菜一汤、七碟子八碗,什么白酒、红酒、果汁,一一免了。可是,我们吃的是地道的家乡饭菜,吃得舒心有味道,都觉得这样符合我们的生活习惯,不讲究形式和排场,反

倒是自然随意为好。年过得好与坏,对我们父女三人来说,不在于饭菜的丰盛与否,重要的是气氛和心情。传统的守岁是父女三人开开心心、促膝畅谈的最佳时刻。亲情、血缘是一个无形的网,我们都在这张网上编织着一个美好的梦——传统道德梦!

重拾年味,当属马年!

甲午年正月初三于上海浦东

谱写爱的旋律

我的母亲是一位细心人，感谢她老人家为我保存了几篇女儿的日记，这几篇日记出自20多年前，是一个12岁孩子的内心独白。如今读来字字皆情，句句皆意。

日记中这样写道："1995年9月7日，蓝关镇初中一年级刚开学，我课前顺手翻出朱自清的《背影》，就联想到父亲的恩情。今年升初中，我只是比爸爸同事的孩子分数高一点，他都很高兴。他知道我爱吃葡萄，便带我去葡萄园买新鲜的葡萄。为了送一本资料书，爸爸冒着大雪骑摩托把书送给了我。冬天到了，父亲怕我上学路上冷，因为我没有棉鞋，父亲便在自己的棉鞋里面多铺了棉垫，让我穿上。当时我还嫌难看。过后，我想到父亲为了我，宁可自己不穿棉鞋，也要让我穿，我感动了。似乎透过棉鞋看到了父亲那苍老的面孔，看到了父亲因放学不见女儿回家那焦灼的神情。我不敢看第二次了，我怕泪水会湿透眼前的课本，我的眼泪像断了线的珠子流了下来。父亲关心我们的事很多很多，就是用书编写也编写不完，我如果不好好学习，对得起父亲吗？"

教师堪称是人类灵魂的工程师，教师亦是传授知识答疑解惑的奠基人。

要铺就好人生每一块基石，首先要尊重辛勤耕耘在三尺讲台上的老师，完成好老师每一天布置的作业，这是最起码的要求。女儿日记中这样写道："今天是9月8日，后天就是教师节，我们应该用什么礼物来报答培养我们成才的老师呢？我想来想去，对啦，我应该把老师布置的作业做完。因为老师教了我们新知识，我们只有把作业做完，才能巩固知识。"

反哺是每一个有教养和有修养人的立身之本，也是每个人的修身之本。小女儿从老家到了县城求学，每每回家看望奶奶临分别时，女儿便把这份对奶奶和故乡的依恋之情化作努力学习的动力。她在日记中写道："今天是中秋节，别人都能一家人团聚在一起吃月饼。可是我、姐姐、爸爸、妈妈却在县城，不能和奶奶爷爷欢聚一堂，我感觉很扫兴。我已一星期没有见奶奶了，在一起的时候觉得时间过得太快了，离开之后，却总盼赶快到周末，又能见到奶奶。我正想着希望爸爸能把我们送回家，看望一下奶奶，妈妈突然上楼来了，她告诉我和姐姐：爸爸要回家了。我们高兴得跳起来，连正做的作业都来不及整理，匆匆跑下楼去。"

"在回家的路上，我回忆着家中的情景和往事。奶奶把家收拾得干干净净，她最疼爱我了。爸爸给她买的好吃的东西，奶奶总是舍不得吃，认为她已经老了，不必吃什么补的东西。我们正是成长的时候，所以她把好吃的都留给我们吃。快到冬天了，奶奶便早早为我缝补棉袄、棉裤，为我做棉鞋，唯恐我着凉。有一件事，我觉得太对不起奶奶了，奶奶用自己的筷子搅菜，我就有些讨厌。于是，我不吃奶奶做的饭，奶奶问我的时候，我说不爱吃米饭，就什么也不吃去学校了。正上课的时候，奶奶怕我挨饿，为我用油炸了些馍，冒雨送到我的学校。当我接过馍时，看着奶奶脸边的泪花和满身的泥水，我的眼泪滴在了馍上……"

"——车到家了，我高兴地叫了起来，奶奶，我回来了。奶奶眼睛里含着泪水走出了屋子说：'我还以为你们不回来呢！'进了屋，我不知如何对奶奶说。因为是爸爸开局（单位）里的车，所以今天就要走。快要走了，奶奶仍

是含着泪送我们，我望着奶奶那苍老的面孔，晶莹的泪花湿润了我的眼睛。我怀着依恋之情，离开了奶奶，离开了故乡。我真想对奶奶说：奶奶您等着我吧，我要好好学习，将来挣了大钱，一定给您买新衣服，买好吃的，不用您再穿缝了再缝、补了再补的衣服，让您不再过那种穷苦的生活。您吃了一辈子的苦，在老年，要让您享一享人间的荣华富贵呀！"

　　人生最大的爱就是"母爱"，母爱是无私的，也是不寻常的爱。当女儿懂得母亲博大的胸怀，理解了母亲的一片心意之后，心里任何的怨言都会烟消云散。女儿在日记中曾经这样写道："今天，妈妈她有病，但还是起来得很早，为我做饭。可是我却因妈妈把饭做得迟了点而不吃。她便给我买了些好吃的东西送到学校来。这节课正好是英语课，我一看见妈妈站在门外，便猜度她带着什么好东西，心跑了。英语老师让我背单词，我目瞪口呆，似乎觉得老师特别严厉，我又一次讨厌妈妈在我眼前出现。下午放学后，以往，我总是要让妈妈陪着我做作业。但我知道妈妈有病，也不愿意让她陪我。可妈妈为了我的学习，仍带病坐在我身旁，我看着妈妈那紫红的嘴唇，我哭了。我想对妈妈说：休息吧，妈妈！"

　　1995年9月23日的一篇日记，成为小女今生记述与亲爱的妈妈永别前的最后文字。日记中，写到了妈妈面对疾病的坚强，病魔缠身依然起早做饭、洗衣服；写到妈妈对自己和姐姐的殷切希望：

　　"今天尽管是星期六，我依然醒来得很早，心里不能平静。妈妈昨天说她胃痛，可我和姐姐让她到医院去检查，妈妈却说她不要紧，硬是不去。妈妈已比以前在老家时瘦多了，苍老的面孔上留下了一道道皱纹。我们一天比一天长大，母亲那清瘦的脸上一天比一天多了皱纹，她为我们做饭，为我们洗衣服，什么都不让我们做。当我问起妈妈时，她总会说：'你们的学习要紧，这些事你们不要干，我闲着没事，我和你爸爸只希望你姐妹俩为咱家争光，为妈妈争一口气，好好学习，我愿意付出一切代价，也要为你们学习着想。'妈妈的话深深印在我的脑子里，使我明确了学习目标。我一向爱睡懒

觉,可是今天早上,我怎么也睡不着,翻来覆去地想,妈妈的病情好转了吗?于是我便跳下床,跑下楼,当我推开紧闭着的门时,发现妈妈已经为我烧好了排骨汤。才七点半,她都起来了,这是星期天,她应该多休息一会呀!平常没到六点钟妈妈就起来准备早餐,生怕我上学迟到。因此,妈妈脸色发黄,无精打采。但她还是装出一种很坚强、没什么的样子。我哭了,但我又不想让妈妈看见,便偷偷抹掉眼泪。有时也会一个人待在屋里,回想着,回想着,眼泪便会夺眶而出。"

　　一个12岁的孩子,一个刚从小学进入初中的孩子,幼稚的心田已经种下了爱心的种子,她用纤细的手指拨动着爱的琴弦,幼稚的心弦奏出了不同凡响的音韵,朴实无华的语言中凝结着炽热的情感。十一篇日记书写着感人的亲情篇章,十一篇日记抒写着少女的心路,十一篇日记谱写着真挚的旋律!

2015 年 10 月 25 日于故居

▌小小便笺传真情

便条一般用于办公室、电话记录等。可在我们家里,1995 年后的几年时间里,便条成为我与两个女儿彼此沟通的特殊简单的交流方式。

时过境迁,二十年后的今天,整理书籍杂物时再次看到当年孩子与我沟通而写的这些便条,当时的情景如同潮水般地涌上心头,曾经的点点滴滴让人浮想联翩。当年,懂事的两个孩子面对家庭困难和学习的双重压力,生活中依然有条不紊,相互关心,彼此照顾,彼此相携,体贴入微,难能可贵,难能可贵啊,字字句句皆蕴情,字字句句皆感动。特摘录如下:

楠楠:晚上把锅洗完后,将水倒了,然后再接一些清水,把锅再洗一遍(包括碗筷),把东西放好,用抹布把案板擦干净(用洗碗的擦),再把抹布拿去水管洗干净,接一白盆凉水。

姐姐:即日

黄楠:星期一中午回来先用大黑锅下饺子,下好了你先吃,别等我,饺子烧三开就可以了。

姐:早8:00 留

华宁、楠楠:你姐妹二人好,我把黄楠奖状带回家,让你妈

看看。

爸爸:95.11.13

楠楠:(星期二)中午放学回来先用旧电壶热水把手洗洗再下面。

姐:95.11.14

楠楠:回来早先打开炉门取掉圈,火就好了,如果我没回来你先倒油炒菜,别等我(把煤眼对端)。

姐:即日 8:00

爸爸:我和姐姐出去买书,一会儿就回来,你回来歇一会儿,把苹果一吃,饭就等我们回来再做。

女儿黄楠:即日

爸爸:我俩没等着你回来,所以上去睡觉了。衣服我全部洗好了,放在盆里,等明天有电,你用洗衣机再甩。如果你没吃饭就煮一包牛肉方便面,回来早点休息,明天早饭时间晚点。

女儿华宁:即日

爸:您回来把电棒(日光灯)拉灭,因为我俩不知道拉的哪个电棒。

女儿楠楠

爸:我在楼上做作业。

女儿楠楠

姐姐:我等不住你,先上去了,你回来炉子上有油饼,你吃几个,然后给咱爸把暖壶水一烧。

妹楠

楠楠:我上四楼收拾房子,你回来找我。

姐姐

爸:电壶水灌满了,热水袋也灌满了,我俩上去了,你回来后早

点睡。

女儿华宁

爸:我俩上去了,热水袋和电壶水都灌满了,箱子上有一个苹果,你一会儿吃,回来早点睡。

女儿华宁

爸:电壶和热水袋都已灌满。我俩上去了,你回来早点睡。

女儿华宁

爸:如果你回来时间早,就到王老师(黄楠班主任)那儿去一趟,如果晚了,就不去了。

女儿华宁:96.1.24

华宁、楠楠:晚上给我把玉米糁也做上,下午6:00—6:30我回来,咱们一块吃饭。

爸:96.1.25

爸、姐:我上去背书去了,我已给盆盆里把水接满,给你们削的苹果在案板上。电棒启动不起,只好开灯。

黄楠

爸爸:热水袋灌了,电壶(热水瓶)水也满了,你回来做点饭吃,我俩上去了。

女儿华宁:96.2.3

姐:回来打开抽屉,遥控器下面藏着好东西,桌子上有半包面(我吃了一半),你一吃。

妹:即日

爸:我俩等不见你,先上去了,你回来吃点东西,早点休息。

女儿华宁:即日

爸爸:绿壶里有水,我们提上去了,你回来如果喝水,压水瓶里有,水壶里的水烧开了,把热水袋一灌,剩下的你先洗,收拾完,早

150

点休息。

女儿黄楠

姐:我上去写作业了,坐在下面老打喷嚏。还有些作业在上面,我还要用,你回来就上来,听见了吗?

妹楠

爸:热水袋灌了,电壶水都满着,你回来早点休息。

女儿华宁

爸、姐:我上去了,肉已好了,爸你回来早点休息。姐你回来早点上来。

黄楠

爸爸:我明早8:20考试,所以6:30起来,您回来早点休息。

女儿华宁

楠楠:放学回来,先切几根蒜苗,再炒些泡菜。

姐姐

简短的便条,绵绵的深情。这是最平凡的爱,也是最伟大的爱。从1995年10月份到2001年8月份,我和孩子就是靠着这种便条的方式在生活中沟通和交流。六年时间,我们之间写的便条很多很多,遗憾的是只留存了这点儿。这些便条幸好是写在一个本子上,才成为我们回顾逝去岁月亲情的索引。这仅存的26个便条浓缩的是一串串动人的故事,述说的是一道道生活中的爱心与关怀。

在家庭遇到前所未有的困难面前,她们姐妹俩借助便条用温馨的语言呵护着这个家庭;她们用刻苦努力、积极上进的学习态度和优异的学习成绩回报了前辈的殷切希望;她们用至真至诚的爱心托起了一束明媚的灿烂阳光,温暖了这个家庭,温暖了家里的每一个人。

2015 年 11 月 13 日于故居

飘在心坎的那份肉香

如今的家乡，人民的生活水平已是芝麻开花节节高，温饱问题已成为昔日的往事，鸡鸭鱼肉已成为家常饭菜。可是，再精心添加调料烹饪的肉香怎么也品不出20世纪六七十年代故乡那种浓香四溢的肉味。

20世纪70年代末，中国农村实行家庭联产承包责任制前，农村生产队实行的是集体劳动制。就在那些年，生产队为犁地、碾场（场间碾麦子），就在老家土崖后面西北方几孔窑里养殖了好多头牲畜。为了解决牲畜的精饲料和增加生产队的副业收入，各队相继办起了豆腐坊。这样一来，豆腐渣既可以给牛做饲料，余下的豆腐渣又可以养七八头黑猪（土猪），每年农历腊月年前宰了再按人口分给每个家庭。

每年过了农历腊月二十三祭灶，生产队就酝酿着杀猪过年。记得到了分肉那天，我们这帮孩子早早就提着小笼去排队抓阄。抓阄前猪肉已经按分配次序排列好。那时人人都希望分到膘肥油腻的五花肉（肋条肉），瘦肉并不受人待见。

分到的肉拿回家，离大年三十还有几天，家里人哪舍得煮了吃，但瓦房土墙夜里老鼠出没频繁，肉这几天怎么保存？想来想去没有合适的地方。

后来,父亲利用房顶的腰檩上吊着的一根3米多长的铁丝,找来一块35厘米左右的铁皮,给铁皮中间打一个小孔,铁丝从中间穿过,然后给铁丝头折一个钩,就这样将肉挂在铁皮下面。

生产队每年分到这些猪肉,母亲都要精打细算。因为农历除夕、大年初一、正月初五、元宵节和农历二月二(龙抬头)这些天炒菜都要做一道荤菜。农家人有句话:"宁肯穷一年,不可穷一节。"由于母亲的安排料理,生产队分到的那些肉每年都吃到了农历二月二,自然肉的香味也就在家院里飘溢了一个多月。

因为盼望着过年吃猪肉,年前的每一天对我来说都很漫长。等到腊月年三十这天(一般肉包都在年三十蒸,腊月二十八九这几天都是蒸枣花馍和油塔),天还未亮,母亲就起床在灶台前忙活煮肉。那时煮肉就是在锅里放一些花椒、生姜和盐,并没有八角、桂皮、香叶、小茴香之类的调料。待到肉快煮熟的时候,锅盖缝隙喷出了热乎乎的蒸气,满屋飘散着浓浓的诱人香气。

煮肉后剔出的骨头,母亲又把它和煮肉汤盛在一起。这些肉汤骨头做烩菜时放些进去会很好吃,算是荤菜,烩菜里的骨头再挑出来砸出骨髓。

肉煮出来后,接下来母亲又忙着蒸包子。包子是两三种:豆沙、肉包和素包子。豆沙包子一般是圆形,馅就是红小豆;肉包子馅有大肉、白萝卜、粉条、豆腐、葱姜、地皮菜(也叫"地软",是母亲梅雨季节去附近桃花岭拾的)等;素包子馅就少了那点大肉。当然,虽说素包和肉包就差一点大肉,可吃起来味道还是不一样,大人们舍不得吃肉包,处处让着我。为了分清肉包和素包,母亲捏包子时将肉包顶部的褶捏成一个五分硬币大小的小圆圈,或是把所有素包的褶捏于包子中心形成一个尖,这样便于区分,拿包子时一目了然。

刚上锅蒸了二三十分钟,不等包子熟,满屋已经散发出扑鼻馍香。四十多分钟后,包子出锅,满屋热气腾腾,母亲怕我被烫伤赶快用毛巾裹着给我

一个,让我先吃。当吃到一点肉味,那是一种特别的新鲜喷香,肉少而不腻。母亲擅用几样普通的馅做出独特的味道,在我心里,如今的肉包子是无法和昔日家乡母亲蒸的肉包子相比的呀!

吃了肉包子几小时后,就是除夕夜。过去年三十,熬年不像现在,个个热菜都离不开肉,那时年三十家里就是几盘素菜和一盘蒜苗粉条炒肉或莲菜炒肉片一个荤菜,家人照样吃得鲜香可口。

黎明时分,新年初始,家乡人早饭一般都是臊子面。臊子五颜六色,白萝卜做主材,配有豆腐、菠菜、肉丁、萝卜干、黄花菜、蒜苗、自产的木耳(房前屋后的榆木干枝朽后生的)。当然臊子里最少的物料就是小肉丁。记得当年我用筷子挑起细长的臊子面狼吞虎咽地吃着,偶尔吃到一点瘦肉丁,嚼着蛮有滋味,吃得特别香。

生产队实行联产责任承包前那些年,家乡人偏爱大肉,有几句俗语:"羊肉气嫌膻,牛肉煮不烂,猪肉倒好没有钱。"猪肉是当地乡下人渴望的最佳肉类。

可是,令人质疑的是现代科学养殖的家畜和传统的养殖产出的家畜肉味道迥然不同。现在的改良品种生猪,生长周期短,加之混合饲料喂养,不像传统土猪(黑猪)不喂配方饲料,吃青草、豆渣、谷糠、树叶,生长时间较长。相比之下,传统土猪自然膘肥不腻肉又香啊!

所以,东西不在贵与贱,而在于需要不需要,需要的就是最好的;吃肉不在多与少,而在于香不香,香的就是美味佳肴。

数年来,飘在心坎的永远是家乡20世纪六七十年代的那份肉香。

2015 年 12 月 5 日于故乡

▌一滴棉油香满院

母亲离开家人已经八年了。至今在老家,我仍保存着母亲装过棉籽油的瓶子,瓶高 15 厘米、底径 0.8 厘米、口径 0.4 厘米。这个油瓶盛放着母亲的理家之道,这个油瓶诠释着母亲一生勤俭持家的感人美德。

20 世纪六七十年代,位于秦岭北麓汤峪公社聚三村三队机耕路西边的水渠旁,有几间水打磨压油房,我们称它"油磨"。这个油磨既承担着本行政村四个小队的棉籽压油任务,又承接对外加工压榨油。棉籽油要经过几道加工流程:干炒→石磨→热蒸→压榨→出油。尤其是经过高温热蒸的棉籽,压榨出的油具有不一样的香气。

20 世纪六七十年代的棉籽油,物以稀为贵,价值较高。油料加工的工艺既复杂,又科学,不管是蓖麻籽油还是棉籽油,通过此类加工,油的品质都是现代压榨油所无法比拟的。现代工艺的压榨油其味道怎么也不及祖辈传承的土法加工的压榨油香。

20 世纪六七十年代农村实行集体所有制时,每年生产队都要种植一定数量的棉花,棉花交给国家收购部门,棉籽压油后再分给社员。这些珍贵的棉油就是每个家庭一年的食用植物油,称得上油贵如金银。

那年月在我们家，母亲为省油费了许多心思，她想尽一切办法节约油，既要顿顿有油，也必须滴滴节约。无论如何要衔接上来年分油。当年要吃纯粹的油泼辣子，那真是天方夜谭，是一种奢望。所谓的油泼辣子，实则就是用油泼干辣椒面儿。没有油，怎么办？于是母亲每年就在自家后院崖塄坎、菜地边再种些蓖麻、芝麻，用蓖麻虽然可以再兑换一些油，毕竟还是杯水车薪。要想吃到名副其实的油泼辣子还是油不够，咋办？先把芝麻在锅里炒熟，和辣椒、花椒放在石碾子上碾成混合辣椒面儿。用少量的油一泼，再加开水搅拌，就算是油泼辣子。尽管是油泼兑水辣子，可串串香气依然扑鼻，弥漫满屋。

昔日年月母亲炒菜做饭时节约用油还有一幕，我至今难以忘怀。每次炒菜时她老人家总是小心翼翼，闭气、不敢呼吸般地慢慢倒油，左手食指就在瓶子沿下招呼着，总怕油倒多了，随时准备扬起瓶口终止倒油，倒油后又急忙用左手食指把油瓶口刮一下擦在锅内。

每年到了冬天，母亲就不用再担心炒菜油倒多，因为油已经冻住了，小口油瓶放在锅灶暖和处也不易解冻。后来数年间，母亲就改用四环素大口瓶子装油，一来冬日三九天油瓶冻了筷子易蘸到油，二来瓶子浅，筷子伸进去蘸油方便，平时油不冻筷子尖上的油也不会蘸多。当然，常温下母亲炒菜时用筷子尖在油瓶里熟练地蘸两下，再在锅里"铛、铛、铛"蹾几下，她认为这样，油量才合适。遇到寒冬用筷子挖出的油或许是块状，这时，母亲又赶忙把多余的油刮进瓶子里。

往事不堪回首，而今留瓶皆有源。

曾经食用油紧缺的年代，母亲精打细算操持家务有方，精湛的厨艺加上物料搭配调剂得当，炒菜虽说油少了，可趁着灶膛里燃烧的柴火和锅里高温的棉籽油，瞬间倒入蔬菜，霹雳一声响，也能烹饪出一道道香气四溢的美味佳肴。

柴火铁勺炒鸡蛋，这是母亲的"绝艺"。铁勺炒鸡蛋香在哪？香在油

少！油经过柴火高温加热后,在铁勺里扑腾扑腾燃烧着火苗,趁着柴火的油烟和棉籽油的气味混合在一起,刹那间倒入鸡蛋赶快用筷子翻炒,这就炒出与一般炒锅、铁锅炒的鸡蛋截然不同的味道。要说铁勺炒鸡蛋,唯有母亲炒出的鸡蛋味道最香、最可口,颜色最纯正,其美味无法用文字来形容。

虽说过去年月的饭菜油很少,但每顿饭菜我们并不觉得油少饭不香,反而每顿饭都吃得津津有味。例如,浆水菜大面片、浆水菜玉米面鱼鱼、搅团。母亲就是巧手显厨艺啊,做这类饭,铁勺炒蒜苗或炒大葱前,她先把烧熟的油给浆水汁碗里泼些,这时浆水汁上面飘起一层油花,然后她再给浆水汁碗里放些油泼辣子。任何人看见浆水汁碗里的油泼辣子和油花花,再加上油炒蒜苗,嘴唇不蠕动几下才怪呢。

当年逢年过节,虽说少了六菜一汤或九大碗,但母亲做的粉条炒肉片、莲菜炒肉片、蒜苗炒肉片、凉拌三丝和炝莲菜,即便食用油很少很少,也绝对美味爽口。

就说现在的花卷馍、油塔馍、千层饼,层层油多不爽口。回忆逝去的那个年代,母亲为家人做的花卷馍、油塔馍、千层饼都是少抹一点油,调料撒适当,美味又可口,节约又健康。

而今,每每看见这个四环素油瓶,我就在记忆的影集中影影绰绰看到了母亲,闻到了故园里炒菜时飘散的那一滴棉油香。

2015 年 12 月 6 日于故居

天意·取名

　　纵观天下父母,哪个不想给孩子起个好名字呢? 虽然名字只是一个人的符号,但从周易来讲,八字五行起名是基础。一个称心如意的名字还必须富有深刻的寓意,它有可能影响个人的事业和人际关系等。

　　中国有句俗语:"人的名,树的影。"事实上,我们终生努力奋斗,只有名字如影随形。好名字不仅是一种称谓,它也赋予了美好的祈祷和心愿,也会给人带来吉祥的祝愿。尤其在平常的社会交往中,明丽、娴静、高雅、深邃的名字,往往给人一种积极美好的心里暗喻。

　　古人云:赐子千金,不如教子一艺;教子一艺,不如赐子好名。作为一个符号的姓与名,虽然不能决定人的命运,但它却一直带有时代的信息,附着在体内。天有象数,地有势形,以此传递着天地之玄机。姓名与八字五行的关系,就像后天营养与身体健康一样,八字五行靠后天营养来运筹调理。所以当代父母给孩子起名就成为一个"热点"话题,越来越引起人们的重视。

　　回首20世纪70年代,我的第一个女儿于1978年农历七月一日巳时呱呱落地。女儿的出生带给全家人的是一片喜悦。我那时对于给孩子起名一窍不通。记得当时和妻子及家里人商量酝酿了好久,最后达成一致,就那样

糊里糊涂给孩子起了现在这个名字,乳名大名融于一体,叫——华宁。这个名字伴随着她婴儿、幼年、童年、少年、青年时期至今。好在如今在百度里搜索全国起这个名字的人并不多,也算不很俗气吧。

二女儿于1983年农历三月十二日辰时出生,当时正值中国计划生育最严厉的一年。孩子在未出生前,我就告诉过妻子,这次出生的孩子不管男孩女孩,都是自己的亲骨肉,咱们家有两个孩子就行了。我和妻子对于男孩女孩并不在意,我俩只在乎孩子出生后的健康成长。老天再次给我们家送来了一个宝贝闺女,我心里当然万分高兴。

当时,传统重男轻女的封建思想意识在农村依然根深蒂固,没想到在孩子出生后很短时间,一些街谈巷议,同时计划生育部门开始紧锣密鼓施压。家里的长辈们没了主意,女儿的奶奶又是村里多年的老党员、老干部,犹豫不决之下,便想把女儿送给别的人家抚养。

转眼间,二女儿出生已经快三个月了,还没有给孩子起个名字,我们常常叹息:难呐,这个娃真难呐,真是"nan娃,nan娃"。正式起名前这便成了女儿的乳名。

尽管当年我和妻子拿定主意,孩子既生在这个家,就是宿命的安排,常言道:"无账债不结父子,无冤仇不结弟兄。"不论是我欠女儿的债,或是女儿欠我的债,作为父母我们无怨无悔,家里有再大的难处,我们也能克服,怎么忍心把孩子送给别的人家呢?在那个国策控制人口的非常时期,家人在孩子留家还是送人的意见上举棋不定,任何人也不可一言九鼎说了算。就这样又拖了一段时间,妻子想到别的办法,先把孩子送给亲戚抚养,等风声过后再把孩子接回来。后来考虑再三,我们决定将孩子留在家里。

我们这代人是不幸的,诸多事都让我赶上了,20世纪60年代三年自然灾害时期,吃糠咽菜;"文革"后唯政治推荐上学,求学无门;20世纪70年代参军政审遇阻;20世纪80年代又逢计划生育。可在我的人生经历中,没有比当年计划生育更难处理的事了。从乡下家里到城里岳母一家,谁不为女

儿这事犯愁、揪心呐。

一次我去城里岳母家,她问起二女儿的事怎么办,我表明了舍不得送人的心情,岳母说:"nan娃,nan娃,太难了! 如果不打算送人,就赶快给孩子取个名报户口吧,你查查如果叫'nan娃',哪个'nan'字好。"我随手从桌子上拿起一本《新华字典》,信手翻开就是"楠"字,我拍手惊喜地告诉岳母:"妈,天意,是天意,是巧合,是命运注定,孩子大名就叫黄楠吧,乳名就叫'楠楠'。"

回到乡下后,我把翻字典查阅名字的事告诉全家人,大家都为这个上天赋予的名字而高兴。从此"黄楠"这个名字就这样诞生了。

随着两个孩子慢慢成长,后来有的人产生疑惑,委婉地询问我,她们两姐妹是不是亲姐妹、一个父母亲。我说:"是啊,她俩是亲姐妹。""既然她俩是亲姐妹,姐妹俩一般起名,不管两个字或三个字,都有一个字相同,为什么她俩的名字互不相干呢?"如按名字解析,谁也不相信她俩是亲姐妹啊!

我写这篇文字,就是想告知所有对上述关心的诸位,以解除他们心中数年的疑惑。再者要说的是,人的一生不必事事苛求,顺从自然规律,随天意而降生,随天意而生存,随天意而发展,平安一生,幸福一生!

2015年12月7日于故居

人活得是心情

知天命之年后，经常有人问我："唉，老黄，你的养生之道是什么，你的精神面貌怎么还和几十年前一样，变化不大？"我笑曰："粗茶淡饭，缺盐少醋，要说养生之道嘛，就两个字——'心情'。"

从医学的角度讲，疾病与心情密不可分，真正主宰个人生命的不是营养食疗，而是自己的心情。当然好心情受制于多种因素，不论来自主观或客观，因不利因素而影响心情的事均要靠自我调节，才能调动、激发体内的免疫功能，进而拦截疾病的侵入。

一个人在生命的长河中或许有春风得意时，或许会遇到逆境及暴风骤雨，或许会经历难以想象的坎坷磨难，重要的是在自己落入低谷时千万别气馁。亲人们的照顾和呵护是一方面，自己还要有豁达开朗的心态，只要树立知足常乐的人生观，就能度过黎明前的黑暗，迎来朝霞四射的晨曦。

我的人生之路，曲折跌宕。九岁那年，右耳旁、右腋窝、胸口与喉咙之间同时生出三个鸡蛋般的大肿块，逐步成为脓包。在父母亲的关怀和呵护下，童年的自己在治疗中没有哭泣，因为我倚着父母亲坚实的肩膀，偎在他们温暖的怀抱中，渴望新生活，渴望挺过这鬼门关就是人生阳光路。

1970 年仲夏我初中毕业,父亲在"四清运动"中被开除党籍一事,自然影响了我升入高中。那年我 16 岁,毅然面对命运的安排,拎着铺盖卷来到汤峪水库建设工地,当了一名拉土的农民工。修建水库,我心无旁骛,一心扑在工作上,一干就是整整六年。六年中汤峪区工委、汤峪公社都为我铺平了进入军旅之路,又是父亲的党籍问题,再次影响了我的前途命运,我与绿色军营擦肩而过。我唯有抱着一切顺其自然的态度,告诉自己,事已至此,抱怨无用。

转眼到了 1976 年夏季,县财税局在汤峪公社招收四名亦工亦农干部,我差点又被卡在政审关。在其他三人陆续接到招收通知几天后,我迟迟不见通知,那一刻的心情不言而喻。面对冷酷无情的政审,我无言以对,唯有冷静等待。好在有亲人们及未来妻子的安慰,使我从生活绝望中解脱出来,做好了当一辈子农民的思想准备。黑暗中孕育着光明,真是柳暗花明又一村,终于接到县财税局的招收通知书(后来得知,我的政审作为特殊情况研究后录用),那一刻虽改变了我的人生,但六年"亦工亦农"副业工悠悠之路是那么的漫长,直到 1982 年 9 月 18 日我才成为一名正式的国家税务干部。

当我成为正式干部几年后,又于 1986 年春季从岱峪水库调到县财政局工作。四年后,我被县组织部门任命为县招待所党支部书记,由于性格耿直、不习惯官场应酬,我面临进退抉择。在人生的十字路口,我毅然选择了放弃官场仕途,做一个普通的干部。因为我有一个和睦的家庭,有一个淳朴的父亲,有一个可敬的母亲,有一个勤劳吃苦的残疾叔父,有一个贤能的妻子,有两个天真乖巧的女儿,有一个可以依赖寄托情思的故乡,我已能满足。

人生厄运突袭令我和家人猝不及防,1995 年秋天,颗粒饱满的稻穗和大豆荚并没有给我的家庭带来丰收的喜悦,那恰恰是我最伤心痛感的时月,结发妻子突然患病而去。中年丧妻是人生最忌讳的三大灾难之一,天降大难于斯人也。

妻子飘然而去,留给我两个女儿。大女儿刚上高一,小女儿刚进初一。

我上有两位已到古稀之年的双亲,下有两个正在读书的孩子,怎么办?面对这样的困难,真是叫天天不应,喊地地不灵。此时此刻我们全家人需要的是坚强,需要的是不同寻常的毅力和对未来生活的憧憬!两个女儿是我们家未来的希望,她们已在学习上初露曙光。对我而言,孩子的努力进取,使我化悲痛为力量,担当起抚养和教育她们的双重责任。

虽然妻子离去,养家糊口的千斤重担压在我的肩上,可令人欣慰的是,在我最艰难的时期,父母身体硬朗,他们无形中助我减轻了思想负担。

当然最让全家人高兴的是我两个女儿学习刻苦,她俩不负众望,在县重点中学北关高中,在莘莘学子中,成绩名次逐年向前推进。一个女儿的学习成绩到第五学期已是全校年级前23名,并担任本班的数学"科代表"。

安慰我的不仅仅是两个孩子的学习进步,主要是她们从小在爷爷奶奶以及妈妈的熏陶教育下,综合素质比较高,这是这个家庭的福分和造化。她俩在校能尊敬老师、团结同学,在家能尊老敬老、孝悌谦恭、恪守家风,这是我们家几代人修来的福祉。这个家几经风雨,几经磨难,几经跋涉,阳光总在风雨后,终于阳光驱走了阴霾,迎来了五彩斑斓的霞光,我的心情自然好。

两个女儿高中毕业,以较好的成绩进入大学学堂,四年的勤奋学习,为她们之后的工作奠定了较扎实的基础。她们依靠自己的专业知识,不靠金钱,不靠亲戚朋友,不靠歪门邪道,凭借自己的实力,在茫茫就业浪潮中找到了自己的方向,找到了自己的坐标,找到了自己的位置。一个女儿落户北京,一个女儿落户上海。她们的每一步成长,每一点成就或动向,每一处优点都使我激动,因为曾经在父母翅膀下的小鸟自立了、成熟了,坚强有力的翅膀可以让她们自由翱翔于蓝天!

我于2014年11月退休,闲居老家,修葺古屋,养花种菜,造一方仙境,乐一片泥土,过的是名副其实的农家田园生活。故居就是这样一幅让人迷恋和心醉的家园画卷,让我乐在其中!

静下心来,回眸39年工作中我所走过的路,我从不后悔:平心而论,遵

守职业道德，与世无争，清正廉洁，一尘不染，不为钱财迷惑，不为权力羁绊，不为半夜有人敲门而心惊，不为警车鸣笛而颤抖，不为身份落寞而自卑——我自认是一个地地道道的逆潮流而孤行之人，淡定从容间，自认得之者甚多，失之者寡也。

如今，奢望祈祷上帝能再多给我一点时间，让我把心中要说的话，要写的事，用肤浅的文字述说于笔端，记载留存下来以飨读者。这就是一个花甲之人，给予自己的愿望和心情！

2015 年 7 月 19 日于故居

人间难舍是别情

人间难舍是"别情"。这片沃土留下她(二女儿楠楠)的第一声啼哭,这里有着她幼年、少年和青年的足迹,这里更有她与奶奶22年朝夕相处的真挚感情。然而,数小时后,今天下午(2005年7月15日),她就要远离22年来相依相伴的亲人,踏上求职之路。从此遥遥千里,天各一方,望断天涯何时聚,一切一切都未知,这别情离愁——凝聚于大房后院菜地里镜头拍摄的那一瞬。

七月份的老家后院蔬菜颇丰,这里有楠楠奶奶的菜地,这里有楠楠奶奶亲手栽种的蔬菜,葱葱郁郁的枝叶下面坠着一个个带着鲜嫩毛刺的黄瓜,绿莹莹的青菜,修长的四季豆、豇豆垂吊在繁枝翠叶中,还有红艳艳的辣椒、紫色的茄子、毛粉西红柿……

在这个家,或许最能读懂奶奶心的是楠楠,奶奶是她最贴心的人。她知道奶奶把毕生的心血都奉献给了这个小家,对这片熟悉的土地有着无比深厚的感情和依恋,这里的每一寸土地都曾洒下奶奶的汗水,每一个蔬菜都浸润着奶奶那殷切期盼的心。

在这别离的时刻,哪里可以排解此时此刻奶奶心中的忧愁? 哪里可以

安慰奶奶孤独的心？楠楠想到后院，想到了后院菜地，唯有后院那绿油油的植物或可排解奶奶的分别之忧。

她提议和奶奶在菜地边留影，奶奶欣然同意。楠楠泪眼汪汪搀扶着七十九岁的奶奶来到后院菜地，她扶着奶奶伫立于晶莹欲滴的枝叶旁，拍摄了一张张动人的画面，这些画面而今成为晚辈回忆老人最为珍贵的镜头了。

作者母亲和女儿楠楠在后院菜地合影

下午，当车子停在小院门口，楠楠拉着奶奶的手久久不愿松开，安慰奶奶说："奶奶，您多保重身体，有时间我一定回家看望您。"奶奶千叮咛万嘱咐孙女一个人在外要注意身体。好在让我母亲放心的是我要亲自送楠楠去宁波奉化，她老人家牵挂担忧的心稍许得到安慰。当车门关闭那一刻，我没敢再回头看老母亲一眼，但楠楠透过车窗和奶奶挥手告别的情景我全收眼帘，这是人间最感人、最动情、最真实的爱！

2005 年 7 月 16 日，我们开车来到西安咸阳机场。楠楠是第一次乘坐飞机，在机场内，我给她拍摄了几张照片作为留念。

8:05 我们乘坐东方航空公司西北分公司飞往杭州萧山的 MU2265 次航班。当飞机起飞爬升到万米高空，透过窗户向外眺望，舱外山脉河流纵横交错，远眺朵朵白云飘浮在山间，酷似一堆堆棉絮。天宫神来之笔造就的画境，是人间任何美术家也无法模拟的。我们有幸欣赏到这样的神奇画廊，我

们有幸翱翔在祖国的蓝天白云间,我们的脚下就是祖国的江南。然而,再美的风景也化解不了我担忧孩子的那份无奈心绪,也化解不了楠楠离别家乡那份痛苦之情。

这次我们乘坐飞机难得享受了头等舱配餐和服务待遇。全程飞行 1 小时 30 分,于 9:40 到达萧山机场,后换乘机场大巴去杭州火车站,下车后再换乘去宁波的长途汽车。汽车到了宁波,波导公司接应新员工的车辆已经在那里等候,我们乘坐后于下午到达奉化。

楠楠是个有心的孩子,她在老家时就知道我对浙江奉化这个地方很痴迷。浙江奉化山明水秀,人杰地灵,是蒋介石的故乡。于是,她执意安排,于 2005 年 7 月 17 日陪我一起参观了蒋介石的故居。

在奉化停留的第三日早上 7 点多,第一次参观公司,公司宏伟的大门,瞬间给人一种强烈的震撼,这样的大公司气派鼓舞人心。当我们进入公司大院,偌大的公司就像北京颐和园,小桥流水、假山奇石、曲径小道、花草扶苏,处处透着江南情调。办公大楼宏伟气派,员工宿舍一排排矗立,院内随处都是美景美色。我们一起去看了楠楠的宿舍,全新的床、衣柜、凉席等,室内应用的配备很不错。

在职工食堂用了几次餐,我越发喜欢波导公司,饭菜可口与否暂且不说,那干净整洁的大餐厅已让人赞叹不已,也许我没见过大世面。真是《红楼梦》里刘姥姥进了大观园,什么都新鲜、什么都稀奇。是的,感慨万千! 我联想到当年我初入社会的境况,和眼前的相比,真是天壤之别,怎能不令人激动和羡慕啊?

波导公司的远景规划和一望无际的储备用地,让我们对公司的未来前景更加充满信心。平生第一次领略了花园式公司,稀奇中蕴藏着褒扬。这天我们漫步在波导花园里,一边欣赏一边拍照,我和楠楠于波导公司大门前摄影留念。

波导之行,打消了我好多顾虑,我要把对宁波奉化波导公司的好印象通

过影照传给亲人们,并且告诉他们:楠楠工作的环境超乎我们大家的想象,不是一般的好,是非常的好,请你们放心吧!

相聚总是短暂的,分别之情依然愁煞人。2005 年 7 月 18 日午后 12 点 35 分,我乘坐奉化到上海的长途大巴离开奉化,楠楠送我到长途客运站进站口。我们都眼含热泪,挥手告别,都把嘱咐寄托在心中,把爱藏在心里。就在转身那一刹那,我强忍感情,不敢回头多看孩子一眼,匆匆进站。俗语说:"纵有千般不舍,终有离别之时。"

当我乘坐的大巴驶出奉化长途汽车站时,我潜意识仍眺望着窗外路边,多么想再瞧瞧女儿那孤独柔弱的身影啊!

2017 年 12 月 2 日于西安

旅游之光

当我踏上朝鲜的土地,自当修正偏见而竖指称赞;当我穿越美国九大名城,感受到大洋彼岸不一样的风土人情;当我前往宝岛台湾,领略当地自然人文;当我漫步于喧闹的港澳街道,不禁满腹感慨;当我用脚步丈量祖国河山,美丽壮观!

朝鲜之行

朝鲜是一个与中国鸭绿江一江之隔的邻邦,也是中国东北门户的天然屏障。半个多世纪以来朝鲜对外近乎封闭。朝鲜在西方媒体的笔下是一个桀骜不驯的狂飙民族,天马行空独往独来。朝鲜究竟是好还是糟?我随团于2014年10月2日踏上了朝鲜的国土,借用北京一位同团游客的话:"来到朝鲜没有来之前想的那么差。"

2014年10月2日傍晚时分,我们乘坐的JS0221航班平稳地降落在朝鲜首都平壤机场,我头刚伸出机舱,发现外面淅淅沥沥下着小雨,机场淹没在茫茫的夜幕中,看不到一点亮光。只有机舱里的灯光显得特别明亮,待我们借着机舱的灯光走下舷梯时,眼前的一幕令人感动。只见朝鲜机场的地勤姑娘们撑着雨伞,打着手电筒,面带笑容地招呼着每位旅客,一直送我们坐上摆渡车。我站在摆渡车里,望着外面漆黑一片,心里嘀咕这真是一个神秘的国家,机场没有一点灯光真是罕见。摆渡车上特别静谧,唯有汽车的两道灯光射向前方,身处异国他乡心里未免有些恐怖,十几分钟后摆渡车到了机场海关大厅,见到了前来接团的朝鲜导游,心里总算踏实了。

昔日的辉煌

朝鲜82%为山地,只有西南部有种水稻的耕地,一年只能种一季。朝鲜石油全部依靠进口。朝鲜国土面积12.05万平方公里,人口2400万,行政区划分为道(省)、君(县)、里(乡镇)、合作农场(村)。全国分为9个道,半岛海岸线全长约17300公里(包括岛屿海岸线)。

据资料刊载,朝鲜早期的改革开放取得了重大成就,1984年朝鲜进出口总额为116亿美元,外贸依存度接近50%,1986年朝鲜人均GDP为2400美元,城市人口比重为68%,基本实现了工业化。

1989年,朝鲜成人全部完成中等教育,实现了全民医疗、教育、住房基本免费。

进入20世纪90年代,随着苏联和经互会的解体及大饥荒,朝鲜忽然失去了贸易对象,经济顿时陷入了困境。但凭借"社会公有制体制体系,还有较丰富的人均自然资源,朝鲜渡过了九死一生的危局"。

朝鲜的吃住

在去朝鲜前我查阅了一些有关朝鲜的信息,尤其大多数西方媒体把朝鲜概述为封闭、落后、愚昧、贫穷。所以我去时带了好多吃的,事实证明带吃的反而成为我的累赘。朝鲜目前经济是遇到了困难,但是在接待外国游客方面还是不遗余力。不管是在青年饭店还是去南浦或开城,早餐都是自助餐,且花样多样,鸡蛋、稀饭、牛奶、馒头、鸡块、鱼块、咸菜,一两个热菜;午餐饭菜更丰富,鸡鸭鱼肉,八菜一汤。一般午餐为中朝合璧,晚餐还品尝了一次"平壤火锅"的风味,依然丰盛可口。

在朝鲜的几天饮食就我本人来说,因为入乡随俗,感觉吃得很习惯。去朝鲜前旅行社曾经发过相关须知,告知我们朝鲜人饮食习惯以清、淡、辛、辣、冷、凉菜为主。

　　朴实善良的朝鲜人民节衣缩食，用丰富的美餐来招待客人，已尽到了"地主之谊"，可我们每次用餐后餐桌上都剩下好多菜，这让我感到内疚不已。主要是量大种类多，光早上自助餐每位就有三四个菜。有一次我给朝鲜餐厅服务员建议，每个菜可以少放点，尤其早餐量不要多，哪位不够可以续加。腼腆的女服务员说："怕客人吃不饱，酒店尽量多提供一些可口的饭菜，供游客选用。"

　　每次饭后看着餐桌上的浪费现象，我的心里很不是滋味，直到 10 月 6 日返回前，朝鲜旅行社让旅客填写意见书，我又把这个事反馈给了朝鲜青年旅行社和在场的朝鲜导游，并提了建议。

　　入朝几天我们团一直住在青年饭店。这个饭店是一座高层大楼，外观十分气派，大楼独自建在一处高地上，楼旁一条蜿蜒的柏油马路通向大街，楼的四边掩映着树木和绿莹莹的草坪，楼前一片苍翠的松树遒劲挺拔，树林延伸连接着宽阔的大街。远眺，这里展示的是一座现代化的城市建筑美景。

　　伫立远眺，我由衷地感叹，这是一座文明的城市，这是一座现代化的都市，这是一座花园式城市，这是一座标准化的卫生城市！

　　青年饭店一楼大厅装修典雅庄重，大厅层高几十米，厅内地方宽敞，浅色的地板让人爽心悦目，厅内摆放了好多沙发供旅客休憩。

　　大厅的右侧是电梯，左侧修建了两坡踏步楼梯，旅客可以缓步登上二楼餐厅和客房，旋转的楼梯又是这个饭店大厅的一道风景。

　　在朝鲜最幸运的是几个晚上一个人独住在 20 层、一个 20 多平方米的标准间，温馨又舒适。房间设施齐全，床单洁白，难得的硬板床上铺着一件色泽鲜艳缀花的毛毯，干净的床单裹着毛毯，毯子铺得平平整整，靠枕套处又折上去三十厘米，这样贴心的床铺布置令人称心如意。

　　朝鲜电力不足，全国人民自然养成了一种节约能源的习惯。在平壤看不到五光十色的霓虹灯夜景，唯有一盏盏白炽灯照亮这座城市的大街小巷，营造出一种别具风格的朦胧的夜景。

我们下榻处大街上的路灯在凌晨一点左右就关闭。我每每夜间起来倚窗瞭望平壤,整个城市宛如一个摇篮里的宠儿,酣酣地沉浸在漆黑的地球中。这也符合天人合一的运行规律,符合人的生物钟规律。大地一片寂静安详,街道静悄悄的,偶尔驶过一辆车,倒觉得稀奇,黑暗中有了一丝光明,给人以期待,给人以遐想,给人以向往。平壤的夜晚啊,你就像一个含蓄的深闺绣女——一座城市难得地寂静而神奇!

平壤交通管理

特殊的朝鲜,特殊的电力,再看特殊的朝鲜交通状况。平壤市民出行的交通工具主要是有轨电车、无轨电车、公共汽车和地铁。平壤的地铁最深处有200多米,一般深度在120米左右。

平壤的市区街道设计得都很宽敞,统一大街宽120米,光复大街宽100米,两边大街花木簇拥,环境优美,空气清新,交通便利。平壤人口密度小,交通最繁忙时的上班高峰,会看到身着各种服装的干部、工人、军人、学生三三两两提着、背着、夹着公文包,西装革履,头颅高仰。尤其是青年人挺着身子,精神抖擞,脚步匆匆地去上班。从表情上看,他们神态自然轻松。这真令我们中国游客又钦佩又羡慕。

平壤的交通秩序为什么这么好?

一是朝鲜街道宽,行人有良好的素质。横穿马路走斑马线,听从交通指挥,乘坐车辆时都是自觉排队等候。无人管理且秩序良好,这充分说明国民具有良好的交通意识和美德。

二是平壤不堵车,城市大街小巷都有交警站岗维持交通秩序。在离开平壤去南浦和板门店的路上,我们看到在主道通向农村的路口都有警察执勤,这对维持地区交通安全和国家安全有着积极的意义。

三是朝鲜限制车辆行驶有规定:从环保和节约能源方面考虑,正常工作日下午下班后,不允许车辆在街道上行驶;公务用车必须办理有关手续;周

末限制私家车在大街上行驶。

朝鲜城市交通显著的特点就是路宽、车少、交警管理指挥到位。行人违章,当场教育,绝不姑息迁就。

朝鲜女交警

朝鲜美女如云,无论是在平壤机场、饭店、购物商场、朝鲜祖国解放战争胜利纪念馆遇到的朝鲜女性,或是平壤十字路口的交警——无不留给游人难以忘却的印象。她们婀娜的身姿、她们军姿的风采、她们美艳的气质都刻在每个游人的脑海里。

朝鲜的女交警站在十字路口,头戴大檐帽,手握交通指挥棒,敏捷地指挥交通,一幅巾帼不让须眉的飒飒英姿,不禁令人眼前一亮。

朝鲜女交警一年四季的制服有所不同,夏装为白色、蓝裙,春秋为蓝衣、蓝裙,冬装为蓝色棉衣、蓝裤。

我看到的她们身着蓝裙制服,脚穿皮鞋站在十字路口,姿态优雅地指挥着南来北往的车辆。只是朝鲜的车辆不多,让她们展示自我风采的机会太少了。朝鲜女交警的服饰,堪称是当代世界交警服装中的佼佼者,美丽大方,无与伦比。

平壤市大的路口都有交通哨所,交通哨所的职能不仅限于交通指挥,还负责对违反交通规则的驾驶员和行人进行教育。每个哨所外间临街附近都会挂上一些交通标识图和安全常识宣传画,在下面摆上一两排长椅,一旦发现违规人员就把他们请进哨所谈话教育。

朝鲜旅行社服务

展示朝鲜国家形象和素质的不仅仅局限于平壤交警,我们旅游团的两位朝鲜导游,也都是年轻漂亮的姑娘。其中一位我们称她为小洪,这位姑娘出脱得一副仙女模样,体态丰盈,水灵灵的眸子闪烁着青春与和善的光芒,

圆圆的脸庞，樱桃嘴唇。头上扎一个马尾辫，活泼而不失庄重，啥衣服穿在她身上都显得合身得体。她穿上朝鲜族服装，艳丽飘逸；她换上工服，看上去稳重大方。我们旅行团的人都夸这位姑娘像一块无须雕琢的美玉，全身充满着青春的朝气和独特的魅力。她精神饱满，总是笑容可掬地照顾着游客，炉火纯青的汉语语言能力征服了我们一行。

她具有汉语方面的天赋，我们开玩笑称她是"汉语通"。她和中国游客交流起来无任何语言障碍，汉语既标准且流利，能声情并茂地演唱好多中国歌曲，比如《中国志愿军歌》《红旗飘飘》《青藏高原》《社会主义好》《大海啊大海》《我爱北京天安门》……她说："中国的好多电视剧朝鲜人民都喜欢看，这是一种情感，也是连接中朝人民的纽带啊！"

小洪谈吐文雅，一句话从她嘴里说出来，仿佛附着了美感磁质，每一个音节都使游人难以忘怀。她说汉语和她有缘，她妈妈是英语教授，爸爸是汉语专家，妈妈让她大学学英语，可她找不到对英语的感觉，最终还是背叛了妈妈选择了汉语，因为她自小打心底更喜欢汉语。

几天来大家和小洪熟悉了，都关心小洪的婚姻。她告诉大家，自己今年25岁，还没有找到男朋友，姐姐已经出嫁了，家里如今就是她和父母三人。一般朝鲜女孩选择婚姻是三个条件：当过兵的、朝鲜劳动党党员、大学生。她现在选择婚姻成了四个条件，除了上面三个条件外，还增加了一个"倒插门"，姐姐把倒插门这个重任交给了自己。所以，她必须找一个倒插门，这无形中就增加了她婚姻选择的难度。她爽快地说："有缘千里来相会，等缘分吧。"

2014年10月5日我们去参观板门店时，朝鲜青年旅行社中途突然为我们换了一个男导游，大家一时难以接受。直到我们要走的那天早上（10月6日），在青年饭店停车场，耐不住的几个人就去问其他的汉语导游，能不能给小洪打电话让她来一下，大家临走想见她一面。正在这时，小洪突然出现了，大家又惊又喜。巧不巧，真是说曹操，曹操到。

后来得知小洪昨天未带大家去板门店，是因为她去医院看腿伤了。10月4日我们乘车去南浦途中，为了在车行驶中使大家能够听清楚讲解，她站着讲解，车猛然剧烈颠簸了一下，当时她的腿已经受伤。大家关切地问她怎么样，她若无其事地说没事，隐瞒着腿伤没说实情。就这样她不声不响地一直坚持工作到晚上，全程安全地把我们送到酒店。这件事从侧面折射出朝鲜服务社、公务员对工作的极端负责和爱岗敬业的精神，让人敬佩不已。

作者和朝鲜导游小洪

在送我们回国的当天上午，离登机还有一些时间，她又领着大家多看了几个景点，一起合影留念，悉心地照顾着中国客人，让大家高兴而来满意而归，把朝鲜人民的友谊和敬意传递给更多的中国朋友！

当知道我想买一盘朝鲜牡丹峰乐团的 DVD 碟片时，她跑了好几个商店，但一直找不到，几经打听得知在机场候机楼可以买到。送我们到机场候机楼，她一直站在安检隔栏外，等我买到那盘碟片方才挥手告别。

信仰是一个国家民族的希望。导游小洪说，她人生最大的希望就是加入朝鲜劳动党，我在心里默默祝愿这位姑娘心想事成，早日成为一名光荣的劳动党党员！

朝鲜导游没有强制消费，导游购物没有回扣，导游也没有难看的脸色，全心全意为旅客服务这个宗旨贯穿始终！

我们赴朝的同行人感慨，朝鲜是我们旅游得最开心的国家。导游是国家政府工作人员，以优质的服务，以温馨的酒店，以丰盛的饭菜，以诚挚的感情，给中国游客留下了美好的印象，社会主义国家的优越性在朝鲜得到了充分的体现和发扬！

朝鲜旅行社收获的是好名誉、好品牌、"全优服务"。

朝鲜婚姻状况

朝鲜农村、城市的婚姻观也在悄悄改变。过去农村是父母之命、媒妁之言，聘礼是三头牛、九头猪。如今城乡的年轻人开始自由恋爱，不过谈的方式和跨度不会超越道德的底线。从朋友到牵手要花上几年时间，婚姻是谨慎漫长的，这样的婚姻一旦确定了，终生是不能随意变的，不然要遭到社会的谴责。

青年男女一般是自由恋爱或经人介绍，朝鲜的婚姻法规定，男年满18岁、女17岁即可结婚，但现在女性一般在25～27岁结婚，男性一般在27～30岁结婚。朝鲜提倡生育，但城市家庭一般是两个孩子，农村一般是两到三个孩子。国家鼓励生育，生育八个孩子的妇女为英雄母亲。适龄妇女生育三胞胎及以上的，如果在偏僻山区，国家会派直升机去接，入住国家最好的医院。住院200天，配给高档营养品，费用全由国家负担。以国家名义给男孩赠送银妆刀，给女孩赠送金戒指。国家还规定，为生育四胞胎以上的人建设新住宅，提供医疗服务，并保障孩子所需要的一切东西。

朝鲜与中国不同的是先结婚后领结婚证，一般在婚后一个月内领取结婚证。

三大福利

一是免费医疗。从1953年朝鲜战争结束起，朝鲜就实行了全民免费医疗制，从挂号、看病、取药到住院、伙食费，只需证明个人身份，不需要一分钱。

朝鲜实行全民免费医疗后，医疗主要以预防、保健为主，实行"大夫负责区"制，一个大夫负责30～40户，大夫要经常到自己的"负责区"巡诊，做到有病早治，无病早防。从而，朝鲜建立了一个特殊的医患关系，不是病人找

医生,而是医生找病人,不管是城市还是农村,你按期不去体检医生就会找上门来,督促你前去做身体检查。朝鲜医生的待遇较高,医生的职业很受人们尊重,朝鲜的医疗保障制度使朝鲜人的平均寿命达到74.5岁,有"60青春,90花甲"之说。

二是免费教育。朝鲜战争结束后,国家虽是建设恢复时期,但对修建学校予以首先关注,打破学生去找学校的既有观念,制定了有学生的地方就修建学校的原则,国家增加了对教育工作的投资。这样,只要有学生,不仅是城市,而且穷乡僻壤、渔村都建有学校,甚至只有两三个孩子的灯塔岛也有学校。

朝鲜战争结束后,从1956年8月起实施普遍的初等义务教育制,1958年11月起实施普遍的中等义务教育制。1959年4月全面免除学费,1975年9月实施了普遍的11年制义务教育,2014年4月全面实施12年义务教育制。学前教育(幼儿园)一年,小学五年,初中三年,高中三年,义务教育阶段所有的学杂费、文具费和校服都由国家承担,大学虽说不是全免费,但有助学金和奖学金。可以这样理解,大学也是由国家负担。

如今,朝鲜有数百个大学和专科学校,有几十万名学生免费上学念书。

朝鲜的青年刻苦阅读书籍实景

朝鲜还建设了全民学习和社会学习教育基地,人人都按照自己的需要学习专业知识,尤其人民大学堂是朝鲜的重点全民学习基地。

朝鲜全国全民都在努力学习,形成了一种文化氛围。我在朝鲜旅游期间,某天早上亲眼看见一个女青年一边走路,一边手拿书本看书,这样的刻苦学习精神,让我很敬佩。

汉语成为朝鲜很时兴的语种。我们在朝鲜地铁站候车时，几位穿着校服的女学生得知我们是中国人，赶快跑过来学了几句汉语对话。北京几位游客也不失时机邀请她们一起合影，她们很爽快地答应了。

朝鲜认为只有教育才能兴国，只有教育才能治国，只有教育才能强国。朝鲜导游告诉我们，在设计党徽时，开始只有镰刀和锤子，后来金日成看了说，知识分子也是国家的未来主体，离开他们不行，于是亲自拿起笔在镰刀锤子中间加了一支笔，可见国家对科学文化的重视程度。

目前朝鲜和中国大学扩招前一样，严进宽出，高考大学录取比例约为30%，一旦考入大学，毕业后国家都会统一分配工作。

朝鲜从小学开始就对学生实行灵活的教育方式，每天只上半天课，后半天由学生自由选择学习科目。但从小学开始每个学生必须学会两门乐器基础知识，这就是朝鲜姑娘为何多才多艺、能歌善舞的原因。进入初、高中依然是半天课，半天自由选修课。朝鲜运用灵活多样的教学方式，使每个学生的天赋、兴趣和潜能得到充分发挥。

朝鲜中学阶段教育就有"重点班"，为国家及早发现并选拔人才打好基础。大学阶段实行5分制，5分制全面反映了学生在校的总体成绩和素质，这也为毕业分配工作奠定了基础。

朝鲜有很多的高校，还有许多"半工半读"或"半农半读"的大学，这是为工人和农民开办的大学。他们白天上班，晚上和周末上课。这些教育方式促使朝鲜国民的知识水平得到了提升，进一步拓宽了人们的知识层面。

朝鲜人民具有"锲而不舍，金石可镂"的学习精神。今天，朝鲜已成为依靠百万知识分子大军取得最新科技成果的国家，依靠自己的力量和技术制造，成功地发射了人造地球卫星。

三是免费住房。朝鲜土地完全公有化，不论城市或农村住房全由政府分配。我们路过统一大街时看到120米宽的干净漂亮的大街两旁，拔地而起耸立了一排排新颖各有风格的高楼大厦，导游说："在朝鲜，办公楼都在五

楼以下,这两边的房屋一部分住着对国家有特殊贡献的科技人员和劳模,一部分是平民百姓。"

朝鲜城市青年人未婚期间,住在集体宿舍,结婚后可以申请住房,经主管部门核查后,半年内会分到一套80平方米的住房。国家工作人员在甲地工作,会分配一套80平方米的住房,若工作调动到乙地,交还甲地住房,乙地另行分配。朝鲜城市居民住房都很宽敞。以小洪导游为例,她姐姐出嫁了,现在家里三口人,她和父母的住房是120平方米。城市房屋都由国家统一修建,再按实际家庭需要来分配。城市住房分配除按家庭人口数量外,还会考虑工龄的长短,特殊居民的住房面积最大的为230平方米(朝鲜的住房面积都是使用面积)。

分到的房屋都是由国家统一装修好的,甚至还配备有家具。住房基本不收费用,朝鲜一般一户人家每月的水电费也就是两朝元,水电费、暖气费80%由国家负担,个人只承担20%的象征性费用。

农村的住房同样实行国家统一建设分配制,农村住房分配以家庭人口数量为分配标准。

两大优越

全民就业。朝鲜毕业的高中生如果没有考上大学或参军,国家会安排适当的工作,或许回家种稻子,或许去搞林业花卉苗圃养花种草,或许去大海当渔民捕鱼捞虾,或许去工厂做工……

大学毕业在填写个人就业申请时,根据自己所学的专业、兴趣爱好及学校学分情况,提出自己的就业志愿。一般可选三个部门,国家根据个人的志愿和单位需要予以安排。

所以,朝鲜没有失业,这在世界上目前是举世无双,达到了全民就业,每个人都有一份工作,每一个人在各条战线都能施展自己的才能。社会主义的优越性在这个国家得到了充分的体现。

社会保障养老。朝鲜实行政府养老制度,在朝鲜女性55岁、男性60岁退休,退休后统一领取退休金。退休金并不是一刀切,它是按照每个人的贡献和工龄确定的。优秀劳动者的退休金可以拿到原工资的全额,一般人也能领到40%以上。

朝鲜从中央到地方机构,井然有序地建立了一套保健体系。分区负责的医生对自己分区内的老年人进行初级保健服务;各道医院老人科和朝鲜红十字综合医院,负责老年人的专科医疗和他们健康长寿的研究工作;药品和食品生产部门,负责给老年人生产供应滋补剂、营养食品和保健食品。

公民的素质

在我看来朝鲜公民的素质和我国台湾地区民众的素质几乎一样高。平壤市的市民环保意识特别好,每天早上人们拿着笤帚、小簸箕走上大街清扫店面门前的落叶。那天我顺着街道走了一段路,发现每段都有人清扫路面。后来我问过朝鲜导游小洪,她说路段是分区负责制,但这些劳动都是义务的没有报酬。她小时候放学后也是自觉去参加义务劳动,在朝鲜从小就养成了爱劳动、爱集体、爱卫生的好习惯。

我们团有人问朝鲜导游,在朝鲜怎么看不到居民楼上晾晒衣服,阳台上摆放的都是鲜花绿草。她说:"朝鲜市民并不是不在阳台晾衣服,而是不在阳台显眼处晾衣服,阳台晾晒的衣服都在阳台护栏以下,大街上是看不到的。在朝鲜,在不在阳台护栏以上晾衣服是衡量一家人是否有素质的标准。所以,居民慢慢养成了这个好习惯。"

朝鲜公交车站无人管理,看不到志愿者维持秩序,市民自觉排队乘车,车站秩序良好。那天,一辆公交车出现故障,市民积极主动配合司机推车。从他们的态度上观察,乘客无怨言,乐意帮助司机。

朝鲜导游说:"朝鲜街道你想看到打架斗殴的不易,你想找一个游手好闲的很难,你想看到一个讨饭的更难,你想看一个商业广告绝对没有。街道

能看到的是市民自发地修剪花草树木、栽花种树。"

朝鲜的蔬菜、粮食、水果不施化肥,使用的农药是无毒害的,食品不使用添加剂,都是放心的绿色食品。在朝鲜,违背公民道德、危害人民生命安全的食品安全事件绝对没有。

朝鲜人不坑蒙拐骗,处处让人感到一种温馨和放心。不用担心买假货上当,每个商品货真价实,明码标价,不用担心讨价还价的尴尬。到朝鲜每一处都有一景,天生丽质的服务员,她们都能讲一口流利的汉语,身材窈窕,五官端正,笑容灿烂,服务态度耐心热情细致,给游客留下了永久美好的回忆。

农业倒退

朝鲜的农村合作农场相当于中国过去的生产大队,作业班相当于生产小队。朝鲜目前实行计划经济,作业班是最小的农村经济单位。作为社会主义国家,朝鲜从20世纪50年代开始,在农村实行合作社制度,土地归国家所有,和中国20世纪六七十年代的农村基本相同,沿袭苏联社会主义发展模式,实行计划经济体制,农村人参加集体劳动,按劳取酬,实行工分制和奖励机制。

在去南浦、板门店参观途中,沿路映入眼帘的是美山、美岭、美川、美水、美村和秋景。旅游车在宽阔的公路上飞驰,最让人爽目的是依山而建的大片住宅,白墙灰瓦,在蓝天白云的映衬下,错落有致,整洁宁静。一路上看不到茅草房和土坯房。农庄的房舍虽然称不上多么豪华,但是外观具有朝鲜风格。村落房屋布局各有特色,有的房屋排列就似一座座小别墅,仿唐屋顶,一片住宅区周边一圈围墙,俨然就是一座城堡,白色墙体,远眺醒目美观。

每年在春播和秋收需要劳动力的节骨眼上,朝鲜全国上下总动员支援农业。支援有两种方式:一种是三同——"同吃、同住、同劳动";一种是临

时性地去一天,即"一日支援者"。另一特色是平日里衣着讲究的各国外交官,也会抽出时间,在朝鲜外事部门的陪同下,来到田间地头参加劳动,既增强了友好往来,又亲近自然,陶冶情操,给支援农业行动起到了积极造势的作用。朝鲜在春耕和秋收支援农业大会战时,川岭沟壑都会人潮涌动,届时还有装备现代的歌唱表演队来到水稻田间,为正在插秧劳动的场员演唱催人奋进的歌曲。

今年十月初,朝鲜降雨较少,远处的山岭已涂上了褐色,近处的稻田和玉米地也显出秋季肃杀之气,望着车窗外干渴的田畴,我心情沉重。朝鲜人民又经受了一次严重干旱的考验,看来今年的这茬庄稼又减产歉收。公路坎下的稻田田埂

作者在朝鲜旅途中拍摄的稻田景象

上,插着一排排迎风招展的红旗,为肃杀的秋收季节营造出劳动会战的气氛。一片片稻子、一坡坡梯田地里都有作业班的场员在收割庄稼,远看他们每个人分割几行稻子,身后留下一堆一堆的稻捆,随后再堆集在田间地头,由负责装车的场员将一捆捆的水稻装上轰隆隆的四轮拖拉机运到打谷场去,田野里呈现出一派忙碌的秋收景象。

车行一处,远处起伏的山坡地里场员正在收玉米,有的人弯腰像是拔大豆,有的人扶犁吆喝着耕牛慢悠悠地犁地。今天在朝鲜还能再次看到这些珍贵的生活缩影,我激动又感动,一个战天斗地的生动画面深深地吸引着、触动着我。这情景在我心底已经封存了几十年,此时恍若自己又回到故乡的田野,回到20世纪六七十年代时生产队集体劳动的场景,仿佛自己置身于收割人群里,同朝鲜的场员一道分享这收获的果实和喜悦。这样动人的

场面也是中国农村20世纪六七十年代"农田基建大会战"集体劳动热闹的真实再现,朝鲜的今天就是我们中国农村曾经的昨天和历史见证!朝鲜农业机械化的退步,颇让人惋惜,沿途只看到稻田里放着一台脱稻机,朝鲜的农业受制于电力和石油的程度可想而知。

回顾往昔,朝鲜农业曾经有着令人瞩目的辉煌。朝鲜历史上虽处于东亚农耕文明范围,但由于朝鲜半岛北部多山多林、缺乏耕地、人口稀少,朝鲜人均耕地只有1.1亩,而且多为坡地,土壤瘠薄,土壤平均厚度仅15~20厘米,在20世纪90年代之前,由于社会主义国家之间的贸易互补互惠,朝鲜在苏联化肥、石油、农机的支持下,建成了发达的集约农业。那时,农业人口占总人口的30%,依靠12万台大型农业机械,粮食产量曾一度超过1000万吨,成为粮食出口国。朝鲜依赖化肥、能源的集约农业崩溃后,粮食产量降低到250万~300万吨。

社会主义公有制是朝鲜的建国之本,地上的附属物、地下的矿产资源均属于国有。朝鲜大部分山区地下都蕴藏着丰富的矿产资源,其矿产估值超过6万亿~10万亿美元。也就是说,当前朝鲜地下资源处于原始状态尚未开发,一旦打开闸门开发,经济发展潜力不可估量。

社会和谐平等

朝鲜实行社会主义制度,人民的社会地位很高,工农兵和知识分子是国家的真正主人。住房、教育、医疗、养老、就业社会福利覆盖着全体人民,人人求上进,个个积极进取。

在各尽所能、按劳分配的基础上,朝鲜的个人收入分配充分体现了公平合理。工资最高的是煤矿、炼钢等艰苦岗位上的工人,月工资可以达到5万朝币,可与专家教授等高级知识分子拿一样高的工资。政府机构人员的工资大体在中等线上,辛劳多得,多劳多得。朝鲜公平的社会制度得到全社会的认可,从而调动起了国民的积极性,社会和谐、人心所向。

朝鲜社会和谐的一个重要举措,就是限制和消灭三大差别——城乡差别、脑力劳动和体力劳动差别、工农差别。朝鲜提倡共同富裕。

免除税赋

朝鲜是实现免除税赋较早的国家,1966年朝鲜全国完全废除了农业实物税,从此宣告成为一个没有税制的社会主义国家。

朝鲜是一个没有税收的国家,国家的财政收入哪里来?

国家的积累都来源于大型厂矿企业,因为朝鲜的工厂、农场都是国家的,一切收入全部上缴国家,国家再通过调配和支付完成对单位和个人的再分配。朝鲜每一个单位、每一个企业都在为实现国家下达的年度经济指标而努力奋斗。完成好不但有精神鼓励还有物质奖励,可获得劳动模范称号,可以奖励平壤户口,可以出国旅游,还会受到社会的尊重。朝鲜人民注重的是精神鼓励,注重的是为报效祖国贡献自己的力量,注重的是体现自身的价值和奉献。

重视幼儿教育

作者朝鲜旅途中参观的农村幼儿园一幕

朝鲜姑娘能歌善舞、多才多艺,这是众所周知的。幼儿园教师是孩子的启蒙老师,幼儿教育是人生最主要的阶段。

我们此次去南浦的途中,参观了青山农场。朝鲜导游又临时决定带大家去了附近的农村幼儿园,我们到时正值幼儿园孩子们在室外做体操。一名年轻的女幼师,娴

熟的手指在风琴的键盘上跃动,幼稚天真的孩子们兴高采烈地随着音乐的旋律唱着儿歌。我们虽然听不懂歌词,但感受得到节奏明快的旋律跌宕起伏,看到孩子们脸上洋溢着童年的欢乐,感觉幸福在孩子们的心灵中荡漾。我们同团游客的孩子及妈妈此刻也加入朝鲜儿童的队列里,由于中国游客的参与,幼儿园体操的方队开始变化成游戏娱乐,场内外气氛即刻活跃起来,大人、孩子随着音乐的节奏欢蹦乱跳,我们在朝鲜重温了童年的那份快乐与幸福!

人民生活现状

朝鲜导游毫不隐晦地说:"我们朝鲜在90年代(1994年至1998年发生的大面积饥荒灾难,在朝鲜国内被称之为'苦难的行军')非常艰难,就和中国60年代初的三年自然灾害一样,人民生活苦难至极。目前我们国家经济建设还有许多困难,粮食产量低,但已逐步在好转。城市居民每天供应粮食600克,每斤大米8分朝元。比方我家三人工作,国家发给的米面油完全吃不了。有的客人不理解,说朝鲜的儿童面黄肌瘦是营养不良,这是不知情的说法。岂不知朝鲜人都喜欢吃素,像我这样喜欢吃中国油腻菜的女孩很少。我在家每次炒菜咕嘟嘟倒油,妈妈总责怪我倒油多,不利于身体健康。"她接着说:"实际朝鲜和中国的其他传统节日都一样,就少了一个'端午节'。每到逢年过节政府就发物品,政府工作人员40%的生活日用品由国家分配,现在每月分配每人鸡蛋6~8个,不够的再用自己的工资购买,政府工作人员每月工资约合人民币400元,每个家庭基本有三分之一的资金结余。每年到了冬天,城市居民储存冬菜都是由班长(负责管理每栋楼房单元安全及其他事)送到各家各户。"

我们问:"场员(农村)的生活品是怎么分配的?"朝鲜导游说:"在农村为解决农民吃菜问题,作业班(相当于中国过去的生产队)在每户的住房周围,按人划给自留地(这和中国当年一样),让农户饲养家禽。农村的生活

日用品也是国家分配,和城市基本一样,按家庭人口分配;现在随着国家经济恢复,农村分配的物品也在不断增加。农村人穿的内衣也是国家分配的。当然全国各地生活条件有差异,有些物品的分配也不是绝对一样,但基本差不多。"

朝鲜农业作业班实行的也是多劳多得,按工计酬,公平合理。例如,农村产的大米按人留够,剩下的国家合作社以1市斤6角多钱收购,收购后国家按1市斤8分钱朝币供应居民,大米之间的差价由国家负担。

什么是幸福?

物质富有不等于幸福,每个人的幸福观都不尽相同,朝鲜人民认定了"感恩",为国家尽力报国就是最大的幸福,追求奉献精神矢志不移就是幸福。所以,朝鲜人民很知足,因为社会公平,人与人之间生活水平差距不大,没有落寞和攀比,就少了仇富之心,不会形成社会分配不公的尖锐矛盾,人与人之间社会地位平等,只是劳动分工不同,没有人的等级贵贱之分,和谐相处。

朝鲜的女人非常温柔,具有隐忍、包容、勤劳的特质;她们泼辣而不娇气,恬静而不冷漠,自信而不自负,热情而不轻浮,举止言谈总是一副含蓄谦逊的态度。朝鲜妇女吃苦耐劳,每年只有"三八"妇女节这一天她们不做家务,由男人做家务,剩下的364天都是由妇女承担家里全部的家务。

朝鲜的妇女在外面要从事繁重的体力劳动,回家还要承担全部的家务。在朝鲜,谁家的丈夫如果做了诸如洗衣服这样的家务活,那是会被人笑话的。男人回家以后什么都不做。女人背着孩子要做饭、洗衣服、打扫卫生。饭好了以后,要服侍男人和孩子先吃,自己往往就在灶房里吃几口。千百年来的传统使得这些朝鲜妇女任劳任怨,从来不抱怨命运对自己的不公平,每天就这样辛辛苦苦地劳作着。不管你在外地位多高,文凭有多显赫,回家照样要操持家务。朝鲜妇女在各行各业发挥着重要作用,她们有一个共同的特点就是默默无闻、贤惠善良,可以说朝鲜男人是世界上最幸福的人。

结 束 语

历时三年的朝鲜战争,使朝鲜平壤上甘岭几个海拔 200 米的小山丘被夷为平地,平壤已变成一片废墟。美国曾预言,平壤若恢复建设需要100 年。

一个国家和民族,不怕暂时贫穷,真正怕的是人民没有信仰和精神。目前朝鲜经济和人民生活遭遇了诸多困难,但在我看来,他们用精神的力量,来填补物质的奇缺,一定能够战胜重重困难,过上幸福的生活。

平壤而今到底怎么样? 亲自去朝鲜走一走,结论自然会呈现眼前。朝鲜经过战后 60 多年的全民奋斗,以透支的"体力"支撑渡过了苦难的八年经济危机,国防、科技、教育、文化建设取得了丰硕成果。

朝鲜平壤市容市貌良好,高楼矗立,街道干净,道路畅通,树木葱茏。当你置身于这座五彩斑斓的现代化城市,你曾经对朝鲜的印象必然会改变。

2015 年 2 月 23 日于浦东

美国见闻

2015 年 12 月 16 日我有幸前往美国旅游,基于条件所限、视野所限,仅以一己之见与诸位交流、共勉,进行一番探究。

艰难的美国签证:目前许多国家和地区向中华人民共和国公民提供免签或落地签证待遇。可是去美国的签证让旅行者还不是那么省心。美国条件较为苛刻,要求个人存款不低于三万(为了签证过关,旅行社建议存款最好是不低于十万元),需银行开具资金证明、冻结存款,提供房产证(越多越好)、有价证券、汽车等信息资料。美国签证是当今世界旅游最难通过的,为了应对美国大使馆面签,西安旅行社发给申请人"面签常见问题"模拟问答,四个方面 19 个问题,签证似乎更加神秘兮兮。

2015 年 11 月 23 号上午 9 点,北京初雪后的早晨,路面冰雪覆盖,气候寒冷。出门时我对穿什么衣服很纠结,穿不穿棉衣? 想了想,坐地铁不会冷,美国大使馆不会冷,那就穿着秋衣吧。

我从女儿家步行到"北苑路北站"乘地铁五号线到"惠新西街南口"下车,又在该站换乘地铁十号线后到了"亮马桥"。出站后左拐几十米就是各国驻华大使馆一条街"北京市朝阳区安家楼路 55 号",走不多远就看见好多

人在街道旁排队,经打听这里就是美国驻北京大使馆,啊,这么多人!

我面签预约的时间是下午 1 点 30 分,一看手机时间,还不到早上 10 点,冰雪天地里我仅着秋衣,这三个半小时是很难熬的。我只好在路边其他出国咨询处转转避寒,等到中午 12 点,我站在了排队的人群里。队伍中有早上刚下飞机赶来的女孩,有坐了一晚上高铁的中年妇女,有年迈的白发老人……在瑟瑟寒风里站立几个小时,消耗着体内的大量热能。排队的人群期待的眼光似乎欲穿越大使馆坚固的墙壁。

面签过的人员陆续从大使馆走出来路过排队等候的人跟前时,大家忍不住打听面签难不难,他们回答说:"不好说。"过的人说简单,没过的人说难。我排队时代办签证的"托儿"不住地在一旁散发名片,承诺拒签 24 小时后他们有把握预约签证,如按常规则拒签后三个月才能再次申请。但有一点他们说得对,美国人拒签没有理由,说难很难,说容易很容易,或许问一句话就通过了。据说有的人签证七八次过不了,找不到任何原因。

在寒风中排队,穿棉衣的人照样冻得发抖,我身体比较耐冷,还算扛得过去。下午 2 点后我终于进到了美国大使馆内,馆内温暖如春。美国大使馆的安检格外严格,大小包一律不许带,大家一般都是用文件袋或透明塑料文件袋装资料。

初进美国大使馆,我感到很压抑。流程中,首先排队领号,有了号再去排队录指纹。当我站在录指纹的窗口时,玻璃窗里面的外国人以僵硬的中文说:"你好!"其余交流用手势做示范。签证的程序够复杂,离开录指纹的窗口,又急忙去面签的最后一关排队,这里决定着签证的通过与否,我心里忐忑不安。排队中一个男性中年人从队前走过,手里拿着资料,一脸的沮丧——不用问,被拒签了。

当导签工作人员让我去 19 号墙壁站立等候时,我有一种会通过的预感。当我站在签证官窗口时,一位外籍女签证官面带笑容和蔼地问:"你好!你退休了,去美国旅游吗?"我回答,是的。她随即递给我一张"北京美国驻

华大使馆领事处非移民签证处"的单子,而且和颜悦色地说:"OK。"期盼几个月的签证终于过关了,准备那么多的资料似乎都是徒劳的,不出意外,2015年12月16日"美国东西海岸·夏威夷"14天的跟团旅游指日可待,此时此刻我心中的一块石头总算落地了。

夏威夷海关:第一次出远门去美国,担心饮食不习惯,我便从上海买了11盒方便面(其中有三鲜、鸡汤、排骨、牛肉),预备万一饮食不习惯就吃泡面。可怎么也想不到,到了上海浦东机场,陈领队知道我大箱子里装了好多小吃和方便面,就提醒我,美国夏威夷限制方便面。我一听蒙了,这可怎么办呀?领队说,你现在就吃一些。我能吃完吗?他接着说:"那你要带,真到海关检查出来,他们就给扔了。"

在机场候机楼,我实在想不出什么妙方来,无奈之下我勉强泡了一盒,后来侥幸留下两盒三鲜面,把其余8盒方便面盒子全扔了,把调料包和面装在一个塑料袋里,任由他们检查去。

令我高兴的是两盒带盒的,和我装在塑料袋里的散方便面及调料包,"逃过"了夏威夷海关,而后成为我美国旅途中最好的美食。

浦东直飞夏威夷:2015年12月16日,我在上海浦东机场乘坐东航A330航班MU571起飞,经过8个小时的航程,于当地时间2015年12月16日早晨抵达夏威夷州首府火奴鲁鲁。

夏威夷州,对于旅游者这个名字的确很诱人。它是美国唯一的群岛州,位于太平洋中部,总面积16759平方千米,由132个岛屿组成,主要岛屿有夏威夷岛、茂宜岛等,首府位于瓦胡岛上的檀香山。

夏威夷属于海岛型气候,终年有季风调节,全年温度在26℃~31℃。全年的气温变化不大,没有季节之分,2、3月最冷,8、9月最热,通常情况下,从10月到次年4月雨量最大,随时可能下雨。旅游旺季是从12月中旬开始到次年复活节(5月19日)以及6月中旬到9月初。

夏威夷位居太平洋的"十字路口",是亚、美和大洋洲之间的海、空运输

枢纽,具有重要的战略地位。其中火奴鲁鲁是太平洋航线的中继线和重要港口。最早的居民是波利尼西亚人,1778年后欧、亚移民陆续移来,1795年建夏威夷王国,1898年被美国吞并,1900年归属美国,1959年成为美国的第50个州。今居民以欧、美白人和日本人居多,其次是混血种人、菲律宾人和华人。

夏威夷曾经带给人的想象是色彩斑斓的迷幻,但是真正当你置身于此境此地之时,竟会产生一种无奈的惆怅。瞅瞅檀香山的机场候机楼、廊桥地面,卫生并不十分干净,机场停机坪似乎缺少适时养护,地面龟裂。

夏威夷国际机场,在旅客托运行李提取服务方面还是有独到的一面,服务很到位,工作人员把托运箱整整齐齐地按旅团分别放在输送机旁,一目了然。

我们团经过安检出了海关,美国的当地导游已经手举接团牌在机场出口等候。

团队人员到齐后,大家和美国当地导游相互介绍寒暄后,导游去停车场开车(美国15人以下导游兼司机,不配备专职司机)。这里地面温度27℃左右,大家赶快换成夏天的衣服。

一会儿工夫美国当地导游小于开来了一辆越野型的中巴车,看见这辆车,我扑哧笑了,小于问笑啥?我说这辆车就像"囚车",很坚固。

珍珠港:初到夏威夷当天我们参观了"珍珠港纪念公园""珍珠港博物馆""亚利桑那号"战舰遗骸、"卡美哈国王铜像"和"夏威夷皇宫"。

"珍珠港"的名字来源于夏威夷土语,意思是"盛产珍珠的水"。当我伫立于"珍珠港纪念公园""珍珠港博物馆"、"亚利桑那号"战舰遗骸前时,凝视着湛蓝的海面,不禁遐思,美国设立这些无非是回顾历史,见证历史,牢记历史,不忘国耻,面对未来,警示国人、游客不要忘记日本帝国主义曾经偷袭珍珠港的历史。

作为中国人站在珍珠港岸边,心中滋生出无比的自豪和骄傲。中国近

代史上的"三大战役",以摧枯拉朽淋漓的姿态完美地战胜了被美国援助武装的800万国民党军队,1949年5月25日,美国军事力量从此撤出中国大陆。1949年8月18日,毛泽东发表了一篇《别了,司徒雷登》的文章。1949年10月1日,一个新中国在东方的地平线上冉冉升起,中国人民扬眉吐气,一个完全独立自主的人民共和国诞生了!这既是一个奇迹,更是一代伟人高瞻远瞩的创举!

今天,站在珍珠港,我为我们的祖国自主独立而感到非常的自豪!

12月份的夏威夷气候依然炙热,我顾不得多想,匆匆走出珍珠港纪念公园,在一处凉棚下休息,希望尽快住进下榻酒店。

半个小时后,当汽车载着我们驶向瓦胡岛的酒店时,大家都很疲惫。夜幕降临,华灯初上,瓦胡岛并不是想象中绚丽璀璨的繁华城市,这里街道狭窄,灯光幽暗,酒店楼宇林立。去过中国海南三亚和云南的人不会被这里的榕树及许多千年古树所震撼。我们团下榻的酒店名叫"Maile Sky Court"。

次日起床,我们团的陈领队告诉我,在美国住酒店每晚需要给酒店整理房间的服务人员一美元的小费。不然,他(她)不会好好整理床铺打扫卫生,这在国外是自然形成的规矩。如果是个人在酒店用餐,结账时会加10% ~ 20%的服务小费,这似乎是潜规则。

我们团到达夏威夷的次日,即当地时间2015年12月17日,早上9点我们从瓦胡岛出发前去参观"恐龙湾""大风口""海泉喷口""张学良墓碑"和"草帽岛"。

"大风口"位于瓦胡岛东南部,是第二次世界大战期间,日军空袭珍珠港时进入夏威夷的入口。大风口其实是两个山峰间的缝隙处。据介绍,当时日本为摧毁美国在太平洋上的海军、空军军事基地,在夏威夷周边海域做了长达两年多的缜密侦察,最后发觉大风口是唯一一处不被美国雷达探测到的地方。当年日本偷袭珍珠港的飞机从这里穿过,两三分钟就到达珍珠港上空,以迅雷不及掩耳之势对美国的军事基地进行了摧毁。

　　我们乘坐的越野车停在距大风口一百多米之外的停车场,这时,天空乌云翻卷,下车时已经有零星的雨点。我们迎着风雨朝大风口观景台走,越走风越狂雨越大,呼啸而过的大风和夏威夷岛的气候形成了强烈的反差。这里并不拥有美丽的独特风景,可是,它拥有不平凡的历史留痕,才引来了人们对这个凹处好奇的追踪和参观。

　　参观完大风口,为了参拜1936年"西安事变"的重要人物张学良,我们团每人增补了120美元费用后,导游带我们去了"草帽岛"和"张学良墓"。

　　张学良墓地在美国夏威夷北部,距檀香山市区约50公里。车子开到墓园门卫栏杆处,导游付了费,车子径直开到半山腰。乍一看,这里是绿草盈盈的草坪,地面看不见一个墓碑,只露出喷灌的喷头。导游说:"美国政府很重视环保,不允许竖碑占用地皮,墓碑全部设在地下,地面搞草坪绿化,既保护了生态平衡又美化了环境。"

　　张学良和夫人赵一狄的墓地是特殊的墓地,它坐落于美国檀香山附近日本寺院对面的山腰间,人称"神殿之谷"。墓地背山面海,位居半坡腰,山间绿草如茵,坟冢前横立着一块黑色花岗岩墓碑。碑石不大,四围用暗红麻点花岗岩石板镶护,周围是石砌的矮墙,墙外是绿色的草地和树木。这里面向波光粼粼无边无际的太平洋,草长莺飞,小鸟啼鸣,真是一个静穆的安息之地。

　　我在山坡上折来一束野花放在张学良和夫人赵一狄墓碑前,深表对这位79年前"双十二事变"的抗日英雄的敬仰。墓地虽在异乡,但爱国的民族之魂一定在美丽的中国。这里虽是张学良和夫人赵一狄双栖的墓碑,我却从心底不由勾起对张学良的原配夫人——于凤至的同情和敬重。她异国漂泊半个世纪,生前买下豪宅待张学良赴美居住,死后固执地在自己的墓地旁留下一处空墓,希望已是别人丈夫的张学良辞世后能与自己同眠一处。但最终安息在张学良身边的却是赵四小姐,唯一的遗愿也成空。我猜想:"张学良一生究竟收获了什么?"而于凤至的一生,没有赢得爱情,但赢得了

尊重。

导游心中的美国:夏威夷华侨导游小于 1983 年生于上海,曾就读于石家庄白求恩医学院牙科专业。毕业后来夏威夷打工七八年。国内的文凭美国不认可,他在夏威夷饭店干过端盘子、洗碗,后来一边学英语,一边考驾照,一边考导游证,目前是夏威夷某旅行社接待中国游客的汉语导游兼司机。

当我们旅游团有人问到他结婚没有,导游爽快地笑着说:"没房没钱哪个女孩嫁给我呀!生活压力挺大的,要凭我自己在夏威夷买房很难的,这里房地产连续几年在上涨,一套房最便宜也得五六十万美元哩。"

聊到洗手间的话题时,小于说,如果在美国内急,找公共厕所,你一定会失望。美国独立的公厕极少。例如纽约市政府发布的游客指南说,人们可以在公园、大型火车站、公共汽车总站、船码头等交通枢纽,百货商店,加油站,大型连锁书店,餐馆等处找到厕所。有趣的是,指南还告诉你,如果到全市的各警察分局找厕所,他们会为你提供方便。

美国人的环保法制意识很强,别以为大街路边、绿化带、树林或高速公路树丛可以随意方便,如果有人举报,两分钟内就有警察到场,或罚款,或拘留,或扣驾照,或吊销绿卡,处罚相当重。

在交通管理方面,美国禁止车辆闯红灯,由于美国各个州的法规不同,因此车辆违章处罚也因州而异。如果是常规处罚,被警察逮住较严厉的是内华达州(最高罚 1000 美元/扣 4 分),夏威夷闯红灯罚款 380 美元,处罚较轻的是宾夕法尼亚部分地区(罚 25 美元/扣 3 分)和罗德岛(罚 75 美元/不扣分)。一般情况下,超速的处罚比闯红灯更严厉,但也需视情况而定。以马里兰州为例,在市民居住区超速会被罚 500 美元,在学校路段超速会被罚 1000 美元,是否扣分需视超速严重程度而定。以上均是常规处罚,洛杉矶闯红灯被电子眼抓拍到需交纳 450 美元,并学习十个晚上。

夏威夷法律还规定,行人走斑马线过十字闯红灯,就是被车撞了,警察

来了一看,司机也不负任何责任;在没有红绿灯的道上,车辆会主动示意让行人先通过,绝不会和人抢道而行。

在美国没有红绿灯和斑马线的道路上,几次我在十字路上犹豫张望,拿不定主意向哪行,司机见状都会减速停下,微笑挥手示意让我先过十字,搞得我很不好意思。所以,美国人遵守交通规则,

作者美国旅途中于纽约街头拍摄的外国人不走斑马线图

是在严管重罚并举下逐步形成了自觉性,行人和司机和谐礼让,这是交通管理方面的文明和进步,值得我们借鉴。

在美国行人密集的交通路口,信号指示灯下通常都会有一个行人优先的通行按钮。如若无人使用,那么信号指示灯仍然按照预设的时间跳转。而一旦有行人触碰了该按钮,接到指令的信号灯则会缩短红、绿灯之间的转换时长,有效地减少了行人的等待时间,从而降低了行人因赶时间而闯红灯的可能性。

我们常谈到社会养老问题,夏威夷的导游小于说:"夏威夷目前的退休年龄是67岁,人均寿命81岁,退休的老人有的工作到80岁。据说退休年龄要提高到70岁,有的人工作一辈子,等不到领退休金就去世了。"

美国人的信誉感:我们团的陈领队说,一次他带国内游团去美国,美方旅行社通知说因"天气影响"取消了本次航班,航班遭到取消或者延误产生的食宿费用仍需乘客自掏腰包。后来他查阅了美国几个城市的天气预报,就和美方的旅行社联系沟通,美方旅行社只得承认取消航班并不是受天气

影响。这样,他们团一天的吃住都由美方航空公司负责赔偿。他的据理力争还换来了美国旅行社对他的赏识,2014年他退休后,这家旅行社特聘用他为中国出境赴美国游的领队。从这件事可以对美国人的信誉感知一二。

美国的航空服务:到达夏威夷当地时间的第三天(2015年12月18日),我们黎明4点30分就起床,5点30分团队人员已经集合在酒店接待大厅,导游小于准时开车送大家去夏威夷机场,还为每个人准备了一份三明治早餐。

美国的机场均不提供开水,有可直接饮用的自来水,买一杯约400毫升的开水要付1.5美元;美国的民航候机楼不像中国会提供免费wifi,这里都要收费;美国国内航班不提供免费托运,托运行李需收费25美元,据说这是9·11事件后增加安检设备后的规定。

夏威夷的机场建筑感觉一般,但客观地说,美国人在洗手间的洗手液、擦手纸、手烘干机、卫生纸、温水自来水以及为坐便器放置的一次性纸垫准备得很充分。这些温馨的细致服务值得中国民航借鉴和学习。

我们当天乘坐早上7点56分达美航空公司的DL1150航班到达洛杉矶,再转机到旧金山。美国的登机程序是按老、残、孕、幼和A、B、C、D……排列次序登机。当我乘坐机场摆渡车时,令我感到诧异的是摆渡车比较破旧。

从夏威夷起飞后约五个小时到达洛杉矶,下午我们又乘坐达美航空的DL2806航班前往旧金山,飞机延误了四十分钟才起飞。令人费解的是航班上的空乘人员普遍年纪较大,这是在他处少见的。而且,美国的航班起飞和降落不提示关闭手机和移动电源,不要求飞机落地时打开遮阳板。

旧金山:旧金山有着美国西海岸"花园城市"之称的美誉,它是融合了东西文化的现代大都市,是美国西部的金融中心、远东贸易的重要基地,亦是美国最美丽的城市及全球最佳居住城市之一。

旧金山位于美国加利福尼亚州西海岸圣弗朗西斯科半岛,面积121.73

平方公里,三面环水,环境优美,是一座山城。

19 世纪中叶旧金山在淘金热中迅速发展,华侨称之为"金山",后为区别于澳大利亚的墨尔本,改称"旧金山"。目前全市人口约 85 万,其中华人18 万,是西半球华人人口密度最高的地区之一,华人总数量仅次于纽约。拥有世界著名高等学府,包括公立型的加州大学伯克利分校和私立型的斯坦福大学。

这里有名的 Chinatown(唐人街)是华人的集中地,就像是中国的"集贸市场",每天都有很多的游客。旧金山有全美最正宗的中餐馆,漂洋过海能在这里品味中国的美味佳肴,实在给人以惊喜。

旧金山接团的导游仍是一位华人年轻小伙,29 岁,大家称呼他——小董,同样也是导游兼司机。

从旧金山圣何塞机场到市区饭店的途中,小董边开车边炫耀当地的科技优势。他的研究生是在美国读的,他说硅谷是旧金山的骄傲,目前在硅谷大约有一万名中国留学生,这里是世界硅谷的摇篮,也是目前世界科技最发达的地方。

硅谷(Silicon Valley)坐落在加州北部,是由旧金山以南(不包含旧金山)到圣何塞以北的多个县市组成的一大片区域。硅谷,似乎已成为旧金山永远的金字招牌。小董说,当年硅谷还被称为圣塔克拉拉谷的时候,这里并没有太多的民用科技企业。直到斯坦福教授 Frederick Terman 发现了这一点,并在学校里选择了一大片空地来鼓励学生们在当地发展他们的事业,硅谷的改变开始萌芽。他的两个学生在一间车库里凭着 538 美元建立了惠普公司。于是 1951 年,Terman 又有了一个更大的构想——成立斯坦福研究园区,并将园区里一些较小的工业建筑以低租金租给一些当时的科技初创公司。实际上,这已经是现在创业孵化器的雏形。

随着车子进入市区,整个城市就像一个幽灵隐没在灰暗之中,看不到灯火辉煌的夜景。这时小董赶快解说旧金山缺电,这一切都是从节约考虑的。

地道的中国菜:面包车进到一个中餐馆停车场,我们一行人见到中国餐馆的服务人员,仿佛一股春风扑面而来,备感温馨。这里的餐厅装修格调比较简洁大方,晚餐安排是团桌。大家刚落座,服务员就端来一壶热乎乎的茶水。稍许功夫,一桌中国传统的八菜一汤就上齐了——西红柿炒鸡蛋、大辣椒炒肉片、香菇炒青菜、土豆烧鸡腿、油炸小黄鱼、麻辣豆腐、青椒肉丝、红烧茄子、青菜海带鸡蛋汤。令人意想不到的是盛菜的餐具盘子大,菜量足,味道可口。面对这么多美味佳肴,大家赞美不绝。这个晚餐后来成为我们美国之行中最好、最地道的中国餐,一路被大家夸赞。旧金山有全美最正宗的中餐,名副其实,名不虚传。

酒店:晚餐后车子送大家入住旧金山 Comfort Inn。这家酒店一楼接待大厅装着自动感应门,大堂宽敞,灯光明亮,刹那间给冬日的酒店平添了一份暖暖的春意。

当我和领队打开房间灯光的一瞬间,啊!我俩惊呆了,房间这么大,太好了!

这里酒店房间的硬件配置都是夏威夷酒店不可比拟的,塑料杯、纸杯单个塑料袋封口,餐巾纸两盒,手纸两卷,房间提供免费 wifi。房间的空调不像中国是分体式或柜式,它是连体式放置于室内窗户下,但这台空调的噪音和夏威夷的窗式相比小多了(日后几晚住的美国酒店空调都是这个样式或中央空调)。这是一个令人难忘的酒店,这是一个难忘的夜晚。

第二天,即当地时间 2015 年 12 月 19 日,用过早餐后,小董按时来接大家去参观"渔人码头""罗马艺术馆""美国小国会""联合广场""九曲花街"和"金门大桥"。说白了,在旧金山我想参观的是"硅谷"以及加州大学伯克利分校和斯坦福大学。旅游路线安排的这些景点对我来说实在没亮点可言,从旅游简介字面上看很吸引人的眼球,但当你身临其境时就深感既无奈又无聊,没有多少的旅游价值和意义。

九曲花街:九曲花街是一个旅游热点,街道旁矗立着涂着沥青的水杉电

九曲花街路边的朽木电线杆

线杆,令人难以置信的是电杆已经成为朽木。如果不是亲眼所见,怎么也不会相信在这么一个发达的西方国家,城市建设标志物之一——电杆依然处在若干年前的水平。

在九曲花街半坡住宅楼楼梯口,我看到一位七八十岁的老人腿脚不便准备下楼梯,他身后站着一个30多岁的年轻人,我以为年轻的小伙子是老人的孙子,正要照顾爷爷下楼梯吧。没想到,年轻人在楼梯缓步台停顿了一下,便走下楼梯扬长而去。年轻人走后,我正想去扶一下老人下楼梯,不等我上去,老人乘坐的轮椅已经离开楼口,只见他操纵着自动轮椅升降系统,顺着楼梯扶手缓慢地下降到地面一层。

我仔细察看了一下,原来在楼梯扶手的下部安装有一个导槽,这就解决了轮椅上下楼的难题。美国的老人孤零零的,不和子女同住一个屋檐下,这是非常普遍的现象,这种寂寞的老年生活着实让人同情。

在美国,子女没有赡养老人的法律义务,从很大程度上说,这是东西方传统文化的区别所导致的不同结果。西方人的观念是,孩子满十八岁,父母就算完成应尽的义务,孩子就应该自己去自立打拼历练。

那么美国人靠什么养老呢?一些美国人为了保持高水准的生活水平,宁愿不养孩子,也不会有任何社会舆论的压力。美国人第一不靠儿女养老,第二也不把希望都寄托在政府身上。因此要想晚年生活过得好,年纪轻轻就得为退休养老做规划。总体而言,美国的社会福利在西方国家不算最好,与西方绝大多数国家不同,美国人养老并不完全依赖政府。绝大多数美国

人退休后的政府福利收入能够保障基本生活,但并不一定能保证他们退休前的生活水准。这或许就是美国退休老人为何满头银发依然坚持上班的原因和理由。

美籍华裔市长李孟贤:美国至今只有200多年的历史,然而已成为世界上最发达的国家。它的移民人口占有相当的比例,这是美国文化的一个鲜明特点,在融合中相互渗透互动,促使其他民族的文化发展和并存,使美国文化变得富有生机活力。

李孟贤于2011年11月,成为旧金山160年历史上第一位民选华裔、亚裔市长,2012年1月8日宣誓就职,成为旧金山第43任市长。

李孟贤祖籍中国广东台山,他是移民的后代,1952年在美国西雅图出生。1978年从加州大学伯克利分校法学院毕业后,担任了10年民权律师。李孟贤从1989年开始进入旧金山市政府工作,先后在多个部门任职。2005年以来,李孟贤担任旧金山行政官,负责管理多个部门。

洛杉矶:2015年12月19日,当地时间晚上8点,我们乘坐AA371航班前往洛杉矶,洛杉矶的董导已在出口等候,待我们住进Red Lion酒店,已经是次日的凌晨。

洛杉矶是一座位于美国西海岸的城市,又称"天使之城"。它濒临浩瀚的太平洋东侧的圣佩德罗湾和圣莫尼卡湾沿岸,背靠莽莽的圣加布里埃尔山,面积1291平方千米。洛杉矶是美国的第二大城市,仅次于纽约。

当地时间2015年12月20日,早餐后我们开始参观"迪士尼音乐中心""中国剧院""好莱坞星光大道""杜比剧院"和"好莱坞环球影城"等。

洛杉矶的景点于我来说,吸引力不大。我一路兴致不高。

好莱坞本意上是一个地名的概念,是全球最著名的影视娱乐和旅游热门地点,位于洛杉矶市区西北郊。好莱坞星光大道全长约4公里,地面上迄今缀有2365位影星和名人的"星星"及手印,成为世界各地游客争相参观的著名景点。

　　我们还体验了一把速度与激情——超动力和 3D 超高清电影动感模拟之旅——Minion Ride 室内过山车。自从动感模拟开始后,霹雳般跌宕的超级音响配合着画面,似乎身体在颠倒摇晃,我紧紧攥住胸前的围挡,十几分钟时间里我紧闭着眼睛,一条缝隙也不敢瞧。

　　圣地亚哥军港:2015 年 12 月 21 日,也是我来到美国的第六日。早上我们离开洛杉矶乘车两个多小时来到太平洋舰队最大的军港,参观"圣地亚哥军港""世纪之吻"和"圣地亚哥老城"。

　　圣地亚哥军港位于美国西海岸,是加州南部唯一的天然良港,它扼控太平洋东部海域,地理位置十分重要。

　　对于我这个没见过世面的人来说,初次领略航母,的确是惊奇伴随着震撼。站在军港岸边,湛蓝色的海面拖着这个庞然大物,它悠然地躺在水里,任凭风吹雨打,岿然不动。世界风云几经变幻,美国海军第七舰队凭借建造了这个航母,成为赫赫有名的远洋舰队之一。中途岛号在越南战争中执行过三次战斗任务,1991 年参加过海湾战争。

　　在圣地亚哥军港航母停泊的岸边,一片较为开阔的草地上伫立着一个雕塑,它就是闻名世界的"世纪之吻"雕像,象征着年轻的水兵和白衣护士欣喜若狂地渴望和平。

　　穿越默哈维大沙漠:2015 年 12 月 22 日,当地时间早上 9 点,我们从洛杉矶驱车行驶了四五个小时,行程 430 公里,前往拉斯维加斯。

　　默哈维大沙漠地处美国加利福尼亚东南部,地跨内华达州、亚利桑那州、犹他州三个州,以默哈维人的名字命名,面积约 65000 平方公里。提起沙漠会使我联想到中国西部一望无际的沙丘,这里的沙漠是山地和盆地地形,路边能看到的除了仙人掌,还有另一种珍贵植物耶稣亚树。据导游讲,耶稣亚树一年生长一厘米,没有年轮,树的缓慢成长使其更加珍贵。美国将耶稣亚树列为国家重点保护植物。据传当年一个白人被困在荒漠,没有吃的喝的,但是发现这种植物的种子和果实可以充饥止渴,从而解救了自己,

存活了下来,所以为该树取名耶稣亚树。

美国虽然地域辽阔,但是在保护自然资源和环保方面做得很不错。据说,这荒无人烟的"加州默哈维沙漠"可能是兴建太阳能发电厂的理想之处,19家公司已提出申请,在占地50万英亩的沙漠地区兴建太阳能或风力发电厂。但联邦参议员范士丹表示,这类开发会破坏环境,也违背了环保人士将这块土地捐为国有的初衷。该环保团体的执行主任戴维·米尔斯说,这些太阳能计划将对该区乌龟族群造成重大危害。他说:"这将破坏整个默哈维沙漠的生态系统。"范士丹还表示,她计划推动立法,将这块土地列为国家保护区,允许维持现有用途,但阻止未来开发。施瓦辛格州长曾抱怨,环保问题延误了加州太阳能厂的批准兴建。他说:"如果我们不能在默哈维沙漠设太阳能发电厂,我不知道还能设在哪里?"

美国人在大的保护生态平衡方面做得非常好,为了环保,在沙漠建设太阳能绿色能源的工程想要付诸实施也不容易。这种环保意识及为环保所做的努力值得我们借鉴。

汽车在默哈维大荒漠飞奔了约两个小时后,驶入了巴仕图停车场。一路乘车颠簸,下车后风沙很大,室外温度有点低。但是,直销区的商店里面还是很温暖,营业员满面春风地招呼着顾客。据导游讲,这里的营业员绝大多数来自中国,同样的肤色、相同的语言,自然拉近了距离,真正给这个直销区捧场的顾客同样来自中国,最大买家依然是中国人,毫不吝啬,出手大方。直销区熙熙攘攘,这里就像西安市"康复路市场",商品五花八门,既有巴仕图名牌产品,也有著名品牌"耐克"。遇到什么节日,商家会以折扣来吸引顾客。这里的商品明码标价,省去了讨价还价的那些规则。

汽车在430公里的默哈维大荒漠里奔驰了一天,待西边的天空渐渐出现五彩斑斓的云彩时,导游兼司机小董兴奋地说:"瞧,前面彩霞映照的地方,就是拉斯维加斯。"车子转过弯,灯火辉煌的不夜城映入眼帘。

拉斯维加斯:拉斯维加斯云集着世界著名酒店,如意大利水都威尼斯酒

店和以音乐喷泉而闻名的百乐宫酒店。百乐宫喷泉是集灯光、音乐、舞美设计为一体的大型观赏性喷泉。当参观完拉斯维加斯代表性的喷泉后，我有一种感慨，这里的气派可以和澳门相媲美，两者之间不分伯仲。

来到拉斯维加斯，必须知道它的起家之本。胡佛水坝，孕育了新兴的城市拉斯维加斯，也成为拉斯维加斯之母。这里原本是不毛之地，荒无人烟，在建造胡佛水坝的时候，大批工人聚集在这里。工人们在沙漠之中，没有任何娱乐，于是有人以赌博解闷。内华达州州政府为了吸引人气，居然在1931年把赌博合法化。于是，许多资本家前来投资建设豪华赌场，大批观光游客也前来赌博。就这样，一座光怪陆离的赌城在沙漠深处迅速发展，以至一跃而成为美国西部最大的新城。如今，拉斯维加斯赌城不知成就了多少富翁，又不知导致了多少人家破人亡，悲喜两戚戚！

科罗拉多大峡谷西峡：科罗拉多大峡谷位于美国亚利桑那州西北部。西峡离拉斯维加斯比较近，2015年12月23日，清晨我们拼乘大巴车在一片片长满沙漠植物的荒原地行驶了两个多小时，再换乘其他车辆进入景区。科罗拉多大峡谷西峡一共分三大部分（三个站），我们直接乘车前往大峡谷的核心景区第三站。这里的景区提供小型直升机俯瞰峡谷雄伟险峻之景，每人30分钟，票价240美元。我们一行八个人唯有四位年轻人乘坐了，问他们感受如何，他们说没有一点震撼，不值一提。

美国作家约翰·缪尔1890年游历了大峡谷后写道："不管你走过多少路，看过多少名山大川，你都会觉得大峡谷仿佛只能存在于另一个世界，另一个星球。"

导游的感慨：温柔的晨曦唤醒了沉睡的我们，时间进入到当地2015年12月24日，匆匆吃过快餐店服务生送来的中式早餐，楼下的两辆小车已经在等候，准备送我们去机场。我们车的导游兼司机是一位刘姓女士，四十多岁，天津人，1995年来到拉斯维加斯，生活也是几多欢喜几多愁。小刘感慨："中国强大，人民生活富裕，我们这些漂泊异国的游子腰板也挺起来了，

中国人很自豪！不过近年来随着国内加大了惩治腐败的力度,公费来旅游的人很少,况且旅游费用基本下降了一半。过去是花国家钱,只要能来美国,公费买单从来不讲价钱。但是,作为身处异国的中国人,我们宁可客源少,也不想接待那些挥霍国家资金的贪官们。"

车子将我们送达拉斯维加斯机场候机楼,小刘心细如麻,帮着大家把行李机票手续办好,我们大家都很感动。看来美国文化真正融入他们的行动之中了,美国人在时间、效率、服务,顾客是上帝等观念上无可厚非,值得中国人学习。

早上9点45分,我们乘坐的达美航空DL736航班飞往亚特兰大,于下午4点32分落地,下午5点35分又换乘达美航空DL875航班,到达预定地点华盛顿(巴尔的摩机场)时已经是晚上7点23分。夜幕朦胧,从机场到下榻的酒店"大华府区酒店"的路上,没有灯光,市区灯光就像黑夜中的萤火虫。看惯了中国机场通向市区灯火通明的夜景,心理反差强烈。

华盛顿:当地时间2015年12月25日,我们来到了美国首都华盛顿哥伦比亚特区。这里靠近弗吉尼亚州和马里兰州,位于美国的东北部、中大西洋地区。它在1790年作为首都而设置,是由美国国会直接管辖的特别行政区,因此不属于美国的任何一州。

华盛顿具有代表性的景点是"林肯纪念堂""越战纪念墙""韩战纪念碑"和美国总统官邸"白宫"。

林肯纪念堂是为纪念美国总统林肯而设立的纪念堂,位于华盛顿特区国家广场西侧,阿灵顿纪念大桥引道前,与国会和华盛顿纪念碑成一直线。林肯纪念堂由美国国家园林局管理,常年免费对外开放(当地时间12月25日休馆)。

纪念堂整座建筑呈长方形,长约58米,属于古典建筑。有36根白色的大理石圆形廊柱环绕着纪念堂,象征林肯任总统时所拥有的36个州。每个廊柱的横楣上分别刻有这些州的州名。纪念堂前有一个倒映池,入夜后与

纪念堂相邻的华盛顿纪念碑和美国国会大厦的灯火,倒映于池水中交相辉煌,成为华盛顿一大胜景。纪念堂顶部护墙上有48朵下垂的花饰,代表纪念堂落成时美国的48个州。距离此建筑物不远处就是越战纪念墙及韩战纪念碑。

越战、韩战纪念碑是两场非正义噩梦战争中死去的人的纪念碑。越战黑色大理石墙上依每个人战死的日期为序,刻画着美军58132名1959年至1975年间在越南战争中阵亡者的名字;韩战纪念碑的用意是想确保美国人永远不要忘记那场被称为"被遗忘的战争"的战争。纪念碑镌刻了在1950年至1953年间的这场侵略战争中失去生命的美国士兵,美军死亡54246人(联军死亡628833人)、美军失踪8177人(联军失踪470267人)、俘虏美军7140人(俘虏联军92970人)、美军负伤103284人(联军负伤1064453人)。

白宫:白宫是美国总统和政府办公的场所,位于华盛顿哥伦比亚特区西北宾夕法尼亚大道1600号。白宫共占地7.3万多平方米,由主楼和东、西两翼三部分组成。北接拉斐特广场,南邻爱

作者与同行游客在白宫外面合影

丽普斯公园,与高耸的华盛顿纪念碑相望,是一座白色的二层楼房。白宫始建于1792年,耗时八年,于1800年11月1日竣工。1812年英国和美国发生战争,英国军队占领了华盛顿城后,放火烧了包括美国国会大厦和总统府在内的建筑物。为了掩盖被大火烧过的痕迹,1814年总统住宅处原棕红色的石头墙被涂成了白色。1902年它被西奥多·罗斯福总统正式命名为"白

宫"。美国的白宫可以定期供旅客游览,我们团机不逢时,错过了参观。于是大家只好在白宫栅栏墙外集体合影,这也是唯一的一张集体合照。

那天,适逢西方人的传统节日——圣诞节,原以为西方人浪漫虔诚,会用不同方式来烘托一年一度的圣诞节。然而令人费解的是,当我们乘坐的车辆行驶在主要街道和旅游区时,唯有当地的商店门口充其量摆放着一个圣诞老人,商店的售货员头戴一顶圣诞帽而已,没有一丝一毫的节日气氛,那种沉寂如果不是亲眼看见,很难令人相信。

别了——华盛顿,你留给旅客的容貌刻骨铭心,我们继续前往美国东部名城——纽约。于当晚入住纽约"新泽西州酒店"。

纽约:纽约市位于美国纽约州东南部大西洋沿岸,是美国第一大城市及第一大港口。为了与其所在的纽约州相区分,被称为纽约市。

纽约坐拥大纽约都会区的核心地带,是一座世界级国际化大都市,也是世界第一大经济中心。纽约是美国人口最多的城市,也是个多族裔聚居的多元化城市,拥有来自97个国家和地区的移民,在此使用的语言达到800种。截至2014年,纽约市大约有849万人,居住在789平方千米的土地上,而纽约大都市圈则有2000万人左右。

对旅游者来说,纽约具有亮点的景点很多,如联合国总部、9·11事件旧址、华尔街、纽约证券交易所、西点军校博物馆……

联合国总部大楼是联合国总部的所在地,是世界上唯一的一块"国际领土"。联合国总部大楼位于美国纽约市曼哈顿区的东侧,其西侧为第一大道,南侧为东42街,北侧为东48街,东侧可以俯瞰东河。

当地时间2015年12月26日,这天恰巧是中华人民共和国的缔造者毛泽东的诞生日。我们望着五星红旗在联合国总部飘扬,沐浴着曼哈顿东河沿岸吹来的微风,心情异常激动。此时此刻与我们分享这份自豪感的还有沈阳"大妈团"的旅游同胞,她们在联合国总部场内集体合影留念,合唱歌曲"五星红旗迎风飘扬,胜利歌声多么嘹亮……"她们以饱满的激情和形式

表达着对祖国的热爱,我们为之鼓掌称快。

刹那间,我的思绪穿越时空,回眸 41 年前的 1976 年 9 月 9 日,就在这里,联合国总部以历史上罕见的速度在毛泽东逝世的当天就降半旗致哀。联合国秘书长瓦尔德海姆在联合国全体大会上发言时盛赞毛泽东的丰功伟绩:"毛主席是一位伟大的政治思想家、哲学家和诗人","他实现自己理想的勇气和决心将继续鼓励今后的世世代代"。联合国大会主席高度评价毛泽东是"我们时代最英雄的人物","他改变了世界历史的进程"。

参观完联合国总部,当地导游又带大家参观了纽约证券交易所和华尔街。纽约证券交易所位于美国纽约州纽约市百老汇大街 18 号,在华尔街的拐角南侧。当我们站在纽约证券交易所门前,有点不敢相信眼前这个建筑物就是世界赫赫有名的纽约证券交易所,街面狭窄不说,证券交易所的外观仿佛一处教堂,其形象实在与世界第二大证券交易所这个伟大的历史称号有点不符。

走不多远就是纽约华尔街,这是纽约市曼哈顿区南部一条大街的名字,长不超过一英里,宽仅 11 米。它是美国一些主要金融机构的所在地。两旁是陈旧的摩天大楼。这条街上集中了纽约证券交易所、联邦储备银行等金融机构和美国大财团开设的总管理处。华尔街是金融和投资高度集中的象征,这条街承载着太多的辉煌。华尔街的铜牛雕像一直是美国资本主义最为重要的象征之一,也是外来游客必到的景点之一。真是看景不如听景,当我们站在此地,望着狭窄的街道和两边耸立的高楼,有种窒息之感,而铜牛旁的破损地砖依然乐此不疲地接待着一拨拨游人。

美国时间 2015 年 12 月 27 日,我们来到了本次旅游的最后一个景点——"美国陆军军官博物馆"。自从踏上美国国土,"西点军校"的校名就在我心里沸腾,期望能借此参观纽约"美国陆军军官学校",因这里有华裔女生传奇的故事;因这里有雷锋的一幅画像;因这里有毛泽东军事思想的教科书。

西点军校坐落在纽约州哈德逊河西岸橙县西点镇,校园内绿树成荫,俯瞰着哈德逊河,这里也是出了名的风景优美之处。西点军校早就大名鼎鼎,荣誉飞扬。我们不妨回顾一下西点军校的历史,自1802年建校以来,西点军校培养出了两位总统、四位五星上将、3700名将军——在美国陆军中,40%的将军来自西点军校;二战后,在世界500强的历任高管中,有1000多名董事长、2000多名副董事长,以及5000多名的总经理来自西点军校——全美任何一所商学院都没有培养出如此众多的管理精英。

为何我觉得西点军校很有看点呢?因为这所学校出了一位华裔女状元——刘洁。

2006年5月27日上午8点30分,美国著名的西点军校举行了2006年度学生毕业典礼,美国总统布什亲自率领国务卿以及国防部等大批高级官员亲临现场。21岁的华裔女生刘洁代表全体毕业生从总统手中接过毕业证书,并代表全体毕业生致告别演说,刘洁成为建校以来首位获得此殊荣的华裔女状元。

我们参观西点军校未能成行,与其失之交臂,只能在美国军官博物馆寻找某些答案了。

博物馆建在校园外,我们早上到达美国陆军军官博物馆的时间尚早,博物馆还没有开馆。美国纽约州西点镇的西点军事博物馆是美国第一个军事博物馆。这里收藏有美国独立战争,第一、二次世界大战时期的飞机大炮和枪支弹药等,这里是了解美国战争史最好的地方。原先游客可以自由进出军校内参观。“9·11事件”以后,游客只能在西点游客中心参团,乘坐汽车进入西点军校,在校内几个固定点参观。

西点军校博物馆内的展品应该说都是文物,但我觉得最值得看的是二战日本投降书,因为那上面有中国人的血泪和骄傲。值得一看的还有二战时美国投放日本的原子弹的原型。该弹总长3米,直径71厘米,重约4吨,它装有60公斤高浓缩铀235。

参观完美国陆军军官博物馆，我有两个疑问悬而未解，于是我只好求助懂英语的陈领队和同团懂英语的小张。他们二人分别询问了博物馆大厅的工作人员，西点军校是否挂过雷锋的画像，以及毛泽东的军事思想是否作为西点军校的

同行旅行团小张与博物馆工作人员交谈

教科书内容。得到的答复是：据她回忆雷锋的画像曾在西点军校挂过，至于是什么时间记不清楚，或许是在讲课时挂过，雷锋曾作为西点军人的学习榜样，这事属实；毛泽东战略战术及《论持久战》她在西点军校课堂上讲过。这样的回答符合客观事实。

西点军校另一位华裔女生曹佩毓在谈到西点军校的生活时说："曾学习毛泽东战略思想，我们在西点学习了中国军事、毛泽东的建军和建国思想，以及同中国军事合作的一些战略理论。"

为何我要刨根问底呢？因为在网络媒体上关于西点是否悬挂雷锋画像、是否讲过毛泽东的《论持久战》众说纷纭。今日之咨询，化解了凝结在心头的一块疙瘩，圆了一个梦，也算来美国旅游的一大收获！

参观西点军校后，旅行社还给我们安排了时间去购物场所。距离美国陆军军官学校博物馆不远就是美国东部最有名的奥特莱斯购物场。

奥特莱斯购物场位于美国纽约州中央山谷、纽约市以北，开车一个多小时到达，此地拥有七万二千多平方米的柜台面积，集中了世界各地时尚名牌220多家，不但有流行的二线品牌，更有许多一线高端品牌在此聚集，规模之大、品牌之最，堪称世界第一。

很多人都是来过这里才知道，原来这些品牌也有工厂店。此外还有很

多二线品牌的工厂店常年提供25%～65%的折扣。

购物场建筑面积很大，停车场可停放数千辆汽车，不同颜色的购物区有不同颜色的停车场，便于顾客找到自己车辆的停放地。还有温馨的设计，为了方便消费者找到自己中意的商店购物，整个购物中心被划分为五个店区，各个不同颜色的购物区都有指示图和编号，帮助大家轻松辨识方向。奥特莱斯与一般购物场不同的是商品不按区分类摆放，而是在每一个区都有相同的物品供游客选择。

进入奥特莱斯，感觉好似这里的购物场是特地为中国游客开设的，进场的导购图都标注着中文，有的商品标签价格用英文和中文双重标注，中国几家银行、万达集团也在场内醒目的位置竖起了广告牌，就像他们在中国城市纵横驰骋打出招牌一样，吸引买家，也吸引我买了两双"迈力"牌旅游鞋的游客。

十几天来逛美国免税店、超市、购物场，有一个共同的体会，美国正成为中国游客的购物天堂。近年来，美国的各类商家越来越感受到中国人强大的购买力，这是一股不可忽视的购买力，美国商家阻挡不住利益的冲击，敞开购物场的大门来迎接远道而来的东方宾客！

可爱的中国同胞们当仁不让的扫货风头直接盖过当年的日本游客，很多商店都专门配备了懂中文的导购服务员。尤其是在一些国内比较火爆的品牌商店里，更是成了中国人的天下，买，买，买！

别了，美利坚。囫囵一觉醒来，拉开窗帘，东方红彤彤的太阳已经照射在室内，连续三个晚上纽约新泽西这个酒店就是我临时的家，即将离别，一种留恋之情在心里翻卷。

用过早餐，汽车直接送我们去纽约机场，当我们进入候机楼，一道靓丽的风景线出现在眼前——东方航空公司的柜台工作人员正在为回国的旅客或前往中国的外籍人员办理登机手续。她们五官端正，年轻漂亮，身着白色上衣，脖子上系一条浅蓝色缀花纱巾，一张张春风般的笑脸。她们优雅大

方,不卑不亢,用一口娴熟流利的英汉语回答着每一位旅客的问题,她们以自己的青春风采向世界展示,中国民航——就是中国形象的代言人!

美国当地时间2015年12月28日下午3点25分,我们乘坐中国东方航空MU588航班直飞上海浦东,于北京时间2015年12月29日下午5点27分到达上海浦东机场。

作为一个公民,能踏上美国的国土,以自己的见解及视角、以自己的知识面去探究美国、解读美国,乃我之幸运。

人们常说:"民以食为天。"我们旅游团在美国不论到哪个城市旅行都在中餐馆用餐,丰盛的中式膳食非但中国游客喜欢,连外国人也十分热爱,外籍用餐人员占据着中餐馆顾客的很大比重。可见,中式膳食正在被西方人逐步接受和喜爱。中国饮食文化源远流长,崛起的中餐店正在蔓延冲击着西方人的饮食习惯。

美国之旅令我印象深刻的就是美国的建筑物和路上跑的汽车,还有商场里的商品都做得很结实,的确是货真价实。美国的导游说,在美国造假付出的成本很大,要蹲监狱,甚至倾家荡产,这就是美国人做事从来不敢侥幸造假的根本原因。

美国之旅从夏威夷、旧金山、洛杉矶、圣地亚哥、拉斯维加斯、亚特兰大,到华盛顿、费城、纽约,从西到东十四日,参观大小景点48个,进出商店不计其数。

美国之旅全程由华侨担任我们的导游,最让我们感动的是洛杉矶的导游小董,他有着拳拳爱国之心,说话句句铿锵有力,他对我说:"大哥,别看我来洛杉矶整整二十年了,但我的心依然在中国,如果是现在,我绝对不会来美国的,因为咱们中国已经在各个方面赶上或超过美国了。2008年5月12汶川地震,我和夫人及女儿各捐款1000美元。"他接下来说:"毛主席的书籍在美国很受人们的欢迎,有的家庭墙壁挂着主席像,毛泽东思想在美国影响力非常大,这是我们这些在美华侨的骄傲啊。"

美国的金融体系监管如何？美国建立了较为完善的法制制度，国家金融体系监管制度很健全，据说个人银行账户资金超过一万美元，警察就要核查资金来源。购买房屋资产银行会核查资金来源渠道合不合理，美国在预防腐败和职业犯罪方面有健全的制度，这是值得我们借鉴和学习的。

看今朝，三十年河东，三十年河西，五十年前一代伟人高瞻远瞩的判断得到验证。1962年1月30日，毛主席《在扩大的中央工作会议上的讲话》中，谈到了整整50年后的2013年，并做出了科学的预言。"经过三百多年，资本主义的生产力有了现在这个样子。社会主义和资本主义比较，有许多优越性，我们国家经济的发展，会比资本主义国家快得多。"如今，我们国家的国防科技由追赶美国到超越美国已不是梦。"春江水暖鸭先知"，近几年海归人数逐年在上升，中国的科技、军工飞速发展，吸引着海内外人才，孔雀向西飞的局面已成为过往的烟云。如今的中国成为所有华夏儿女的骄傲，也必将成为世界爱好和平人民的共同福音！

2016年1月23日于北京

▌一颗痴心宝岛游——八日之记事

从 20 世纪 60 年代开始,亚洲的新加坡、韩国以及中国的香港、台湾地区推行出口导向型战略,重点发展劳动密集型的加工产业,在很短时间内实现了经济的腾飞,一跃成为全亚洲较发达富裕的地区。所谓"东亚模式"引起亚洲各国关注,它们也因此被称为"亚洲四小龙"。而今,台湾这个东亚和东南亚地区曾经的经济火车头还如故吗? 台湾的经济状况、政治制度、民俗民风、人口素质、环保意识如何? 好多未知都需要我初步了解一下,以解心中之惑。

我的家乡在秦岭北麓,小时候,我是听着"台湾"两字长大的。台湾,它似一波清流碧水在我心里荡漾了半个世纪。童年就知道故乡大河西畔有个"台湾",那是生产队的一块集体耕地,四面泉水环抱,清澈涌流,渠的两岸草绿莺飞,人们称它"台湾地"。那时候我们一帮孩子时常去那里抓鱼、逮虾、摸螃蟹,酷暑天渴了就趴在水渠里喝冰凉的泉水。

后来上小学、初中后,才知道祖国有个大台湾、真台湾,四面环海,物产丰富。一晃到了 20 世纪六七十年代,"台湾"这个词在大陆又成为热词,它经济腾飞,人民生活富裕,是亚洲四小龙之一。像 20 世纪 80 年代流行大陆

的脍炙人口的校园歌曲《外婆的澎湖湾》、乡间田园歌谣《走在乡间的小路上》、两岸同胞隔海守望的《思亲曲》、原生态之美的台湾风情高山族音乐《阿里山的姑娘》，以及后来的歌星邓丽君、奚秀兰、林慧萍……很多令大陆人疯狂崇拜的影视歌星都来自台湾。此时大陆多少颗炽热的心灵，多少双青春羡慕和期待的眼睛，遥望着海峡彼岸的台湾。倘若哪个女孩嫁给台商，更是非常体面的事。进入 21 世纪，台湾的歌星张惠妹、周杰伦，影星林志颖、林心如等更是风靡大陆，宝岛台湾成为相当部分大陆青年向往的圣地。

多年来我也一直渴望着踏上台湾这块宝岛，目睹这个令我梦寐向往的地方。2014 年 5 月 14 日至 5 月 21 日，我随旅行团用八天时间环岛一游，目所睹，耳所闻，言所访，以自己的拙见，浅谈一点体会。

旅台日记之一
擀面杖飞向台北

2014 年 5 月 14 日清晨，我们赴台旅行团一行 20 人，搭乘中国东方航空公司 8:30 的 MU2037 航班飞往台湾。飞机缓慢地停在滑道上，待命起飞。一束霞光露出云层，透过舷窗弥望停机坪，微风吹拂着湿漉漉的小草，绿茵茵的野草野花争奇斗艳、袅娜多姿，惬意摇曳着纤细的枝叶，这是一个煞是迷人的清晨。

西安咸阳机场距台北桃园机场 2600 多公里，飞行时间约 3 个半小时。中午 11:30 广播里传来空乘播音员甜美的声音："女士们、先生们，30 分钟后，飞机就要到达台北国际机场，地面温度 32 摄氏度。"这会儿机外晴空万里，飞机在大海上空降低了高度，从机上俯览海面清澈湛蓝，浩瀚无垠的大海就像一个变幻无穷的"万花筒"，随着飞机的高度和角度变化，大海的景致迥然不同：波光粼粼的海面，一只航船从远方驶来，一会儿仿佛又是一条大鱼儿，攉开水，划过海面，留下一道长长的 V 形鳞波；海涌掀起的波浪，在太阳光的照射下，又变出异样生动的景色，啊，海市蜃楼，远眺山脉蜿蜒，沟

壑纵横,层层螺旋梯田,蔚为壮观;转眼间又是城市万家灯火的夜景,五彩缤纷,闪烁的白色亮点,乍一看又像夜空里银河系的群星,眼睛一眨一闪,烘托出一幅幅美丽飘逸的水墨图案,让人目不暇接,美不胜赞……

中午12:00飞机安全降落在台湾桃园机场,我们下了飞机即刻搭乘摆渡车,这时大家发现一个同机的乘客手里握着一根擀面杖,瞬间,大家的目光都投向这位旅客。从大陆带擀面杖到台湾,真是稀罕事!我急忙赶上去多问了他几句话,他迟疑了一下,长吁出一口气,忧愁地说:"哎,女儿几年前嫁到台湾,想着台湾是个好地方,哪想到,每年到了梅雨季节,想见个太阳都难呐。台风、多雨、潮湿不说,就说饭菜嘛,咱们关中人根本吃不惯这里的饭菜,女儿时常给家里打电话,偷偷倾诉远离家乡嫁到这里的苦衷。这不,我来台湾特意带了一根擀面杖,让她自己学着擀面,再教她做做关中饭菜。"海峡彼岸擀面杖这一幕,让我十分感动。擀面杖真像一个连心的纽带,一头系着大陆,一头系着台湾;擀面杖也像一座桥梁,为亲人铺就一个通途,两岸真挚的情、炽热的心,跨越台海彼此心心相印,永远难舍难分哩!

摆渡车把乘客拉到航站楼出口大厅,台湾的导游阿明已在那里等候,我们坐上大巴车,阿明用富有磁性、标准的普通话作了简单的介绍:"大陆陕西来的贵宾们:大家好!欢迎来到宝岛台湾!台湾位于中国东南沿海,北邻东海,东临太平洋,南临巴士海峡,西邻台湾海峡。台湾总面积3.6万平方千米,南北纵长394公里,东西最大宽度144公里。目前人口2300万,辖22个县、市。台湾有13个民族,主要有汉族、蒙古族、回族、苗族、高山族等。其中97%以上是汉族。汉族人口中,以闽南人和客家人为两大分支。闽南人原籍为福建泉州和漳州……常见的语言为闽南语、客家语和台湾高山族语言,日常用语普通话。从现在开始咱们正式开始了环岛游,有一点告知各位,咱们天天都要搬家,希望大家旅途愉快!"

风行草偃·慈湖

5月14日中午出了机场,已是午饭时间,阿明领着我们团20人去了桃源县大圆乡中山南路268号大兴吉利鹅城一家普通的饭店。第一次在台湾饭店用餐,不免对餐厅卫生心存疑虑,但当干净的碗筷摆上餐桌时,一切顾虑都烟消云散了。午饭后,下午14:00出发参观入台第一个景点"两蒋文化园",接着再去参观"台北101大楼"。

阿明是位没有接受过专业旅游学习的导游,但他是一位合格称职的导游,他幽默风趣地说:"现在我们去参观'两蒋文化园',各位贵宾都知道,大陆1946年至1949年三年解放战争中毛爷爷和蒋委员长争天下,打了几年,委员长在战场上一败涂地,最后带着他的残兵败将120万人逃到这个孤岛。蒋委员长统治台湾二十几年,一直梦想着反攻大陆,直到他寿终正寝也没有实现光复大陆的美梦。"

阿明继续讲解:"蒋委员长生前很爱他的故乡——浙江奉化。台湾桃园县的大溪,原名埤尾,蒋介石望着郁郁葱葱的山峦,花木扶疏,风光旖旎,一簇簇翠竹,一波波涟

作者和台湾导游李建明

漪,鱼鸭游弋,碧波荡漾,便想起自己的故乡,从此这里成为他的行宫,思乡之情只能在这里得以释怀。沿湖遍植黄椰子、蒲葵、修竹,形成一个苍翠藩

篱,大汉溪的清流……依山傍水,风景秀丽,颇有江南山水之风貌,相传该地乃龙穴虎脉之地。"

　　这个"慈湖"是蒋介石为追思慈母王太夫人教养有恩,故将"坪尾"改名为"慈湖"以致孝思。不论出于何种目的,蒋介石怀母之情、孝道之心,秉承和发扬中国传统文化的"忠孝"礼仪,从这点讲,他算得上是一个孝子吧。

海峡彼岸飘国旗

　　阿明带我们离开"两蒋文化园"后,就像赶麦场一样,众人匆匆又驱车前往台北101大楼参观。据阿明讲,为了节约时间,他已提前和101大楼管理处预约好参观时间。路上阿明简单介绍了101大楼的情况,他说:"101大楼于2003年竣工,目前大股东有大陆的'康师傅'方便面等,但大楼自2003至2008年运行后,经营连年亏损。直到2008年海峡两岸实行三通后,才扭转了亏损。随着大陆同胞旅游人数逐年上升,如今的101大楼股东已经赚得盆满钵溢。过去台湾没有对大陆开放前,台湾每年旅游最大的客源就是日本人,日本人把台湾当作他们的后花园,来台湾旅游要比在本国还经济,去年日本人来台湾人数有200万,大陆270多万。今年大陆来台湾的游客在不断增长,预计年底赴台观光人数可达350万人。"聆听着阿明滔滔不绝具有感染力的讲解,不觉已到了101大楼路边。

　　台北101大楼,位于中国台湾地区台北市信义区,楼高509米,地上101层,地下5层。开工于1999年7月,竣工于2003年10月17日。该楼融合东方古典文化及台湾本土特色,造型宛若劲竹,节节高升、柔韧有余。101大楼装有世界最高速度的电梯,电梯攀升的速度为每分钟1010米,其长度也是世界第一;另外为了应对高空强风及台风吹拂造成的摇晃,大楼内88至92楼挂置了一个重达660吨的"调谐质块阻尼器"钢球,利用它的摆动可以减缓建筑物的晃动幅度,这是目前全球最大、世界第一的阻尼器。

　　尽管阿明预约了时间,参观的团队还是一拨拨地从四面八方涌来,大家

都在 101 大楼大厅等待。此时导游发给每人一个小长方形的"语音导览器",它像一个收音机,和阿明的语音解说同一波段。这个导游器使导游告别了喇叭,避免了导游讲解时团队之间相互嘈杂、语音混杂的情形。

当我们乘坐被列入世界吉尼斯纪录的 101 观景台最快电梯时,看着电梯内楼层跳跃的数字,一句话还没有说完就到达终点 89 层,有点意犹未尽之感。电梯上行最高速度相当于时速 60 公里,从 1 楼到 89 楼室内观景台只需 39 秒。攀高中没有任何不适,很平稳,如同乘坐普通电梯一样。

进入 89 楼室内观景台后可以环绕大楼一周。这里视野开阔,透过玻璃窗,远眺天空云际、蜿蜒的山脉、河流沟壑,近观高楼大厦,错落有致,台北最繁华的景物一览无余。呵,此楼不愧为台北的地标性建筑物。各团游客戴上语音导览器可听导游讲解,可自助选目标,只需按一下语音导览器上的数字键所对应的景点,就会传来导游清晰明亮的声音,它将你带到一种神游的境界里,完全不受熙熙攘攘的游人干扰。我们同行的人一致赞美,发明和使用这个语音导览器太棒了。

当浓墨的云层遮掩了夕阳的余晖时,西边又映出一片绚丽斑斓的云彩,蓝蓝的天,一丝红红的色彩从一片乌云的缝隙里投射出来,黑云的上面又缭绕着一小片淡淡的白云。碧蓝的天际就像浩渺的大海,黑云从北向南的形体,仿佛又是一条活灵活现硕大的鳄鱼,那一丝红红的色彩宛如鳄鱼伸出的舌头。我们赞叹朝霞明媚,可晚霞也十分婉丽。在台北多雨的季节,游人能够欣赏领略这样极致美丽的景色,乃是一种缘分。这一幅天宫绘制的晚霞云彩图,她的靓影永远烙在我的心里,难以消失。

当我们走出 101 大楼,等候大巴那会儿,101 广场右边一块空地上蹲放着喇叭,地面上贴着宣传标语,内容是"法轮功滚出台湾",路边还有宣传图片。一位年逾花甲的老人左手握住祖国"五星红旗"旗杆,右手以军人标准的姿势给游人行致军礼,令人敬仰。我问老人:"您是台湾人吗?"

"我是从大陆来台湾宣传祖国的!"他回答。

老人铿锵而掷地有声的字眼，透射出炽热的爱国之心、真挚之情和热爱祖国的无畏精神！展旗、护旗，弘扬国威！生动的一幕，感动的一幕，恰似一股暖流在我心里缓缓流淌。

台湾101大楼广场的大陆志愿者

当时老人对面的门口一侧，有好几个穿着黄马甲的人，立正姿势双手向后，旁边依然竖立着宣传栏，图片、资料内容和这位老人的内容截然相反。我明白了，这是邪教，他们美其名曰，这是宗教信仰和自由。双方各执一词，互不冲突，场面就像摆擂台阵。

我敬佩的眼光依然投向了那位庄严的执旗老人，嘴唇嚅动了一下欲言又止，什么话也没有说。

坐上大巴车，我的心久久不能平静，一位老人自费来台湾宣传大陆，宣传共产党，让五星红旗在台湾飘扬，精神可嘉，可贺可敬！

在车上，不等我们问阿明，阿明好像猜到了旅客的心思。他告诉大家，刚才门口那些穿黄马甲的是法轮功组织雇佣的人，经费据说是海外组织支持，还有不动产或商铺租金。他特别提醒大家那些邪教组织者在后面几天的旅游景点都会遇到，千万不要理睬他们。

晚餐过后，入台第一晚住宿情况如何我心里忐忑不安。

当我们放下行李，下榻在新北市中和区中正路776号"沐尚时尚酒店"，一切不言自明。这个酒店开业两年余，一切设施都很到位，"沐尚时尚酒店"——一个宾至如归的酒店！

旅台日记之二
台民看大陆

2014年5月15日黎明晨起，我拉开柔软轻薄透亮的窗纱，东方泛出鱼肚白，天空正悄然酝酿着喷薄欲出的霞光。我匆匆洗漱，独自走出了酒店去散步。台北多雨，沐浴后的台北，宛如一个闺中的淑女，亭亭玉立，含羞多情。我看到台北的城市建设和市貌还处在大陆20世纪八九十年代的水平。此时我想起阿明说的话，台湾城市现在的发展，一线城市比不上大陆的二、三线城市，所言极是。

我们住的酒店对面街道路边破旧的民房门前摆放着一簇簇鲜花，一盆耀眼的扶桑花在碧绿的枝叶簇拥下，绽放出鹅黄色的花瓣，雨露滋润着绒绒的花蕊，花色鲜艳，花大而肥美，一簇花儿为这家门户增添了几许春色和温馨。

民房路边停放着一辆出租车，一位四十多岁的男司机坐在车里翻阅报纸，我走到车前试问。

"您好！打扰一下。"

司机说："您要什么帮助吗？"

我说："谢谢！没有。能耽误您一点时间吗？"

司机说："可以。"

我说："我是从大陆来台湾旅游的，您对大陆来台湾观光的游客印象如何？"

司机说："直言不讳地说吧，这几年突出的问题是来台湾的大陆人逐年递增，可大陆人的环保意识太差，乱扔纸屑、烟蒂、果皮，污染了台湾的环境。"

司机说的这些话，令我在心里嘀咕犯怵，脸上表情不自在。司机指出大陆这些游客的陋习，不是危言耸听，而是一针见血。昨晚酒店的一幕浮现在

眼前:和我同住一个房间的同团游客,住进酒店后将浴巾、香皂、餐纸、拖鞋、茶杯、茶叶、被单、座椅、电话、沐浴液、洗发液、剃须刀、烧水壶、住客须知簿、坐便器旁的抽纸等,所有酒店一应具备的生活用品拉得乱七八糟,最令人不能容忍的是坐便器使用后有时不冲。他告诉我他是城中村人,经济条件很优越,曾有一份收入不菲的工作。虽然已退休,却领着可观的退休金,衣食无忧。他说和小儿子住在一起,我纳闷这个生活习惯他儿子能适应吗。他和我同住一个晚上我都受不了这样的邋遢习惯。后来我把房间整理了。他看到后说,你呀,咱们掏钱住店有收拾卫生的人,掏钱为啥?

我不由感慨,路漫漫其修远,人们素质的提高是个漫长的工程。

故宫博物院

踏上台北翌日,2014 年 5 月 15 日早上 8 点 30 分,我们前去参观台北故宫博物院。

台北博物院坐落在台北市基隆河北岸士林区外双溪,始建于 1962 年,1965 年夏落成。博物院占地总面积约 16 公顷,依山傍水,碧瓦黄墙,气势壮观。

博物院内收藏有自当时的北京故宫博物院、南京中央博物院、沈阳故宫、热河行宫及中国青铜器之乡——宝鸡运到台湾的二十四万余件文物,所藏的毛公鼎、散氏盘等商周青铜器,历代的玉器、陶瓷、古籍文献、名画碑帖等皆为稀世珍宝,展馆共有 61 万件文物,每三个月更换一次展品。

博物院有珍贵三宝:翠玉白菜、红烧肉、毛公鼎。

"翠玉白菜原陈列于瑾妃所居住的北京永和宫,是清代艺人巧妙地运用一块半灰白、半翠绿的灰玉雕成的,把绿色的部位雕成菜叶,白色的雕成菜帮,菜叶自然反卷,筋脉分明,上面攀爬着两只红色的螽斯虫。螽斯虫,属飞蝗科,俗名'纺织娘'或'蝈蝈儿',善于高声鸣叫,繁殖力很强。《诗经·周南·螽虫》是为祝福他人子孙众多的诗篇。这棵白菜和真白菜一样大,好像

用指甲掐一下就会出水一样，真假难辨，令人叹服。在当时，白菜象征家世清白，螽斯虫则有子孙绵延之意，可以说这是件别有含义的嫁妆。"

红烧肉也称东坡肉形石、东坡肉。此东坡肉形石色峰、纹理全是天然形成，是一块奇石。看上去完全是一块栩栩如生的五花肉块。"肉"的肥瘦层次分明、肌理清晰、毛孔宛然，相信初次看到它的人不会把它当成硬邦邦的石头，怎么看它都像是一块连皮带肉、肥瘦相间的鲜肉。无论是色彩还是纹理，都可以乱真。

西周青铜器毛公鼎 1843 年在陕西宝鸡岐山出土，有着 2800 年的历史。毛公鼎通高 53.8 厘米，口径 47.9 厘米，净重 34705 克。其鼎口呈仰天势，半球状深腹，垂地三足皆作兽蹄，口沿竖立一对壮硕的鼎耳。因其鼎腹内铸有 32 行关于"册命"毛公暗(yīn)的铭文，故名"毛公鼎"。铭文共 497 个字。迄今为止，毛公鼎是铭文最多的重器，自然便成了稀世瑰宝。

参观毕台北故宫博物院，不由地感慨几千年来勤劳睿智的中国人，用自己智慧的灯塔照亮了五千年中国历史与文化，使这些文物珍宝、艺术结晶流传千代！

风雨野柳岬

上午参观完台北故宫博物院已近中午 12 点。当旅客疲惫时，导游鼓动性的语调总是可以提高游客的兴致和精神，阿明告诉大家："现在就要离开台北去野柳观海。野柳风景区位于台湾地区基隆市西北方约 15 公里处，是一个突出海面的岬角，远望宛如一只海龟蹒跚离岸，昂首拱背而游，因此也有人称之为野柳龟。因波浪侵蚀、岩石风化及地壳运动等作用，造就了海蚀洞沟、烛状石、豆腐石、蜂窝石等各种奇特景观，造就了千奇百怪的瑰丽景象，是著名的台湾十二景象之一。然而，这里最引人入胜的是'女人头、仙女鞋'，它在那里静静等着我们去欣赏。"

阿明继续说："看完野柳的大海风光我们要再折回台北，然后就是长途

跋涉去花莲县,夜宿花莲,今天往后一天比一天还辛苦。"

台北到野柳风景区行车一个小时,由于司机师傅看错了路标,车辆正好绕道"基隆港"。阿明指着行车方向的东边说,大家看,旁边的海是太平洋,那船舶多的海港就是基隆港。

日治时代基隆港是日本与台湾联络的主要门户,宝岛的资源从这里源源不断地被运到日本;1945年国民党从大陆溃逃时,运往台北的宝物、军队、家眷、黄金以及其他人员都是从基隆上岸的,基隆是台湾第二大港口,这是一个不寂寞且有一定历史的港口。

阿明接着指着远处朦胧的小岛说:"瞧,那就是'基隆屿',袖珍基隆屿四面临海,风景独秀。"

基隆屿位于距基隆港口6公里的海面上,是一座火山岛,该岛包括潮汐地面积约26公顷,东北到西南最大长度约960公尺,宽约400公尺,最高点达182公尺,岛屿四面成崖,约有90%的坡地坡度都在60度以上,可见其陡峭的山势。基隆屿四周皆为峭壁,几无平地,岛上游憩设施以步道和凉亭为主。珍贵的火成岩地质景观和精彩的原生植物为其特色。岛上有典型的海岛植物,如野百合、植物榕树、金花石蒜、麝香百合、林投、石板菜、女贞、防葵、万年松、木槿等,并可见到戴胜、白头翁和雨燕等鸟儿在岛上飞翔。

当我还在瞭望深沉的蔚蓝色的太平洋时,大巴已到达野柳地质公园停车场,时间已是下午1点10分。下车处巷口横挂着一个醒目的招牌"女皇餐厅",招牌下面写着"本港活海鲜,巷内四十年老店"。我进到餐厅,瞄了一眼餐厅的环境设施,不等饭菜端上来,下意识就知道这顿午餐好不了。午餐后从我们旅行团人的面部表情看,大家均是不悦之色。

饭后导游领着我们去野柳岬,走着走着四面八方的黑云涌向野柳上空,霎时零星的雨点滴落下来。望着远处氤氲的海面,旅游的兴趣荡然无存。此时,导游阿明鼓励大家,女王头值得去看。野柳地质公园的女王头像是一支兴奋剂,刺激着每个人的神经,疲惫中大家又来了精神。

女王头——台湾旅游业的一张名片。蕈状石是野柳最具代表性的地形景观，尤其是"女王头"雍容尊贵的形态，早已成为野柳地质公园的象征。女王头本身就是一个蕈状石，形成原因和其他蕈状石大致相同。由于它的颈子修长、脸部线条优美，神态极像昂首静坐的尊贵女王，大家才特别称它为"女王头"。女王头修长的颈子因为长期的风化侵蚀，已经变得十分细弱。科学家预估女王头的脖子会因海水以及风、雨等自然现象而变得越来越细，在2039年左右断掉。而一旦遇上了大地震、大强风，女王头也很可能因此断落，结束一生。

野柳的奇幻石林、惟妙惟肖的女王头、蘑菇石、烛台石等千姿百态嶙嶙峋峋的奇观吸引不了我的眼球，望着近在咫尺的1700米的大屯山，望着余脉伸出海中的岬角天涯，我萌生了"不到长城非好汉"的豪情，唯有伫立那里才能看清基隆港，或许才能瞧见历史印记留下的影子。

我独自离队，风太大雨伞不能用了。我沿着弯曲的山路三步并作两步跃上石台阶，到了岬角的脊梁中部，顿时头上乌云滚滚，天地一片浑浊，风在吼，雨在泻，海风掀起的狂浪拍打着岸边的岩石，发出震耳欲聋的声音。此时一个人行走在浓荫遮盖的山路上，路旁是齐腰高的草丛，雨越下越大，心里不免感到阴森恐怖，似乎海浪瞬间要吞噬自己。是继续向目标地前进呢，还是返回？我犹豫不定，停了下来。恰好有三个游客从岬角返回，看着"落汤鸡"似的我，他们善意地告诉我："一个人去岬角，太危险了。我们是台北人，台风我们晓得，你看这电闪雷鸣，海浪拍岸巨响，你还是不要去了。"我谢过他们，嘴里说不去了，可是人在原地没有动，他们三人边走边扭头回望了几次。

再三犹豫，我想，只要不是强台风，刮不走我，还是值得去冒这个险，如与岬角失之交臂，岂不遗憾。万一飓风来临，我就蹲下身行走或趴在地上，不至于被风卷走吧。

我迎着风雨猫着腰跑向天涯岬角观景台，凝望基隆港，仿佛雾茫茫的海

上浮出了 1895 年日军从基隆港进攻台湾的画影,中国的领土遭到列强的践踏,站在这里每一个有民族自尊心、有激情的人都会有感而发。1895 年 4 月 17 日,清政府与日本政府签订了《马关条约》,将台湾、澎湖列岛割让给日本。5 月 29 日,日军开始进攻台湾,遭到台湾军民的抗击,6 月 3 日,日本陆海军向基隆发起进攻,基隆失陷。

啊,海浪、海风,我瞭望着飞卷的乌云,思绪万千。只要我们祖国统一,领土完整,海峡两岸齐心协力,众志成城,东方沉睡的雄狮中国——一定会在国际舞台再展汉唐雄风!

对于耻辱的《马关条约》,我们世代中国人切莫忘记,基隆、基隆港——永远的伤痛铭记于心!

花莲"美仑大饭店"

我们的旅游大巴驶离野柳地质公园已是 5 月 15 日下午 3 点 20 分,大家继续乘车前往台东花莲县。

刚上车,阿明告诉大家,到住宿地行车约 4 个小时。他随即从包里取出一张台湾旅游地图挂在车前,地图上的景点被他用笔圈了红圈。他形象地比喻说:"台湾就像一个人的形体,昨天咱们从桃园机场到新北市,今天从台北到野柳,就像从左眼到鼻子,再到头顶,又返回鼻子,来到了肩膀下(花莲县)。"

他沉思一下,打趣说:"不好意思,晚上我们住的饭店可能相对差一点,希望各位谅解。"

众人一时有点愕然。

他说:"具体住在哪里,现在还不能告诉各位。"

具有做导游天赋的阿明拿起话筒继续说:"利用这段时间,我讲一下台湾的乡土风情,台湾的民俗民风和大陆还是有些不同的。台湾商店没有山寨货,只要你在正规的商店买,都是货真价实的商品(山寨货除非摆地摊偶

尔有)。如今为了方便大陆游客购物,可刷'银联卡',刷卡购物比付台币、人民币现金还优惠。台湾的物品都是明码标价,没有讨价还价和砍价。"

他又说:"台湾的物品品名都是繁体字,大陆是简化字。繁体字结构严谨,字义含蓄饱满,形象生动。就说简化字爱(愛)字,无心怎么爱,亲(親)缺见不成亲,声(聲)缺耳朵怎么听,等等。从美学、书法艺术方面讲,繁体字带给人们的是一种艺术享受,继而形成了其他文字无法取代的审美艺术。但是大陆的简化汉字也有它的优点,笔画精简,书写方便,易记好学,便于日常操作。文字只是一种交流方式和符号,没有实在的意义。如果说繁体字是传统文化和美学的象征,我们要不要倒退到'甲骨文、金文、篆书……'上去? 从节约人力、物力、印刷耗材来说当然还是简化字优势多。从书法美学角度讲,繁、简体灵活兼用最好。"

阿明叮咛大家说入乡随俗:"来到台湾各位要去夜市品尝小吃,可不要说来一盘'土豆丝'。有一次台湾一个饭店来了几位大陆游客,点了一个菜'酸辣土豆丝',还叮咛把皮削了。服务生把菜单送到厨房后,一会儿工夫服务生又回到餐桌前,恭敬地说:'抱歉,厨师说这个菜去皮切丝他们不会做。'大陆游客有点生气:'把你们经理叫来,这么大的饭店厨师不会做一道酸辣土豆丝。'经理来后再三解释说,这个菜厨师真的做不了。大陆客人还是不相信,无奈之下,经理让服务生去厨房取了个土豆。大陆游客一看,懵了——这不是花生吗? 怎么是土豆? 经理说在台湾这就叫土豆。经过交流才知道台湾的土豆是花生米。"

阿明还说:"台湾一般公共洗手间写着'化妆室',从而体现出语言的雅俗文明。如你陪客人用餐,若说去一下'化妆室'要比'洗手间、卫生间'文明多了;台湾称女孩为'小姐'是非常亲切的尊称,是褒义词。在台湾买东西没有半斤,只有八两;大陆一斤是十两,台湾一斤是600克(十六两),继续沿用民国时的度量衡。"

关于度量衡台湾民间有个传说。秦始皇统一六国之后,负责制定度量

衡标准的丞相李斯没了主意,于是他向秦始皇请示,秦始皇写了四个字的批示"天下公平",算是给出了制定的标准,但并没有确切的数目。李斯决定把"天下公平"这四个字的笔画数作为标准,于是定出了一斤等于十六两。

那时十六两秤叫十六金星秤,是由北斗七星、南斗六星加福禄寿三星组成十六两的秤星,告诫做买卖的人要诚实信用、不欺不瞒,否则,短一两无福,少二两少禄,缺三两折寿。所以台湾遵循古训,没有改制度量衡,其寓意或许在此。

看着一车人的疲倦之态,阿明只好让大家休息。

大巴车在弯曲的山道上行驶,一会儿盘山道,一会儿穿隧道,一会儿过桥梁。山间的道路不是很宽敞,但是,路面非常平坦,坐在车里仿佛漂浮在墨绿色的海面上,潇洒悠闲。台东是台湾的后花园,处于尚未开发的原生态,满目青翠,山头、丘陵、峡谷、处处被绿色覆盖,处处都洋溢着浓浓的春天气息。

当日天公不作美,阴雨霏霏,倒也未煞风景,雨天毛毛细雨别有一番乐趣。云雾缭绕,于峰巅、于山腰、于峡谷,亦隐亦现,亦幻亦真。山峰河谷一时出落成沐浴中的美人,云雾时而裹身,时而分离,千奇百态,变化无穷,妩媚多姿;一会儿浮云高耸的山脉又似梳妆台前准备出嫁的闺女,含情脉脉,羞涩含蓄。绵绵细雨使她愈加脱俗清新,似静似动,惟妙惟肖,楚楚动人。

车外两边青山常翠,奇峰若雕;潺潺溪流,绿水碧潭;大河清幽,小河蜿蜒;树木葱茏,百鸟啼鸣。这一带除了交通公路外,大地植被都处于原生态。处处是青山秀水,风光旖旎。

车在深山峡谷里行驶,台东的山峦沟壑,一草一木似曾相识。突然,"啊哟"一声——"这是秦岭",前座一位男性游客猛然抖落出故乡的山。是啊,一句秦岭,我们的心又回归海峡彼岸,仿佛驶于故乡的秦岭深山,眼前的崇山峻岭就是自己的故乡,乐滋滋地享受着巍峨秦岭北麓那份满满的宜人风景。

当我们置身于台湾,不得不惊叹,在森林植被保护方面台湾人的环保意识很强,作为大陆游客自惭形秽,无地自容。

从台北到台东,走的是环岛旅游线,本来大巴的左侧就是茫茫无垠的太平洋,云烟氤氲,但我们团队无缘领略太平洋蔚为壮观的深邃景致了。

大巴进入花莲县境内,山势依然陡峭,盘山公路蜿蜒曲折,河道峡谷纵横交错。蜿蜒的山间公路依偎着太平洋海岸,水围山转,路上的车辆很少,我们乘坐的大巴车就像遨游于大海里的轻舟,任由艄公摆渡。

大巴在山路上奔驰了5个小时,山路每小时行驶约40公里,全程200余公里,晚上7点50分我们住进了花莲县"美仑大饭店"。

我们由衷地感慨,台湾人素质还是高,处处体现出真善美,崇尚礼仪。大巴在饭店门前停下,司机师傅小李帮着大家取行李,他三十多岁,体型偏瘦,个头不高,一看祖籍就是广东或福建。他目光炯炯,行动机灵,驾驶技术精湛,又热心帮我们放取行李箱。他帮我取下箱子时,我说:"感谢你一天的辛苦开车。"可他一边给我鞠躬,一边说:"很幸运能和你们一起旅游,要不哪来机会啊,我也可以转转。"我知道这是小李师傅礼貌的回复,这也是台湾人的服务意识和礼节。我问他:"你不抽烟吗,一路没见你抽烟?"他说:"在台湾不管是公交车还是旅游车,司机是不能抽烟的。"后来我观察到台湾公交司机开车时身旁都会放一些圣女果。这就不免联想起大陆通村客运、远郊车的司机抽烟屡见不鲜,虽然车内禁止抽烟,驾驶员行车中仍然喷云吐雾我行我素。

当我们拎着行李走进美仑大饭店,偌大的接待大厅富丽堂皇,这是一家标准的"五星级饭店"。导游上车时说的住宿差,纯属幽默。

住宿在五星级酒店,我们自当甜甜入梦。

旅台日记之三

囫囵一觉醒来已是5月16日的早晨,室外空气中弥漫着惬意的温馨和

湿润。

"美仑大饭店"名副其实,这是一座高层建筑,大楼气势宏伟,楼的后面种植着好大好大一片绿色草坪,草坪起伏高高低低,一眼望去无边无际。站在草坪旁,仿佛置身于茫茫绿洲大草原之地,蓝天白云,相得益彰,绿草盈盈,青翠欲滴。草坪四周及树荫下散落着淡黄色的木质凉椅供游人憩息,草坪边沿是碗口粗的树木,无名的花草簇拥着这座拔地而起的大楼,让周围环境更加优美。主楼背面还修建了一个曲廊,曲廊尽头建有露天游泳场;挨着游泳场就是客人散步和健身的娱乐广场。客人下榻在这里,吃、住、玩、乐一应俱全。住在这里,空气清新,气候湿润,真有乐不思蜀之感。

这家五星级的酒店入住的客人特别多,日本人占多数。台湾的酒店、饭店住宿都附带免费自助早餐。大饭店的早餐比较丰富,凉菜、热菜、主食、水果,品种繁多。

早餐后,大家立即乘车出发,阿明说我们就要离开花莲县了,前往台东新的景点——太鲁阁峡谷。

他说:"花莲县是台湾面积最大的县,是高山族聚集人数最多的县,人口35万,高山族约20万人,也叫原住人。"

这时,汽车穿越的公路旁就是台湾有名的军用机场"花莲机场"。阿明说:"行车右边那一个个绿色迷彩伪装网下就是台湾的军用'机窝',当年准备反攻大陆的飞机起飞前从山洞移出就在此待命,其战略地位十分重要。"

车前右方的陡峭山体已被掏空,建成军用飞机隐蔽的山洞。

花莲机场地处台湾中部东海岸,西侧为陡峭的山峰,有海拔超过3000米的中央山脉,地形复杂,是大山脚处最隐蔽的军事基地,东北临太平洋和冲绳、菲律宾及花莲深水港,此地水陆两路交通方便、隐蔽性强,是重量级军事基地。

在花莲西北约8公里处就是台湾的佳山空军基地,这是台湾重要的军事基地之一,距花莲空军基地约3公里。佳山机场是台湾唯一的洞库机场,

这个机密的基地于1984年末动工，1992年正式起用，总造价近70亿人民币。佳山基地的设计工程又称"建安三号"工程。佳山基地的主体设想是将台湾中央山脉的东部掏空，将台湾绝大部分的先进作战飞机藏于山洞中，以躲避大陆对台湾的第一波攻击，保存作战实力。这个基地由于建在台湾中央山脉的山洞里，所以充满了神奇的色彩。

佳山空军基地连接着花莲空军基地，两基地之间有2500米的飞机联络道。这条飞机联络道从佳山基地的飞机洞库出口处直通花莲空军基地机场，联络道在作战时亦可作为飞机跑道直接起降飞机。

佳山洞库机场掘开了中央山脉的山腹，建成了可容250架飞机，并配备有完整的指挥管制系统、通信系统、小型医院等设施的地下基地。

据说这里一共有几十个洞子，洞子和洞子之间都是相互打通的，洞内设有蓄水库、油库、修理中心，甚至有医院，整个洞子约有20个飞机的出口，山洞出口均朝向东太平洋。所以应该说基地相当庞大，构成了一个要塞区，这个要塞区的平面面积大约有25平方公里。

阿明说："随着近几年大陆一大批先进战机的列装，再加上台军高水平飞行员的逐渐流失，台湾空军的优势已经一去不复返了。如今这花莲军用机场的'机窝'，其军事战略地位大打折扣。"

台湾是一个多山的海岛，高山和丘陵占2/3，平原不到1/3。全岛海拔在3500米以上的山峰有45座，海拔在3000米以上的有268座。最高峰为玉山山脉的玉山主峰，海拔3952米，是中国东部沿海地区的最高峰。由于高山多集中在中部偏东地区，就形成了东部多山地、中部多丘陵、西部多平原的地形特征。台湾的山脉大多呈东北——西南走向。主要山脉有纵贯南北的中央山脉，靠西侧的玉山山脉与阿里山山脉，北部的雪山山脉，以及紧邻东海岸的海岸山脉，这些山脉就像条条巨龙蜿蜒起伏，自东北至西南伏卧在台湾岛上，合称台湾山脉。台湾平原和盆地数量不多，面积较小，仅占全省面积的1/5。

　　台湾称得上山高水长,自然景色美如画,太鲁阁峡谷横跨花莲、南投及台中,以雄伟壮丽、几近垂直的大理岩峡谷景观闻名。沿着立雾溪的峡谷风景线而行,触目所及皆是壁立千仞的峭壁、断崖、峡谷,以及连绵曲折的山洞隧道、大理岩层和溪流等。大巴车在太鲁阁峡谷中横公路的路边停下,这里竖立有一块字碑"燕子口",游客可步行观赏大自然的奇观,同时可以感受到当年开路人的艰辛和执着。

　　燕子口为太鲁阁峡谷的一段悬崖峭壁,其间山壁雄峻、幽谷萦纡,成为中横沿线著名胜景之一。游人站在公路护栏边,对岸岩石近在咫尺,仿佛伸手可及。公路右侧的岩壁上高挂着许多小洞,因石灰岩受溪流的长期侵蚀,较松软的岩层逐渐形成洞穴,早年因常有雨燕、洋燕在空中成群觅食,形成"百燕鸣谷"的奇景,因而博得"燕子口"的美名,而这些洞穴,据传就是早年燕子筑巢而栖的地方。

　　随着中横的开通,游客不断,燕群早已被车声、人声惊走,只留下一个个空洞的岩穴。若干洞穴仍有水流喷出,因此这些洞穴也被疑为是地下水的出水口,亦有人认为系水流滚动砾石所磨蚀出来的壶穴。由于燕子口日照难及,山风吹来时,沁着丝丝凉意,阴森峻伟,更让游人不敢逼近。燕子口、锥麓断崖、九曲洞一带的块状大理石岩最为壮观,这些大理石岩的原岩是石灰岩,因受变质作用转变成大理岩,颜色呈白、灰或黑色,形成壮丽的山景,而底下立雾溪峡谷深峻,滔滔流经,公路曲折回旋,气势万千。

　　阿明领着大家头戴安全帽行走于燕子口的山洞里,他说:"当今台湾荣民(老兵)在叩问,昔日的这中横公路为何而建?当年开路工人最主要的工具就是十字镐与炸药,究其值不值得,是为个人,还是为台湾……据一些荣民(老兵)回忆,修建中横公路其中一条重要理由就是为适应国防需要,打通中央山脉,建设一条横贯台湾东西两地的便捷交通线。国民党的政治宣传鼓动口号也很响亮:'我们一定要反攻大陆,打回老家去,解救家乡处于水深火热的父老乡亲……'20世纪50年代初蒋介石提出的计划是:'一年准

备,两年反攻,三年扫荡,五年成功。'不过当初跟着国民党来台湾的人,一直都以为他们很快就回去了,不会在台湾久留,可是没想到,这一留就是几十年。"

逝者如斯,阿明讲了一个台湾老兵回大陆探亲的趣事。

1987年是非常不可思议的一年,台湾和大陆38年的政治冰川得以解冻。这位湖南老兵20岁左右当兵,一晃都六十多岁了。回到家乡,他感慨万千,湘南的农村处处是一派欣欣向荣的景象,38年的山村巨变似曾相识,又不相识。一日清晨,他一个人沿着儿时放牛走过的山坳散步,走啊走啊,转过几道山坳,蹚过几条河流,恰巧这时云雾缭绕,迷失方向,他不知道回家的路在哪边。最后到了一家住户人家门前,看见一位中年人劈柴,赶忙上前立正,行了一个军礼说:"请问共军同志,中正路怎么走?"劈柴人愣住了,听乡音像是本地人。片刻后劈柴人明白了,这迷路人一定是从台湾回来探亲的,热情地为他指点了回家的路。

九曲洞我们无缘观赏,汽车掉头又返回原路,向台东方向驶去。

行车途中的寂寞时光总是让游客难以消磨,台湾导游在大家精神萎靡不振时及时找出话题。他说:"天黑前我们就要住进台东县一处温泉。台东是台湾尚未开发的处女地,地域广,人口稀,山川河流处于原生态。台东有四宝:监狱、大米、黄花菜、释迦水果。陈水扁服刑,如今就关押在台东县一个监狱。"

阿明又说:"大陆城乡个人医保搞得很好,但台湾的医院和医保不亚于大陆,台湾医疗保障体系很健全,有500多家大型医院和2万多个小医疗机构。"

阿明18岁当兵两年,每天早晚各跑5公里,做俯卧操300个。那个时期台湾男性青年最怕义务兵,要想不当兵,一是除非身体不符合当兵条件;二是大学毕业继续上学。表面看是年轻人追求更高的学历,但熟悉内情的人士深知这是一种"逃避兵役"的手段。就是上学至32岁还要当兵,那时,

就是军官,留学生 35 岁后就不用服役了。

车在山间不太宽阔的公路上行驶了一小时,停在一个饭店的停车场。吃过午饭,车继续向台东方向行驶,途中参观了台湾北回归线标志塔。纪念塔位于台湾地区嘉义县水上乡下寮村,乳白色塔形方位仪浑圆如柱,塔顶放置了一个圆球,连接圆球和主塔的是一个微小的支点;塔身上下有一条灰色的竖线,那就是北回归线的分界线,塔的周边篆刻着经度和纬度。塔矗立于绿草花海之中。

标志塔四周全是绿绿葱葱的稻田,高耸的标志塔在一片片绿色稻田的衬托、簇拥下,格外壮观美丽。

这个季节在台东能见到稻田,我特别兴奋。在家乡只有秋季才可看到这样碧绿的田畴。

我怜惜地伸手触摸稻子翠绿的叶,仿佛见到久别的亲人。蓦然回首,仿佛又看到我们一家人勤耕细作犁地、插秧。待稻子长到和这稻子一般高(膝盖处),每到太阳落山前或傍晚我去往稻田边,蛙声此起彼伏,岸边的青蛙闻到一丝响声,就会扑通扑通跳到稻田里;蜻蜓轻盈的身影掠过稻子幼嫩的叶尖,一瞬间吻过叶尖,稻叶微微颤动一下,即刻恢复原样,纹丝不动;蜻蜓犹如一个航模滑翔运动员,恣意地展现自己特异的技能。那稻田、蛙声、蜻蜓瞬间的美感印在我的脑海里,终生难忘,记忆犹新。如今触景生情,不免想起家乡那年那月那田,父母、妻子辛勤劳作的身影。他们的品德和修养对家庭、对后辈、对社会都有着不可估量的影响,他们的身影将永远留在生前热恋的故乡的那片土地上。

5 月 16 日下午 4 点 40 分旅游车驶出台湾北回归线旅游景点,汽车翻山越岭,沿着海岸绕行,山峰荟萃,云雾缭绕,弯路、隧道、桥梁、山泉、溪流、瀑布,每一处景色都让人目不暇接。这里的景观怎么又和关中秦岭大山一模一样,仿佛克隆,模样逼真。这山、这河、这水、这沟壑密林,真像秦岭气势磅礴、巍巍莽莽的景色呐。是的,人,生在哪里,就热爱哪里的一山一水、一草

一木,不论你走南闯北,还是漂洋过海,思乡眷顾之情总是驱之不去,时刻在心底萦绕,相像的环境会带给人些许的慰藉,睹物总愿将此景与家乡的山山水水联系在一起。车在山顶上盘绕,山梁上尽可饱览辽阔的大海风情,海风吹拂着海面,掀起一波波浪潮,蔚为壮观。

旅游车经过两个多小时的行驶,于天黑前驶进台东县卑南乡温泉村龙泉路 139 巷 1 号"弘泉温泉度假村"。这个温泉地处山沟的半山腰上。

温泉,这两个字眼对于旅行者来说,诱惑力越强,期望值就越高。可当我们的汽车停在温泉停车场,看一眼这里的建筑物外形,心情便遽然降到冰点。

待我打开房间,发现室内狭小,装修陈旧,地板家居脱漆,设施不到位,房间里还有一股难闻的令人窒息的硫黄气味。令人满意的就是被套、床单洁白干净,这也许是台湾饭店住宿最基本的要求吧。

这里是台湾之行住宿最差的一晚。

旅台日记之四

2014 年 5 月 17 日,周六。出行环境的好坏直接影响着游客的情绪和睡眠质量,晚上住宿不一定要求多么宽敞,但要干净卫生,室内空气需流通。昨晚是入台以来睡觉最不踏实的夜晚,整夜似乎亦梦亦醒,黎明即起,五点钟我已来到温泉酒店半山腰。这时东方晨曦初露,云朵被晨光染成了橙黄色,浓的、淡的、飘散的云层形成各种神奇的图案镶嵌在湛蓝色的天际间,似涂抹了朝霞的明丽的画廊。这样爽朗的天空一下子解除了昨夜郁闷的心境,我又憧憬着新一天的愉快旅途。

自助早餐后,旅游大巴离开台东县,沿着太平洋海岸线向南端行驶。车辆在一处珊瑚购物商场停下,我提出在车里等候,阿明表情很为难地说:"叔叔你不买都行,不进去不行的啊,商场要数人数。"我对珊瑚金银珠宝向来不感兴趣,我们好几个人进商场后一直站在旁边,阿明心急如焚,几次过来动

员我说:"叔叔给女儿买几件珍珠珊瑚做个纪念吧。"我说:"非常抱歉,我不懂珠宝一类。"后来我才知道这是台湾导游的潜规则,导游工资来源于两方面,一方是旅游公司,一方是购物提成。对于自己未购物我内心也十分愧疚,总觉得对不起阿明。

珊瑚店我们一行人购物者不是很多,阿明心情不好。旅行车驶出珊瑚购物店不久,车正行驶中,阿明突然让车停下来,我们都很惊愕。原来路边有一个简易的房屋开着一家餐馆,阿明下去急匆匆买了好多包子,他说:"这家山里人开的包子店很有名气,这是我个人买的,请大家尝尝这里的包子,因为快到中午用餐时间,各位都饿了。"阿明上车不由分说发给每人一个包子,先不说味道,瞅着雪白雪白小巧玲珑又均匀的包子皱褶,便令人垂涎三尺。在偏僻的山道旁,在喜欢以大米为主食而不擅面食的台湾,山里人竟然能做出如此让人羡慕的包子,难能可贵啊。

看见包子店门前的路面干干净净,我忽然联想到山区的环保问题。沿途路边的沟壑、清泉、小溪都很干净,没有污染。于是我就问阿明台湾环保是怎么治理的,尤其是偏远山区的环保治理情况。

他说:"台湾环保用了十几年时间。如今的生活垃圾要分为三类,三种颜色的垃圾袋,不能放错,归类放错垃圾也要罚钱。在台湾不用缴纳垃圾费,垃圾费取决于你使用的垃圾袋的大小。台湾在环保方面十几年来持之以恒,才有了今天的优美环境。政策、制度、宣传、教育、处罚并举,全方位,齐抓共管效果显著。环保率先从家庭、幼儿园、小学做起,再到大学、机关、团体、企业,形成了一个全社会重视,常抓不懈的长效机制。"

旅途中,阿明的介绍讲述解除了旅客的疲倦,似乎也缩短了旅程。按游程要参观邓丽君纪念馆,可阿明说那个纪念馆没有意思,改换成去猫鼻头,顺路体验一下海边沙滩的景点。

到达海边沙滩。五月台南的气候真有灼热不饶人的暴烈,闷热的气候使人难以适应。远瞧柔软细腻的沙子在阳光的照耀下,闪烁着亮晶晶的光

点。我们几位没去沙滩的人坐在绿荫棚下歇凉,天南地北兴致勃勃地闲聊。

这时,忽听同行的几位女士扯开嗓门喊:"啊,这里的天真蓝啊,这里的空气真好啊,大海辽阔无垠多么壮观啊!"

不一会儿,待去沙滩的人返回,那几位初来乍到心潮澎湃高呼这里天高云淡的女士们又开始满头大汗、气喘吁吁地嘟囔着怨这里五月天的温度热得让人支撑不住、难以适应,叹气道:"唉,刚才还说这里好,这里有啥好的,还是咱们关中好呗!"

告别记忆模糊的景点海边沙滩,旅游车沿着濒海的盘山路继续绕行,一路看到的民房破旧不堪,可见居民的生活条件一般,可每家每户门前都摆放着鲜花,给游人留下了深刻的印象。

我们于下午2点钟左右,到达台湾最南端的"南湾"。这里大海辽阔无垠,碧水盈盈,海鸥翱翔,蓝天白云,神秘瑰丽。

毗邻南湾不远就是台南著名的猫鼻头。猫鼻头位于恒春半岛的东南岬,介于台湾海峡和巴士海峡的交界处,距白砂约3.5公里,全长5公里,宽3.5里,为恒春半岛向巴士海峡延伸而出的突兀点,为典型的珊瑚礁海岸侵蚀地形。鸟瞰似女孩的百褶裙,故有"裙礁海岸"之称,并与鹅銮鼻形成台湾最南之两端。其实恒春旧名"琅峤",而"琅峤"在原住民语言中就是"台湾尾端"的意思,所以,恒春是台湾最南端的乡镇。

猫鼻头——天涯海角,唯有伫立海岸才会体会出海纳百川的内涵。我眷恋此景,于是拍了几张照片。

从猫鼻头到台南的高雄市,车过之处的道边、阡陌的田畴里绿油油的稻田格外引人瞩目,时而映出一片片的苍绿的槟榔树、杧果树,香蕉树……我们仿佛穿越绿色的草原,被这旷野的绿色植物所浸染。

2014年5月17日下午4点40分左右我们到达当日最后一个景点——"打狗英国领事馆"。打狗英国领事馆位于台湾地区高雄市鼓山区,在高雄港口北岸的鼓山上,东侧、西侧及南侧都紧临陡峭的悬崖,北侧连接鼓山,形

成背面靠山、三面环水的形势,是英国领事馆官邸及接待使节宾客的重要场所。打狗英国领事馆建在西子湾的小山岗上,建立于1866年(同治五年),是清朝时外国人在台湾正式建造的第一座领事馆。其红砖、花岗石均来自厦门。

夕霞晚照,站在领事馆临港崖边,仔细欣赏西子湾和高雄港的夜景,感受大自然的优美景色,心旷神怡。下得山来,漫步在西子湾的防波堤上,感受海风吹拂。长长的防波堤是西子湾的标志,黄昏是游西子湾的最美时刻,夜幕低垂,灯火闪烁,晚霞辉映,海潮覆岸,堤防上的游人成双结对,构成一幅美丽的画面。西子夕照更是台湾八大胜景之一。

登上坐落于峭壁上的打狗英国领事馆,眺望西子湾的日落,红日浑圆,火红的圆球下有好几道橘红色的云彩,托举着红彤彤的夕阳,煞是美丽。落日红霞映在波光粼粼的海面,又铺出一条耀眼的银光大道,银光大道一直通向浩渺的西海岸,它和层叠的彩云连在一起,烘托着夕阳缓缓落下。旁边的游人感慨说:"五月份的台湾,游人能遇到这样五彩缤纷的天气已经是烧了高香!"是的,在打狗英国领事馆,我们欣赏的何止是西子湾的日落,我们看到的是一幢欧式建筑,并得知其石材工匠都来自福建。可见,勤劳智慧的大陆先民,用巧妙的双手造就出如此精美的建筑艺术品,虽经历了岁月、海风和人为的侵袭,但几经修葺,如今依然耸立于打鼓山上,与海风浪潮朝夕相伴、和谐吟唱。

下午6点30分我们离开了打狗英国领事馆,住进了高雄市三民区大昌二路266号的大都会酒店。

旅台日记之五

早上睁开眼睛,已是2014年5月18日黎明,昨晚大都会酒店很不错。台湾酒店的早餐得到大家盛赞,餐厅环境干净整洁,食物也丰富可口。

早餐后我们于7点30分出发,首站就是购物店,从购物店到阿里山风

景区还有相当长的一段路程,这段养眼的路程春意盎然,路边亦为绿野之乡,一片片绿莹莹的稻子茁壮成长,煞是喜人。

车到了阿里山风景区山下,天空浮云飘逸,云朵从四面八方向阿里山汇集。我们在心里祈祷千万别下雨,老天爷别流泪,赐给我们一个笑脸吧。

阿里山共由十八座高山组成,总面积为1400公顷。群峰环绕、山峦叠翠、巨木参天。以现代肖草《阿里山》诗为证:"朝过九十弯,眺瞻云海翻。景深潺碧水,骄日透林间。竞断松公臂,涓流姊妹潭。晚霞映少女,阿里画中山。"这是非常美的描述。

汽车顺着柏油马路绕弯爬行,山坡上成片成片的槟榔树高高屹立,颇像一杆杆直插云霄的旗杆,又似昂扬挺立不畏风暴的勇士。这些可爱的槟榔树,散落在翠绿的山涧沟溪,在河谷、在山腰、在山头,都有它们亭亭玉立的身姿,貌似在迎接我们这些海峡彼岸的同胞,似有情亦有意。

大巴车沿着较缓山势蜿蜒盘旋,山头白云缭绕,诸峰时隐时现,变化无穷,海拔越高,越分不清是云、是雾,缭绕在车外,扑朔迷离。

刚到海拔2200多米的阿里山停车场,迎接我们的便是瓢泼大雨。阿里山的天气简直是娃娃脸,说变就变。刚才风情万种的美丽云海刹那间消失,乌云突变,大雨滂沱,我们旅行团一行人站在阿里山大门口茫然若失,举棋不定。因为有几位70多岁的年长老人,还有些人是勉强来旅游的。游阿里山最担心的就是这种天气,可偏偏让我们遇到了。导游路上说过阿里山有八景:塔山奇峰、香林拱桥、28号巨木、神怡流瀑、阿里山神木遗址、慈云观景、小笠原山、水仙巨木。观赏区群峰参岊,溪壑纵横,既有悬崖峭壁之奇险,又有幽谷飞瀑之秀丽。最高处海拔2663米,山虽不算高,但以其神木、樱花、云海、日出四大胜景而驰誉全球,故有"不到阿里山,不知台湾的美丽"之说。要知庐山真面目,只有冒雨体验了。出乎意料的是几个老年人精神矍铄,意志坚定,望着雨蒙蒙的群山,决意踏进这浪漫的红桧风景区。

此时没有穿防水鞋的人赶快买了鞋套,大家开始撑着雨伞沿着曲曲弯

弯的 1000 公尺巨木群栈道前行。栈道两侧是直插云霄的桧木,此情此景宛如穿梭在巨人脚下,雨点滴滴答答打在雨伞上,虽是大雨滂沱,但一行人游兴正浓。踩着曲折的巨木群栈道,鞋底踩出咯哒咯哒的声音,人们依然谈笑风生,别有一番雨中登山之小趣。

我们久闻阿里山的神木——红桧木。其中有一棵最古老的红侩木,据称有 3000 年,人称"神木"。阿里山终年云雾缭绕,环境潮湿,巨木群红桧木堪称是绿巨人的故乡,每当晨昏迷雾笼罩之际,站在巨木身旁,感受那份坚韧亘古之气势,令人震撼。

红桧是台湾主要的树种,其木色淡而红,质地细而结实,内含许多油脂,散发出淡淡的芳香气息,又具有耐朽力高、不易腐烂之特点,成为著名的木材瑰宝。

雨哗啦啦下个不停,我们忽上忽下行进在红桧木森林间,看见一座"树灵塔",一段关于塔的文字引人瞩目:"树灵塔,建于民国二十四年(1936),石塔高约 20 公尺。日本人在砍伐阿里山最珍贵的红桧后,许多伐木工人染上怪病而死,日本人认为是这些树灵在作祟,心生不安,怕这红桧树灵会报复他们。为了安抚这些树灵,修建了这座树灵塔,用以祭祀这些被砍伐的红桧木。"

树灵塔是日本人的忏悔塔,几行繁体字瞬间在眼帘前映照出红桧木曾经的凄惨历史画面:

1895 年占领台湾后,日本人于 1896 年发现台湾有巨大的密林。1899 年 2 月,嘉义办务署查访发现了阿里山桧木原始森林。

1900 年 6 月 12 日,日本政府派小西成章、小笠原富二郎、小池三九郎及石田常平等人开始调查阿里山森林,据调查约有 30 万株的原始桧木林遍及整个阿里山区,从此开启了阿里山天然森林资源遭破坏的大门。1945 年 10 月 25 日台湾光复,日本将阿里山森林归还给中国。可是经过持续三十余年的采伐,阿里山天然的红桧、扁柏等珍贵树种几乎被砍伐殆尽。

当年为运输方便,日本人于 1906 年开始修筑登山铁道,1913 年延长至阿里山,并开始伐木采运到本国。

走完巨木群栈道,阿里山的行程就此画上了一个句号。实话说,我们游历阿里山这处风景区,颇有"大煞风景"之感。可就是一首《阿里山的姑娘》成就了她在大陆的一度风骚。随着台湾旅游业的开放,阿里山就是台湾旅游景点的地标线,吸引着众多的大陆游客前来观光。

我们的旅游车行驶在下山的盘道上,天气真会捉弄我们,这时云层在向四周扩散,云层缝隙有了蓝天,西边天空露出淡淡的一缕霞光,浮云贴住山峰缠绵。转过一个弯道,层峦叠嶂的山头仿佛从海面露出,远眺群山连绵,蔚为壮观。虽说我们无缘体验阿里山樱花的绚丽灿烂,无缘观赏神怡流瀑的潇洒飘逸,无缘身临名峰祝山之巅观看日出,无缘在酷暑中享受大山湿润的负离子气候,但这些景色对我们这些来自秦岭北麓的关中、徒步攀登过华山的人来说,阿里山的云海、日出、悬崖峭壁和西岳华山相比或许是小巫见大巫。

车渐行渐远,回望着身后雾蒙蒙的阿里山,我突然想,看景不如听景,经过这次旅游,那首最为经典的台湾民谣还会像以前那样让我迷恋歌唱吗?

大巴车下山后载着我们直奔茶叶店,这里的店主很热情,笑容灿烂,招呼大家坐在桌台上,很快烧水沏茶,让游客品尝。上次在珊瑚珠宝店我没有购物,心里暗暗觉得对不起导游阿明。茶叶嘛买些还是可以的,就这样我毫不犹豫买了 3000 台币的茶叶,临出茶叶店时,我和阿明的目光碰在一起,我开玩笑说:"阿明,今天我的心情终于舒坦了,为你的薪酬做了一点贡献。"他连声道谢,憨厚真诚的笑容刻在我的心上。

上了旅游车,心里牵挂的依然是住宿,晚饭后大巴驶进嘉义市西区新民路 784 号 HOTEL HI 酒店停车场。这里酒店设施相当好,当打开房间那一刻,家的感觉袭上心头,一天的奔波疲惫悄然消除,床单洁白干净,就像今天此店刚开业一样。台湾的旅游业服务名副其实,为旅客提供这样的酒店令

人称道。

温馨的环境与服务周到的酒店,给远道的客人留下了难忘的记忆。这夜我无梦,翌日晨起初醒,精神得到恢复,以饱满的热情准备前往日月潭。

旅台日记之六

5月19日的早晨,阳光恩惠般地照射在台湾嘉义市,明媚的朝晖自然使游人心旷神怡。依旧是早餐后7点30分,汽车在郊野的公路上行驶,呼啸前行的车子将窗外一派田园风光一次次抛向车后,风驰电掣地驶向远方。车仿佛一叶扁舟,在绿色的海洋之中,破浪前行。大巴行驶了两个小时,按预定时间进入日月潭景区。

日月潭位于阿里山以北、能高山之南的南投县鱼池乡水社村,湖面海拔748米,是台湾第二大湖泊、最大的天然湖泊,卧伏在玉山和阿里山之间的山头上。湖岸周长35千米,面积7.7平方千米,水深二三十米。水面比杭州西湖略大,水深却超过西湖很多。日月潭本来是两个单独的湖泊,后来因为发电需要,在下游筑坝,水位上升,两湖就连为一体了。

日月潭中有一小岛,远望宛如浮在水面上的一颗珠子,名叫"珠子屿"。岛的东北面湖水形圆如日,称日潭,西南面湖水形弧如月,称月潭,统称日月潭。据闻日月潭环湖重峦叠峰,湖面辽阔,潭水澄澈。一年四季,晨昏景色各有千秋。

台湾五月的天气简直是小孩脸,说变就变,丝毫不给游客面子,车刚停下,瓢泼大雨从天上倒下来,日月潭近在咫尺,隔着湖水就在我们的对面,我们冒雨乘摆渡船到了日月潭。

渡船靠岸,雨依旧下个不停,这里地方不大,就那么几个很不起眼的景点,一会儿工夫就转完了,多数的旅客都是在可以避雨的屋檐下等待约定的时间返回。在无奈的等待中,我的脑中闪现出杭州西湖苏堤春晓的委婉动人景致,西岳华山南峰高峻雄伟的博大气势,海南三亚浩浩渺渺的辽阔海

域……其实日月潭就是一个诱人的名字而已，我觉得参观后，颇有"见面不如闻名"之感。

离开日月潭，印象只有两个字："失意！"接下来的景点是台湾南投中台寺，我们于中午 12 点 30 分到达中台寺，天空又是阴云翻卷，大雨依旧哗哗下个不停，虽说下雨，但此处的管理井然有序，门口有人负责招呼，每一个游团的雨伞集中放在一个编号处。

中台寺自 1994 年创建后，又于 1994 年至 2000 年开始重新规划改建。寺建筑远望颇像一位修行之人静坐于群山之中。它是一座气势非凡的西式现代化城堡，由一幢主体大厦和若干裙楼组成。据说这是台湾一位久负盛名的建筑设计师和学过建筑专业的佛家弟子共同构思设计的，建筑内涵融合了中西工法。整个寺建筑高达 37 层楼，高度 136 米，寺顶高耸壮观，占地 30 多公顷，投资 30 亿新台币，寺内房间多达 450 间，有出家僧人 1600 位，其中 800 人被派往海内外 108 个道场，宣传弘扬中国教派文化。

进中台寺前阿明告诉大家："人生难过三道关——金钱观、感情观、生死观，这三个坎可不是每个人都能迈过的。"

当我们踏进寺门，瞬间生出空灵之感，恍若隔世，仰望高大的弥陀佛像，方知自己的渺小、卑微，忘掉了红尘中的烦恼，浮躁的心灵得到净化，思想得到升华，精神得到解脱，身心得到放松，人间的羁绊暂时被搁置一边。在这里或许还能解开一生难解的纠结疙瘩。

中台寺将佛教文化推到一个崭新阶段，它使岛内的寺庙、教堂进入鼎盛阶段。我们在台湾见到最多的就是寺庙或基督教堂，寺庙文化在台湾更加兴旺璀璨。曾有报纸报道，小小的台湾岛上有 15200 座寺庙（含教堂），平均每个乡镇市区就有 41 座寺庙（含教堂）。

正是这些禅寺教堂，潜移默化地规诫人们积德行善。记得我们刚到台湾，阿明就告诉大家，只要带上旅行社的胸牌，如果走丢了，可以向任何一个台湾过路人或旅行社的人借用电话给他打电话，他们都不会拒绝的。这或

许就是宗教信仰教化的结果,它惠及子孙后代。

下午2点,我们从中台寺出来,雨也停了,西边的天空露出了晚霞,大巴车载着我们返回台北,入住新北市三峡区大学路63号福荣大酒店。

旅台日记之七

福荣大酒店的住宿条件很不错。2014年5月20日早上我们参观了"国父纪念馆",午饭后前往台北参观士林官邸。士林官邸坐落于台北福山山系环抱中,其在日本占领台湾时期是一个园艺试验所,台湾光复后改建为招待所,作为接待宾客之用。蒋介石到台后,在防御、风水、方便等因素的考虑下,选中这个地点作为他的栖身之地。

1950年5月士林官邸改建落成后,蒋介石正式迁居到这里,直至1975年病逝,他在官邸度过了整整26年时光。

士林官邸是蒋介石、宋美龄在台湾最具代表性的故居。其占地甚广,分为山区和平地两部分,山区约20公顷,为警卫地带,5.2公顷的平地则是蒋家公馆及侍从人员的住所。这里环境清幽,三面环山,山清水秀,整个园区古树参天,修篁簇拥,草木芊芊,群花竞秀,树影婆娑。花园分为外花园、内花园。外花园种植着蒋介石与宋美龄喜欢的梅树、玫瑰、杧果、阳桃等,也是二人常常挽手散步的好去处。

为加强防御,从蒋介石准备搬进官邸的前期,官邸就开始进行要塞化的工程。军方除成立"衡山指挥所"外,还在附近的剑潭山、鸡笼山及福山内部挖掘了坑道工事,其地道直通七海官邸(蒋经国住所)、"总统府"与松山机场。如战事发生时,蒋介石可由"总统府"或士林官邸进入"衡山指挥所";如果战事失败,他可由地道直奔松山机场。因此,严格地说,士林官邸是一座大堡垒。

在士林官邸外花园还修建有一个很不起眼的花坛,上面绿草覆盖,其外形和普通的圆形花坛一模一样,可花坛的下面却隐藏着一座碉堡。

据说蒋介石在世的时候,官邸前面的福林路不允许一般车辆经过,就好似官邸的私家道路一般。每次蒋介石的车队经过,路口都会交通管制,让车队既快又安全地通过。

蒋介石健在时士林官邸是政治权利的核心,但随着蒋介石身体的日渐衰弱,士林官邸已开始逐步退出历史舞台。1975 年蒋介石去世、宋美龄黯然离台,从此士林官邸失去了政治光圈。

此后,宋美龄三度回到台湾,都居住在士林官邸。第一次是蒋介石逝世周年纪念;第二次是 1986 年蒋介石百岁冥诞,这次一住长达四年之久,中间历经蒋经国、蒋孝文、蒋孝武先后病逝的丧痛;第三次则是 1994 年,探视重病的外甥女孔令伟。

人去楼空,碉堡也好,秘密通道也罢,如今的士林官邸,已经由戒备森严的禁区,变为游客休闲寻访的历史园林!

旅台日记之八

昨天晚上我们下榻在桃园县芦竹乡南崁路一段 108 号尊爵天际大饭店,入住 1705 号房间。这是环岛游的最后一个夜晚。

5 月 21 日,窗外天色阴沉,雷声霹雳,雨点噼里啪啦敲打着玻璃窗户,滂沱大雨下个不停。起床后,倚窗凝望室外的景物,朦朦胧胧看不清楚,几天来台湾阴雨连绵,真令人想念故乡那蓝天白云映衬下的秦岭,家乡的五月正是旅游黄金月。

早餐后,雨愈来愈大,我不想把回大陆前仅有的时间浪费在酒店,便独自打着雨伞上街转转。正好路过一个不动产店面,我便停下脚步,看起橱窗里的房屋中介信息。这时,一位 40 多岁的男子打开门营业,他热情招呼我进店坐坐,又沏茶,又让座。他说一眼就看出我是大陆人。他说他老婆是上海人,他就是半个大陆人了。闲聊中,他说他老婆在台湾生活了十几年,已经习惯这里的生活环境,如果再回到上海反倒不习惯了。

中午 10 点 30 分我们离开尊爵天际大饭店,大巴车缓缓驶出酒店。几个小时后,就要离开台湾岛了,我真的恋恋不舍,这里民风淳朴、和善,人们的综合素质普遍都高,各行各业的人都很敬业,尤其旅游服务很不错,名不虚传。

大巴已经远离了台北,驶入机场专道公路,我会记住你,记住台湾可敬可赞的民俗民风!

2015 年 2 月 25 日于上海浦东

今日港澳

香　港

2015 年 1 月 1 日凌晨 4 点 50 分,"易到用车"的师傅将车停在路边,比预约时间提前了 20 分钟,送我和孩子前往上海浦东机场 2 号航站楼。

新年伊始,初升的太阳暖融融地照在浦东机场,早晨 7 点 30 分,候机厅里的广播开始通知:"前往香港乘坐吉祥航空 HO1305 航班的旅客开始登机。"因本次航班没有廊桥,机场摆渡车将我们送至机旁,大家站在舷梯下排队登机。红彤彤的太阳抵挡不住呼啸的北风,让人簌簌发抖。

虽说寒风嗖嗖,但我在心里依然十分期待此次香港之旅。几十年前香港是何等让人向往,这个可望不可即的人间天堂,曾获"亚洲四小龙"之一的殊荣,当今的它依旧繁华吗?

中午 10 点 30 分飞机降落在香港国际机场。香港曾是亚洲的一颗璀璨明珠,享有"东方之珠""美食天堂"和"购物天堂"等美誉。香港是亚洲繁华的大都市,是国际金融中心,也是条件优越的天然深水港,1842 年至 1997 年是英国的殖民地,1997 年 7 月 1 日回归祖国。香港面积约 1104 平方公里,

相当于上海的六分之一，人口约 700 万，95% 是中国人，其主要产业包括零售业、旅游业、地产业、金融服务、工贸服务、社会和个人服务业。香港是中西文化交融的地方，香港把华人的智慧与西方社会制度的优势合二为一，以廉洁的政府、良好的治安、自由的经济体系以及完善的法制闻名于世。

曾有人说："香港是一个漫步的好地方，空气中弥漫着优雅，阳光中闪耀着刚强，灯火中浸透着奢华。香港是一个年轻的城市，是一个充满奇迹和神话的城市，是一个令人无比激动的城市。世界级的建筑，快节奏的生活，时尚摩登的娱乐享受，无不凸显出这座城市的惊艳魅力，在太古广场购物，在吉尼斯重拾童年梦，黄昏时登上太平山顶将维多利亚港的夜景收藏在心底深处，在海洋公园感受海豚们带来的惬意……"

下飞机后，香港的王导游在机场出口带着我们上了大巴车，汽车在狭窄的海边路上绕行，少了点儿俊美和灵秀。一个个低矮的小山包将海水分割成小块，海岸码头依次停放着许多货轮。

初到香港聆听导游宣扬哪里哪里住着哪些人：浅水湾，那里是李嘉诚、包玉刚、成龙、刘德华等人居住的地方。李嘉诚的飞机可以停在房顶；包玉刚的别墅就在海边，出家门快艇直通海面……浅水湾有数不尽的高楼大厦，夸不完的财富，楼盘位置最不好的地方每平方米售价也在 10 万港元左右。

如果没有良好的心态去认识香港，去品味生活，去衡量人生，导游的一番话会让一般人感觉枉活人世间。

我们去参观了"香港回归祖国纪念碑"等景点。印象深刻的是冒险乘坐动感快车。按行程安排，到香港首站就是安排两个半小时去海洋公园游玩。

香港海洋公园位于香港岛南面，东濒深水湾，堪称全球最受欢迎的主题公园之一，占地 1032 亩，海洋公园建筑分山上高峰乐园和山下海滨乐园两部分，上山有几种方式，坐缆车或小火车。因时间原因我和女儿选择坐缆车，缆车全长 1.5 公里，单向双缆车。当缆车运行在 205 米的高空上，我们

极目俯瞰深水湾湛蓝色的海面，极富腾云驾雾般的飘逸，看到海风扬起浪花，瞬间又把它无情地抛向深沉的大海里。这时，平静的海面又呈现出波光粼粼的精致，让人浮想联翩，惬意绵绵。

山上富有挑战性的娱乐项目很多，我正在犹豫不定时，耳边忽然响起呼啸的声音，惊魂未定间，抬头看发现是一种快车，一种新奇吸引着我。待我们找到"动感快车"游人乘坐等待平台，我的心扑扑跳个不停，又怕、又好奇、又想试坐，当时女儿说她有恐高症，是绝对不敢乘坐的。我思忖半天，望着座位上准备启程的年轻女孩，生出尝试一下的念头，于是我也斗胆"雄心勃勃"地坐了上去。快车刚启动的时候，由上轨道向谷底俯冲再跃上轨道，感觉很神速。

突然快车加快速度，耳边响起刺耳的呼啸，我睁大双眼，一看天昏地转，赶紧闭眼，双手紧紧抓住安全扶手，短短几分钟快车以迅雷不及掩耳之速旋转了几个360度，那一

作者冒险乘坐"动感快车"

刻我的心就像要迸裂出来，非常令人恐惧。尤其在人的头部向下时，全身血液都流向头部，头脑发胀，快车狂飙中我在想，会不会突然出轨，会不会从旋转的高空甩下去。那时，多么希望车停下来。终于车到达终点，我吓得脸色蜡黄，心脏似要迸裂出来，头脑胀痛，身体很不舒服。从乘坐台走出来，几十分钟后我的两腿还在颤抖，梦幻般的恐惧感还未消除。

动感快车教训了我,这种玩命的刺激可千万不能再尝试了,但凡过于危险的娱乐最好还是不要玩,现在每每想起那一幕都让我不寒而栗,那可怕的旋转让我万般畏惧。

香港普通 500 毫升的矿泉水商店卖 5 港币,但是到了旅游区就是翻几倍的价格。那是在海洋公园一个景点,孩子买了一瓶柠檬茶和一瓶 500 毫升的矿泉水,用了 43 元港币,令人咂舌,真的是水比油还贵啊。

说到吃饭,香港饭我不太吃得惯,除了西餐还过得去。我和孩子去了一次东荟城,中午吃饭时偌大一个餐厅,要想吃一顿可口的川菜或关中面食却难上难,无奈之下买了两份日本蛋包饭,两份饭就花了 140 港币。

我在路边问过香港"的士"司机一天在外吃喝的费用,他说:"在香港生活成本的确很大,像我一天吃两顿饭,最少也得 100 多港币,算是最便宜的饭菜了,加上饮水每月用餐就要 3000 多港币。香港没有淡水资源,水、蔬菜都来自深圳。"

我们团的饭菜更是不尽人意,在香港三天,每到吃饭时,大家都愁眉苦脸,在心里琢磨,不知道端上来的又是什么饭菜。

香港在环保方面的处罚制度还是挺严格的。刚踏入香港,导游就告诫大家,旅行车内不能抽烟,吃食物;公众场合更不能随便抽烟,抽烟要到街道路边的垃圾桶或有抽烟标志的地方。从这些细节可以想象香港环保一定会好。

金紫荆广场位于湾仔香港会议展览中心新翼人工岛上,三面被维多利亚港(简称维港)包围,在维港的中心位置,与对岸的尖沙咀对峙,是观景的好地方。然而,等参观完金紫荆广场,让我十分惊讶的是,在这样庄重的广场,许多游客席地而坐小憩,吃的喝的摆在地上,这里成了餐饮地。

回顾历史,经历了 150 多年的漫长离别,1997 年 7 月 1 日,香港回到祖国的怀抱。香港回归,是一个让亿万中华儿女满含热泪的时刻;香港回归,是一个令所有华夏子孙喜笑颜开的瞬间。这一刻,凝聚了多少中国人的企

盼,浸透了多少仁人志士的鲜血,牵动了多少中华儿女的心,吸引了多少全世界关注的目光。在中国历史上乃至人类发展史上,书写了何等光辉灿烂的一笔!

虽去不了威尔士亲王军营参观,但我站在金紫荆广场的国旗下,同样能感受到 97 回归交接那一刻的庄严和凝重,那刻在威尔士亲王军营,中国军人洪亮的声音在香港的空中回荡,让全体华人自豪的一幕在我心中升腾:

1997 年 6 月 30 日晚上 11 时 58 分,英方卫队长埃利斯讲话。他说:"谭善爱中校,威尔士军营现在准备完毕,请你接受。祝你和你的同事们好运,顺利上岗。长官,请允许我让威尔士亲王军营卫队下岗。"

谭善爱声若洪钟:"我代表中国人民解放军驻港部队接管军营,你们可以下岗,我们上岗。祝你们一路平安。"说完,两人的手握在一起。

谭善爱洪钟般响亮的声音,炯炯有神的目光,潇洒威武的形象展示出中国军人的风采。

港人面临的经济危机:初到香港,看到好多大巴车、出租车司机已是花甲老人,我们都很诧异,香港的旅游车怎么由年岁大的人驾驶呢?后来经导游介绍我们才了解到,香港出租车、公交车、大巴车给的工资低,年轻人不愿意干,唯有退休司机拾零补贴点家用。

香港是世界上人口密度最大的城市,大多数道路宽不到 20 米,依照常理,在人口活动密度如此之大的地方,交通必然出现拥挤不堪的现象。但是,令人惊讶的是,香港的城市交通畅通无阻,井然有序,人们出行非常方便。

我在香港三天,不管是在繁华狭窄的中环街道,还是在市区的其他路段,都未看到警察。感觉这个城市不需要警察,因为司机开车遵规守法,各行其道,文明驾驶,道路畅通。

香港的街道很窄,十字路很少,一般都是绕山环海路,岔路之间都是"人"字形路,不设置红绿灯,这或许就是香港不堵车的秘籍,所有交通都是

通畅的。然而,香港导游告诉我们,在香港开车别以为路上看不到警察,就可以不遵守交通规则肆无忌惮在公路上驾驶车辆,你若在哪个路段超速,很快就有不知从哪里冒出来的警察拦住你的车辆,开出罚单。香港司机素质较高,一旦被处罚大多很淡定。

香港对抽烟管理也很严格,从 2007 年 7 月 1 日起,香港的很多地方实行了更严格的禁烟,即行人走在大街上也不能随便抽烟,必须要到有标志的地方才可以。

澳　门

1974 年 4 月 25 日,葡萄牙革命成功,实行非殖民地化政策,承认澳门是被葡萄牙非法侵占的,并首次提出把澳门交还中国。由于当时不具备适当的接管条件,时任总理周恩来提出暂时维持澳门的状况。

澳门的旅游资源不多,要观海、观山、观景、购物的话,游客不会千里迢迢来澳门,澳门人口 60 万,面积 32 平方公里,属于弹丸之地。

2015 年 1 月 4 日,我从香港坐船抵达澳门。

同团有位浙江的女性,她的心态处事使我们团的人不得不佩服。她天生一副菩萨相,无忧无虑,脸上永远都是阳光灿烂。她身形较胖,慈眉善眼,乐观开怀,说话笑哈哈,平生好像没有什么闹心的事去束缚她那快乐的童心。不管旅游用餐饭菜多么差,她总是一张平和的面孔,一副喜滋滋的样子笑着说:"很难吃,很难吃。"

白天的城区就和普通的小商城差不多,中午我和女儿在氹仔南京街 161—177 号氹仔记烧味茶餐厅用餐,这是港澳游以来最好吃的一顿饭,两菜一汤消费 120 多澳币。

晚上的城区流光溢彩。霓虹灯是城市的美容师,五颜六色的霓虹灯把澳门装扮得格外美丽,频频闪烁的灯光令人眼花缭乱,步行街两边的小商店夜景更是让人赞不绝口。个个店面布置得花花绿绿,灯火辉煌,通明如昼。

快餐店和小商品店的橱窗里、柜台里、货架上琳琅满目摆满了日用品,应有尽有,让人目不暇接。站在这里真不知道哪家商品好,自己都要买什么。此时此景让游人陶醉在购物美景里,物美价廉以及优质的服务让这座城市名扬全球。

去澳门前,还担心没有兑换澳币,但当我们来到澳门夜市街,好多小商店都在醒目的位置打出兑换人民币的广告。在澳门,人民币升值后,澳门欢迎使用人民币购物,欢迎兑换人民币。

我来到澳门,更关注的是澳门老年人的生活水平。一位老人这样娓娓道来:"我曾在德国、澳大利亚、日本等很多国家生活过,都有条件入籍,但现在我还是选择回澳门安享晚年。"

据记者采访,住在澳门最繁华的大街——新马路附近的陈德荣说,在澳门他可以享受到很多发达国家也无法企及的社会福利与医疗保障。

每月的退休金加上年底政府派发的红包,73岁的陈德荣每年可以领到6万多元(澳门币)。加上自家的店面出租所得,他可以每年都带家人到海外旅游。

陈德荣告诉记者,澳门不仅为市民提供全面的初级医疗保健服务,而且还为65岁以上的老年人、安(敬)老院及老人中心提供上门服务。如果医院没有所需药物,拿医生处方到药店去买药也免费,回头药店自会向政府结算费用;如果需要转院到香港的大医院,费用也是由澳门政府全部负担。

"回家的感觉真好!"在澳葡政府统治下生活了近60年的陈德荣这样形容回归后的感受。

一位年老的市民,叶落归根,他爱这片海,他爱低矮起伏的山峦,他爱生养他的这块土地,因为他知道,做一个寄人篱下的公民,受人歧视,那是何等的委屈。

澳门游程就要结束了,感想良多,澳门旅游局2014年编辑了一本《澳门旅游指南》,从字里行间可以看出,澳门在语言用词上已经把自己融入祖国

的怀抱。从民间、从饭菜、从人的思想意识可以体验到,澳门人待人朴实。这次澳门之旅,我领略了这里的风土人情,体验了澳门司机良好的素质(十字路口"车让人"),一览无余瞭望了祖国边陲辽阔的海域,欣赏了澳门的海岸旖旎风光。

2015 年 4 月 8 日

▌紫阳行

　　紫阳，一座地处陕南大巴山北麓、汉江中游的山城，近年来悄然成为深山幽谷里一颗闪亮的明珠。它吸引着众多友人，也吸引着我这个喜欢跋山涉水的游客。不必说它重峦叠嶂，巅峰巍峨，林壑优美，洞泉清幽，不必说茶马古道上的悠悠铜铃音韵，不必说汉江婉转静悠，清澈明透，美如画卷，绵绵汉水奔流不息，单就"紫阳毛尖"茶叶袋上四个翰墨潇洒、行云流水的字已让我心潮荡漾，跃跃欲行。于是欣然前往，一睹它的风姿。紫阳——这个富有传奇色彩的水乡山城频频向我招手……

青山碧水一路情

　　2012 年 4 月 9 日清晨，一轮太阳从东方冉冉升起，柔和的阳光温润地普照着关中大地，碧空如洗，微风和煦，这真是旅游的好时节好天气啊。早上 8 点钟一辆从西安开往紫阳的豪华大巴徐徐驶出城南客运站，车内干净卫生。我坐在这辆大巴车的前排，视野开阔，车前外景一览无余。大巴缓缓地穿过大街，驶出了市区。待进入西康高速路后，刹那间如骏马驰骋，酣畅自如，飞驰而去。

市郊的田野上春意浓浓，一片片绿油油的麦田铺天盖地而来，就连绿化带的花草树木也神采奕奕，披上了新装，嫩芽怒绽，耀眼夺目。无名的野花野草点缀绣满路边，似乎把宽阔的高速公路镶嵌在一幅幅美景图画之中。

汽车进入秦岭终南山太乙宫，山势峻峭，一山更比一山高，一山更比一山奇，一山更比一山险。当穿越数个隧道、跨过一座座高架桥时，我心潮澎湃，情感激越，由衷赞美高速公路工程的浩大，宏伟壮观。令人惊叹的是当汽车行驶二十分左右的时间，穿越亚洲最长的公路隧道"秦岭特长隧道"（全长18公里）时，这个"铁地龙"如同在海底穿行，平滑稳健。隧道修长幽深，灯光炫丽，迷幻般的特殊灯光带随着时段交替变化，切换中不经意地减轻了旅客的心理压抑，令人感觉像徜徉在海底游乐园般轻松爽目。

公路沿着峡谷修筑，遇山凿洞，遇河架桥。沿途一路使我领略了高速道路的畅通便捷，领略了高山河谷的独特魅力，领略了秦岭原始生态植被的风貌，灌木茂盛，青绿叠翠，领略了亘古尘封的莽莽山野如今袒露胸骨、神采飞扬。

这一路更是饱览了崇山矗立、奇峰若雕、怪石嶙峋、古柏叠翠、景色旖旎。逶迤的山脉跌宕起伏，四周山峦如簇，云来雾去，气象万千。群山明媚似呼唤，沟壑垂帘如低诵。涓涓清泉涌流，谷中河水清澈。荡荡岭南水，河随山转，时高时低，时敞时窄，一个漩涡、一朵浪花、一帘瀑布都是一幅秦岭美景图。

不待我多想，汽车已经到了紫阳境内，穿过蚂蟥岭隧道，很快下了高速路，转了一个U形急弯，看到部分旅客已开始收拾行囊，就知道快到终点了。不知不觉三个半小时的路程竟然这么短暂，怎么也不敢相信，袒露在眼前的就是——山城紫阳。

锦绣紫阳城

紫阳城，依山傍水临江而建，一波汉江流、一泓任河水把一个山城装扮

得富有灵性和妙趣，它像一个亭亭玉立的少女，含情脉脉地伫立江畔，构思着山城未来的美景和壮观宏图！

紫阳山城，混合体的建筑物星罗棋布，从江岸一直延伸到山

紫阳城

顶，呈阶梯形，错落有致，有突兀林立的高层大楼，有都市现代风格的建筑；有低矮平敞的石板瓦房，还有分布在山沟、半山倚山而建的农家房屋。古往今来，斗转星移，石板盖顶做瓦，独特奇异，瓦缝之隙可观星赏月，农家寒舍处处银影斑斓，妙趣横生。

停留紫阳几日，我无法完全解读这个身居大山深处的"秀女"——紫阳城。它若是一本书，那么一辈子也读不完其中的奥妙；它如是一首诗，那么诗情诗意难以用文字去抒怀；它倘是一幅画，连绵起伏的山峰就是一个俊模，丹青画派该如何泼墨描摹？兹因这个画廊太美丽了！倘若山有形、水有韵，这气势磅礴的汉江韵律又该怎样去注脚？

几次独自从汉江大桥旁拾级而上，台阶旁的山体护坡都是用本地产的大板石浆砌而成的，墙体仿效城墙一样垒成梯形，截面整齐，貌似神功刀劈斧砍，更像千层饼，乍一看还以为是青砖垒砌成的。一边登山一边观赏陡直墙体上面吊坠的花草，瞬间，给游人一种似在画中游之感。渴了、饿了、累了，路边褐色的石板就是一个歇脚台，扶栏远眺，渺渺汉江悠悠哉哉奔流不息，江面映衬着山峦翠屏，这里的山河迷幻中蕴藏着一种古朴典雅的音律

音韵。

紫阳的街道南北狭长,看似并不宽阔,却非常干净整洁,交通畅通,有三路公交车,出行便利。沿街面商店、商场、宾馆、酒店数不胜数。商店货物琳琅满目,日用杂品应有尽有,山外有的、大城市有的这里都可以见到。这里的集市十分热闹,沸腾的县城来往的顾客川流不息,就像赶庙会一样,让游人羡慕不已。

一方水土养一方人,高山出俊秀,一点不假。紫阳的姑娘个个窈窕妩媚,水灵灵的一双大眼睛就像汉江的水一样,晶莹剔透。姑娘们的穿着打扮,时尚中隐藏着保守,开放中带着典雅,以淑女优雅之态展示着落落大方、清新雅丽的服饰,不被市井所污染,善哉善哉!

紫阳卖瓜果蔬菜的多是女人,一副忽悠悠的扁担,随着一阵风儿从市街擦过,一股鲜果和豆腐的清新味儿扑鼻而来,沁心润肺。一担担鲜果蔬菜,从山沟、码头走进了城里,担担子的农妇身影,是一道风景,是绽露紫阳女人婀娜多姿魅力的舞台,那几十斤行李在她们的肩上显得那么轻松自如。小雨霏霏,她们左手撑一把雨伞,边走边喊——"卖菜喽,新鲜蔬菜来了……"苗条的身姿伴随叫卖声渐行渐远,身后似乎留下了一道道悠扬顿挫的音韵在山城飘荡……

背篓,这是山民输送货物的一种工具。在紫阳你会经常看到从不同方向背着背篓进城的山民,他们弯着腰,沉甸甸的物品压在肩上,看着就没有女子担扁担那样的轻松,一个背篓似有千斤,似乎一座大山驼在脊梁,压得他们喘不过气来。受地理条件所限,这些原始的运输工具或许短期仍然不会消失。如今唯有在山城,才能找到劳动人民最质朴的坚韧和山民对大山的那份眷恋情愫。

紫阳山城,而今已崛起时代的风流。最具浪漫最富有诗意的当是城池倚在半江岸,构成一幅现代化的新兴县城。再瞅神峰山——就像一个宠儿,幸福地被三面江水所拥抱,这样的景观似乎香港九龙、重庆山城也难以攀

比。这片沃土是绝佳的负离子天然氧吧，处处被绿色植被覆盖，处处是清澈山水流淌。放眼望去，山脚下高速公路紧贴着浩渺的汉江而建，蔚为壮观，一直向西伸去……

紫阳·姿态

寸土寸金的紫阳城，一个弹丸之地依然建起硕大的紫阳广场，占地面积三十亩。在山城这已经算得上是一个很开阔、很气派的广场了。每一个紫阳人，每一拨外地人，大凡来到县城，赏游之地必到"紫阳广场"。这是最繁华、最具魅力的广场，喷泉伴随着音乐此起彼伏，撩拨得人们愈加躁动。我倚栏眺望，南山翡翠，汉江上一叶小舟轻轻在江面划过，船头就像一个犁铧拨开水面，一个犁沟瞬

作者在"紫阳广场"留影

间出现，劐开的水面迅速合拢，船尾甩下宝塔状的涟漪划向后方，这藏在大山中的汉江景致江南怎堪比呐！

四月初到紫阳，多次流连紫阳广场，靠近紫府路墙左边有这样几行字："群众呼声是第一信号，群众利益是第一选择，群众需要是第一原则，群众满意是第一标准。"右边悬挂着紫阳县委、县政府领导及各委办局领导的大幅照片，照片下留有联系电话。这样的便民监督、联系举措让我肃然起敬。一级地方政府领导敢于将委办局所有领导的电话公之于众，流言蜚语定不可

少,或许有人会说这是"作秀",或许有人会讥讽这是"眼雾",可在这里,这是真正的为民服务。

回到旅馆,我反复琢磨,一个山区政府能有这样的精神和魄力,令人敬佩,这样的政风是紫阳人民的福分。

小小山城,毫不起眼,但是,却连续举办了八届茶文化节,执着不改,常言道"铁打衙门,流水官",或许在紫阳人民心中,不管哪届父母官,都会执政为民。为官一任,富民八方,这就是他们做官的宗旨,他们似乎更领悟了唐太宗告诫臣下的"君,舟也;人,水也;水能载舟,亦能覆舟"的真正内涵。

他们结合山区特点因地制宜,以茶文化为突破口,唱响茶歌,使茶歌漂洋过海,继而扩大打造药材厚朴基地,拓宽石板材畅销渠道,致力于改变贫穷落后的山区面貌。

紫阳人民是幸运的,因为紫阳政府能有这样博大开阔的胸怀与高风亮节的姿态,它是名副其实的"人民公仆"。他们懂得人民是他们的衣食父母,山有情,江有意,人有志,事竟成。

神峰山上的人家

黎明时分,紫阳城内一片寂静。突然,大街上传来的汽车呼啸以及车碾压排水顶盖发出的"咣当"的刺耳声,将我从梦中惊醒。起来后,看看手机才凌晨4点钟。呼唤旅店老板开了门,此时大街已恢复宁静,唯有早起的环卫工人手中的扫帚在发出有节奏的韵律声。这声音轻轻划过我的心里,令我感觉格外亲切。它是一曲美妙无比的旋律,是一首没有字符的乐曲,是一个清洁工人人生价值的默默吟诵。

此时人们或许还沉浸在梦境里。我快步径直走到紫阳广场。黎明前广场南面峻岭黑黝黝的轮廓依稀可见,山峦被灰蒙蒙的晨雾笼罩,群山连绵。白天绿草掩蔽蜿蜒的群山,此刻凝重得让人产生一种三分天、七分山的感觉。暮色苍茫的山体上偌大的山坡在夜景灯的照射下如被经线分割,仿佛

一道道星星在闪闪烁烁,使静幽的山脉一下子活泛起来,滋生出动感,有了生命的灼热机能,形成了立体山脉的动态画面。

白天忙碌的汉江、任河这时烟雾氤氲,江面被云气笼罩,它们紧紧依偎在大山脚下,枕着江畔静静地沉睡,在浪漫温馨的梦境里坦坦荡荡去远征,抒写新一天的生命历程。

大地一片沉寂,汉江岸畔的树丛中鸟儿还在恋巢,我心里暗自责怪这里的鸟儿怎么不够勤快,家乡的百灵鸟、杜鹃这时都已叽叽喳喳欢叫起来了。噢,对了,或许是这里的时差和关中有别,关中这时天已拂晓,鸟儿早已欢鸣。

抬头望着浩瀚的星空,突然莫名其妙想起家乡,想起这个时辰巍巍秦岭东边两山缝隙初升的一轮旭日,想起树林里的鸟儿欢快明丽的鸣啭,那东方欲晓的景色多么醉人啊!

紫阳城看不到太阳从东山喷薄而出,看不到太阳落下地平线。当你早晨看到太阳时,太阳已经从东边山峰冒过神峰山顶。到了傍晚,神峰山又是最后送走夕阳的那座山。

孤寂的心情使我这会儿颇想早点沐浴阳光,祈祷太阳此刻升起,驱走黑暗和晨雾朦胧的黎明,想着山顶或许能最早看到日出,便产生攀登神峰山的想法。

神峰山,海拔估计并不高,紫阳城就紧紧依偎着它。我一路慢慢上着台阶,一会儿向南,一会儿向北,走着走着找不着路,走到住户院子,再折回原处。幸好,遇见早上担着笼子的养鸟人也去山上,便同路而行。

到了山脊梁,天空渐渐变成鱼肚白。谢别了养鸟人,一座奇峰扑面而来,我惊奇在山梁之上仍有奇峰异景,于是边赏景边顺着山脊梁一条较宽的石子路前行。山梁路边是紫阳110千伏变电站,变电站的外墙侧面有好大一片菜地。呵,变电站工人栽种了这么多菜。一行行豆角藤架,均用大拇指粗的竹子搭成,藤蔓紧紧缠绕藤架,碧叶绿枝上挂满了露珠,盈盈欲滴,藤上

坠着一串串豆角,长势格外诱人。我顺势从豆角地里抓了一把泥土,土呈褐色,哎,这哪是好土呀,土里过多裹挟着风化石碎片、石沫。这里已经好多天没有下过雨,山脊梁上种菜难以浇灌,可蔬菜依然绿绿葱葱,枝叶繁茂,哦,真不可思议。

迟缓的脚步再往前移了几米,眼前出现了一座低矮房屋,房后檐搭建拖长了一些,墙周边用广告布、塑料纸护着墙体。刚才还以为这是一家搬走的移民户遗留的弃屋,但令人诧异的是,屋前和左右地里栽种着品种繁多的蔬菜:韭菜、小青菜、小白菜、油麦菜、小葱……走过房屋,便见菜地里有人蹲着挖菜,山梁上遇见一个人不易,遂上前打问。

山里人比较热情好客,见我问话,两只沾着泥土的手相互揉搓一下,便走出地里与我攀谈起来。一瞧便知他是个老实的庄稼人,脸上写满淳朴憨厚,一辈子在紫阳山顶居住,或许是第一个沐

居住于神峰山顶的老王在撒化肥

浴阳光的人,或许也是最后一个送走太阳的人吧。高山紫外线并没有晒得他皮肤黝黑,六十年的辛勤耕耘,也并没有使他出现两鬓银丝过早衰老。他的一双眸子闪烁着坚毅、自强和对未来生活充满期待的亮光,唯有一双长年累月紧握镢头、锄头的手有点粗糙,但双手看着似乎有使不完的劲儿。

说话间我俩已走到房屋门前,这会儿我才看到门牌号:城关镇楠木村19号。进而拉拉家常,知道了他姓王,有两个男孩,一个做了外地的上门女婿,一个孩子在家。我说:"你独家独户住在孤零零的山脊梁,常年不寂寞吗,生

活方便吗？"

他说："习惯了。"给我比画比画："这里空气好啊，满山都是绿色，满山都是花草。你看，脊梁东边这些舒缓的山坡上，有胳膊粗已嫁接成活的板栗、核桃、橘子树……"

神峰山顶上老王居住的旧屋

随手又指一朵野花让我瞧："你看这花多好看啊，山下人可欣赏不到这些山上自然生长的花草。"

他说这山脊梁附近的土地都是村组分给他的承包地。

我问："你准备搬到山下面去吗？"

"不。"他回答得很坚决，没有半点犹豫。

"准备再盖新房吗，如果盖房需要多少钱？"我问。

他说："要盖，最起码得十万元，物价年年涨，钱还没有攒够，凑得差不多才敢动工。"

我问："你的生活来源靠啥？"

他说："靠卖水果、蔬菜，卖得好一天一百多，不好时也就七八十元。"

老王兴致勃勃给我吐露了好多心里话，我觉得蛮有哲理的。言谈中，他没有流露出对生活丝毫的灰心泄气，眉宇间洋溢着缕缕幸福和快乐。他不责怪父母把自己生在这高山岭上，就算眼皮底下垂直百十米之下就是繁华、灯红酒绿的紫阳城，和他的生活有天壤之别，他也不和别人攀比，本本分分做人，独家独户踏踏实实靠勤劳生活在山梁上。

临别时，我眷恋的目光重新移到那些绿色植物上，想从中寻求老王安心

山梁的精神动力和对生活的热爱向往。嗯,近在眼前,山无绝人之路。这里的土壤气候适应栽种这些水果蔬菜,老王的充沛精力和对生活的追求不正是来自这富有灵性且具活力的植物吗?

他的作为和生活理念正如古人的一段精辟论语所言:"天生人,幸使其人人自有筋力,可以自衣食者,而不肯力为之,反致饥寒,负其先人之体。而轻休其力,不为力可得衣食,反常自言愁苦饥寒,但常仰多财家,须而后生,罪不除也"。(《太平经·六罪十治诀》)

"幸福"——幸福究竟是什么?或许有人认为是花天酒地满足膨胀的欲望,或许有人认为是招财纳宝大富大贵,或许有人认为是有钱有势凌驾于别人之上,或许有人认为是安居临海之畔、身处洋楼别墅,或许有人认为是当官敛财出人头地光宗耀祖……其实幸福只是心灵的体会,自己觉得满足就是一种幸福。老王一家几代人香火传继、固守高山不正是幸福生活的真实写照吗?我敢断言他就是世界上最幸福的人之一,幸福指数一定很高!

正是这片瘠薄的土地,给了他山的坚韧、水的灵动、土的质朴、火的炽烈,让他钟爱着、眷恋着故乡的山水,让他世世代代乐耕不疲,心驻山巅。

知足者常乐,知足者乐长也!

一位山村母亲

常言道:可怜天下父母心。

有这样一位贤惠的母亲默默生活在大巴山中部长达半个世纪,没有踏出山门半步。儿子大学毕业在省城工作,可她竟然没进过省城。问及她的心愿是什么,她淡然一笑说:"儿女成才,各自成家,幸福生活。"

紫阳几日,我喜欢独行徒步爬山。好去处就是站在紫阳山城的紫阳广场,眺望一座近在咫尺却隔着一条汉江、一座山梁的高耸的山峰,山峰云绕雾罩。经询问,得知那是龙洞村。哦,龙洞村,村名饶有风趣,应该是个不错的地方,那就去那里看看吧。

一天下午，我从县城出发，过了紫阳新桥右拐，再绕了几道弯，出现在我面前的是两面山梁夹裹着一条沟壑。我沿着蜿蜒幽深的小路爬行，野草丛生，簇拥着溪流，溪流发出优美潺潺的韵声，似乎在歌唱生命。

这里的小溪，虽没有江南那么秀丽，但她有自己独特的丰姿、独特的韵味。溪水时而缓，时而急，时而变换着音韵。遇到石头挡住去路，它翻一个跟斗，蹦蹦跳跳，翻出洁白的水花，弹出动人的曲调，继续向前奔流。

行走在静山幽谷间，一片寂静。远离繁华喧闹的山城，不闻汽车鸣笛，不闻小商小贩的叫卖声，不闻红尘烦心琐事，让自己轻松地和大自然融为一体。此时才知道什么是人景融合。听着静谧的沟壑里传出的鸟鸣和哗哗的流水声，惬意舒心，这景致仿佛使我遁入缥缈的仙境一般。

抬头望去，亮白的农家墙壁映衬着翡翠的山坡，农家房屋似稀疏的星星般分布在山腰，独家独户没有院落，房屋周围灌木丛生，树影婆娑，修篁茂密，在蓝天白云的映衬下，白墙更加耀眼夺目，沟壑格外妖娆动人。

我顺着蜿蜒的小径前行，在半山腰路边碰到一对正在采茶的夫妻。茶树我没有见过，更别说亲手采撷茶叶。

我上前观赏并请教怎样采茶。村妇娴熟的采摘技巧令我傻眼，只见她纤细轻巧的手指在嫩绿的茶树芽尖上舞动，熟练自如，似在钢琴键上弹奏一曲曲动人的旋律，又像春蚕窸窣嚼桑，音韵微微。

初学采茶的过程中，逐步懂得一点茶道知识，什么是春茶"一针一叶"，什么是"两叶一针"。采摘时节的差异以及加工的工艺、产地、质地决定了茶的种类、品质。之前我以为"西湖龙井""碧螺春""紫阳毛尖"诸多茶叶是不同树种采摘加工而成的，这时方了解到实际上茶树在栽种上没有什么区别，只是一簇簇茶树春天可采集数月，随着季节的变化均可加工成好多种品质的茶叶。

在有趣的采茶劳动中，不知不觉时间过得飞快，夕阳缓缓沉没西山。夫妻俩回家时邀我去家里坐坐，我欣然应诺。

　　行走在坡道弯弯的小径上,我这下才细细打量了这位山妇。她的气质颇佳,高挑纤瘦的身材陪衬着一副红润的瓜子脸庞,依然焕发着青春时的朝气和活力。山里人,得益于长年累月爬坡上山劳动锻炼,身体自然少了臃肿与横向发展,步履轻盈的她很难让人看出已有五十岁了。朴素的淡蓝色春秋服合身得体,上山采茶时身上斜挎一个小竹篓,脚蹬一双运动鞋,举止间流动着端庄典雅,气质中携带着纯净秀美。她齐耳的短发依然乌黑乌黑,额头自然少了春秋沧桑的皱纹。微微挑起的双眉下,是一双深邃如潭水般的黑色眼眸,透出一种坚韧、善良、豁达的慧光。鼻子修长而挺直,一张樱桃唇总是抿在一起,语气中流露着女人特有的谦和与温柔。

　　山区的女性,一般韧性超乎男性,闲聊中,我知晓她有一双儿女,儿子大学毕业尚未结婚,女儿业已出嫁。一家人省吃俭用,供养儿子、女儿上学。儿子从中学起就在西安上学,毕业后留在西安自主创业。

　　接着我目睹了这位母亲可歌可泣的理家辛勤之苦,不免肃然敬之。她回到院子,猪栏圈养的两头肥猪不停地哼哼,仰着头,张着嘴巴,嘴里呼哧呼哧喘着粗气;羊圈几只羊羔咩咩地盯住主人胳膊挎的那一笼嫩草,贪婪的目光跟着女主人挪动;院子、屋里的小鸡在脚下乱窜觅食……我慢慢明白这位山村农妇身上肩负着沉沉的家庭重担,但她依然乐在其中。

　　在帮她添草喂猪的过程中,我说,离西安这么近,高速路也通了,三个半小时就到省城,你也该去看看儿子,看看外面的精彩世界。她说:"家里忙,走不开,还有20多亩责任田山坡地,栽种着茶树、板栗、蔬菜……春天忙着采茶,秋天还要收玉米。"一番掏心窝的话语一股脑儿道出,她似乎没有走出大山看看的计划安排。这里的山山水水就是她自己的一片天地,她心甘情愿一辈子守护宅地后面这座无名的山峰、小溪、土墙、石板作瓦的石板房,还有她割舍不了的20多亩责任田和山林。

　　望着天色慢慢转黑,她还要趁天黑前去地里拔莴笋,这个季节鲜菜青黄不接,唯有地里去年种的一大片莴笋,绿油油煞是喜人,这个时节就是家里

仅有的青菜之一。

华灯初上,告别了他们一家人,我心潮翻腾。在这个家庭里,她的作用贡献远远超过了男主人。她的自我牺牲精神不免让我敬佩,假如她嫌穷爱富,或许她早已改嫁门庭;倘若她爱慕虚荣,或许她

龙洞村一农家石板瓦房

早已徜徉繁华都市;如果她不能吃苦耐劳,如许她早已抛弃沃土桑田……

一位平凡亦不平凡的母亲,她像一株山茶花,绽放在龙洞沟绿荫掩映的山坡上,点缀这里的绿草大地;她像一支蜡烛,插在树丛掩映的山峰,插在她的家院,插在小溪旁,插在坡坡坎坎镐刨锄耕的责任田里,不怕风吹雨淋,不怕严寒冰雪,甘愿奉献,默默燃烧着自己!

一位平凡的母亲——多么像龙洞沟岩石上矗立的那棵青松!

豌豆花

我爱豌豆花,爱它蝴蝶般紫红色的小花朵,爱它纯洁如玉别样的晶莹蓓蕾,爱它含苞待放的羞涩,爱它灿烂绽放的炽烈……

在家乡,豌豆、扁豆种植已绝迹四十多年,每当在超市、菜市看到豌豆、豆荚,自然想起故乡20世纪60年代的豌豆嫩芽凉拌菜,以及未成熟的豌豆粒做的面糊糊,时时想起,时时怀念。

阔别四十多年的豌豆花,壬申年春天在紫阳县龙洞村的山沟溪畔不期而遇,又惊喜,又稀奇,凝望良久,美美地欣赏了一通它们的美姿美容。

四月中旬的早晨，雨后的山坡明丽翠绿，草木丛生。沐浴后的灌木、花草生机勃勃，春芽萌发，吐露枝叶。莽莽山坡一下子变得郁郁葱葱，妖艳美丽，充盈着旺盛的生命活力。漫山遍野是绿色的海洋，似乎每一种植物都露着一张笑嘻嘻的脸庞迎接着我这个"不速行客"。

龙洞村村旁的山沟呈现一个Λ字形的山势，沟口山体陡峭，山谷间有一条小溪，它温柔地滋润着两岸的青山绿茵。溪边一条蜿蜒小道伸入灌木丛生的山坡紫藤里，枝叶铺展开遮挡了一部分路面，路边不知名的野花野草盛开着各种艳丽的花朵。因为这些花，这条小溪也就增加了无限的诗情画意。尤其在这春意盎然的四月，各种花草都披上了色彩斑斓的衣裳，展露着它们的风姿。

我小心翼翼地行走在溪畔的小径上。转过一道弯，映入眼帘的是一片片铺满山坡的豌豆花，它们竞相盛开，这边是紫色，那片是白色。啊，我惊呆了，豌豆花竟然还有白色花朵，平生第一次看到。两种颜色的花朵相互映衬，遥相呼应，装扮得这山坡、这青山幽谷更加绚丽多姿。密密丛丛清丽淡雅的豌豆藤蔓、绿叶上点缀着斑纹、斑点，花瓣色深艳丽，仿佛瞬间从藤蔓间悄然冒出一簇簇淡粉紫色、白色的细碎的小花朵，幼嫩的枝干上恰似伫立着一只只俊俏的展翼欲飞的蝴蝶。

经过细雨的润泽，豌豆的藤蔓格外鲜嫩、清新宜人，叶片上滚动的水珠晶莹剔透，此时此景让我生出几分回归山林隐居田园的渴望。

我静逸的思绪被这片片花儿所浸润，四十多年来，对于豌豆花，我苦苦地寻觅，因为在我的记忆里，它有着那样温馨的回忆，有着童年难忘的岁月。

20世纪60年代中期，从豌豆开花到嫩豆荚饱满期，我和同村的小伙伴们经常去豌豆地里偷偷采摘。放学后几个孩子每人胳膊挎一个小笼笼，就奔向那片叫作八里塬的浩渺无垠的绿色田野——豌豆地。茎叶长出不久，我们就开始去豌豆地里，一边采撷嫩茎叶放在小柳条笼里，一边嘴里嚼着甜丝丝的嫩豆芽，收获满一小笼笼后，兴高采烈、蹦蹦跳跳地带回家，个个稚嫩

的眸子里闪烁着幼稚和喜悦。

紫阳县龙洞村山沟地里的豌豆花

那年月,家里生活拮据,我春天采摘的豌豆嫩茎叶,母亲可以做出好几道菜肴。善于做农家饭菜的母亲将豌豆嫩茎放在水里焯一下,用筷子轻轻在辣椒盒里蘸几滴油,放以作料凉拌后,一家人吃得美味可口。

数日后,一簇簇花儿结出一个个豆荚,豆荚晶莹地坠在藤蔓枝叶间的时候,我们这些垂涎已久的娃娃们又去采摘。回来后亲自把豆荚放在锅里加点盐煮着吃。随着豆荚一天天丰满,豆荚成为尚未成熟的豌豆,这时的豆荚,可剥出一粒粒绿色晶莹的豆子,母亲就抓一把放入面糊糊锅中。如今我清晰地记得吃饭时我用筷子在碗里搅来搅去,就是在寻找那一颗颗香甜可口的珍珠般的嫩豌豆,那种口感,至今百味难赎! 当然,偷摘的嫩豆芽、豆荚每每拿回家,父母会耐心教育我,说偷摘豆荚是生产队不允许的。然而,我知道,在那个年月,每家的孩子都是那样,生产队队长也是默许的。

灌木林的飞鸟从头顶掠过,我的神志又回到绿色遍野的幽谷,眺望青翠竹林。郁郁葱葱的林木,在晨曦的照耀下,美丽如诗如画,又被藤蔓上一串串紫红色的花朵浸染,流光溢彩,熠熠生辉。精致的花儿含苞吐蕊,犹如大海中飘动的点点红帆,又似碧波万顷中凫水嬉戏的海鸟。豌豆丛中似有千百万花仙子拂袖飘飞,惹人流连忘返啊。

哦,十年九不遇的豌豆花啊,踏遍青山难觅寻,今日此处巧相逢。眷恋故乡的豌豆花,它明媚璀璨蝴蝶般的倩影一辈子荡漾在我的心海。

紫阳文化

《醉饮汉江》一书，颠覆了我印象中山区紫阳文化底蕴薄弱的偏见。自知为井底之蛙，岂能一瞬之间便识紫阳山城的真面目，也非眨眼深知紫阳文化的潜在魅力。紫阳文学就像"老白干"酒一样浓烈，唯有汉江的水才会酿制出这么醉人的甘醇美酒。一杯醉酒未饮，永结心头憾，唯有再度造访：一壶烈酒况味达，醉在汉江释心怀。

话得从头聊起。第一次去紫阳，在今年4月9日去的当天就买好了4月15日下午4点30分返回西安的火车票。返程那天，清晨我早早退了旅馆。离乘车还有好几个小时，这段时间寂寞无聊，我便去了紫阳县图书馆。书架上琳琅满目，但我唯独就想看看紫阳人的著作。紫阳文学界泰斗我尚不知晓，翻阅一本《醉饮汉江》正中我意，一页页文字仿佛磁石，吸住了我的眼球，一行行文采飞扬的文字深情赞美着紫阳的山水，美轮美奂。捧着这本书，真让我醉在钟灵毓秀的山城，徜徉在清澈流水的文字间，沉浸在洋洋洒洒的书屋里。我对这本书煞是喜欢，随即决定在书店买一本带回去细细品读。待向图书馆管理员打问，却不知道哪里有售。离开图书馆，要去火车站，没法买到这本书总觉得心里不是滋味，总觉得心里空荡荡，总觉得来紫阳有所缺憾。

回到西安月余，山城紫阳那本散文集《醉饮汉江》总如一个影子，在我脑中萦绕。要说大家之作、名人文册，山外书店实属不缺。可在山坳里的紫阳城，居然有文学功力那么强悍的作家，是多么不可思议。我想专程再去一次紫阳，登门拜访那里文学界的作家们，虚心求教一番！

6月3日下午我又到了紫阳，4日早上跑遍紫阳县城的书店去买《醉饮汉江》，然而没有买到。看来只有找主编向连才老师碰碰运气，几经周折我找到了主编。当知道我远道而来就为这本书时，他非常感动，并热情接待了我，随即赠送了《醉饮汉江》，意外地还得到了一本他的大作《茶乡》。

　　带这两本书回家,细细品读,受益匪浅。紫阳地处深山,山美、水美、人美,清水出芙蓉,美文淳朴真。紫阳——灿烂的乡情文化底蕴深厚,大放异彩。这里是山歌之乡,人杰地灵。这里出了不少有名气的作家,一部电影《郎在对面唱山歌》,把紫阳一下推到世界影视的风口浪尖。一曲曲山歌漂洋过海,唱得姑娘脸发烫,唱得小伙心里畅,唱得汉江起波浪!

　　紫阳县,一个贫困山区,能有这么广泛的群体参与文学创作,实属不易。有县级领导,有部局领导,有公务员,有教师,有小学生,更让人敬仰的是还有农民朋友手握笔杆,挥洒酣情。

　　假如不是品读《醉饮汉江》,怎么也不会相信紫阳这片沃土有这样深厚的文学色彩和文学氛围。都说关中自古以来是十三朝帝王建都的地方,文人骚客云集,蕴藏着丰厚的文化底蕴,但在我看来,某些方面,比如文化氛围和紫阳相比还稍有逊色。

　　紫阳这么多人喜好文学,不断创作原生态的文学题材,与他们良好的心态有关。朝夕相处的陡峭山峰、潺潺溪流、波涛粼粼的汉江滋润养育着他们,他们世代在这里繁衍生息,自然热爱这片故土,眷顾这方宝地,亲昵情愫自然涌上心间,心里也少了许多浮躁之气。这种乡土情结,只有文字才可诠释。唯有笔端叙述才可舒展其高古飘逸、卓尔不群的思想,继而熔炼出文采绮丽、浪漫奇特的文章。

　　紫阳这片神奇的土壤,独特的学风、文风造就了紫阳这个文化强县。紫阳人中作协会员有 4 个,省作协会员有 23 个。紫阳文化孕育着强盛的地域特色,朴实的人民创造着灿烂的文化。我崇尚紫阳的文学作品,祝愿紫阳文学在文学艺苑里继续绽放炫目的光彩。

2012 年 8 月 15 日作于老家

汉江吟诵

　　秦岭，一座华夏后裔的脊梁，群山逶迤，连绵起伏，沟壑山川，溪水潺潺，这里，孕育着一条历史悠久的河流，它伴随着每一个中华儿女的成长。这，就是汉水汉江。

　　悠悠绵绵的汉江水，三千里路云和月，你日夜兼程奔赴长江；三千里蜿蜒激越，你荡涤了多少礁石浊浪，一路浩浩荡荡奔涌向前；三千里风流韵致，你启迪了古今文人墨客，诱惑他们亦幻亦真赋诗吟唱。

　　这是一条并不宽阔的河流，却与每一个汉人息息相关。因汉王，因汉中，因汉水，一个民族称谓"汉"诞生了。

　　欲问汉江之水哪里来？

　　神秘莫测的陕南蟠冢山，重峦叠嶂，烟笼雾罩，幽谷深壑，芊芊莽莽，秦巴逶迤，渺无人烟，珍奇动物，安逸繁衍。在这海拔最高最远处，有一股清泉顺着幽谷缓缓流过嶙峋的顽石。一股河水啊——你牵引着千山万壑溪流的手臂，一路风光，一路欢唱，你是华夏汉人的血液，你是一个民族的骄傲。然而，因为你的汇集诞生了一个家喻户晓的名字——汉水、汉江！

　　每当人们伫立岸畔，清澈的汉江啊，你在两岸花草的拥簇中淡定地流

动——锦屏如画;你遥遥千里途中从容地蜿蜒迂回——如诗如画。你虽没有长江的浩荡和绵长,你虽没有黄河的凶悍和浑浊,但你可曾知,你的域名已融入一个民族称谓的肌体血液。欲问长江,借问黄河,你们哪有这等殊荣?

晨曦初照,一抹霞光,宛如少女一般羞涩的是你;端阳正午,波光粼粼,披上银色盛装的依然是你;夕阳晚照,余晖婉丽,映衬着翠山倩影的依然是你。自从踏上遥远的征途,你披荆斩棘奋勇向前,你踩着时代的节拍,也浪漫,也潇洒,也愤怒,也狂暴,终是带着民族的殷殷希望汇集长江。涛声是你的韵律,浪花是你的音符,谁知你千里韵律那么悠长,谁晓你跌宕音符如此委婉动听。

啊,曲折的汉江,星河耿耿,银汉迢迢,倘若我们细细倾听,倘若我们深深回味,江河上总是流淌着你如梦如幻的清波,清波里总是倒映着绿得发亮的垂柳,垂柳下总是生长着如诗如画的花草,花草间总是旋转着金黄的太阳和银白的月亮。

欲问汉江魅力在哪里?

倘若游人乘船溯江而上,深情注视江河源头的莽莽原野,便能领略你千回百转、千淘万漉的执着和奋进。这里是孕育大江大河的源头,这里,潜藏着民族文化的古老秘密,这里,奔腾着五千年历史的雪浪狂澜。

是你,委婉迂回的汉江,江天辽阔的远山近水,秋色两岸霜叶一片。你光彩流丽的水魂,好像壮丽的长河涌流,一滴水,一涌泉,一一附带着原始森林纯净的因子;一杯茶,一首歌,一曲调,一幅画,一段民间谚语,是多么的清香,多么的明丽,多么的动听,多么的美丽,多么的传神。然而,又美得潇洒,美得华丽,美得妙趣横生。

是你,坦荡而质朴的汉江,覆盖着广袤的汉水岸畔,容纳着漫长的历史尘埃,沐浴过多少四季寒霜,汇聚了千山万壑细流同欢吟唱。你用自己的深情,安抚着山林村寨;你用自己的形体,浮载着舟楫船舶。你经历过遥远的

沧海桑田,给予华夏儿女亦喜亦忧的情感体验。

是你,奔放而绵长的汉江,你的乳汁曾养育两岸人民,你未来的使命空间正在进一步拓展。你一路采风描摹出一幅美轮美奂的画卷,流淌中你孕育了多少生命机体,又荡涤出多少自然生灵?你的千秋功过该怎样来评说?

巍巍高山,仿佛是你怀抱中的骄子,巅峰峭壁,仿佛是你佛掌上的粒粒珍珠。假如没有你的吟唱,山峰也会寂寞枯燥;假如没有你的渲染(温情)浸润,松柏翠竹哪会苍劲绿莹?假如没有你的汇入,浩瀚的长江怎么风流倜傥?山,是你诗韵的附体,你,是山脉的韵脚。华夏大地,万物之本,你才是生命的源泉根脉。

"夕阳下的汉水呐,顾盼生辉的秋水。"你在大江大河里流淌着无限的光灿和柔情,长江却在三峡荆江之间上演放浪形骸的狂傲和莽撞。

绵绵悠悠的汉水汉江,你,光灿与柔情集于一身!你的体温可以温暖长江的莽撞,你的红唇可以封存长江的狂傲。汉阳的晴川历历见证了汉水与长江的亲吻。你日夜奋进赶考

汉江流经紫阳县境

融入长江,完满递交了一份百分答卷。

欲问汉江流域有什么?

这里有古昔风流人物的慷慨,这里有红四军播下的革命火种,这里有人间正道的沧桑,这里有鲲鹏展翅的恢宏遐思,这里有云舒云卷的从容气象,

这里有茶马古道留下的铜铃余音,这里有岁月嬗变的篝火痕迹,这里有淳朴如水的民风民俗,这里有船夫号子的悲怆哀怨,这里有水榭码头的芙蓉繁华,这里有一首首洒脱明快的山歌,这里有富硒茶飘香的韵味,这里有横笛吹出"子规啼月小楼西"的凄清,这里有山水掩映故人的身影与情感,还有凝固的穿越时空的理想和诗篇。

这汉江水,一波清水犹如一条流动的诗韵,任由你截取一段,便成一首气壮山河的歌。难怪诗人王维会在这里写出《汉江临眺》:"楚塞三湘接,荆门九派通。江流天地外,山色有无中。郡邑浮前浦,波澜动远空。襄阳好风日,留醉与山翁。"山峰之巅,仿佛是他胸中的笔;高天厚土,仿佛是他笔下的纸;汉江的浪,仿佛是他纸上的墨。千里莺鸣是他诗中的平仄和韵脚,百舸争流是他诗中的遣词和意境。屹立山头的松、扎根原野的草、翔飞中天的鸟、游弋江河的鹰,还有那一年四季无比绚丽的烂漫山花、从西贯东的舟楫,或从南到北、乘风破浪的点点风帆,这千般风情、万种生灵都是跳动在诗中的字符。

啊,蜿蜒曲折的汉水,你清澈透明甘洌,有人赞美说:你是天使喜悦的眼泪,雪花一样清凉;你是一江碧水,冰晶一般剔透明亮。还有人说:你是童话般美丽的新生。是啊,是啊,你有一颗与生俱来柔美的心灵。雪松的幽芳和栀子花的清香,糅合在一起为你涂脂抹粉;朱鹮的明丽和黄鹂的啭啼,交织在一起为你梳妆打扮。你从此出落成无限娇媚多姿的少女。

迷人的汉水呐,我们不妨溯江追古,你成就了昔日的绝代佳人——"北方有佳人,绝世而独立;一顾倾人城,再顾倾人国。"

欲问汉江魅力在哪里?

如今的汉江,已是千帆竞技、百舸争流。啊,清澈如明镜的汉江,你仍是祖国大陆一条未被污染的河流,你清洁的水质可以供人们直接饮用。你是南水北调中线工程的重要水源地,二十一世纪,你已跨越千年的固步,开辟了崭新的水域,你的容姿品位举世瞩目。你用纯洁的水质,你用生命的载

体,孜孜撰写时代赋予的水魂,必然成为华夏一颗夺目的明珠。一江清水送北京,你飘逸婀娜的身姿迂回千里一路北上,神采奕奕地越山过岭缓缓流进京城。嘿,一个被历史尘封千年的河流将焕发生机,你用甘醇的江水去浇灌北方的黄土,你用清流去滋润千万市民饥渴的喉咙。京城的街头、商场、机关、家庭,都有你亮丽的身影,你是山旮旯飞出的"金凤凰",在京城潇洒展示汉水之风采!

甜甜的汉江水呐,唯知你的风情韵致,尚未发挥得淋漓尽致!二〇一五年引汉济渭,跨流域调水,拟建一条穿过秦岭主脊的隧洞,以缓解缺水对渭河流域生态环境的影响。十三朝古都——西安及关中所辖市区,同欢共饮汉江的乳汁,这是三秦父老由衷的期待,这是一个历史宏伟梦想成真的史诗见证。

那时,你穿过悬崖峭壁,那时,你沐浴古栈道茂林修竹,你在祖国的版图中心,你在大地的"基准点",你在大汉的故都环绕奔流,你将汉江汉文化的根系伸向四面八方,继而演绎到炉火纯青,你把激情的火焰燃烧到汉人的胸脯,你把蟠冢山一股清流灌注在一个民族的肌肤里。这个肌体里的每一根血脉都流淌着你沸腾的血液,每一个人心脏的搏动都和你产生共鸣。中华民族的盛衰繁荣也与你随影相行,历史的责任赋予你新的伟大使命……

亘古到今永不干涸,酣然流畅的长河——汉水,汉江!

2012 年 8 月 18 日于故居

家人同游金陵城

让我魂牵梦萦、心驰神往的金陵城啊，今天，我终于拥抱了你。

金陵城是历史文化名城，是中国七大古都之一，它有着脍炙人口的故事和中国政治军事的文物古迹。尤其是在中华人民共和国成立前，这里的总统府曾是民国时期的中枢；20世纪60年代修建了举世瞩目的南京长江大桥；还有朱自清笔下的名篇——《桨声灯影里的秦淮河》……

午马年春节，我和大女儿一起来到上海小女儿家。大女儿说三月份她有机会前往南京学习。两个女儿在一起商量，到时我们三人（我和二女儿及二女婿）从上海开车去南京，一家人在南京再次相聚，同游金陵城。

2014年3月1日早晨，沐浴着初升的阳光，我们的汽车在沪宁高速奔驰了三个多小时，赶在中午11点钟到达了目的地——六朝古都南京城外。

早春三月，天气晴朗，阳光和煦，气温适宜，江南绿草碧野的花丛中弥漫着芳香，路边的花蕾已经含苞待放。

远眺金陵城山峰逶迤，层峦叠嶂，浮云缭绕。这里没有秦岭高耸入云的山脉，但起伏的低山地形却蕴藏着一股帝王之气，使人仿佛置身于仙境。汽车在干净的市区大道上行驶，透过窗户看到街道两旁高楼耸立，错落有致，

草色青葱,垂柳婀娜,棵棵青松笔直挺拔。一个古都孕育着现代城市的魅力——正以它妖娆的身姿展示着无限的魅力与风光。

参观总统府

3月1日,到达金陵的当天下午,我们参观了总统府。总统府坐落于南京长江路292号,现已成为中国最大的近代史博物馆。

这个已有600多年历史的建筑群,曾多次成为中国政治军事的中枢、重大事件的策源地,中国一系列重大事件或在这里发生,或与这里密切相关,一些重要历史人物都在此活动过。远到明朝的归德侯府和汉王府、清朝的江宁织造署,近到洪秀全在此建立天王府,再到后来孙中山在此宣誓就职临时大总统,继而就是蒋介石在此建立南京国民政府,它至少见证了中国近几百年历史的兴衰荣辱。

走进总统府,不远处就是中区,大堂是一座中式建筑,抱厦五间面阔七间,硬山顶单层双檐,横梁上是革命先驱孙中山先生手书的"天下为公"牌匾。孙先生一生都在孜孜不倦地追求、践行着这四个字。

总统府是一座中西结合的院落,有着设计精细的西式办公楼、高耸的圆柱、深邃的回廊、精巧的拱门,以及清幽雅致的中式园林,院内围墙也很特别,以曲折回绕的龙体化身来布局。

随着游人涌入西花园,在众人的簇拥下,我只能走马观花地挑重点进行参观。西花园里面保留着石舫、夕佳楼、忘飞阁、印心石屋、漪澜阁等著名遗址景点。

庭院之间的走廊曲曲折折,九转回肠,亭台楼阁错落有致,小桥流水、画廊雕舫。庭院芳草茵茵,杨柳依依,树影婆娑,是典型的江南园林风光。举目四看,一步一景,迥然不同,红花点缀着绿色植被,或藤条吊坠,或草坪如毯,或繁花似锦,或红花瘦叶,不论回廊还是花园草丛中,处处散发着幽香,透着悠然恬静的气息。当你细心留意,会发现经过岁月的嬗变和园艺家们

独具匠心的巧妙设计，这座历史遗址景点更加光彩夺目。

作者和两个女儿在南京总统府

总统府的会议室中，青天白日旗与孙中山先生的画像依然悬挂在墙上。一张长长的桌子上，铺着洁白的台布，桌上还整齐地放着一个个茶杯，让人联想到这里曾经召开会议的情景。另一侧的墙上还挂着孙中山先生亲笔题写的"推心置腹"的墨宝。

"推心置腹"是孙先生为人处事的原则，蒋介石将它作为座右铭悬挂在会议室，昭告天下。终究他还是辜负了先生的一番良苦用心。如今我体会这四个字的意味，大概是每逢游人到此参观，它仿佛是一部历史教科书，告诫人们：人的品德就是真诚，人与人之间，贵在推心置腹。

我们走出总统府，在总统府门楼前拍照留影。这座西方固定式门廊建筑气势宏伟，上面五星红旗迎风飘飘。刹那间，1949年4月23日人民解放军将五星红旗插上门楼的影像浮现于眼前：多少次我在影片《平津战役》里目睹那激动人心的画面，心潮澎湃。固若金汤的长江防线怎能阻挡百万雄师的强大攻势，南京国民党政府以长江为天险划江而治的美梦最终破灭！

参观遗址，回顾历史，琢磨历史，解读历史。

总统府是明清建筑和现代建筑、中式建筑和西式建筑的大融合，自然环境优美、地域优势独特、历史文化氛围厚重，有着珍贵的文物和史料，囊括了中国近代史的全部历程，真切地见证了中国整整两个世纪的兴衰、荣辱、笑

声与眼泪,可以说南京总统府堪称中国近代史活的博物馆。参观总统府,我的感慨是:圣者、生者、胜者——识时务者为俊杰。

秦淮河畔的遐思

我们一行四人离开总统府,天阴沉沉的,夜幕降临,经路边打问方知南京晚上最繁华的地方是夫子庙和秦淮河。我们挡了一辆出租车,车到龙蟠中路已是华灯初上。进了一家状元楼酒楼,酒楼装饰古风古韵,色泽凝重。正用餐时,两位身着米花服饰的歌女,将七弦古琴安放在琴架上,轻拨琴弦,低声婉丽吟唱着秦淮小曲。虽说我这个北方汉听不懂唱词,但是从她们婉转缠绵动听的音调中,尚能领略这就是历史的秦淮河音韵的复现。

当我们走出餐馆,外面已是五光十色灯火璀璨的夜景。夫子庙附近的河房是绮窗丝幛,十里珠帘,灯船之盛,甲于天下。许多名胜古迹、历史掌故、风流韵事,都发生在它的身旁,曾被历史文人骚客吟咏传唱,这里是南京最繁华的地方。

十里秦淮河是南京古老文明的摇篮和象征,是南京的母亲河,六朝时成为名门望族聚居之地,商贾云集,文人荟萃,历史上素为"六朝烟月之区,金粉荟萃之所"。到了明清时代,十里秦淮河更加繁荣鼎盛。尤其是散文家朱自清、俞平伯的同题名作《桨声灯影里的秦淮河》,使中国第一历史文化河愈加显得风情迷离。

秦淮河晚上两岸灯火斑斓,酒楼、茶馆、酒店的飞檐漏窗古色古香,雕梁画栋,画舫凌波,桨声灯影,市井繁华,集市街楼阁和民风于一体。经过复建和整修的秦淮河风景区,使游人为之陶醉。

两个女儿和二女婿三人提议租一条船,二女婿执意要买票,被我婉谢。早春的夜晚就是坐在船上也不会惬意,哪能寻觅到朱自清当年仲夏之夜轻舟荡漾的情怀呢? 随后二女婿利用来南京的机会找他的好友同学相聚。我们父女三人则继续沿着秦淮河畔最繁华的地段转了一圈,流光溢彩的两条

巨龙生灵活现,拱形的桥洞和仿古建筑物在 LED 的投光下,使景区更加气势恢宏、美丽生动。

灯箱广告牌、宫灯、方形灯、串珠灯、店铺六角塔霓虹灯、圆形高筒灯交相辉映,装点得秦淮河文化区无比璀璨。

边走边观赏夜景,我的目光追随着河中泛舟的绰影,遐想 20 世纪 20 年代朱自清是否也是坐着这样的舟船,不,我立即否定了自己。当年的生态环境、河畔的水榭码头、舟船、夜景都不会像当前的人海如潮。昔日那小舟、那灯光、那夜景、那歌女、那小曲,都有一种传统的、朴实无华的古色古韵。

遥想当年秦淮河夜景阑珊,张灯结彩,文人墨客、才子佳人,在每年最佳的时月相邀泛舟同游,消遣畅谈。河岸杨柳低垂,水波荡漾,凉风习习,幽静中此起彼伏响起悦耳婉转的秦淮小曲,那是何等醉人的夜晚啊!

朱自清的一篇《桨声灯影里的秦淮河》展现了作者感官的享受被超我的道德所降服。我们在领略那晃荡着蔷薇色历史的秦淮河的滋味同时,也在朦胧里温寻着当年繁华的余味。

朱自清《桨声灯影里的秦淮河》是浓缩一个人的过去、现在、未来而形成的精神世界的整体。一个人的思想境界就是一个人的人生意义和价值。

在灯红酒绿的秦淮河,能够驾驭自己,难能可贵矣。如今漫游秦淮河,我们追寻的正是朱自清这种人生观和价值观!

住酒店的困惑

从秦淮河返回要经过步行街,这里的夜景毫不逊色于秦淮河畔。灯箱广告牌、店铺霓虹灯闪闪烁烁,灯光如昼。物品五花八门,琳琅满目,令人目不暇接。两个女儿或许在来金陵之前就知道南京的雨花石闻名遐迩,她俩看了几家,欲购买可总觉得心里不踏实,真的雨花石哪有这么多,且价格便宜得也让人迟疑。但这些小工艺品做工精细,色彩斑斓,着实让人垂爱。

出了步行街,看时间已是晚上 10 点,我们这才想起我和二女儿还没有

预订好住宿宾馆。于是我们即刻挡了一辆出租车将我们送到中山北路我们停车的地方。然后我们通过网络搜索方圆两公里的酒店、宾馆和连锁快捷酒店。联系了好多个宾馆、酒店，不是没有价格合适的床位，就是酒店不能停车，唯独七天快捷酒店的客服告诉我们中山北路附近就有合适的酒店。两个女儿通过网络搜寻，发现酒店离我们停车的中山北路所处的位置很近。由于不熟悉地形，车在中山北路、福建路、铁路北街绕了两圈，才终于发现"七天连锁酒店"置于楼顶的灯光招牌。酒店名字被其他建筑物遮挡得只露出两个字。两个女儿满怀希望去登记，不料，结果又令人失望。酒店以为我们是提前预订的旅客，在得知是临时居住后说明已无空闲客房。

让我们着急的是晚上11点前，大女儿必须要回到学员宿舍，现在时间已经是晚上10点50分，只有先把她送到学校门口。看着女儿走进了大门，我们都放心了。

时间已到深夜，我心里也开始恐慌起来，恐慌的不是我自己住宿与否，而是担心小女儿奔波一天，身体疲惫，不能得到休息。

真是天无绝人之路。就在小女儿去中山北路虎踞酒店咨询时，我意外发现前面十字东南角有个宾馆。小女儿去看后感觉挺合适，于是很快办完住宿手续。当我洗漱完毕，一看手机已经是次日零点30分，真应了"车到山前必有路"那句话。

我躺在床上，反省自己疏忽大意，没有提醒孩子们提前预订好酒店。住宿的教训也是人生一节知识教育课。本以为不是旅游旺季和节假日，南京住宿就不会有什么大问题，可现实是残酷无情的，凡事不要太自信，未雨绸缪无大错。

迷迷糊糊一觉醒来，已是2014年3月2日早晨，一缕明媚的阳光透过窗户缝隙照射进室内。啊，晴天！我十分激动，旅游难遇好天气，昨天的不愉快的心情随即消失！

瞻仰中山陵

3月2日清早,明媚的太阳驱走了昨日的阴霾,晴空万里,霞光万丈,紫气东来,融融的气候滋润着金陵城。出租车在树木葱茏的山间盘道行车约半个小时后,停在快到中山陵景区的路边。我们步行来到中山陵门前,这里的游人已是熙熙攘攘、川流不息。

中山陵依山而筑,坐北朝南,岗峦前列,屏障后峙,气势磅礴,雄伟壮观,屹立在南京城东紫金山东峰小茅山的南麓,东毗灵谷寺,西邻明孝陵。整个建筑群傍山而筑,巍巍钟山、青松翠柏汇成浩瀚的林海,陵园掩映着两百多处名胜古迹。

我们踩着392级台阶来到祭堂。祭堂周围森林植被茂密,栽种有柏树、线柏、雪松、龙槐。祭堂为中山陵主体建筑,融中西建筑风格于一体,门额上分别刻有"民族""民权""民生"。中门门额上嵌着孙中山先生手书的"天地正气"四字。祭堂中央供奉着中山先生的坐像。坐像目光炯邃,瞭望着苍茫大地。

看到中山先生的雕像,不免联想到"中山装"的来历,它与先生的名字有着千丝万缕的关系。

中山装源于孙中山的提倡,也由于它的简便、实用,美观,曾作为中国的民族服装。孙中山这样阐述该服装的思想和政治含义:"衣服外的四个口袋代表四维(即礼、义、廉、耻);前襟的五粒纽扣和五个口袋(一个在内侧)分别表示五权宪法学说(行政权、立法权、司法权、考试权、监察权);左右袖口的三个纽扣则分别表示三民主义(民族、民权、民生)和共和的理念(平等、自由、博爱);衣领为翻领封闭式,表示严谨的治国理念;衣袋上面弧形中间突出的袋盖,笔山形代表重视知识分子,背部不缝缝,表示国家和平统一之大义。"

中山陵使我对中山服有了进一步的认识,一个民族应该拥有能体现民

族气概和气节的服饰。

中山装寓意深刻,礼义廉耻正是中国人民固有的传统美德。从这个意义来说,孙中山先生高瞻远瞩,以文官的服饰来倡导国家文明和富强,以服装来诚勉官员恪守尽责,以古代《易经》的智慧来平治天下。

中山陵不但是南京钟灵毓秀的风景区,是一座革命传统教育基地,是人文景点荟萃、净化思想和培育精神文明的摇篮,也是中国建筑名家之杰作,具有极高的艺术价值。

"美龄宫"断想

"美龄宫"位于南京著名的钟山风景区山河苍茫、临海浩瀚的小红山上,占地 120 亩,官邸占地 20 余亩,主楼建筑面积 2000 余平方米。"美龄宫"是一座依山而建的中西合璧式建筑,空中俯瞰恰如珍珠钻石链,四周花木扶疏,庭院绿茵环抱,树冠参天,鸟语花香,清风幽静,曾被美国驻华大使司徒雷登誉为"远东第一别墅"。

"美龄宫"掩映在郁郁葱葱的山林之中,我们步入"美龄宫"庭院,花园旁边便是橄榄形环状车道,可以直达主楼,中间还有一条笔直的青砖铺就的人行林荫道通向主楼。庭院嫩草碧绿,树木葱茏,环境优美。

沿着缓坡人行道向前走,再踏上几十级台阶,就到了"美龄宫"主楼。主楼主体建筑耸立在小红山顶,雕梁画栋,顶覆绿色琉璃瓦,在阳光的照射下,流光溢彩,耀眼炫目。楼体地下一层、地面三层的重檐山式宫殿高大巍峨,房檐的琉璃瓦上雕着 1000 多只凤凰,整座建筑富丽堂皇,四周林木茂盛,终年百花飘香。纵观整个建筑,融中国古典宫殿建筑和西方建筑之精华,极富汉唐古建之气韵。

主楼二层内部装饰奢侈豪华,凸显出西洋风格,庄重典雅,精美富丽。通过大厅至"凸"字形平台,平台四周装有清式汉白玉雕凤栏杆,平台绿树成荫,芳草依依,红花绿叶,四季幽香,构思设计既显得雍容华贵,又不失典

雅。置身于此地能共享天地和谐大自然之美妙。

大阳台场地视野开阔,可供露天活动与茶饮之用,也是欣赏重峦叠嶂的最佳之处。平台雕凤栏杆共有 34 根,每根立柱上各雕凤凰一只,象征着别墅的女主人。宋美龄 1898 年出生,至 1932 年这座别墅竣工正是 34 周岁,34 只凤凰即寓此意。

来到三层,室内陈设考究,地上铺有紫红色地毯,墙上挂着简介:"宋美龄(1898—2003),海南文昌人,出生于上海,系蒋介石伉俪,不仅叱咤于政治和外交风云,还是一位鲜为人知的书画家。光绪三十四年(1908),宋美龄赴美国马萨诸塞州留学,在卫斯理女子学院期间就曾学过西洋绘画。1917 年她回到祖国,先后师从国画大师张大千、黄君璧、郑曼青,擅长画山水和花鸟,出版过《山水》《兰》《竹》等画集。其山水画场景开阔,清逸处有灵气,沉厚处韵沧澜,而笔下的兰、竹、花卉,墨重而不浊,清超脱俗。"

宋美龄 1898 年 3 月 5 日出生于中国上海,于北京时间 2003 年 10 月 24 日 5 时 17 分在美国逝世,享年 106 岁。她从小就到美国留学,活泼开朗,并且从小就喜欢书画,崭露出极高的艺术天赋。她一生酷爱书画,孜孜不倦地拜师习画,具有较高的艺术造诣。

宋美龄 1975 年赴美国隐居,尽管年事已高,她仍对绘画一往情深,时常拿出作品细细欣赏。她曾对朋友透露:"不断绘画,就是我的养生之道,因为我希望每一天都能过得充实。我不希望自己生活在寂寞里。正是因为每天有事情做,这才填满了我的生活。"

宋美龄不但在绘画方面才华横溢,还曾在世界政治舞台风流一时,她融聪明、智慧、美丽于一体,兼具中国古典气质和西方优雅的风度,娴熟的英语、精明的作风,使西方人如醉如痴。

当我们拍摄完美龄宫全貌最后一张照片时,我回眸断想:

美龄宫堪称中西合璧的完美典范。这座富有震撼力的民国建筑,给中国乃至世界建筑史留下了极为珍贵的财富,而它究竟留给游人了什么?

我们从宋美龄的百年人生起伏、艺术人生、归隐生活、长寿秘诀中得到一些启迪。不论你华丽富贵或者家贫如洗，快乐就是幸福，健康就是享福。乐，就是如镜的心情！

紫金山的歌

眼帘中的紫金山啊，荧屏上你的美丽风景早已嵌入我的心海。你伫立于金陵城东，主峰海拔 448.9 米，三峰相连形如巨龙，山势险峻、蜿蜒伏卧，山水城池融为一体，雄伟壮丽，气势磅礴。你被誉为"江南四大名山"，身披金陵毓秀的美名。你是南京名胜古迹的荟萃之地，古有"钟山龙蟠，石城虎踞"之称，早在三国与汉代就极负盛名。

郁郁葱葱的紫金山，故称金陵山，战国时楚国在此建金陵邑，即由此得名。汉代称钟山，拔地而起形似盘曲的巨龙，即"钟阜龙盘"，汉末有秣陵尉蒋子文逐盗，死于此；三国吴孙权立庙于钟山，因改称蒋山。因山坡露出紫色页岩，在阳光照射下闪耀金色光芒，东晋时又改称紫金山。

风雨中的紫金山呐，你经历千年郁郁葱葱，纳十朝君王和英雄豪杰松柏常青，融多元化和天工而卓然于众山之中，囊"六朝文化"，你是金陵地区居民心中的圣山。早在远古时期你就被称作是人类与天神沟通的途径，赋予你具有神秘寓意的灵气和特性。

啊，美丽的紫金山，如今，你有紫霞湖这样深藏于山间林海中的人工蓄水湖泊，万亩郁林覆盖着你的肌肤，你享有"林海中的明珠"。有紫霞湖环山绕河绵绵长长的流水浸润，青山干涩的面颊，会焕发青春的容颜，山坡翁翁郁郁苍苍茫茫的树木、野花野草，都会绽放会心的笑脸。

钟灵毓秀的紫金山啊，你有海拔 250 米的天宝山这样的好兄弟，为之感到荣耀吧！

金陵佳景天文台

紫金山天文台，这个唱响世界旅游舞台和天文舞台的佼佼者，地处风光优美的钟山风景区西边。每位来金陵的人第一眼就会眺望到祖国的天文摇篮——紫金山天文台，她几个诱人的圆形球体吸引着众人，每当游人攀登上去一览胜景，静心抚摸浑圆的古代"天球仪"，自然美在心灵，美在感慨！

3月2日下午，我们站在天文台大门口拍照留影，在我心里这里的风景是南京最棒的。踏着曲折的台阶上山，游人较少，方显寂静，满目碧绿，柏青柳翠，环境优美，绿色植被的覆盖使这里风景旖旎。

我们登上山顶举目四望，远远近近一望无际都是绿色的海洋，苍苍翠翠。这天文台的圆形屋顶，就像漂浮海面的点缀物；再细瞧，又似海市蜃楼一般的幻景，这样的美景唯有天工妙手才能绘出。山不在高，有仙则灵。这座山蕴含着一种佳人气质。

我伫立"浑仪"前细看说明："这是中国古代用以测量天体位置的主要仪器。西汉洛下闳曾制作过浑仪。此仪铸造于明朝正统年间，由三重环圈组成，可测天体的赤道、黄道和地平坐标，环上刻有周天度数及百刻刻度，这是中国古代天文学家所发明的。八国联军入侵北京时，此仪被掠至德国柏林，1920年归还我国。""另有'天球仪'，古代称浑天仪，又名浑象，东汉张衡、三国王蕃、南宋时期的钱乐之都曾造过这种仪器。它用以表现恒星和星座的位置，并能演示天体的周日运动。1900年八国联军入侵北京，古观象台被劫殆尽，清政府于1903年复制此仪。"

这个天文台能够矗立在紫金山，倾注着爱国科学家们的心血。"1913年10月，日本在东京召开亚洲各国观象台台长会议，他们邀请法国教会设在上海的观象台代表中国出席会议，消息传出，举国哗然，而知识界尤甚。当时的中央观象台台长高鲁，发誓要建造一座能与欧美并驾齐驱的天文台。天文台必须按照中式风格设计，中式风格主要体现在屋顶和房檐上，但天文

观测却需要圆形屋顶，于是牌楼采用毛石作三间四柱式，覆蓝色琉璃瓦，跨于高峻的石阶之上，建筑间以梯道和栈道通连，各层平台均采用民族形式的风格，建筑台基与外墙用毛石砌筑，朴实厚重，与山石浑然一体。紫金山天文台是我国自己建立的第一个现代天文学研究机构。"

浑天仪是我国天文学家的智慧和结晶，它向世界展示，东方中国人的智商毫不逊色于西方人。苦难的中国曾经历了强盗的掠夺，当我们站到紫金山天文台，看到曾被掠夺的浑天仪，就会从心底热爱自己的祖国，我们更敬仰那些科学家为祖国的天体科学付出了毕生的精力。天文台的建成，为世人奉献了一处旅游观光的好去处，装点得古城格外美丽动人。

民国时这里曾有蒋介石、宋美龄的足迹，有美国驻华大使司徒雷登的身影，这里是他们经常观光游览的地方。

现在紫金山天文台已成为青少年科普教育的基地，相信，未来的中国天文学会走在世界的前列。

中国科学院紫金山天文台——犹如一颗明珠镶嵌在风景秀丽的紫金山上，处处散发出璀璨夺目的光环。

倘若还有机会，我一定再次来紫金山天文台！

难忘的相聚

2014年3月初，一家人相聚金陵城，这是一生最值得纪念的异地相逢。借此，南京政治学院又成为培育大女儿人生理想、信念的又一所摇篮。

南京政治学院位于南京市区，占地面积1100余亩，学院分布在主干道中山北路两侧，校园分为东、西两院，交通便利，环境优美，四季花香。院内主体建筑红砖绿瓦、雕梁画栋，风格古朴浑厚，与周围现代建筑交相辉映，典雅壮观。

3月1日中午，我们在中山北路南京政治学院门侧等候大女儿，望着学院墙内绿茵茵的树木掩映着一座座仿唐建筑，琉璃瓦在阳光的照射下，色彩

斑斓,霞光四射。来自大唐京畿之地的我们,有幸生长在十三朝古都,一份自豪感袭上心头,虽在异乡,在人杰地灵的金陵同样可以领略大唐文化那古韵和古风。

当大女儿满面春风走出学院迎接我们时,我看到女儿脖子上挂的出入证,心里真为她高兴。女儿虽不是军人,但她工作的出版社隶属于解放军原总后勤部。出入于部队大院,部队的优良传统和作风潜移默化地影响着她的生活。

令我欣慰的是,两个女儿虽无缘着装绿色橄榄衣,但我们共同遵规守纪的心却融入了军营,我们的言行处事都有军人的影子,心上早已烙下军人的痕迹。常言道:"近朱者赤,近墨者黑。"

大女儿能够常年工作于部队下属的出版社,能够置身于南京政治学院学习,是全家人的光荣。天佑我们,她不是军人,却能时常沐浴部队驻地的阳光;她未着军装,却在部队的大熔炉里学习成长,绿色的军营、绿色的梦伴随她的人生逐步成熟。

后来大女儿告诉我们,这一期培训班,非现役军人就他们几个人,可作息和上课,都和现役军人一样,几百人学习,和基层连队一样编有连、排、班。早上听起床号就得起床,吃饭站队齐步走进餐厅,去教室听课每个学员左手提资料袋,领队喊着一二一,晚上吹熄灯号必须休息。起初,非军人学员很不习惯这样的约束,但环境能改变一个人,慢慢地他们几个非军人都适应了军人的学习生活习惯。

一家人同游金陵城结束时,我们三人送大女儿到学院门口,我提议让两个女儿在南京政治学院门外合影留念,我为她们姐妹二人拍下了一张具有纪念意义的合影。

南京之旅就要结束了,特殊的城市、特殊的环境、特殊的时间一家人能够在此相聚,这千载难逢的机遇是这一生再也不会复制的。我们分别时,心里都有共同的感受——"亲情难舍"。

　　南京政治学院是 1951 年第一个诞生的军事院校,是军队培养人才的摇篮,女儿参加这样的培训不但提升了她的专业知识,同时对家人在某些方面也是一种无言的激励。我们将学习军人的优良传统和作风,继而将其发扬光大。

　　金陵的相聚,难忘的日子将镌刻于一家人心中!

2014 年 5 月 13 日于故乡

汤河拾梦

　　我们生长在秦岭北麓,这里土地肥沃,水源充足,气候适宜,物产丰富,祖辈享受了大山的恩惠,沐浴了秦岭的润泽。秦岭山脉已经融入我们的生命和生活之中,人与山朝夕相处,山与人昼夜同存。

　　我时常和舅舅在一起畅叙。在农村集体生产队那个年代,他担担子卖豆腐,常年起早贪黑走乡串户翻岭过河,走遍了山岭川塬的好多村寨,对周边的地形地貌自然熟悉。当我请教那些地名时,舅舅就会滔滔不绝地叙说很多历史典故,例如,"老虎沟"与汉武帝有关。相传汉武帝云游此地狩猎,遇到一只老虎从山梁上突然扑下山沟,到了身前,情急之下,汉武帝掀起龙袍吓跑了老虎,从此就为后人留下"老虎沟"的名字。还有,离家最近最高的山叫云台山,当地村民又称其为月牙山(顶峰呈月牙状),是佛、道、儒三教布道的名山,海拔2224米。据说从汉唐至清末,它一直是上至帝王将相,下至黎民百姓非常钟爱的观光游览圣地,每年农历六月十五日方圆数百里游客云集此地,观赏险峰美景……云台山西边紧连的沟道就是汤峪河。汤峪河对我来说并不陌生,但若和舅舅数年进山的次数及感情相比,我或许还相差很多。

20世纪六七十年代时进山,不论是舅舅还是我自己,都是为生活所迫。在今天衣食无忧的情况下,我和舅舅依然乐意回顾昔日那年月。秦岭七十里汤峪河(汤峪入口至秦岭头)曾经待我们不薄,生活中所需的物质都向它索取,这深山的确慷慨解囊赐给了我们无尽的恩惠,我们这辈子不会忘记啊!

我们不恨那年苦,我们不怨那年累,我们依旧留恋那年山高水长脚下布满荆棘的羊肠小路……有句话叫:滴水之恩,当涌泉相报。我和舅舅心有灵犀一点通,我们如今能回报大山恩泽的唯有旧地重游,去寻找逝去的弯弯山路和足迹……

2013年7月2日早晨,我从家走时带着家院地里刚摘下的新鲜西红柿、黄瓜及烙饼锅盔馍。舅舅爱喝酒抽烟,他常说:"抽烟提精神,喝酒有灵感。"我带了一瓶白酒,半路路过商店又买了一条香烟。

雨后霁晴,天空湛蓝如洗,气候凉爽,我们俩一路眺望秦岭北麓逶迤巍峨,重峦叠嶂,蜿蜒峭立,蔚然深秀,自然浮想联翩,谈笑风生,各揣寻梦之情于山于水不亦乐乎!

在我心中那个难忘的峪口——汤峪,那个难忘的河谷——汤峪河(又名石门峪水),如今就在不远处。汤峪山口,茶马古道,沟壑幽深,这个风景秀丽的地方,曾留下我少年时的欢乐和歌声,曾留下我青年时期洒下的滴滴汗水。一条通往柞水的必经小路,依然有我的身影……四十多年来让我朝思暮想,魂牵梦绕,念念不忘。

汽车行驶在汤峪河的盘山路上,一会儿左拐,一会儿右转。

我来了,我来到了四十年前战天斗地兴修的水利工程——汤峪水库。汽车从汤峪东峰山脚进入峪口,汤峪水库蓄水坝左岸有一条汤峪湖森林公园修建的通向大山深处的柏油路。当汽车越过水库坝面,旖旎的景色美不暇接。谷幽林秀,遍山碧绿,低山依依,绿色的山峦拥抱着一泓湖水,湖水在朝晖的映照下,波光闪耀。轻风拂面,波光粼粼,一幅水墨山水画的倒影,分

外灵秀。这些景色，为这里的旅游景区平添了一道瑰丽的风景！

我来了，我来到了石门关口（刘秀窑）。车子穿过峥嵘崔嵬的石门关，这里真是一道天然的石门洞，一座山被"龙王爷"冲刷成一个狭窄的口子，汤河之水滔滔不绝地从这里流入"汤泉湖"。"刘秀窑"隐于峪口石门关北侧悬崖峭壁的半山腰，望见刘秀窑，便想起少年时在刘秀窑下面的河道巨石上，曾经见过传说中的刘秀石脚印。哎，汤河巨变，之前的"脚印"已不复存留，石尖道窄的小路已成为记忆中的往事了。寂静的山谷，不再有旧时的骡马古栈道和供客家歇足的小店。汽车沿着河岸向着秦岭深处缓行，一路的小溪碧潭晶莹剔透，河中乱石嶙峋，流水潺潺，仿佛吟诗鸣唱。望山沟劲松翠柏，郁郁莽莽，绿色的山峦让人赞美不绝。

车行不远，到了"羌无崖"，这里已不是昔日的贫穷旧貌，已成为毫不逊色于市郊的农家乐。飞泉瀑布，鸟语啾啾，野花野草竞相绽放。游人至此亲近于大自然，与高山河谷融为一体，我们此时徜徉于真山真水、石幽林寂的景色之中，天人合一，自得其乐。

汤一至汤三村的河岸路边，农家的房屋建筑和室内的配套设施，已经融入城市化潮流之中，气派现代化的几层高楼取代了以往的土墙小瓦甚至是茅草房屋，今日重踏旧地令人感慨万千。

我来了，我来到了南黄沟。汽车停靠在路边，舅舅下车点燃一支烟，惬意地深吸几口，伫立河边，看着河床对面半山上古栈道留下的石孔。石孔似乎在岁月中诉说着历史的无情，诉说后人毁灭了先人留下的古栈道文物。舅舅沉思良久，或许在追忆曾经扛椽掮檩踏过这段栈道的情景，艰苦困难中的这一记忆永远挥之不去，镌刻在心里啊！

此情此景，自然勾起我许许多多的回忆。这是一条幽深的羊肠小道，小路枝叶葳蕤，山坡割藤条遇险的情景瞬间浮现眼前，令人不寒而栗。我告诉舅舅，曾经就在这里——"南黄沟"，我少年时曾攀山沟割藤条，那边的沟，那边的坡，差点要了我的命……

　　那年,那个同去的伙伴,在我头顶上面的山坡割藤条,一不小心脚下踩落一块直径约四十厘米大的石头,石头从我头顶翻滚下来,打得草木刷刷作响,我在惊慌中本能地低下头去。刹那间,石头从我头顶飚飞过去,吓得我的心扑扑乱跳。逃过这一劫难,直到走了十几公里路回到家,我剧烈的心跳还没平息。而今回忆,过往的山坡惊险使我吸取教训,生活中不管干任何事情,安全第一。翻山越岭、蹚水过河,这段经历,使我少年时的意志得到了磨砺,懂得了生活的艰辛,从而养成了不怕苦、不怕累、迎着困难上的坚韧意志。

　　这里林木茂密,松影筛阴,泉水叮咚,鸟儿欢鸣。旧地重游,别有一番情愫,瞅着绿莹莹的山坡,呼吸着清新的空气,触摸着花草青翠的枝叶,融入大地母亲的怀抱,触摸大山与河流,精神倍感惬意和愉悦。

　　辞别了南黄沟,汽车继续沿着蜿蜒曲折的水泥路向前行驶,车子路过汤三村的一家门口,我看到院子地上蹲着两个人,手里捏着塑料袋,倒腾着像猪粪一样黑乎乎的东西,于是急忙停车,凑到他们跟前探问,这是不是"猪苓"?一位老者说:"是的,是猪苓。"看到未经加工的猪苓,我颇感兴趣地询问了这位70多岁的石姓老人诸多问题。例如,这猪苓一斤能卖多钱?这猪苓在山里好采吗?山坡遍地是灌木丛林和杂草,您怎么知道哪里有猪苓?人工是否可以栽培?等等。

　　他说:"不好采,猪苓现在越来越少了,目前一斤只能卖60元,用镢头在山上也是乱挖,有时十天半个月也碰不到一窝。运气好,碰到了就是一堆堆。"

　　我说:"那你们一天的三顿饭都吃啥?"

　　"早晚都是土豆苞谷糁糊糊,中午吃一顿面。"他说。

　　我问:"你们的经济来源都靠啥?平时日用商品和蔬菜在哪里买?"

　　他说:"几十年前靠砍伐山林树木,后来山林变成了秃山,最后秦岭以北被偷着砍完了,就跑到秦岭以南柞水县那边去砍人家的原始森林。这些年

国家封山育林,山上的树木又葱葱茏茏。现在年轻人都去山外打工,上了年纪的人,平时就在山上割些扎扫把类的竹子、种些豆类、上山采药,有的家里人工栽种天麻和其他药材。现在交通便利了,买菜骑摩托车或坐通村客运车到高堡集市一晌时间也就回来了,生活比过去好多了。"

看着没有院墙的水泥地面,我很羡慕,问这是自家打的地面吗?

他脸上顿时浮现出憨厚真挚的笑容,指着院子光滑的水泥地面说,那是国家出钱给打的。

石老和我聊天期间,他儿子不声不响背着背篓出门了,瞅着他的背影,看着石老家的房屋和室内的家什摆设,不免让我揪心和默默叹息。山区家庭条件差的还是多数,要脱贫绝非一朝一夕之事啊!

老人院子门前的几棵核桃树,已有老碗口粗的枝干,枝干在微风中摇曳,树影婆娑。祈祷这些果树年年岁岁给这家人增加一点收入吧。

佛曰:慈悲为怀。来到深山里,通过与石老的交谈和我的观察,我感叹山外城市人的生存条件够优越,生活够幸福,有的还很奢侈。山外人一般的家庭条件,要比山里百分之九十五的农家人好几倍啊。山村人他们的生活近况让我亦喜亦忧,虽说农村低保让部分人有了一点保障,但是山区孤寡老人养老又是一个亟待解决的大问题。

我不忍心再看山区贫困家庭的这种光景,匆匆告别石老。车子行到汤四村三岔路口桥头(通向秦岭头、水层沟),我们停下了车。要去秦岭梁的车只能开到这里,距峪口约20公里。十点钟,我身背干粮,手握木棍,脚穿旅游鞋,和舅舅徒步艰难地踏上了攀登骡马古道秦岭头之路,延续汤河拾梦……

我来了,我来到汤峪河三台山下。舅舅和我一样看见深山中的高山就会激动。仰望三台山,山峰突兀,怪石林立;闻听河谷,欢流潺潺;俯瞰碧水深潭,清澈见底。舅舅在一个过河的石头上停下,掬了一把冰凉的河水洗脸,这会儿,舅舅的脸上洋溢着难以抑制的喜悦。是啊,旧地寻梦,旧影重

现。我俩各自找了一块石头坐下来,舅舅抿了几口白酒,格外精神。

片刻憩息后我俩又行走在人迹罕见的山路上,过了三台山不远就是一个三岔路,这两条路都可以到达秦岭岭头(一边是骡子道,就是过去赶骡子走的道,相对坡道缓一些;一边是月亮石,坡陡且险峻)。我和舅舅选择了走月亮石这条路。这条道是舅舅那些年长年累月去岭南(称秦岭岭头以南)掮木头走的路,这也是我曾经走了一次的路。

三岔路分道后,这条路多年没人走过,根本看不见路在哪里,路边的茅草一人高,我担心草丛有毒蛇。两人凭感觉和大致的地势轮换着用树枝把野草拨打出一条路来。好不容易到了月亮石,拍了几张照片。突然,乌云从四面八方向我俩的头顶涌来,舅舅站在月亮石上抬头向山外望,山外也是乌云密布,他说:"亮娃,回吧,不敢去岭头了!"我说:"舅,不怕,一直向前走呗!"又走了不远,天上慢慢下起了稀疏的雨点。我俩已走到了大木桥,看着眼前的残墙枯木,舅舅凝望好久说:"过去这里是我经常歇脚和晚上住店的地方。"这时,舅舅仰头看看天上又犹豫地问我:"亮娃,雨点越来越大了,不敢去了,咱们回吧。"我说:"舅,下雨咱不怕,今天如果错过这次机会,也许今生咱们爷俩都不会一起再走这条路了,我的意见是不回头,不到岭头心不甘!"

在我的鼓动和坚持下我俩硬着头皮迎着风雨艰难地行走在乱石嶙峋的山路上,爬啊爬啊,雨好似和我们捉迷藏一样,一会儿下,一会儿停,一会儿打得树枝野草沙沙作响,一会儿又细雨朦胧,好不容易走到了舅舅熟悉的"崖窝"(山体大岩石下面避雨的地方),他提议在这里休息一下,吃点干粮,歇一会儿。舅舅坐在一块石头上,或许这石头就是他当年坐过的石头。他点燃一支烟狠劲地抽了几口,从他的抽烟表情和姿势我猜测,此时他心里的激动和高兴他自己都无法用语言形容,所有的美好回忆和美景都浮现在袅袅的烟雾里。

我们坐在崖窝下,吃着带来的西红柿、黄瓜和锅盔饼,舅舅抿几口白酒,

时而猛吸几口烟,感叹地说:"咱们带的这些自己做的饼、种的蔬菜吃着'嫽扎咧'(方言:好、美)。"

在崖窝休息了一会儿,老天爷好像被我俩感动了,雨点越来越小。舅舅说这里距岭头刚好就是一半的路程,我们不能松劲,还要赶路啊。

过了崖窝不停地要穿过河床,一会儿向左,一会儿向右,路越来越陡峭,好在从这里向上走,路边的荒草少多了,崖窝似乎是一道草多草少的分界线。

作者的舅舅在崖窝即兴作诗"千仞崖窝下,寻梦避中雨……"

可这段到岭头的路上又有一种烦人的草——"衔马草"(又名:蝎子草),刺得人胳膊和脚面痒得难受。舅舅倒是提醒说:"这种草很厉害,一旦被它扎了痒得很。"手脚、胳膊、腿不小心被它叶面上的刺扎到,真像被蝎子蜇了,疼痒难当(不过后来才知道,这种草也有克星,当你被扎后及时摘下一片蝎子草的叶子揉烂,把它的汁液抹在疼痒处,立马就会减轻疼痒了,这也是以毒攻毒)。为了爬山赶路我们顾不得这些了,再看河边的野花野草争奇斗艳,山泉瀑布,流水潺潺,鸟语花香,很养眼,早把"衔马草"的事忘到脑后了。我俩此刻攀登大山,非常感谢大山里的鸟类,这寂静的深山如果不是它们时而婉转啼鸣,真的凄凉和恐怖啊。

舅舅毕竟过去久在七十里汤峪河行走,认识好多野草和中草药、树木,他倒成了我请教的"园林、草本药剂师"。我刹那间想起了秦岭山上有两种木材最硬,即铁橿(方言)和龙柏。路边看见树木,我好奇询问,他耐心地解

说："这是刺柏、铁橿、龙柏、栲子、檫子、木红梨、桦梨木、缠皮桃子（方言），这些树木做木棍、铁锨把最好了。"一路走着我真的好似进了原始森林，路边、河边，到处都是通溜溜、直通通可做木棍的结实的小树，饱了眼福，看红了眼。我看上几个粗细做木棍很合适的栲子，就用手压看能否压断，可是它木质坚硬，韧性好，不容易折断。由于我爱不释手，舅舅只好和我一起想办法，他把树枝压倒，我用原始办法——片石利器去砸。太粗的无能为力，就把砸断了的几根树枝放在路边，在树枝旁用石头做了标记，以便从岭头返回时带回家。

边走边停，两人的腿被路边的蝎子草刺得瘙痒难耐，我们一会儿弯腰挠痒痒，一会儿挠胳膊。舅舅边走边情不自禁地告诉我，过去这个大石头是他们这些人（掮木头的人和脚夫）歇脚的，那个地方有个凉水泉，那个地方有野葡萄和五味子，这种野草是有毒的，有的树木也不是可以随便摸的……忽然，舅舅停在杂木树林的旁边说："亮娃，你看，这一大片湿润的地方生长的就是'野通草'，这说明快到岭头了。咱们加把劲，马上就到岭头了。"看来

作者在秦岭崖窝下

舅舅的记忆力非常好，这条山路沟沟岔岔他都能说出个一二三，不愧是当年这条山路的常客，他也是今日踏破铁鞋重新开路的指路人啊。

我来了，我来到秦岭岭头了。当我们爬到秦岭岭头，真有红军翻过雪山草地那种欣慰和狂喜，毕竟登秦岭与风雨做斗争取得了胜利！我激情澎湃地对大山呼喊："我们上来了，我们终于上来了！"站在岭头，舅舅遥望岭南连绵起伏的群山，满怀深情地注视着山下的沟沟壑壑，说："亮娃你看，走那条路直下'安沟'，走那条路是去'金钱河'，那条路可以去'黄金沟'……"

伫立岭头,大舅即兴赋诗一首,名为《谪仙怨·登岭头遇雨》(癸巳五月廿五日登秦岭遇雨):

> 秦岭云雾霏靡,惆怅岁月古稀。
>
> 兴来圆梦再涉,情随风向东西。
>
> 白云千顷万顷,松涛前溪后溪。
>
> 且愁仙班无讳,雨洒野草萋萋。

在岭头拍照留念毕,时间已是下午 2 点 50 分,我俩赶快沿原路返回。自从手里拿到来时路上砸下来的树枝(经熏烤加工才能成木棍)后,一路下山我俩的心里似十五个吊桶打水——七上八下,担心封山育林,汤四村会不会有人在路上拦住我们说我们乱砍树木。假如是那样的话我和舅舅面子上就过不去了。心里沉重的负担冲淡了我们爬山时的那种激情,为了气氛能稍微轻松点,我和舅舅开玩笑说:"舅,咱们真的成了人们常说的那句话——上山的居士,下山的贼了。"舅舅哈哈大笑说:"也是,也是。"

我俩下到骡子道三岔路口时,时间正是下午 4 点 28 分。随后我俩一路小跑到达停车的三岔路口,把几根树枝放到车上,好像肩上放下千斤重担一样轻松,我看了看时间已是下午 5 点 30 分,也就是说来回爬山用了七个半小时。行程 30 公里,我们克服了道路崎岖、杂草丛生,重温了茶马古道的风采,这可以称作我和舅舅的一次圆满探险和圆梦吧!

汽车离开关隘古道的三岔路口桥边,昔日的一番旧景仿佛就在我的后视镜里面映出三台山,倒映出了这道门槛,我似乎如梦初醒。回忆我走过的这段艰辛路程,七十里汤峪河曲曲弯弯,我至今愿意再次踏上三十六年前迫于无奈走过的这条小径。那时我过三台山、月亮石、大木桥、秦岭角,直下安沟去扛木材,现在,我心里不免叩问汤峪河七十里古道,我单薄的体能和肩膀那时是怎么承受起百十斤重的行囊的,当年又是靠什么信心和精神,走完这些盘山小道的。或许是靠一种责任,靠一种执着的精神和毅力!

下坡的汽车好像大海里顺风飘逸的一只小舟,车在曲折的河畔山路上

行驶,坦荡的山风从车窗飘进来,使人心旷神怡!

啊!汤峪河,这山、这水、这景、这情、这人……

今日闲暇,再访汤峪河,情深意浓。犹如用清澈甘泉沏了一杯香茶,芳香四溢;犹如在心胸涂抹了一幅山水画,蜿蜒连绵;犹如翻开了珍藏的家谱书卷,苦读不辍。从入峪口直到秦岭岭头、柞水的幽幽深谷,追回的不光是逝去的光阴,还有我一生执着的一点点虎气精神。回眸守望汤峪河,山沟溪流滋怡情!

古人曰:"子在川上曰,逝者如斯夫。"

2013 年 6 月 23 日初稿于故居

三探冰洞

多年前,大秦岭北麓水层沟这个名字我并不陌生。可是,那时一听地名就胆怯,什么"鸡上架""狮子坪""迷魂阵",说明这个山沟纵深莫测。后来大舅说:"水层沟有一处冰洞,据传在汉代是一处为皇宫防暑降温采集、储存冰块的天然冰洞,春去暑来,整个山洞暑天冰不消融,寒冬洞外不落雪,千古传说为其披上了一层神秘的面纱。"

我自幼生长在峪口脚下,自从知道这个冰洞后,探洞之心与日俱增。前两天,和舅舅在聊天中,两人不谋而合,约好一同去探冰洞。

一探冰洞

2013年7月1日,小汽车从汤四村三岔路桥驶进了水层沟。这里的路面不好走,石子路面坑坑洼洼,有的石尖冒出路面,一不留意,就会蹭坏汽车的底盘。最让我担心的是此处有一个特别陡的坡,上坡时有两个急转弯。当车开到坡下时,我犹豫不决,加大马力冲上去吗,可是动力不足半坡上不去又怎么办?我停车察看,发现路面都让那些打滑的车辆轮胎刨成松散沙子了。舅舅说:"如果怕上不去,咱们就掉头把车停在桥头三岔路口再走上

来。"我思忖半天,横下心,把稳方向盘,掌握好油门大小,一鼓作气总算冲上了坡。

上坡后转过碾盘最后一个弯道,前方车辆不能再前行,我们就把车停在沟道一户人家门前的一小块平地上。我俩向当地人打听有关"冰洞"的情况,热心的村民告诉我们:"路程不远,有三四公里;冰洞具体方位很好找,当你俩看到倒塌的瓦房子后,冰洞就在瓦房的后面。再向前走不远,有一片高冠挺拔的松树林,松林里有一堆堆乱石滩,离冰洞口几米远就会有一股冷气冲出。"进一步问冰洞有多深,现在是否有冰,他们说:"如今每年四月份左右洞里还有冰块,有时我们在那一带山上采药、割编笼、扫把的竹子时,渴了就在冰洞口取冰块解渴。"冰洞的深度如何他们说没有进去过,夏天里面冷得要命,要穿毛衣或棉衣,一般人很少进去;洞的纵深也说不清,垂直深度有十几米,扔下一块石头半天才听"咚"的一声。几位热心村民绘声绘色的描述,更增强了我俩探洞的迫切之心。

舅舅经常翻山越岭,对山路颇有经验。在我俩即将登山时,他顺手从路边捡起一根柴棒,我笑着说:"舅,要那个歪歪扭扭的柴棍干啥呢?"他说:"走山路,挂一个棍,不管上坡下坡,人就成了'三条腿',稳呀。尤其是下坡可以防滑,平路、坡路都能解乏,草丛路还可以用木棍拨草赶蛇呀!"

步步高的山路,我俩行走了几十分钟,盛夏的山道里,早上九点钟依然炎热,头顶的太阳就似一个炽热的大火球,炙烤得人喘不过气来。仰望横在眼前的"鸡上架"山,两腿不免颤抖。山势峻峭,尖峰陡立,路边草木葳蕤,虫子嗡嗡,只闻其音,不见其影。

舅舅比我大十岁,快七十岁的老人了,精神矍铄,爬山速度不减当年。我们爬上陡峭的"鸡上架",坐在一个硕大的石头上,长舒一口气。舅舅点燃一支香烟,休息了一会儿,我们又继续爬山。当接近第一处倒塌房屋时,山势愈加峥嵘,坡陡路滑,比那"鸡上架"还要难攀登。

终于,爬到第一处倒塌房屋前,两人气喘吁吁,以为冰洞近在咫尺。看

着野草丛生的山林,没有人走的痕迹,我们俩背着行囊轮换着用木棍拨打草丛,打出一条通向半山腰的三百余米的路,可还是没有找到冰洞。然后我们又分头再找,冰洞始终无影无踪。这时我俩均被荆棘划破了手指和头脸,感觉到了疼痛,衣服和鞋袜也全被露水浸湿。

我俩站在火辣辣的太阳下,一副无奈的面容。随后商量唯有先返回山下,吃过午饭休息后再做计划。中午12点钟我们折回山下河畔汤三村"古槐人家"农家乐。吃饭时,主人又说很好找,就在那个倒塌房屋后面三十几米远,描述的地形位置和前面人说的差不多,我和舅舅琢磨着饭后再去找冰洞。

二探冰洞

下午一点钟,正是夏天太阳最火毒的时间。耳听是虚,眼见事实。为了一探究竟,了却心里的一桩夙愿,我俩毅然再次出发。这次爬山消耗的体力大于早上几倍,一路上头上豆大的汗珠不停地顺着鼻梁脸颊滴落下来,汗水流到眼睛里,"蛰"得眼睛睁不开,着急了就用手臂来擦汗。我担心舅舅身体支撑不住,毕竟年龄大了,可舅舅依然精神抖擞,兴致不减。

就这样我俩在山上寻找了一个多小时,结果还是令人失望。这时已是下午4点多,夕阳已经隐没山后,两人只好下山,另找途径。

我俩回到了停车的地方,和当地一位村民再次交谈,希望他们次日派一人带路再去冰洞,后来说好给带路人劳务费40元。

车子停在一住户人家门前,山里人的确热情好客,一位老人急忙从屋里出来招呼,随即给我俩递烟,并热情招呼我们进屋喝茶歇息。

进到屋里,老人摆下一条板凳,用抹布擦拭干净,请我俩坐下,他的热情让我俩很感激。

我问老人姓氏贵庚,真的巧了,又是一位石姓老人,今年78岁。我说,按您的年龄,儿女比我小不了几岁吧,您该是我的长辈了。他赶忙摆手说,

不必,不必。

闲聊了一会儿,他告诉我们三十八年前他从镇安县逃难到这里,在这里安家落户,养育了五个女儿,两个嫁给近处,三个嫁到山外,现在家里就他一个人,偶尔邻近的女儿来看望他一下。

看到他把家里收拾得井井有条,自己也穿得干干净净,动作利利落落,实不像一位年过古稀的老人。桌上摆着食品、白酒、饮料……抽的硬盒"延安牌"香烟。他的晚年生活很是悠闲自在,令人羡慕。

我问道:"您这些吃的、用的都是您女儿给你买的吗?"

他灼灼有神的目光看着我,说:"兄弟啊,是共产党养活了我。我现在住的这土墙房屋,政府很快就要帮我换成砖墙房屋了。"

我诧异:"您有五个女儿怎么说是共产党养活了您呢?"

他说:"哎,在农村无儿气不长,有儿常常气。女儿和外孙也经常来看望我,不远处(手指对面50米)就是我的一个女儿家,她另立门户了。兄弟啊,儿女再好,也没有共产党好,儿女都有自己的家,谁能月月年年按时给我钱?可国家每年夏天给降温费、冬天给取暖费,还有农村合作医疗费也免缴,70岁以上有高龄补贴,一年算下来五六千块呢,够用了,一个人足足够用了。"

"您老一辈子住在这山沟沟,寂寞吗?"我问。

他说:"我这把年龄的人习惯了,现在有卫星电视,节目多,信号好,图像清晰。只是,如今的年轻人都想去山外闯一闯,见见世面,不愿待在这个山沟里。我自己对'水层沟'这三个字很钟爱,也有一些古往的传闻原因吧。镇安的亲友倒是希望我叶落归根,我想,还是愿把自己逝后的魂灵,留给久有盛名的水层沟的山河吧。"

接下来,石老精神一振,略显激动地娓娓道来:"据传水层沟是一处具有得天独厚条件的天然冰洞储存地,是终南山绝无仅有的一处,是古昔大汉皇宫防暑降温的唯一储冰沟。水层沟不愧是终南山一处钟灵毓秀的避暑山沟啊!两千多年前这一带哪有人间烟火,这一带纯属荒芜之地。这山沟四面

环山，苍松翠柏，高冠挺拔，直插云霄，晴天蔽日，郁郁青青，气候凉爽。河边遍布花草芙蓉，溪水潺潺，清泉石上流，清风阵阵吹，山泉瀑布，处处皆是。采药人遍及山野，偶然发现了这里有一个神

作者舅舅和石老

奇的洞口，夏天三伏天，洞里冰不消融，离洞窟几米便寒气袭人，不得靠近。后来地方官吏上报朝廷，皇宫派人考察后惊叹不已。于是，这个渺无人烟的地带一下子热闹起来，从冬到夏，这里人来人往，寂寞的山沟有了生气。尤其到了夏天，背篓、骡马进进出出，一筐筐冰块运送到长安，供宫廷享用。从此，这个寂静偏远的'水层沟'冰洞便披上了传奇色彩，令人瞩目。"

四十多年前，我或许来到过这个偏僻的小山沟，这里风景如画的山峦，这里静谧的环境，这里悠久的历史故事我从不晓得，如果不是舅舅讲述和石老今天述说，或许我与冰洞这辈子就这样擦肩而过。

山沟的夜幕总是比山外来得早，沟道里仅有的几户人家，屋顶已升起了袅袅炊烟，给这寂寞、空旷的山沟注入了一丝生机。于是我俩匆匆告别了石老。

待我和舅舅返回到农家乐"古槐人家"住下来，已是下午6点钟。吃过晚饭我俩去河边散步，山沟吹拂着凉爽的风儿，我和舅舅在河水中找了一块大石头坐下来拉闲话。当夜幕徐徐降临，俊秀的山峰朦朦胧胧，层叠的山峦给人无限的凝重和冥想，舅舅这会儿贪婪地抽着香烟，一天的疲劳兴许瞬间得以释放。我问舅舅："一天折腾爬山两次没有找到冰洞，您气馁吗？"他爽

快地笑着说:"累是累,但心里挺高兴,咱们为了达到一个目的,值得。世上的事情哪有一帆风顺的呢?"我和舅舅海阔天空地一直聊到很晚,两人才恋恋不舍地离开河里回到住处。

三探冰洞

次日,二位登山爱好者老暴、老郝和我俩同桌吃早餐,当得知我俩两次没有找到冰洞,热心的老暴主动提出愿意做向导。我和舅舅求之不得,感激不尽。早餐后,我们四人立即出发去冰洞。

癸巳年五月二十五日清晨,晨曦初露,山里的空气显得格外凉爽和清新,汽车载着我们四人顺着汤河岸畔的水泥山路绕行,这会儿我和舅舅心情格外愉快,有老暴带路,三探冰洞是志在必得。似乎一路旖旎的风景与昨天迥然不同。

车经过一家建房处,正好看见昨天约好帮我俩找人带路的组长,我赶快让他转达辞退了预约的带路人。

老暴同志是一位从军队退伍的老领导、老干部,对军用地图

作者、作者舅舅和老暴在水层沟三台山三岔路桥合影

十分精通。他说,他查过秦岭军事地图,冰洞那条沟地图上标的是"水井沟",当地人也叫水晶沟,蓝田县志记载为"水层沟"。

当我们四人爬上"鸡上架"山,几个人坐在大石头上休息时,老暴指给

我们："你们快看,远处半山腰那个地带就是'狮子坪',就像农家做饭袅袅炊烟升起,也像哪个人点燃一处柴火的烟雾,'冰洞'就在那里。如果是中午气温高或许就看不到了,今天咱们来得早,不如说来得巧啊。"

老郝由于体力不支,自己一个人慢慢在后面爬山,他说冰洞他就不去了,在半路上等我们一起返回。

过去我们总以为偶尔在秦岭爬山是一种容易、安全有趣的户外活动。殊不知,路上老暴聊到我们爬山之处前面就是"迷魂阵",听名字就让人毛骨悚然、后背发凉。他说这条路他走过,提醒不熟悉地形地貌和山路的人绝不能贸然去探险。他虽然踏遍秦岭北麓六十二峪(秦峪北麓共有七十二峪),但有一次他带了六人去柞水县牛背梁爬山还是遇险了。

老暴路上讲了那次遇险大致的全过程,我和舅舅对老暴肃然起敬,他顾全大局,不顾个人安危,在生命的极限情况下仍然坚持做人的底线。有老暴给我和舅舅做向导,我俩满怀信心,坚信这次一定能够找到冰洞。到了山上,老暴说大致位置就在这一带,然后我们分头在方圆五十米范围的乱石堆里找啊找。忽然,老暴大声喊:"找到了,找到了!"当我上气不接下气地跑到离洞口几米远时,一股冷气扑面而来,咄咄逼人,让人不敢近距离靠近洞口。洞里吹出的冷风比夏天空调送出的风还要冷,让人不寒而栗。

我们在洞口拍摄照片留念后,我非常想知道洞里到底怎么样,于是我问老暴是否进过洞,他说没有,这几年虽然带了一拨拨人来过,但都是年轻人。别说进洞,就是在洞口站几分钟也受不了。

我在洞口犹豫不定,总想探个究竟,想知道冰洞里面到底是什么样子,霎时滋生了冒险念头:"不入虎穴,焉得虎子。"随后我向老暴、舅舅提出想自己钻进去看个明白,他俩都劝我别进洞,里面太冷了,会冻坏身体的,因为登山时我穿的是背心和短裤。二人善意地说:"算了吧,下次有准备再进去看吧!"

我迟疑了半天,请求他二人同意我进洞,他俩勉强同意了。进洞那一

刻,我穿着背心短裤,好像忘却了一切,身体乃至生命都不属于自己;好像自己是一名战士,上了战场,一切均置之度外。

作者和舅舅在冰洞洞口

冰洞洞口狭小,要先把腿伸进去,然后人再顺着洞口溜进去。洞里还是比较大,不像他们说的能容纳五六人,足以容纳二三十个人。洞里如今没有冰块了,也许是因为气候的恶化和原始森林植被被破坏吧。我带的平板电脑没有闪光,幸好老暴带有闪光相机,于是我对洞里各个角落进行了拍照;洞里已经找不到当地人形容的那眼常年有水、深不见底的洞中井了。冰洞纵深到底有多长,地下垂直深度究竟有多深,这成了一个谜。

待我爬出冰洞后,老暴嘱咐我舅舅:"你要随时注意你外甥的身体状况,一旦发烧、身体不适,赶快去医院,不敢耽误啊。"返回途中,老暴很细心,由于他经常登山,富有经验,会随处再次留下路标。

当我们一行钻出丛林后,伫立路边,心潮起伏,仿佛取得一个战役的大捷,欢欣鼓舞。眼前群山绵绵,波浪起伏,山峰叠翠,青山秀美,山鹰翱翔,鸟儿鸣啭,无名的野花野草绽放着花朵,漫山遍野都是米黄、淡白、淡粉……这是一幅美景图。我们陶醉于这样原生态的山林中,情不自禁地面对着大山放声呼喊,伸出双臂拥抱大山,拥抱游动的白云蓝天。在这大山深处的山腰上我颇有感触:立于这里,眼界辽远而静谧,这是一处修身养性的好地方,在这里会忘掉一切烦恼,忘掉生活中的纠结,忘掉人际关系中的疙疙瘩瘩,让

心灵空净。

一种幻觉遽然而生。倘若我们夏夜静坐在"水层沟"的一块大石头上，侧耳细听——仿佛两千年前的铁锤铿锵响亮、激越；每当走进水层沟小石路上，闭目细心琢磨，那冰块、冰凌悦耳的撞击音韵，仿佛是远方飘来的天籁之音，非常动听；当艳阳高照时歇息于一片劲松树林中，仿佛远古的驮运冰砖的骡马成群结队在眼前的小道上穿行。

呵，"水层沟"，20世纪70年代至今，四季轮回四十多载，你仍然是一条羊肠小道，谁知你是一处风景瑰丽的山野，谁知你是鲜为人知的历史渊源。在历史更迭变化里隐没沉寂两千年之久，可你在民间的传闻中，是潮起潮落的浪涛，怎么能湮灭呢？

冰洞是一处养生避暑的好地方，外面艳阳高照，这里树木参天，蔽日凉爽，沟壑溪水潺潺，山坡修篁簇拥，花草扶疏，风景妖娆。

返回的路上，我在心里默默庆幸遇到一位好朋友老暴，他是我的兄长，军人的风格在他的身上表现得淋漓尽致，他待人和气，乐于助人，办事干练，不图回报。

三探冰洞不灰心，三探冰洞终不悔。我在心灵深处同样感激舅舅，干任何事情，离不开执着和奋进，舅舅"不入虎穴，焉得虎子"的执着精神，潜移默化地影响着我的为人和处事，我非常敬佩舅舅，他有广泛的兴趣、渊博的知识，都值得我学习和汲取。

三探冰洞，我收获的不仅仅是目睹了冰洞，满足了好奇心，更获得了人生最宝贵的精神财富：遇到逆境要百折不挠，义无反顾，一如既往；同时，也获得了乐于助人、善于待人的优良品德。

三探冰洞终如愿，人生足迹留山川！

2013年9月5日作于蓝田

缘如春风

　　倘若我是一缕风,愿把和畅暖流送友人;倘若我捧一樽酒,愿与诚挚知已来碰觞;倘若我为一郎中,愿给亲朋把脉医心疾;倘若我为一杆秤,愿用良心道义作准星;倘若我是开心树,愿结累累圣果缀枝头;倘若我乃一支烛,愿做鹏程明灯照路行;倘若我是……

酒逢知己千杯少

　　我铭记悠悠岁月长河里中的这一天——2013年12月31日。

　　"哎哟,老黄,好久不见,好久不见! 请坐,请坐!"这是一位金融界的朋友早上在他办公室与我见面的寒暄。

　　一番客套后落座,我环顾他的办公室,环境优美,干净整洁,清淡的地面、屋顶,洁白的墙壁,墙上挂着一幅气势磅礴的山水画,缀花窗帘清丽素雅。办公室置放着一套老板式办公桌椅,桌上放着一台电脑、一台打印机,一摞文件整整齐齐。接待客人的是黑色真皮三人沙发、单人沙发、茶几各一套,茶几上有两盆碧叶青翠的绿萝,绿色的植物为这个办公室增添了无限的暖意。办公室给我这个客人的印象是:清新典雅又不俗气,爽心悦目又不失生机与灵气。单从办公室的布置,就可大致探测出主人的素质和作风。他不像当前一些人那么显摆、张扬,把办公室装修得富丽堂皇,墙上悬挂着风骚名人的翰墨字画,书柜里摆着名家大作,以此来炫耀自己的文化含金量,岂不知那才是故弄玄虚的庸人。他曾和我一起共事,而今是我的朋友。他的办公室表面上看,朴实典雅,殊不知其间蕴藏着一股傲骨豪爽之正气。当前,在世俗的朋友圈子里,在喧闹的市井中,能觅得这样一份宁静和恬淡的

办公环境，其为难哉，其为美哉，其为乐哉！

正当我俩沉浸于相遇的高兴气氛之中时，我俩的另一位朋友不约而至，三人的不期而逢，让我们万分喜悦，一边品茶，一边海阔天空地畅聊叙旧，谈社会、谈道德、谈家庭、谈工作，语无止境，畅所欲言，各抒己见，一股脑地想把数年积攒在心里的肺腑之言全部说出来，想把个人的喜和忧与朋友分享，想把千言万语凝练为一句话，淋漓尽致地分享给在座的朋友。

三位真诚的朋友多年相逢，必然话语投机。我们畅谈社会的变革，谈人和人之间真挚纯洁的情感越来越淡化；谈道德、社会历史、科学发展，人们的观念思潮在退步；谈家庭，多年间，每个人的家庭都发生了很大变化，孩子上学、就业、工作、婚姻诸多问题因时间关系只能一一简聊；谈工作，作为领导层的朋友的工作称得上春风得雨化为骄，他从一个普通干部，通过自己的兢兢业业、勤奋不辍、努力奋斗，而今已成为本行业颇有影响的人物，其业务考核连续几年呈跨越式发展，成为同行业一颗璀璨耀眼的明星。

我们说话间听到轻微的叩门声，朋友随即说："请进。"门被慢慢推开，这位朋友的员工看到办公室有客人，很礼貌地先和我们打了个招呼。随后她说："领导，有工作需要汇报一下。"这位员工说话轻声细语，吐字清晰。领导朋友当即果断做出了几点指示。员工走后，我敬佩地对朋友说，过去耳闻你们部门在当地颇有影响，行业服务质量呱呱叫，百闻不如一见，今天见识了你们员工的素质，从敲门→进门→请示几个细小环节，真的诠释了你们员工的综合素质。再者，你现在处理工作相当老练成熟，不拖泥带水，一语点中要点，指示明确，这样员工也好工作，同时也增强了领导和员工之间的凝聚力、向心力、亲和力。

不觉中已到中午吃饭的时间，几个小时我们三人就这样信马由缰地侃聊。当我要告辞时，朋友执意挽留说："咱们三人遇到一起不易，借此机会中午一起去吃个便饭，顺便再聊聊。"

朋友知道我从来滴酒不沾，他之前也很少喝酒。但酒席无酒无气氛，为

增加酒桌上的活跃气氛,他还邀请了他的一位副手陪我们共餐。

席间,一瓶陕西名酒陈年老窖"西凤酒"斟满了四人的酒杯,醇香四溢。朋友以东道主的身份提议:为了昔日的友谊,为了今天的相聚,举樽干杯!我们尽情畅饮畅叙,酒桌上洋溢着快乐的气氛。这时,朋友给他的下属介绍说我和他之间称得上莫逆之交。

最让我感动的是朋友在介绍我和他的交情中,回顾了我俩曾在一起工作的难忘岁月。他说我曾是他的老领导,我的为人处事风格以及干净整洁的好习惯,潜移默化地影响了他后来的工作和生活。虽然后来他已离开,但是我的风格早已融入他的各个方面,每每忆及历历在目,让他受用一生。

据朋友开玩笑说,他的原助手现已调往省城,就像移花接木、击鼓传花一样,又把他的工作作风带到了新的岗位上,以此来约束员工、激励员工。

酒能助兴,我们几人开怀畅饮,醉意朦胧中,痛快淋漓地讲述着各人的故事,同时朋友间的感知和情分也得到了升华。我感谢朋友酒桌上饮酒,终于饮出了明白,饮出了知识,饮出了友情,饮出了内心的话语、饮出了真善美。

我不为酒席中顺耳的言辞而自乐,不为恭维话而骄傲,我高兴的是"物以类聚,人以群分"这句名言得以验证。我数年持之不悔的工作作风和生活基调,虽渺小甚微,但萤火虫亦能映照心灵。在酒桌上闻听心灵共鸣的音律,难道还有什么比这更令我欣慰吗?

人生有多少真挚的友情可延续?人生有多少留恋的帧影可回放?人生有多少美好的时光可收藏?唯我们,不因光阴流逝而陌生,不因光阴流逝而流动,不因光阴流逝而淡忘。

瞬间我竟然悟出:喝酒要有场合,喝酒要有心情,喝酒要有知音,才能品尝出酒真正的醇香味道。真是"酒逢知己千杯少"啊!

2014 年 2 月 8 日于上海浦东

结识三个交大生

　　说起缘,广义讲,缘,是一种莫名的感知与相遇,是人与人、人与事物之间只能意会的默契;狭义讲,有地缘、人缘、物缘、事缘、情缘、路缘、同事缘、同学缘、战友缘、父子缘、兄弟缘、朋友缘……

　　我与交大毕业生算是有缘,若论辈分他们都是晚辈。从 2004 年到 2012 年,八年间有幸结识三位名校毕业生,两位是西安交通大学毕业,一位是上海交通大学毕业(后又上浙江大学研究生),其间断断续续采集到他们生活中的一些细小琐事,成为我们之间继而往来开启心灵之锁的"金钥匙"。

师生之缘

　　那是 2004 年暑假,单位组织干部参加计算机基础与操作综合培训。小石是我们的计算机老师,他出生于 1978 年,当年毕业于西安交通大学计算机系,籍贯山西。他中等身材,体型匀称,瓜子脸型,面容和蔼,一头浓浓的黑发向右方偏梳,一副学生模样的装饰打扮,眸子里闪烁着睿智的光芒。

　　那是我初次接触计算机的基础知识。有了自己的 QQ 号,有了自己的电子邮箱……

记得我第一次坐在电脑桌前，生疏得不会移动鼠标，找不到 ABC 键盘字母，曾经都有放弃之念。在课堂练习时，每遇到不会的问题，小石老师都会不厌其烦地耐心讲解。一次在中文电子表格 Excel 2000 练习时，恰好到了中午吃饭时间，小石老师把做好的饭放在讲台的一边，手把手教我怎么做。一个星期的学习，使我对这位老师产生了好感，我从心底里觉得这是一位值得尊敬的好老师，具备真才实学，谈吐文质彬彬，快而不躁，犹如春天的绵绵细雨，润泽着学员求学若渴的心田，用爱心播撒一缕阳光。计算机知识在他脑子里是"1 + 1 = 2"那么简单，课堂讲解语言敏捷流利，粉笔速写遒劲有力，键盘操作运用自如。短短时间内让学员们初步掌握了一些自动化办公的基础知识。培训结束那一天局里同事留恋不舍，多么希望这样的培训再延伸一点，好与这位好老师再多相处一段时间，多学点知识！

和老师分别一年左右，我们还时常联系，我为电脑的事情找过他几次，他很热情地及时帮助我解决。后来手机号码双双变动，两人失去联系六年多。可是，我在心里时常惦记着小石老师，回忆着我们两人在西安大庆路的那张照片。小石老师可亲可敬的面孔、我们之间的往事汇聚成一种珍贵的纪念册保存在心里。

2012 年 11 月 2 日，我在上海，偶然在 QQ 里看到小石老师的空间日志，赶快给老师留下手机号码。次日，我去江阴华西村的路上，老师打来电话，两人都很激动，怎么也想不到 QQ 让我和小石老师重新获得了联系，我们约好待我回到西安聚一聚。

12 月 20 日我给小石老师 QQ 留言表示已回到西安，23 号下午他从浐灞开车于下午 1 点钟准时来到我的家里。阔别几年后，我的计算机启蒙老师光临寒舍，别提我有多激动！小石老师十分注重礼节，来时还买了水果，可对于我这位学生来说这不是本末倒置了吗？可见老师为人师表之风范所在。

我们一起开心畅谈，谈家庭、谈孩子、谈事业、谈工作、谈未来……一起追叙弥补这几年流失的时光。虽是寒冬时节，可在家里，暖融融的融洽气息

不断地在师生之间交替传递。

我们谈得默契投机,竟忘却时间,几个小时恍如一瞬间,如不是老师因事要离开,我俩或许畅谈通宵不疲矣。

商顾之缘

小侯是一个专做"安防监控"销售安装的技术人员。籍贯山西,毕业于西安交通大学会计电算化系,生于1976年。

2008年国庆节,我准备给老家安装一台监控。这天我来到雁塔路东新科贸电脑城,在柜台前伫立查看920型监控器,柜台里面一位正在给顾客介绍产品的人搭话了——"你好!想看监控器吗?"我摆了摆手,说:"算了,算了,你正忙,我去别处随便看看。"他说:"不要紧,你要看哪一个我拿给你,不买不要紧。"一句话使我挪动的脚步又停了下来,看了一台家用的,本没准备买,但就冲他的态度我毫不犹豫花460元买了一台家用监控报警器。

临走前我记下了他的电话号码。初次打交道对小侯的印象是,他有和气的眼神,眸子里透着执着的光芒,说话语气平和,少了一些商人那种存心为了赚钱的表面应酬,使顾客多了一份信任。

监控报警器我自己拿回家安装后,在不到两年期间为9V电源和其他不懂的问题请教他,经常光顾他的店面,我们从顾商关系慢慢转变成朋友,他告诉我他是学计算机的,家里电脑有啥问题随时拿来,不必客气。

说老实话,我没少麻烦人家,正因为小侯的和气,别家生意清淡,可他生意做得很不错。竞争中求生存,靠的就是信誉、人缘。小侯还有一个温馨的家,有一个聪明的儿子,有一个贤惠的媳妇小贺。他们夫唱妇随,听小侯讲,他和小贺没有吵过架,她说得多了,他不吭声,也就过去了,谁也不计较,两人相互包容、谦让,这样的搭配多么难得啊!

数次交往中,了解到他从学校毕业后给别人打了一年工,积累了一点经验,就白手起家自己干,很多第一次和他打交道的人后来都成了他的朋友。

在当前激烈的市场竞争中,他从不做不熟悉的招标工程,他接的活都是客户朋友介绍的。他做人做事的原则是:踏实做事,诚实做人,和气生财,薄利多销。一个买家就是一个朋友,是无言的广告和无声的信息。正因如此,他才有了今天这么多的客户和朋友。

2011 年夏天,我老家的新房完工后,小侯又及时上门安装了监控报警器。就我这一个客户,让小侯来来去去跑了多次,不是报警器就是摄像监控有问题,我实在不好意思再劳驾人家。我的监控他就没有赚多少钱,我实在于心不忍。2011 年大年三十下午 4 点多,老家邻家人来电话说我家里报警器频响不停,我赶紧让邻居帮忙看看,并没有发现任何不安全问题,联系小侯后他决定还是亲自去老家看看,不然吵得四周邻居怎么过年。我俩从西安开车出发时天已黑,一路全是冰雪,汽车在雪道上时不时打滑。这天晚上我很感动,为了给客户排忧解难,他愿冒着危险前来解除报警,一般的商家做不到。待我送他回到他居住的小区,已经是晚上 10 点 30 分了。我怎么能忘记隆冬大年三十他僵着双手上门为客户真诚服务呢?

和小侯打交道,他说过这样的话:"叔,你送给我的散文集《乡情流韵》比什么都值钱,我只有为您家里的监控器做好售后服务,没有赚钱那一说,我怎么能赚叔叔的钱呢?"

他的口碑,他的人格魅力,他的经营之道,他的售后服务,一一都装在"和为贵"的处事匣子里,这个秘籍请经商之人慢慢解读吧!

旅途之缘

2012 年 11 月 28 日下午 3 点 58 分,上海开往西安的 T138 次列车徐徐启动了,硬卧 11 车车厢窗口有一位个头较高、身材魁梧的年轻人正面向窗外打电话。他上身着灰色 T 恤衫,下身穿一条浅蓝褪色的牛仔裤,从背影瞧是个很精干的小伙子。

过了一会儿他把手机插在裤兜里,转过身坐我的对面,轻声问我:"大

哥,你也去西安吗?"我一边点头一边回答:"是的。"他说:"我去铜川岳父家,我媳妇是铜川人。"俗话说,一个女婿半个儿。他算半个陕西乡党了,虽说我还不知道他祖籍是哪里,但这句话使我们之间的距离一下子拉近了许多,就像漂泊异乡遇见乡党一样亲切。

瞧着这年轻人的言谈举止,就有一种文化人谦虚随和的气质,更蕴含着才思敏捷的演讲天赋。我自认愚钝,文化程度不高,和人家攀谈有点文化层次不对等,就当闲聊吧。我们两人便口无遮拦海阔天空地侃起来,相互介绍了家庭概况。

我知道了他的家乡在湖南浏阳,浏阳不但是"花炮之乡",还是个藏龙卧虎出将军的风水宝地。有文章刊载,中国人民解放军将领中出自浏阳的就有30人。湖南山明水秀,翠竹青松,漫山遍野郁郁葱葱,轻灵中藏着风骨,散淡中隐着坚忍。湖南地域无愧于人杰地灵,无愧于栋梁摇篮之乡,曾国藩、左宗棠,毛泽东、刘少奇及曾担任过国务院总理的朱镕基……还有众多文化艺人灿烂如星。源于湘水的滋润,湖南美女如云,前有李谷一、宋祖英、张也、刘璇、左小青,后有甘萍、瞿颖、李湘、陈思思。

我们仿佛打开了话匣子,谈天说地。一会儿激动,一会儿愤慨,一会儿细语,一节车厢中属我们两人的表情最引人注目,一旁的旅客或许又嫉妒又羡慕,他们时而伸过头侧听,乘我们转换话题之际,赶忙插嘴问几句,我们要交谈了,只好欲言又止,喉结蠕动一下,把要说的话咽回肚子里。

我们聊得热烈,竟然忘记是在列车里,仿佛正一起徜徉在湖南钟灵毓秀的山坳,吮吸天然氧吧的负离子空气那样惬意。

我知晓了他姓彭,出生于1981年,2003年7月毕业于上海交通大学,获得电气工程学士学位,以及金融学的第二专业学士学位;2006年4月毕业于浙江大学,获得电机与电器硕士学位。由于沪杭磁悬浮项目暂时搁浅,他不得不另找锅吃饭,如今在一家德国跨国公司的上海分公司从事项目管理。媳妇毕业于西安音乐学院,是位钢琴老师,他们有一个2周岁多的小宝贝女儿。

在列车上我俩吃过晚餐,又重新坐在走廊坐凳上,敞开心扉,各抒己见。我们的话题有政治、有人生、有改革、有养老、有亲情、有命运——五花八门。记得谈到缘分时,他说自己的婚姻就是巧合。那是几年前,他参加一位朋友的婚礼,圆桌共坐了8个人,其他三对都分别介绍了他们的婚姻关系,剩下他和现在的媳妇(当时并不相识),大家让他们二人介绍一下,两双眼睛相互对视很尴尬,他们根本就不认识啊。从那以后,两人几个月就以"大跃进"式的速度开始谈恋爱,直至闪电式结婚。婚后幸福美满,这真是天意撮合加缘分!

聊到我自己,我透露了自己以笨拙的笔尖,抒写了一些关于人生感悟的文字,出了一本散文集。小彭听后很吃惊,也很感兴趣。说他上学时并不是很喜欢语文,但对我的人生经历还是很想了解一番,希望能得到这本书。

晚上10点,火车继续呼啸飞奔,窗外一片漆黑,偶尔穿过村镇及市区边沿地带,才能看到零星微弱的灯光。广播里传来了即将关闭车厢灯光的通知,我俩匆匆去洗漱。

我和小彭一个中铺,一个上铺,这一晚两人都睡得很香甜!

11月29日晨起,窗外薄纱般的雾渐渐散去了,沐浴着清晨第一缕阳光,车厢里有点寒意。我凭知觉感到火车已进入陕西境内,北方的气候和南方差异很大,望见窗外的麦田、蔬菜、农舍都洒了一层薄霜,意识到冰冻萧条的季节悄然来临了,呵,北方的冬天来得真早啊!

我和小彭洗漱后又早早坐在窗前,聊起新的话题。谈起卜卦算命、世间到底有没有神鬼,孔圣人说神鬼之事吾也难明。小彭说,浏阳做花炮的人就像我们蓝田人开玉石店,有着得天独厚的条件,他父亲和别人合作,在外地开了几年花炮厂。一次卜卦中,摆摊的一位先生忠言告诉他父亲,急流勇退抽身早,平平安安度晚年。生意蒸蒸日上时他父亲隐退了,后来全资接替他父亲开花炮厂的人,到头来钱厂两空。这说明一个哲理:花无百日艳,聚财恨贪多。世间的事见好就收,不论是五术玄学还是《易经》,都蕴含着一种物极必反的规律。

火车就要到达终点站西安站了,广播里传来播音员的声音。听到报站,机灵的小彭眼疾手快双手一抬就帮我从行李架上取下箱子。走下火车、穿越台阶、通过人行通道都是他帮着我提着行李,一直提到出站口。

分别时我们相互留下联系电话。小彭急忙问哪里能买到我写的散文集《乡情流韵》。我说,我在上海的女儿那里还有几本,送你一本。小彭高兴地说:"那好,那好!"他说:"如果方便的话请留下你孩子的手机号码,我回到上海后就去取书。"

一路的互相交谈、一路的心灵默契、一路的相互照顾、一路的和谐气氛、一路的愉悦心情,一刹那要离开,真舍不得。这就是缘,这就是人间最美、最真实的一见如故之缘吧!

我和小彭分别20天,直到12月17号都没有见他联系取书,我猜想可能是现在的年轻人随便应酬一说,也没太在意。12月18号早上,小彭打来电话说回去后公司的事一直很忙,没有及时取书,表示歉意。问我给女儿说过取书的事没有,我说说过了。随后他们联系好,百忙之中,他费了周折向同学打听路线,于12月20号开车到女儿公司如愿得到那本书。小彭的认真诚恳让我感动,这个小伙子是个诚实的年轻人,不食言,不迎合,不虚伪!

若论唯心,缘分,是中国文化和佛教的一个抽象概念,是一种人与人之间无形的心灵沟通,是某种必然的相遇机会和可能。若论唯物,缘分是人对天性、本质、修养、境界、综合素质、处事策略以及对世界观的认同程度。细细想来,有句脍炙人口的名言一语道破天机——话不投机半句多。

有句话说得好:"书同文,车同轨,酒同香。"知音无处不在,同声相应,同气相求。冥冥红尘大千世界,知音就在你的心间,就在你的面前,年龄、民族、国籍都是可以逾越的鸿沟。广交朋友,深交朋友,慎交朋友,且不可错失可交朋友的那一瞬间啊!

2012 年 12 月 27 日于蓝田

▍红绿灯下遇交警

十字路口红绿灯岗亭,那是交通警察的神圣岗位,那是文明执法展示之地,亦是连接交警和司机的情感纽带之处。在这里,闪烁的红绿灯下,发生了一段不寻常的事情。

公元2012年3月6日,我去南稍门附近办完手头的事,适逢南稍门十字下班高峰期,人来人往车水马龙。刚好遇红灯,我便站在人行道斑马线东南角等候,瞧着三个交警紧张而有序地指挥着南来北往的车辆行人。望着他们标准洒脱的指挥姿势,一份理解、一份尊重,油然而生。

绿灯通行后我的脚步还是难以移动,仿佛昨天傍晚我因驾车违章和交警对话的幕幕情形浮现在眼前,我想,何不借此机会去打听一下昨晚高抬贵手没有处罚我的那位交警——一个让我感动的年轻人呢?

这时我茫然地望着在红白相间的圆形安全岛上指挥交通的交警,他们身旁的车辆像一串串往来的鱼群,绿灯通行时车速较快,我不敢贸然接近安全岛去向他们咨询,于是试探着问斑马线边的协勤:"我想去指挥台咨询交警一个事,能过去吗?"协勤说:"等会儿南北左转弯放行,你可以过去。"

待到车辆左转弯时,我迅速跑到安全岛前向那位指挥台上的交警咨询,

他一边打着手势,一边吹着口哨,一边耐心地问我何事,只见他头也不偏,笔直站立,就像一棵挺拔的松柏,语气却十分和蔼,问明缘由,指着旁边另一位交警说,那是我们班长,您去问他吧。

待我说明了来意,班长和安全岛上的交警交谈了几句,确认我要找的交警姓高,便说:"他明天上早班,九点你来这里找他吧。"

前一天,即2012年3月5日傍晚,我驾车由友谊东路向西行驶到南稍门十字。正好是黄灯闪烁,如果大胆猛踏油门是可以冲过斑马线的,但因牢记"宁停三分,不抢一秒"的警示,我下意识地踩下刹车,车刚好停在停车线上。灯火璀璨的夜景中一个交警正在人行斑马线处弓着腰,左手搀扶着一位老太太,右手指画着马路对面,我猜测是给那位老人指路吧。

那一刻,我对这位交警的行为顿生敬意——真是一位好警察啊!又恍然明白,噢,对了,今天是"学雷锋活动日"!

这时,这位交警突然大踏步向我的车窗走来,我想自己也没有闯红灯,规规矩矩停在停车线上,不会是找我的麻烦吧!找也白搭。还没等大脑反应过来,一个标准的军礼!——"同志,请出示驾驶证、行驶证。"

我坦然地摇下车窗玻璃,心里暗暗乐滋滋地想,俺啥手续都有,不怕你查。我胸有成竹地对他说:"要啥手续,有,都有。"

十字路口,橘黄色的路灯灯光被友谊路两旁的法桐树枝遮挡了好多光线,车厢里昏暗。我从挎包里摸出"两证"递给交警。

他很熟练地翻看了两证,然后语气温和地说:"强保(强制保险)呢?"

"我有啊,在行驶证里面夹着。"我回答。

他说:"强保标志为啥不贴在挡风玻璃右上角?"我强辩:"还没来得及换,那张旧保险标志不好撕。"

他查看了保险标志,说:"这张过期了,续交了吗?"

这时绿灯快通行了,我慌了手脚,掀开杂物箱,在里面胡乱翻出一张椭圆形的强保标志递给他,心想,这张也许能混得过去,再说我的车挡在车道

上，他瞄一眼也就放行了吧。

绿灯放行了，他说："这张还是旧的。"为了不影响交通，他打手势示意我把车停在十字东南角慢行道。我心中十分沮丧，赶紧解释，但交警态度十分严肃。万般无奈之下，我情绪激动地打开挎包，抽出刚从县作协主席那里领回的《省作协会员申请表》，气呼呼地从窗口递出去说："你看吧，看吧。我今天就是匆忙去填这个表的，我在老家盖房很忙，车在车库放了几个月一直没使用，今儿是第一次出门，车辆保险的确脱保了几天，这个我承认，我承认啊。"

借助着对面来车的灯光他翻看了一下我递给他的表，我看到他脸上严肃的表情这会儿换成了一丝平和的笑容，他说："我是刚毕业的学生，也喜欢看书。看您也是著书人，也许咱们有缘，相信您家里确实有事，没有及时买保险，今天就原谅您一次。不过希望您还是尽快补办，不然，下次查出就不是这样处理了！"由于心里太感激这位交警，我竟然忘记问他贵姓，也忘了道声谢谢。

3月7日早上，我九点钟准时到达南稍门十字，在另一位交警的帮助下找到了那位交警，我问："你还认识我吗？"他眼神中流露出惊异，不知来人冒昧找他何故，片刻后，他似乎想起了我，赶忙答："噢，认识，认识，您是前天晚上那位吗？"我一边点头一边连声说："是的，是的。"我们俩谈话时间很短，我表明来意，互留联系电话，临走时，我深深地向这位交警鞠了一个躬，聊表前天晚上那份歉意。待我走出几步，他又追上来喊我，嘱咐我把保险尽快买了。

离开那个十字，我心里久久难以平静。这次违章，交警留给我的印象并不是说没有罚款就是好警察，我赞赏他的处事和教育方法，他具备新时期交警所应有的良好素质，这才是真正值得褒扬和提倡的。罚款，不是目的，是一种经济处罚手段。最终目的是教育司机公民遵法、守法、护法、爱法，确保交通畅通和人民生命财产的安全。

　　这次交警纠违对我思想触动很大,一个交警的文明执法,说明了知识具有潜在的魅力,人们还是非常崇尚文化、崇尚文学、崇尚知识的。倘若他不是大学生,倘若他不喜欢书籍,倘若他毫不近人情,也就没有让我印象深刻的这段事了。

　　他站在一个交警执勤的角度,虽和我素不相识,却灵活处理这件事情,给我上了一堂生动的教育课,也给我敲响了驾车不买保险的安全警钟。

　　回到家里我及时补办了车辆保险。

　　红绿灯十字,文明的窗口,展示着交警的风采,连接着你我他的情结,这是一个国家的交通管理逐步进入文明时代的十字路口!

　　红绿灯下感人的事会永远演绎不息……

2012 年 6 月 14 日于蓝田

相忍数年今有果

孟子曰:"天时不如地利,地利不如人和。"天时、地利、人和三要素,涵盖了成功之路的全部要素,天时是成功之路的良机,地利是成功之路的条件,人和是成功之路的关键。

2012年初春,关中平原大地沐浴着和煦的阳光,暖风吹拂着八百里秦川,郊外的田野里处处生机盎然,它预示着姹紫嫣红的春天即将到来。

西安一小区的单元楼客厅里春意融融,我和曾经的兄长同事兴致勃勃说南道北。突然,至交兄长过问起我的工资待遇情况,当得知我马上面临退休,却领取的还是科员的工资,就惋惜地说:"找找相关部门,希望给你在退休前予以解决。"随即他和当年的有关部门负责人通了电话,侧面询问了像我这种情况,多年的遗留问题现在能否解决。那位负责人很委婉地回答说,解决也可行,但有一定的难度,毕竟是多年前的事了。

工资待遇不公平的事,十几年前我曾给当年的有关局领导反映过,希望他们帮助解决。但是也没有什么结果。就这样,一拖再拖,最后不了了之。

现在经这位热心肠的老同事兼兄长的点拨,我心中又燃起了这把火。

随后我四方奔走商讨,征求多位局外人看待我这件事的态度以及可否

解决的认可度，毕竟这是陈年旧事，自己心中也没谱。继而又造访了我的老领导，他说："你先把材料准备好，然后送给有关部门。"

准备材料，谈何容易。首先要查阅 20 世纪 90 年代有关部门任免职务的档案。翻来覆去想，去哪里查呢，有些单位虽然有，但他们不一定给我提供方便。最后想到了一个单位。嗯，对，就去那里查。事情说来也巧，就在我要去那个单位查档案的月余前，县作协常务副主席曾让我给那个单位送过两本我的散文集《乡情流韵》。当我见到那个单位的领导后，他立即为我填写了一份收藏证书，随后又提出能不能再多送他几本书，我欣然允诺，那也是我们的初次交往。所以当这次我再次踏进他的单位为查阅历史档案求助于他，他嘱咐工作人员提供一切方便。

一切资料准备就绪后，我于 2012 年春天将相关资料分别送给有关牵扯解决我待遇的部门，没料到这几个部门只有一个部门领导勉强收下了，并且委婉地说，这个事不是他们单位能解决的事情。其余部门都不收材料。其间，我的老领导挺身而出美言斡旋，希望主要部门看在一个干部为党工作多年的份上，解决其待遇，不要职务。这件事总算有了进展，但离解决问题还差十万八千里。

2012 年从春天到冬天，进展不尽如人意。那时我真不愿意再麻烦为此事帮助过我的那些热心人，滋生了放弃的念头。在我心灰意冷时，老领导又鼓励我说："现在是碌碡推到半坡，只能上，不能松手啊！"

后来我从其他方面获悉详情，理解了有关部门的为难之处。原来组织查阅了我当年的档案，发现缺少一个文件，领导熟思深虑，还询问了当年知情的人员，都说我的事很复杂，比较棘手不好办。

好在天无绝人之路，柳暗花明又一村，我的几位老领导为我的事费了好多口舌，做了大量的工作，在有关部门领导的理解、协调和帮助下，我的事情总算得到了解决。

这件事办成后，单位有的同事说："老黄啊，老黄，你真不容易，能把多年

前的事翻出来办好，一般人办不到，工资待遇是小事，争了一口气，这才是最值得高兴的。"多年来我一直默默忍耐，等待条件成熟方才相机而动，或许这就是能成功的原因。

我深深地明白，并不是我本事有多大，办事能力有多强，如果没有那么多的热心人美言、建言、献策，这个事真的很难办。通过这件事，我在想，或许自己一生哑巴亏吃了数年，就赢得了与我相识人的一点好印象吧！正是有了好感，这个美言"及时雨"才促成了该事的顺利解决。

我从这件事中悟出了一个简单道理：不管是在工作中还是在生活中，要做老实人，平时多修路，走时条条大路多宽敞。一句话也可以让你前功尽弃，一句话可以帮你成事。

这件事的办成也是天时地利与人和。只有条件成熟，理由充分，然后一鼓作气才有可能成功。当你要承办一件事时，先要掂量掂量胜算如何，然后再采取行动，这样才能取得事半功倍的效果。

天时、地利、人和，三条件缺一不可，唯有条件成熟方可成事也！

2015 年 7 月 19 日于故居

心中朋友笔下情

　　古语曰:君子之交淡如水。每当静下心来,捧一杯清纯的矿泉水,我静而凝思。这句古语,犹如山涧清泉,孕育着天然纯净;犹如涓涓溪流,流淌着清澈透明;犹如江海湖泊,蕴藏着广阔深邃。

　　我想向几位朋友表述:烟雨红尘,漫漫人生,近乎三十年来我结交了你们这些朋友,你们让我激动,让我感激,让我怀念,让我埋怨……

　　追逐逝去的岁月,我的心海不免会波澜起伏,情感跌宕。我的朋友啊朋友,烟云般的一串串故事,这是生动真实的历史缩影,这是每个朋友人生品德的道白和吟诵。

　　时光回到20世纪90年代初,在我人生短暂的政治生涯遭遇厄运之时,你们不顾个人的前途和影响,站在正义的角度,同情、鼓励、安慰我,帮我从幼稚思维的死胡同里解脱出来,重新振作起精神,获得了新的生活。从此,我们成了莫逆之交,成了推心置腹的好友。

　　想到你们,一股暖流便在胸前流淌,心里美滋滋的。我认为一生中遇到这样有能力的朋友,就是不为自己办一点事,也感到自豪和荣耀。可令人惋惜的是,那些说假话、说谎话的朋友,终归要付出丧失人格尊严的代价。所

以奉劝那些势利的朋友，无诚则无信义，无信义则无为人之本。

我的生活中，够义气的朋友自然也有。这些朋友，称得上"君子之交淡如水"，我们平时都忙忙碌碌，很少来往。可是，假如哪位有事相求，需要帮助，哪个朋友也不会置之不理、推诿怠慢，都会热情尽力，有始有终去办理。

茫茫人海里，幸遇贤兄。一位曾是我的领导，也是我的兄长，让我一生没齿难忘，感恩不尽。1976年我们同在一个公社工作时相识，那时他在华胥中学管事务，我在华胥公社财政组任税收专管员。十年后我们相聚到一个单位，他又成为我的顶头上司，和睦相处十几年。

生活总是流转的，他的退休，并没有影响我们之间的友谊和感情。去年到今年，我有一些事相求于他，他不遗余力，热情助我。在2012至2013年近两年的频繁交往中，不论是他本人还是那位身患疾病的嫂夫人，都在为我操心、奔波，为我排忧解难，让我感激不尽。人常言，大恩不言谢。好多次已到嘴边的客套话，又咽回肚里。掐指算来，我们相识四十余年，从风华正茂到风霜残年，友谊始终伴随着工作生活，一直走到今天。

恍惚人生几十年，我结交的朋友似一部百科全书。

真正的朋友贵在真诚，经得起风吹雨打，经得起岁月磨砺。真正的朋友就是不管你贫穷或富有，不管你的出身和家境如何，不管你当官与否，都会对你以诚相待。在你迷茫时，他为你指点迷津；在你遇到风雨时，彼此相互照顾。朋友之间犹如一波清水，无色无味；犹如一口古井，清冽甘醇；犹如一股小溪，清澈透亮。

朋友啊，我的这些朋友们：我为你们而祝福，我为有你们这样携手并进、始终如一的朋友而感到自豪和荣幸！

孔圣人说过，君子"上交不谄，下交不渎。人而无信，不知其可也"！

2013年3月12日于蓝田

附文荟萃

这里可探，追古抚今，话聚庆浓墨重笔叙村史；

这里可鉴，众言如金，雁留声人留名乡邻去评；

这里可赏，农夫贤达，赋诗填词鞭策情满文中；

这里可阅，神秘秦岭，驴友爬山遇险获救纪实；

这里……

追古抚今话聚庆

　　这是一个富有传奇色彩的村庄。这里有明朝大将金乡侯叱咤风云的烈魂，这里有明王朝都督金事北征的雄风轶闻，这里有明末太监王承恩的故居遗址，这里有明清"韩家堡"的城墙残垣，这里有罕见的元代初期陶棺挖掘记载，这里有民间典故"县老爷拜驴"的传说……

　　聚庆村地处秦岭北麓，蓝田西南，古京畿长安东南。曰：石门幽谷，圣水潺潺；皇甫三川，名声悠远；上林旧苑，八斗岭畔；东出鼎湖文物，展汉代景盛瑰宝；南倚满山苍翠，眺云台彩霞奇观；西接风凉塬端，观夕阳晚照紫烟；北吞浐灞浩渺，望河边花草繁茂。名村聚庆：距大兴汤院，十四华里；距白鹿原下，近在眼前；距桃花峻岭，伸臂可揽。立于八里塬楞俯览，可赏汤峪河水九曲十八弯；诸君需下西安，可乘客车"汤峪、焦岱→西安"920 远郊线。

　　古有明朝皇恩惠及"三府"建筑并列，其间形成一个宏大的建筑府邸。从此一个美丽富饶的村落闻名遐迩，它就像一块硕大的磁石，吸引着过往的商客，招引四方乡友云集于此，自然形成正月初五"灯笼会"、七月初五"油塔会"，流传兴盛数百年。

　　聚庆村三年自然灾害时，为充分调动社员的生产积极性，一个自然村拆

分为三个行政村:聚庆一、聚庆二、聚庆三(2018 年春季又合并为一个行政村)。全村共有十几个姓氏,主要姓氏有韩、杨、金、石、罗、黄、王、白、张,姓氏的来源除金姓以外其他难以考究。现有村民 838 户,人口 3188 人,耕地 3400 多亩。

这片富庶的宝地自然条件优越,地势平坦,土壤肥沃,地下涌泉遍布,水位较高,村庄绿色植被覆盖率达 40%,田间村野处处都呈现出一幅鱼米之乡的盛景。

"聚庆村"名称的嬗变

"聚庆村"以前叫"渠坑村",渠坑村这个村名历史悠久,只能暂且追溯到明朝末期,当时村子中间呈低洼地势,不远处有一眼泉水从紧靠"黄家台"的崖根底下、路坎石缝里(如今的聚庆小学西墙外一村民楼房地下室)涌出,人们亲切唤它"凉水泉"。这股清泉昼夜涌流到低洼处,形成莲藕池塘,渠坑村的村名由此而来。

渠坑村虽已得名,但人们依然钟情于"凉水泉"。这泉水径流不息,昼夜潺潺,清亮剔透。夏季用以沐浴手脸,冰凉透骨,令人神志清醒,饥渴痛饮,则甘甜淋漓。泉水边也是南来北往的商贾行人解渴、纳凉歇脚的地方。冬天村妇洗衣,泉水温暖御寒。这股泉水流入它前方的低坑地带,满足了几十亩面积的莲藕池塘的需要,然后漫过池塘流过村庄,一路北折汇入小河。

多少朝代盛衰更迭,这眼凉水泉被村民自觉保护,民房绕行而建,形成一片开阔地,杨柳低垂,榆树茁壮,楸树蓬勃,一一都记载着渠坑村的历史年轮。

"聚庆村"的诞生。明朝末年,因太监王承恩殉国而死 ,"渠坑村"即刻诞生了一个新名字——"聚庆村"。崇祯十七年(1644)三月十九日,明王朝朱由检的江山摇摇欲坠,农民军攻破京城,朝廷宦官听到了大明朝覆灭的暮钟,仓皇逃命。兵临城下之时,崇祯帝即召心腹司礼秉笔太监王承恩,授命

抗敌迎战。

当夜城破,崇祯逃到煤山寿黄亭,毅然自缢。辉煌的明代王朝就此画上了一个阴暗的句号。王承恩看到主子自缢后,陪崇祯一起自缢于寿黄亭旁古老的槐树上。

王承恩煤山自缢的消息传到故乡(时属陕西布政司西安府)汤峪渠坑村,族人及全村父老亦悲亦喜。悲则乡民失去一位引以为耀的高官,喜则王承恩忠贞事主、以身殉国的气节令人敬仰,此举可贺可庆。全村父老遂相聚以庆忠烈,后将"渠坑村"易名为"聚庆村"。王承恩殉节后族人在祖坟埋了一双靴子,就算掩埋了亲人的忠骨。300多年来这个有着传奇色彩的村名,一直沿用至今。

历史风流人物及古迹

王真(? —1402),今蓝田县汤峪镇聚庆村人,《西安通览》载陕西咸宁(今西安市)人。明将军,洪武年间入伍,积功至燕山右护卫百户。因屡战有功,被提升为都指挥使,滹河之战受到重围,取义自杀。明成祖即位,被追封为金乡侯,谥"忠壮"。

明王府坐落于汤峪镇聚庆村107省道过村路北百余米,府邸坐西面东,倚靠二崖。20世纪60年代初期,王府外围文物基本保存完好。府宽十余米,长六十余米,五进房屋。青砖镶嵌门楼,灰色琉璃瓦,门前竖有两块巨大青石碑,旁边立有拴马桩、上马石。

如今府内仅存的是房屋中间留作走道的二道门上四块青砖雕琢的"耕读传家"匾额,以及2012年春天村里修路时找到的一块74个字的残碑。大块石碑据说覆盖于原聚三村四组后崖向东、北排水渠。碑文可鉴,根据残碑确认王真的后裔明朝时做过宣德郎。

岁月的流逝、历史的淹没和区域隶属的频繁变更导致500多年前的王府文物古迹遭到破坏,一大批牌匾、字画、瓷器被焚毁。"文革"中,石碑曾

被当作去稻田过路水渠的石桥用过,后来四组修建小河桥,又作为篆刻年月记载使用。

最让世人痛心疾首的是,20世纪60年代中期,王府二崖两棵千年皂角树被毁,这两棵树树冠葱茏,枝繁叶茂,正身浑圆无蚁穴,无枯芯、疤痕,高约4米,两树间距约15米,健壮雄伟,树直径1.3~1.5米,方圆数里罕见。

两棵皂角树,据说是聘请河南人用两个焊接在一起的解板锯条锯毁的。当

王通府邸残碑一角

年两棵皂角树、石碑都是昔日辉煌的明朝王府仅存的文物,也是王府兴衰几百年的历史见证。它们虽然形体被毁,但碑文印证了其府祖辈先烈曾做过官。《西安通览》载,王真因屡战有功,被提升为都指挥使。综合分析,这就是王府的初始由来。

王府后来衍化成三个"王府"并列(倚后崖坐西面东、由南向北分别是王府、九门提督府、王承恩府),这在一个地区古迹历史上尚属罕见。当今王府在长安区城南一带很有名气,年长的老人都知道东汤峪聚庆村有三个王府。

王通(?—1452),今蓝田县汤峪聚庆村人,《西安通览》记载其为陕西咸宁(今陕西西安市)人,明将军,金乡侯王真子。嗣父官为都指挥使,转战有功,累官都督金事,守御京城。又以父死,封武义伯。

毗邻于王真府的九门提督府,庄向同王府。督府宅宽十余米,长60多米,田地同宅宽,延伸到后崖上,通向金家庄村北。

王通从伍后,受到明成祖器重。他不负皇恩厚望,跟随成祖北征,并主持营建长陵,进封成山侯。明英宗正统十四年(1449)土木事变后,危难之

际,王通受封都督佥事,披甲挂帅守御京城,为捍卫大明江山立下汗马功劳。

明代至今500多年的风蚀蚕剥,使提督府今非昔比。浮尘早已淹没了将军府的古建筑,唯有将军叱咤疆场的英雄传奇故事在民间传诵。

九门提督王通故后,葬于后崖上(金家庄村北),这片狭长的土地民国时还是提督府族人的祖坟和封地。提督府的一位族人说:"'文革'后我们向金家庄人索要那块石碑,把半截残碑从后崖上溜了下来,开始时放在院子里,后来就不知道石碑的去向了。"有人说是本村四组拿去做街道排水修桥用了,至今无法考证。

历史的车轮走过,提督府遗迹慢慢消失,但一代名将驰骋疆场、披甲上阵的英雄气概永远留存在故乡,留存在华夏的史册里,千古流芳!

王承恩(?—1644),今蓝田汤峪聚庆村人。明朝末期宦官,初隶曹化淳名下,官至司礼秉笔太监。

这里要提及的是秉笔太监王承恩府与留有残碑的王府、九门提督府有着千丝万缕的关系。1452至1644年一百多年来,两个王府家族似乎没有大的建树。随着帝王的更替,两个王府由鼎盛慢慢衰弱,俸禄低微的王府只能依靠朝廷赐予的土地来维持生存。但人常说,瘦死的骆驼比马大,毕竟明朝的功劳簿上有着两位将军显赫的功绩,这种福泽惠及王真、王通的后人。

明神宗末期王氏家庭出生的这个人物——王承恩,影响了明朝历史,影响了几个世纪史学家对明朝及对他本人的评论。

王承恩自小聪明伶俐,惹人喜欢,少年时就被朝官引荐到明朝皇宫做了一名宦官,初隶曹化淳名下。他勤奋好学,善于察言观色,处事精明。崇祯即位后,他深受赏识,官至司礼秉笔太监。

王承恩死后,福王谥其"忠愍",赐地六十亩,为其建祠立碑,附葬故主陵侧。

王承恩的故居染坊紧挨着九门提督府的北侧,院宽五间。染坊的北边隔过一个大巷子,巷子北边才是王承恩的正府宅邸。据村里年长的老人回

忆，进门便可见二门楼正面镶嵌有"荆公师善"、背面雕刻着"光前裕后"的八个大字的牌匾，其他牌匾内容无以保存。当年院内有五进房屋，每进房屋门洞造型奇特，拱形、圆

明末太监王承恩故居幸存的染坊

形、多棱形……均模仿宫廷建造。房屋建造古朴典雅，方椽叠檩（如今的残房方椽头尚在），雕梁画栋，庭院一色青砖铺地。

最引人注目的是梁柱上雕刻有升斗云子图案，正屋中间的后墙上悬挂着王承恩布质画像，可惜这幅像后来渺无音讯。历尽沧桑风风雨雨几百年的故居就这样消失殆尽了。

聚庆村自后秦宝初年起直至清朝，1500多年间村子历经坎坷，隶属区域频繁变化①。聚庆村处于蓝田西南，与长安区和曾经的咸宁县，形成三角

① 《西安市志》总卷载，"蓝田县"为两汉故县，后秦皇初元年（394）分蓝田县西南部归山北县。山北县后秦宝初元年（394）分杜城。蓝田县以在终南山之北得名，县治在今西安市长安区引镇一带，辖区约今西安市长安区东部、蓝田县西南部。北周天和三年（568）撤山北县并入万年县。三国魏黄初元年（220）改隶京兆郡，辖区治所依旧，北魏改隶冯翊郡，辖区缩小为今临潼区渭河以北西部。北周明帝二年（558）撤销冯翊郡的万年县，分长安、霸城、山北三县地，于长安城中另置万年县，隶属于京兆郡，开创了与长安县二县分治长安城的局面。天和三年（568）撤山北县并入，建德二年（573）撤霸城县及杜县东部地并入，辖区约今新城区、灞桥区和未央、碑林、雁塔区东部及长安区东部、临潼区的西部、柞水县西北部。

鼎立,大的分割从后秦皇初元年(394)归属过山北县、万年县、咸宁县、陕西布政司西安府、蓝田县。

山北县时,县治在今长安引镇,辖区约今西安市长安区东部、蓝田县西南部(今史家寨、汤峪)。北周天和三年(568)撤山北县并入万年县。

到了清代顺治元年(1644),蓝田属陕西布政司西安府。清代宣统二年(1910)汤峪聚庆村又划归蓝田县①。

历史的波动和聚庆村隶属的屡屡变更,导致了相关历史重要人物记载的模糊和遗漏。王承恩,明史便没有其籍贯记载。

尊重客观、尊重历史,还原历史本来面目,这是我们寻踪访古的一个重要话题。

峭立"韩家堡"、遥望"金家庄"

"韩家堡"地处聚庆沟东畔,地势险要,城堡突兀。从远处瞭望,绿影掩映了昔日的城堡,使这座城池分外妩媚,给人一种神秘莫测之感。不论是从八里塬(风凉塬),还是从秦岭北麓环山公路洪家寨十字,或是从机耕路凝望,它都似高山般俊秀挺立,呈现"鹤立鸡群"的态势。它若泊停于江海的一艘航船,宛如一条巨龙腾飞,恰似一只奔跑于绿野的雄鹿……

韩家堡城墙后来遭到毁坏。相传明末清初社会动乱,几户韩姓人家从鹿原白村迁居此地,为了防止旗人侵扰,遂建堡筑寨。古堡四周各长约百米,墙高约10米,墙宽约8米,开有南北两门。修有坚固的城门楼,堡内挖有饮水井一眼。古堡建成后,立有石碑记载。三百多年来,韩姓繁衍增多,逐渐又有杨姓、王姓从外地迁来,住在堡南城壕内。如今古堡内居住着韩、杨、王姓人家,人口密度较大。

---

① 陕西省图书馆藏稀见方志丛刊有"西界咸宁县自县治至县属史家寨四十里接咸宁县界自界首至咸宁县治六十里"的记载。

每当人们站在城堡东墙残垣前，手抚坚硬的黄土城墙，遥望秦岭终南山，不由感到意境深邃，心情激昂，叹惜前几年村里修水泥路时被拆除的那五六丈城墙，现只余存城墙碑座。青碑已被破成两块，分别当作锤胡基石和妇女的洗衣石。六十多年来，石碑风蚀雨淋，表面光滑，一个碑文字迹也看不清楚。唯有长五六米、高不过 3 米、宽不足 2 米的城墙残垣在风雨肃杀中苦苦挣扎，明清时代雄伟壮观的城池就这样在历史渐变中气息奄奄，痕迹不存。巍巍壮观的城堡、钟灵毓秀的独特城池——韩家堡，已消失于聚庆沟畔，成为韩氏家族世代的憾事！

"金家庄"地处八里塬半坡，村庄地势独特，眼界开阔，风景秀丽。每逢闲暇，伫立此处凝眸，有登高倚山之势，有豪情难抑之心，有放飞梦想之愿，有抽剑刺天之撼！

金家庄有四大姓氏，金、石、罗、王。据传最早原是一放牛娃在此耕耘居住，因放牛娃内人是旗人，后大批旗人金姓人家相继来此居住，此村便被呼作金家庄。据金家家谱记载，金姓人家到"明字辈"已有十五代之久，其夫人中还有"耶律氏"，清代有一五品官，人称"六老爷"。

若沿 107 省道由汤峪川向八里塬方向行驶，映入眼帘的是一排排倚坡而建的整齐崭新的农家房屋，门前翠竹丛篁，路边草木葳蕤，田园山庄十分秀丽。似山不是山，似川不是川，似岭不是岭，恬静中张扬着无限魅力。站在原上，耳畔会响起"金半塬，洪半川，尖角李家占河边"的民间顺口溜，它道出了金家庄曾经有过的恢宏气势，它曾以半塬之域独占鳌头，风靡一时。这半塬坡，明代时南有姑姑庵，北有清关寺，现在的庵坡就是佐证。在这里，曾经还有座"四郎庙"，历史悠久，或建于西汉，或建于唐初，惜史迹已失。

《西安通览》载 20 世纪 60 年代中期此处曾出土元世祖至元年间的陶棺，民间流传那是"四郎庙"和尚死后装入的陶棺。据说 20 世纪 60 年代在老牛沟还曾挖掘出古生物龙骨化石。

金家庄这片土地，是一处别有潜力的地方，有待进一步勘察和开发。

寺庙与灯笼会、油塔会、民间娱乐活动的传承

如今聚庆村80岁以上的老人均知村里原有十余座寺庙:马王庙、二郎庙、四郎庙、土地庙、菩萨庙、雷神庙、关帝庙、娘娘庙、韦陀庙、尼姑庵等。其中尤以马王庙规模最为宏大,民国时至20世纪60年代初期,一直保存完好。

马王庙位于原聚庆三村三组小河以东,坐北面南,占地三亩左右,门楼飞檐翘角,精雕细刻。走进寺庙,古柏参天,草木葱茏,庭院宁静,庄严肃穆。寺庙分南北两殿和两翼侧殿,上殿有庙堂五间,其内供奉着马王爷、四郎神、药王爷、城隍爷、财神爷的雕像,塑像高达四米,惟妙惟肖。其他殿堂分别供奉着黑虎爷、二郎神等的神像。这座寺庙曾有和尚常住,附近村民多以虔诚的心前往求仙拜佛、抽签算卦。那时人来人往,香火萦绕。寺中还有一座高达两米的千年铁铸古钟,声响悠韵可达数里之外。

千年古建筑马王庙、南四郎庙在1963年"四清运动"中被拆除,木料后为盖戏楼所用。马王庙的大钟在1958年大炼钢中被砸,庙内最粗的古老柏树也在原聚三村盖水打油磨坊时被采伐。

马王庙尚存的文物有四尊雕刻细腻的莲花石柱,现用作原聚三村四组土地庙、聚庆村戏楼的石柱,和聚庆小学的旗杆。

据有关文物考察人员讲,这些文物应属唐代,具有很高的艺术价值和意义,因为唐代石雕艺术精湛。

正月初五灯笼会起源于明初,按当地风俗习惯,正月初二到初五是走亲戚拜年的时间。那时王府宫灯高挂,府第辉煌,门前车水马龙,亲朋乡友往来甚密,久而久之,初五便约定俗成成为设宴招待四乡八邻宾客的日子。这一习俗很快被聚庆村的乡民所接受。这一天舅家给外甥送灯笼、娘家人给刚出嫁的女儿追灯(送灯),从而自发形成悠久不衰的灯笼会。

灯笼会这天,出嫁的女儿给娘家行年礼,带六个大糕子馍,另捎买一些

烟酒之类的礼品,礼物较重;晚辈给亲戚拜年送一封点心;舅家给外甥送灯笼,必带一小捆酥脆麻花。

灯笼会原会址就是凉水泉那块空旷之地,每年初五过会,初三晚上就在这里开始唱大戏,唱三天三夜,村里锣鼓喧天,节日气氛浓厚。

初五正会这天,天刚麻麻亮,县川、白鹿原及四面八方的小商小贩便早早来到这里占领了一席之地,撑起摊位,迎接顾客。

亲戚吃过早饭,结伴去看戏。台前人山人海,拥挤不堪。唱戏声、嘈杂声、小贩叫卖声混杂在一起,十分热闹。戏台周围油炸麻花、卖油糕的油锅香气四溢。卖甘蔗、水果、小日用品、玩具的,捏泥人、吹糖人、卖竹子的,一家挨着一家,令人目不暇接。这会儿舅舅牵着小外甥去灯市转悠,各种灯笼琳琅满目,任由选购。

每年七月初五的油塔会和正月初五的灯笼会一样,原本是个没有约定的集会,随着王府的客来客往门庭若市,七月初五唱大戏不约而成了固定的集会日,至今盛景不衰。

这天出嫁的女儿在夏忙结束后,带着油塔馍(也称忙罢礼),拖儿携女由丈夫陪伴回娘家看望父母、兄嫂。其热闹境况和灯笼会一样,七月初五油塔会远近闻名,百年传承,情味浓厚!

聚庆村有着丰富的民间娱乐活动。中华人民共和国成立初期,村里就成立了业余剧团,吹拉弹唱,导演、教练各色人物一应俱全。戏装、道具、乐器应有尽有,闲暇之时,白天夜晚都是剧团排练的好时光。每逢灯笼会、油塔会,村上的自乐班子都要唱大戏,吸引着十里八乡的乡民前来观看。为了助兴集会,村里还组织有耍社火、走高跷、划旱船、舞狮子、扭秧歌等活动,这些娱乐活动都是民间自编自导的,丰富了村民的业余文化生活。

民间典故"县老爷拜驴"

清末民国时,农历六月的一天,黎明前夕,月色朦胧,汤峪川道上,王承

恩府的一名族人赶着一辆轱辘驴车,驮着刚刚打下的一包包麦子去县城西仓给县府纳粮。驴车一路颠簸,咯吱咯吱行进在西川通往县府的土石道上,四十多里的陡坡弯路,要跨过鲸鱼沟、翻越白鹿原,蹚过县城南、西两道河。车摇摇晃晃走到县西仓已是后半晌午,他缴完粮食,然后拉着驴车去县衙门对面的小街饭馆吃饭,饭馆伙计顺手接过缰绳把驴拴在店外一棵大槐树下。

正当他几个凉菜、一壶白酒下肚时,忽然听到门外喧喧嚷嚷,急忙出门去瞧,只见店外大槐树下围了一大群人,县衙老爷正对着驴车叩首朝拜。他顿觉诧异,不知何故。突然,王府族人眼睛一亮,原来是驴身上属皇家御用的"铜鞍"。该"铜鞍"曾是王承恩省亲衣锦还乡时用过的,由青铜铸造,浇铸御用九龙图案,明光锃亮。族人大笑:"此鞍乃先祖时御赐也!"围观人顿时明白了缘由,笑而离之。此举为后人留下了这一民间县老爷拜驴之趣闻。

英才摇篮之乡

聚庆村很重视文化教育和文化宣传,这也是本村历届干部工作的一个突出亮点。中华人民共和国成立前,村上借用马王庙部分庙宇开始办学,由富家人出资聘请教师,办起了村小。从 20 世纪 60 年代起,到现在四十多年几经迁移、翻新、扩建,加上国家大力投资,现已建成教学、办公、住宿多体化四座大楼的"聚庆小学",这所小学被命名为"汤峪镇中心小学"。

村子南边 20 世纪 60 年代末,又建起了一座"聚庆中学",这两所学校的教学质量曾一度名列全县前茅。学生从这两个学校迈出后,大多以扎实的知识功底,满怀激情地实现了人生的远大抱负。村民子弟的高考升学率为周围村庄所羡慕,多年来成为方圆村庄相互传说的佳话。

本村建国前后村名易更及大事记

"渠坑村"暂且追溯到 1643 年以前。1644 年司礼秉笔太监(谥号"忠愍")王承恩陪崇祯殉国自缢于煤山寿皇亭老槐树上。消息传到"渠坑村"

后,全村父老乡亲悲喜交加,相聚以庆"忠烈",其后将原名"渠坑村"易名为"聚庆村"直至建国后。

民国二十五年(1935)4月,中共鄂豫陕省委在葛牌镇召开扩大会议,西京筹委会投资修建西安至汤峪的道路,时称"西京风景路"。

1949年5月23日,蓝田解放,汤峪区驻聚庆,辖8个乡。

1954年到1957年,更名"聚光社"。

1958年9月在人民公社运动中,撤销乡建制,建立25个人民公社,汤峪为"火箭公社",驻聚庆。

"文革"中又将村名变更为东风一、东风二、东风三,后不久恢复聚庆一、聚庆二、聚庆三的村名,直至2018年春天。

2018年春季又将聚庆一、聚庆二、聚庆三三个行政村合并为一个行政村,恢复原名聚庆村。

聚三村党支部祝寿辞

　　洪月芳同志,生于1927年。1951年参加基础工作,1952年加入中国共产党。该同志热爱党、热爱人民,一贯忠诚于党的基层工作。曾担任聚光乡乡长、妇女主任,多次参加县人民代表大会。能够深入群众,做耐心细致的群众思想工作,帮助困难户排忧解难。助人为乐,遵纪守法。在历次政治运动中表现积极,能协助基层支部搞好工作。对子女言传身教,勤俭持家。如此高龄能按时参加支部生活会,曾多次受到各级组织的表彰。最后我代表聚三村党支部和前来祝寿的乡友,祝洪月芳同志身体健康,幸福长寿!

聚三村党支部 黄文刚

2006 年 3 月 19 日

晚会开幕词

各位来宾、各位乡亲,以及亲临晚会的观众同志们:

今天是 2006 年农历二月二十日,是我们聚三村四组黄府洪月芳老太君诞辰八十岁之日。为了报答母亲的大恩大德,黄重亮先生特意为母亲 80 岁诞辰举办了隆重的庆贺仪式,设宴款待前来庆贺的亲朋好友,并邀请韩金海组织的管乐队和歌舞团今晚在此登台演出助兴。我代表主人,首先向歌舞团的演出人员表示热烈的欢迎,向前来观看演出的乡亲们表示深切的谢意!

同志们,乡亲们,我们今天举办洪月芳老人八十诞辰的庆贺活动,不光是黄重亮作为儿子为母亲报恩行孝的家事,更是代表我们四组全体村民乃至聚三村全体村民共同心愿的公益活动。洪月芳同志今天 80 岁了,回顾 80 年的人生历程,她做到了"一个高尚的人,一个纯粹的人,一个有道德的人,一个脱离了低级趣味的人,一个有益于人民的人",从新民主主义革命到今天的四个现代化建设,始终和党保持一致,为党积极工作,把自己的毕生精力贡献给了党和人民的革命事业,从 1952 年加入中国共产党,她是我们聚庆村党龄最长、年龄最大的老党员、老前辈。今天,她受到党和人民的尊重和爱戴,是理所当然的,也是当之无愧的。

　　在现阶段构建和谐社会的主旋律中,我们应当理直气壮地弘扬,大张旗鼓地宣传生活在我们身边的巾帼英雄、模范寿星,无论是从家庭还是从社会,都应当尊敬她们、爱戴她们、赞颂她们,给她们丰富的物质生活和愉悦的精神享受,以此建立和谐的人际关系,创造良好的社会风气!

　　最后,祝洪老太君福寿延年!

　　祝晚会演出圆满成功!

　　谢谢大家!

组长黄民乐

2006 年 3 月 19 日

祝寿辞

人生最高追求,福寿也!然福寿双全者不多矣!福为最高层次的精神享受,寿是时间、素质、体质的体现,德增福,福凝寿。只有贤德者,福寿同臻,福寿双星照,后裔衍英才。

大姐青年时颇受艰难,一个年轻人照顾着一个年高多病的婆婆和一个双目失明的小叔度日,家境窘迫,生活困难。

中华人民共和国成立后,她为破除封建观念枷锁,为解放妇女争取男女平等而劳碌奔波,1952年光荣地加入了中国共产党,成为新中国的早期党员之一。

壮年在家操劳家务,教子育孙,辛勤劳动,有口皆碑。古人云:七十寿神,八十为仙,九十尊佛。大姐今已入仙龄,子孙满堂,个个精英,天南海北为社会、为国家施展才华,子孝媳贤,关怀备至。衣丰食余,居住宽敞,环境清雅,气氛温馨,人生如是者再有何求,美哉,美哉!圆矣,足矣!

今日子孙孝,亲友满欢堂,乡党恭贺,喜气洋溢,一庭祥瑞氤氲,三代一堂,我提议各位,祝大姐再活八十岁。成寿星之巨星,圆五世其昌,享此殊荣,不枉今生。今我欣喜,略醉赋诗一首以记喜况:

湘子箫响八仙聚，亲友一庭喜气溢。

祥瑞氤氲乐声扬，正是寿星足意时。

不才弟：恒全

2006 年 3 月 19 日

（农历二月二十日）

堆山记

山高兮,巨石擎;形峻兮,奇势拥,藏金蕴银,气势恢宏。

圣贤云,仁者爱山,智者乐水,两语通性也。

山者,巍然不自高,纳日月光辉,沐宇寰清气,以修己,沉默固本。翠草苍木为之毛被,涧壑为胸怀,岚雾为灵气,虎啸猿啼,鸟歌熊号为魂魄,鹤翔雕瞰为精灵。

水者,灵动逍遥游地空,云、雨、雾、露、冰、霜、虹乃精气,神采也,超然自乐,遇时显性也。

涓涓净水澈潭滴,乃清音也,乃心声也。

暇日,采得山河奇石数堆,欣与甥儿造境数月辛劳,景成不敢言巧,乃暮年自乐矣,然枯心警悟,天人合一者何也?

聊以陋文以记之。

舅父洪恒全

岁在甲午,时年七十又一

再读《乡情流韵》

清气载墨香,激情驾意飘。

酸辣苦甜涩,人生五味淆。

沸沸金潮波,寥寥几翠鸟。

邈幽痴情痕,英魂应碑笑。

舅父洪恒全

2011 年 10 月 1 日

浐河流涛情未了

——浅谈黄亮散文集《乡情流韵》

古城东牟,汤泉湖畔,水是圣水,山是灵山。作为浐河正源的汤峪河,在走出九曲回肠的汤峪河谷后,带着山的风骨、水的灵秀,踏着时代的旋律,伴着人文色彩,汇入了烟波浩渺的汤泉湖。在汤泉湖以北十余里八里塬下的一个村落,有一个进入天命之年恋乡情结更浓,以故乡为写作题材脱颖而出的新作家——黄亮。

黄亮的散文,是他人生阅历的写照,有他的喜、他的怒、他的哀、他的乐,有他在水库工地战天斗地,在财务战线上正直为人的记载;有他在双亲前尽儿之本,在妻子前尽夫之任,在子女前尽父之责的记忆;有他在工作稍闲后寄情山水,畅叙乡情,投身文坛的记录。

他的散文带着浐河沿岸、灞河之滨的泥土气息,带着莽莽鹿原、回春秀岭的乡土味道。他的散文内容丰富,琳琅满目,好像呈献给读者一个璀璨的大花篮。

他讴歌了亲情,这亲情在他笔下浓得化也化不开,真挚、醇厚。他写了从军复员回家,仍然保持军人本质的父亲;写了作为合作化早期的老党员、农村基层老干部的母亲,勤劳善良、宽容大度的一生;写了虽双目失明但心

灵手巧、善解人意的叔父坎坷而又幸运的一生;写了他的贤内助,恩爱的妻子早逝给他造成的彻骨之痛;写了乖巧懂事、孝顺成才的女儿给他心灵的慰藉。我觉得写家人,他是在用全副身心的爱在写,在诉,在歌,在泣。

　　他描绘了乡景,描绘了一幅秦岭深处的桃花源。那里山清水秀,鸟语花香,鲜花送爽,风景宜人。划时代的今天,在竞争异常激烈、市井喧嚣的社会背景下,去寻求灵魂净化的做法不易。他写了一棵高大茂密的皂角树,写了宅院一棵伟岸挺拔的白杨树,写了故乡一条弯弯的记载着历史沧桑、滋润着两岸生机的诗一般的小河,写了已改旧换时颜的故地美景揽不尽,写了幽情叙不完的辋川,写了秦岭深处耿峪沟的突兀山势、青竹翠柳、松涛鸟鸣。他写乡景,是以画为文,以景为文,以情为文,三者交织在一起。

　　他讴歌了乡情。写了春天燕子来自己家,人恋燕,燕依人,人护燕,燕怡人,燕子筑巢,燕语桃丛的其乐融融之情;写了家乡由众多野菜酿成,且味道酸醇的百味合一的口感郁香的被奉为"霸菜"的浆水菜;写了在乡间农家乐生活愉悦,吃自种的无公害蔬菜和自然生长的荏菌,感悟到"名利淡如水"的哲理;写了乡下拜年时浓浓的亲情和新年气息;写了故乡青青的山、潺潺的水、万紫千红的金秋、邻家叔叔和对门婆婆。这一切都是秦岭北麓浐灞两岸长安周围所特有的风情,别有一番浓郁的乡土气息。

　　他讴歌祖国的大好河山。他曾幸临南昌,登临千古传唱的滕王阁,望着粼粼赣江,诵着千古名句,感触时代变迁,激情奔涌,写下了散文《倚窗鉴古"滕王阁"》。他曾出游江西革命老区,到过大小五井,吃了红米饭,喝过南瓜汤,哼过红歌喜洋洋,目睹了小小竹排飘逸潇洒的景象,凝重地瞻仰了军史青铜浮雕,把这一切情愫都一一融入浪涛一样激情澎湃的散文——《恋着这方"红土地"》。他热爱祖国的大好山河,把自己的情感倾注在祖国的山河中,结出了娇艳的艺术奇苑。

　　他真实记载自己面对金钱的诱惑,如何保持心灵纯洁的操守。在引岱工地,作者曾担任伙管员、库房保管员,他两袖清风、一尘不染的事迹,写成

了《陶情励志》的篇章；他把在财政局工作拒绝企业送礼、拒绝请客，一身正气、铁骨铮铮的经历，写进了散文，给人们留下了一个"位卑未敢忘忧国"的正直财政干部的形象。在反腐倡廉的今天，这些文章特别有教育意义。

他讴歌伟大的祖国，讴歌建设社会主义事业的先进个人。航天巨子钱学森逝世后，他含悲写下了《逝去了，稀世之才——钱老》，为了这位我国航天事业的创始人，捧热泪，写祭文；看了电视剧《恰同学少年》后，他为毛泽东的爱国热情和不凡才华所折服，撰文歌颂；他赞美集报童、邮递员于一身的"黄马甲"，写他们沟通雪域高原千万家，是草原上盛开的格桑花；他把电视剧《暖春》中的小花爷爷的品德与弘扬传统美德、建设和谐社会的千秋大业联系起来。他歌颂了在党的领导下的人性美、品格美。

黄亮的散文，把时间纵线和社会生活面的横线交织起来，时间跨度大，从童年写起直到现在，覆盖面广，几乎涉及社会生活和个人情感的各个角度。对人对事的剖析，深刻、隽永。因此这是一部既有深度又有广度的散文集。

黄亮散文的语言质朴、流畅、自然、清新，无雕琢之痕迹，自然纯正、浑然一体。他的语言如诗、如歌、如画，读起来如清风拂面，有着泥土的清香，有着碧潭绿水的清澈，给人以朗朗明月之下观竹、幽幽瑶台之上抚琴之感，是一种舒心惬意的享受。

是的，黄亮的散文集《乡情流韵》，是传递精神文明的信使，是讴歌生命旋律的乐章，是高洁傲岸情操的体现。他的散文，似滔滔流淌的汤河水般情意绵长，奔流不息！值得我们为之一读。

杨少敏

《蓝田文学》2012 年第 20 期《夏之卷》刊载

泥土里的芳香
——评黄亮散文集《乡情流韵》

广袤而厚实的黄土,不仅仅生长绿色的森林与庄稼,而且生长作家最质朴的情感与最深邃的文学。黄亮先生正是在这种浓厚的乡土情结的长期积淀下,用他饱蘸深情之笔谱写出了一部洋洋洒洒二十一万字的乡土散文集《乡情流韵》,以其如鸟鸣般纯粹的清音吟唱出了原汁原味的乡音乡情,以其具有音乐韵律和节奏感的文笔散发出清新醇厚的泥土芳香。

带着崇敬的心境去读这部散文集,感觉犹如一股甘醇的清泉从心间流过,甜美而惬意,文字中弥漫着浓郁的乡土气息,芬芳而沁脾。读《乡情流韵》,如在品一首首流动的田园诗;读《乡情流韵》,似在赏一幅幅清丽的山水画。

清澈如水的文字,展示给我们的不仅是清秀隽永的文笔,更有激进深邃的内涵和富有哲理的思考,以及别具一格的艺术表现手法。

弘扬真善美,体现主旋律。作家的本分是弃伪存真,弃恶扬善,讴歌高尚的道德情操。能够输送给读者积极向上、阳光、意境深远的精神液体,才不愧为与时俱进的当代作家。

黄亮正是自觉担负起双肩担道义的责任,颂扬着人性的真善美。《电视

剧〈暖春〉观后感》中，他用自己挥洒酣畅的笔锋，去赞扬那些不平凡的、生活在穷沟僻壤的乡下人。《暖春》里小花爷爷在物欲横行、人情淡薄的当今世道，用爱心拯救收养了两代孤儿，在老人面前，金钱和物质显得庸俗而卑微。这种形象和品质是剧情所塑造和颂扬的，也是作者极力推崇和赞美的。《暖春》感动着亿万观众，也让观者黄亮含着热泪、怀着崇敬去感悟剧中的内涵。他能以初涉文坛的作家身份去关注电视剧作品应倡导什么，应给予观众怎样的精神食粮，关注着民族精神文明的进程，体现了他崇尚真善美，追求崇高精神境界的人生观、价值观，这些均是他的散文作品中难能可贵的"金子"精神。

　　小窗口透视大视觉。半个世纪的生活积淀，潜移默化成为黄亮娴熟写作的素材，成为他爆发灵感可以信手取来的引线。捕捉细微之处成了他创作的根脉，他在散文中以小事情去观察大世界，以小哲理去阐述大道理。文章从细小处着手，表情达意却深远悠长。在《一个飞行员的俭朴生活的启迪》里，作者笔下的飞行员乔教员，身着补丁，脚穿疤鞋，仪态端庄，勤劳朴实。他退役后的生活着装在现实中少有，艰苦朴素的作风处处可见。他并非贫穷，收入颇丰，却一生勤劳节

《乡情流韵》书中《一个飞行员的俭朴生活的启迪》原型人物张老

俭、助人为乐，将自己节约的大量财物全部捐赠给老家贫困的乡亲。作者由此联系到当代金钱物欲充斥人心的社会背景下一些人满脑充溢着"一切向钱看"的观念，这类人缺乏的正是像飞行员这样助人为乐的高尚品德。作者由衷地倡导全社会都应积极行动起来，人人献爱心，人人做好事，小溪便可

汇成大海。飞行员的品行不再是一种个人精神，更是整个社会的需要，是一种民族精神的风范，是一个精神文明的泱泱大国不可缺失的品德。

黄亮的散文能以小见大，四两拨千斤，把小家与大家、个人与社会很自然地联系起来，用不同的方式去审视、洞察、解读人生的欲望观、金钱观、价值观。正如郁达夫说的"一粒沙里见世界，半瓣花上说人情"，从散文里足以窥见作者的拳拳之心以及他具有鲜活质感的个性情感，通过小窗口透视大视觉，让作品中凝练的鲜明主旨得以升华。

立意新颖，意境深远。瑞士思想家阿米尔说："一片自然的风景是一个心灵的境界。"看似寻常的景物，在作者的笔下却含蓄隽永、神韵超然。正因为有作者心灵的烛照，这些景物才会灿然生辉，意境深邃，气势恢宏。游历名山大川、千年故阁名塔，别人也许抱着游山赏水，追求视觉上的美感享受和奇景上的舒心惬意的态度，黄亮却更重于缅怀那些文人雅士高尚的情操。倚窗远眺暮色中的滕王阁，灯光闪烁，色彩琉璃。还有映入眼帘的灯红酒绿的夜景，作者没有沉溺于五光十色灿烂辉煌的景色，他在寻找心目中的良宵美景及良才君子。有这样一段话引人深思："滕王阁过多的传奇故事吾无精力一一去拜谒，独有缅怀忠心耿耿心系民族事业的文人雅士。古人曰：'人固有一死，或重于泰山，或轻于鸿毛。'徐、苏二公视官爵如草芥、视金钱如粪土的亮节得以流传秉承，正是王勃《滕王阁序》的大气磅礴吟唱，才引来了许多文人骚客舞笔弄墨亲临南昌……愿我们的人生就像那洪都的徐亭苏圃冉冉流韵，千古留馨，永不褪色，甘做一滴水默默注入奔流不息的赣江……"

可见，作者看到的、想到的、欣赏到的不只仅仅是赣江岸边留存千古的滕王阁，以及王勃的绝唱《滕王阁序》。作者用透视的眼光去看，体悟的是一种民族精神，用心灵捕捉到的是在上下五千年中具有高洁风骨的典范——徐苏二人。此刻感染作者的远不是楼台亭阁、曲桥流水，而是深厚的内涵丰韵，是中华民族铁骨铮铮的风范，是安贫乐道的精英楷模。读来倍感意境深邃，让人情感激越。

浓烈的风土人情，浓厚的乡土情结。黄亮的散文中透射出浓厚的乡土气息，那种故乡田园特有的清静悠然、生活乐趣跃然纸上，如临其境，让人亲切体会到朴素实在的人情美和人性美。

左邻右舍送来发酵好的"浆水菜"、做好的苞谷面"鱼鱼"，亲友送来新鲜的辣子酱和银丝挂面，至今想起仍让人口馋不已。邻家叔叔风风火火提着一兜儿刚刨出的红薯奔向家里，对门的聋耳婆婆敲门叩窗送来新磨的玉米糁和一堆堆干干的柴火，一阵阵温暖"袭击"着作者的心。叼着旱烟袋的父亲古朴的背影，年逾古稀的母亲雪地铲雪的刚健，这些都系着作者一颗感恩的心。不做刻意雕饰、淳朴练达的语言传递着他对故乡情深意绵的眷恋。每当吃饭端起"大老碗"，就看见闲置的另一只，必然想起故妻，往昔旧情一涌而出；吃饭扒在小圆桌看到旁边的两个小凳子，念女之心更加殷切。他热爱故乡，热恋家园。敢问世外桃源在何方？黄亮深情地注视着生己养己的这片土地——故乡是也！这是富有浓烈乡土人情的家园生活的真实再现，是作者淳朴厚实的乡土情结的真情链接。

情景交融，情理交织。"一切景语皆情语。"作者眼前所见的景物皆是富有灵性的，富有情感的，借景抒情在作品里比比皆是。细细读完黄亮的每一篇散文，会深深体会到篇篇是"真"，句句是"情"，以情感人，以情动人，以情励人。情感之浓、情感之深是他文本中最靓丽的一道风景线。颇具真情实感的文章读者怎能不喜欢，怎能不愿读？《月夜情邈》中，他于夜色正浓时，去田野散步，聆听路边潺潺的泉水声，抬头遥望明月，浮想联翩，想化作一轮红日，想化作皎洁明月，想化作一棵大树，想化作一番春雨，愿把自己当作女儿们的保护神，送去温暖，带去光明，为她们遮风挡雨，撒播甘霖。想借着弯月捎去思念，寄去祝福，把浓浓的思亲之情寄予美幻迷离的月夜之中。同时在写作手法上运用了大量的排比，烘托出炽热的情感空间，将寄思之情升华到了顶点。

他还善于用流畅的语言阐述富有哲理性的问题，继而带来人性的思考，

把理性的议论和诗性的抒情水乳交融地结合起来,使深奥的哲理包含着浓厚的情感色彩。《天不变,道亦不变》中,作者像一位长兄,又像一位挚友,娓娓道来他的肺腑之言:"人生是一盆酸甜苦辣的五味羹,人生是一个七彩炫目的大舞台。人要活出自我,走出完全独立的个性,逆潮流而芳菲,弃污浊而自清。人的肉体固然可以消失,钱财可以散尽,唯独精神永垂不朽,千古垂范。"他这样把理性融入感性,情中寓理,散文就格外生动活泼,哲理更易于让人接受。诗人华兹华斯曾经说过:"一朵微笑的花对于我可以唤起不能用眼泪表达出的那样深的思想。"黄亮也正是这样情理交织谱写着自己的人生乐章。

文思广阔,天马行空。大凡好的文章,不必拘泥于一种模式。作者善于驾驭别具特色的文风。《晓梦》对于常人而言,不过是一个梦境而已,可是作者通过一个梦境,衍生出一串串珠子般的遐想,用唯心论和唯物观去正确对待梦。他说:"夜梦,因人而异,如梦相佐固然也好,祝愿人人多做背道而行的梦幻吧!"

生命离不开梦,梦也在交织变幻无穷。他把梦境加以分解、膨化,再用浓缩的艺术手法去描述,读来使人耳目一新。梦既是开启智慧的金钥匙,也是科技领域发展的导航仪。这是一种敢于发散思维,敢于奇思妙想,敢于天马行空的行文境界。

此外,黄亮在运用描写、抒情、议论等表达方式的同时,还采用了小说笔法、故事传奇、旁征博引等多种手法,这些别具一格的写作手法更好地烘托了主题,使文章内涵更深刻,同时也突出了深邃和奇美。他的落笔如行云流水,舒卷之间灵性激溅,既有博雅的文化内涵,又有通俗易懂的真情道白,读来朗朗上口,富有极强的韵律,血肉丰满,有骨有髓。

一段段往事、一部部插曲,一翻便哗然作响;一片片记忆、一首首旋律,一抚便泠泠有声。黄亮豁达的处世观、超然脱俗的心境,以及在逆境中面对困难的乐观胸怀,让人由衷佩服,令人肃然起敬。

作者笔下人物的高尚情操,乐观豪迈的人格魅力不也是作者自身的写照吗?这是散文的灵魂乃至精髓之所在。《乡情流韵》正是作者在岁月的年轮划去道道印痕时捕捉的人生帧影,也是在沙砾中捡拾的心海珍贝。优美的文笔,细腻的情感,深邃的意境,至深的哲理,就是合上书卷,也会化作一股淡淡的清香在脑畔久久萦绕不去。

祝愿黄亮先生的《乡情流韵》能把这带着泥土的醇美的芳香传播得更远更广,让这段故乡的恋曲更具有穿透力,更具有震撼力!

秦地

《蓝田文学》2012 年第 20 期《夏之卷》刊载

穿越牛背梁遇险记

——七名登山"驴友"获救纪实

西安老暴同志与六位本单位的业余爱好者相约爬山,计划攀登位于秦岭东段,陕西省长安、柞水、宁陕三县交界处的"牛背梁"。前一天晚上,他们已提前住进了柞水县营盘镇秦丰村老万家,准备第二天(2011 年 7 月 24日)早晨 6 点 30 分从龙王沟出发,先翻越牛背梁,然后到达长安区石砭峪冉家坪,再乘车返西安,全程约 25 公里。

出发时,每人只带了一顿干粮。这天,天气晴朗,山涧气候温和、风景秀丽,碧潭溪水、鸟语花香、满山碧绿。一行人谈笑风生,边登山,边照相。跨越石头过河的一瞬间,老暴不小心把指南针掉到水里,他赶快捡起来甩了甩,没介意装进包里。因为一般视野开阔地,轻易就不再用指南针了。越往高处行,道路越来越艰难,可眼前这旖旎的风光、绿色的植被又使人忘记了登山中的疲劳,于是大家向着主峰跋涉。牛背梁主峰(牛头)海拔 2802 米,由西向东逐渐降低,至李家坪北梁(牛尾)海拔 2226 米,"牛头"至"牛尾"长约 8 公里。

当他们到达梁上,时间约为中午 12 点,此时天气为多云。但是高山上的气候变化多端,说变就变,一会儿有太阳,一会儿山顶沟壑云雾缭绕,一会

七名登山"驴友",左起:王建忠、杨时谦、李新亚、吕宏、葛敏、王省伟、

暴鹏虎

儿一片片乌云压顶。他们经过约两个小时,由东向西攀登到达主峰,时间约是下午2点。见山顶天气变化无常,他们一行人赶快吃了一点随身带的干粮,准备下山去石砭峪。然而当时他们尚未找到下山的路,更没料到,就在他们准备从牛背梁主峰下山时,天公不作美,偏偏遇到大雾,十米左右外啥也看不清。

要下山必须先确定北边的方向后,才能再寻找下山的路,这时唯有靠指南针判断准确方向了。老暴取出指南针,可指南针的指针却不住地摆动,他对同路人说:"这个指南针有点不正常,摆动得厉害。"这时,同路的人说:"这山里有铁矿,是铁矿磁性干扰的原因吧。"老暴自己在心里嘀咕,这里哪来的铁矿啊,当时没顾得多想。他自己爬山十余年,曾经是炮兵部队里的侦察兵,进入茂密的森林也没迷过路,使用指南针得心应手,没出过差错。他想应该不会是指南针的问题。

当即,老暴就再用指南针标方向,果然在北边下坡的灌木丛林里找到了一条路。事后老暴回想,如果当时没找着这条路,或许是好事(后来知道是错路),他们就会原路返回。那时天又放晴了,山沟的大雾已慢慢散去,老暴说他见此便大意了,没有再用指南针。又走了一段,路边有个偏沟,他们就顺偏沟往下走,走到下午大约6点,遇到了一个断崖。一行人这才停下来思量嘀咕是不是走错了路,但又怀疑是不是提前下沟下得早了(还没意识到是错路)。忽然抬头一看,天已黑,哎,看来今天是到不了石砭峪了,于是众人赶紧找柴火,燃起一堆篝火待了一晚。

第二天(7月25日)早上,老暴到断崖前察看,一看大吃一惊,啊,下不去啊。他们只能再返回到秦岭山梁上,重新寻找下山路。牛背梁梁上有一条始终在山梁上绕的路。他们找到通往牛背梁山梁这条路的道路后,大家一起商量到底是原路返回牛背梁,还是继续找下石砭峪的路,大家犹豫不决。老暴在地图上查了一下,他们所处的位置如果下石砭峪只有5公里;如果返回牛背梁主峰还有十几公里,大家都不愿意返回,于是就重新找了一条通向石砭峪的路。然而走了不远,就发现这条路慢慢在草甸上消失了。虽说没有路了,好在是缓坡,尚可以行走。老暴又用指南针测了一下方向,确认了一下是北边(实际上为偏西方向,当时不知)。见眼前视野开阔,便决定往另一条沟底走。走啊,走啊,突然又出现了一条路(不知是兽道)。他们就顺那条路继续往下走,走到天快黑时还是走不出去,这时大家心里都慌了。几个人唉声叹气,情绪低落,嘟囔着:"咋回事嘛,怎么还看不见山沟里的住户人家?"

夜幕已经悄悄降临,老暴安排其他人赶快准备柴火,他想,还是自己一个人再去探探路吧,于是他独自顺沟走了约半个小时。猛然间,他发现了一个大约两米高的小绝壁,他想这也不算高嘛,自己身高一米七几,手把住崖石上端,一松手身子就落地了,下去后再往前走一段路看看,或许这条路就是下山的路。哪知黄昏时分看不清沟里有水,老暴攀着岩壁身子往下探,不

料一撒手,身子掉在水里、衣服全湿不说,感觉腿好像摔骨折了。待他伸伸腿,一看没事,这才看清断崖有三米多高,爬起来感觉胸部疼痛(后来检查胸部骨折,摔裂两根肋条)。此时老暴坐在一个石头上,把这两天的迷路情况在心里梳理了一下,茅塞顿开,恍然大悟,哎呀! 是不是从牛背梁下山的这条路是错路? 此时大约是晚上8点,已离开同伴约半个小时,怕他们担心自己,老暴赶紧折回。老暴这次就从沟底旁边绕道返回找到同伴,大家围着火堆问老暴:"找到路没,为啥走不出去啊?"他这才给大家讲:"刚才走了半截子路,天快黑了,啥也看不清楚,摔了一跤只好返回。"大家商量只有等到明天重新再找,几个人就靠着山崖石头迷糊了一夜。

第三天早上,天气不错,老暴让其他人就地等他,为了证实是不是路走错了,他又一个人顺沟道向下走了约莫一个小时,横在前面的又是一个悬崖峭壁,只见水从绝壁上哗哗冲落下去。他不敢站在悬崖边,就站在远处望了望,这时候太阳也升起来了,老暴这才感觉方向是走错了(但他个人没有理由证明方向是错的,这是指南针指的呀),随后他沿原路返回,大约已是上午10点多。这次老暴才告诉同伴走错了路,这个沟也不是要下的沟,现在唯一的办法就是原路返回。两天多来就吃了一顿饭,每个人都疲惫不堪,一个27岁的年轻人虚脱了,一站起来就头晕,他饥饿难忍说:"这会儿如果给我一只烧鸡,我就有力气走路了。"七人中还有一个中年男子脚瘸了,走路不利索。这时,头晕的小伙子提出让其他人走,他一个人在这里等,脚瘸的人说他勉强可以慢慢走。老暴一想,这怎么行啊,后来考虑还是让两位女同志留下来照顾这两位男病号。好处是沟的旁边有个石洞,下沟二十几米就有水喝。其中一个"女驴友"是药剂师,她就地采摘了一些蕨菜叶子放在铝制饭盒里,墩火上煮成汤,分头让每个人喝。

老暴安排好他们四人,叮咛一定不要离开,等找到救助后,立刻给他们送吃的。大约中午11点离开留在山洞的四位同伴,老暴他们三人开始由原路返回牛背梁主峰。这段路沟道里手机没有信号,电话打不通,他们便每隔

10米设一个路标,以便以后能找到他(她)们。走了六七个小时估计快到山梁了,抬头看,夜幕降临,不敢再摸黑赶路了,于是就赶快在附近找了一个似洞非洞的硕大的倾斜的大石板底下栖身。

求生欲望是每个人的本能,他们三人在寻找路的过程中,有人曾想过分开寻路,认为这样可以早点获救。老暴坚持不能分开,更不能撇下沟下的四人。老暴说同路人出行就是拴在一条绳上的蚂蚱,以照顾弱者为主,万一有人出了事,心里一辈子都会愧疚。既然是同行,有难同当,有乐同享。

他们经常爬山,知道秦岭有一种蕨菜可以吃,然而,这种野菜适合在春天食用,到了夏天只有枝干顶端的嫩叶勉强可以吃。野外求生,他们只能把采来的蕨菜叶放到饭盒里煮汤喝,饭盒小,每次只能煮一人喝的量;以野葱做食,以露水当水。七月份的晚上,山梁上依然很冷,他们只能靠点燃篝火取暖,度过这个不平凡的夜晚。

第四天早上5点30分左右,天刚蒙蒙亮,老暴等三人开始爬山,大约早上9点才爬到了山梁上,找了一处有信号的地方,约10点和家人打电话联系(为了节约电池,三个人手机只开了一部)。家人说没见他们按时回家,电话又联系不上,已经报案,长安区和柞水县分别成立了营救指挥部。老暴随即和营救指挥部通了电话,指挥部人员说:"按老暴他们提供的位置找。"老暴说他们三人就是顺着牛背梁过来的,说了大概位置。指挥部的人又说根据老暴手机发出的信号可以测出他们所在的位置。

老暴和营救指挥部通电话约是上午10点,他问营救指挥部啥时能赶到他们这里,对方说:"四个小时就到,也就是下午2点能赶到。"虽然这天是晴天,可老暴已接到次日有雨的信息,他知道如果山下能在今天约定的时间送来吃的,山沟里的四名同伴就可以营救到山梁上。想啊,盼啊,盼着救援队能及时送来吃的。老暴三人此时此刻心里暗暗涌动着感激之情,满怀希望地在山梁上等啊等,然而等到下午2点并没有等到救援人员。同路一个人急中生智,赶忙拿着床单站到高处向搜救人员发信号。等吧,再等等吧,等

遇险期间报纸载文

到下午4点没人来,等到下午6点还是没等到救援人员,他们就站在高处对着山谷大声呼喊,依然没人应答。希望变成了失望,三人这才急忙拾柴准备再露宿,同时老暴用电话与指挥部联系,指挥部答复因意外今天营救未达,明天才能找到他们。

通电话后,老暴一行三人点燃火堆取暖,准备休息。然而突然想到,山沟里那四名同伴如果在今天不能得救,明天(7月28日)有大雨该怎么办,想到这里,三人久久不能入睡。等到次日凌晨3点,天上果然下起了小雨,山上大雾弥漫,几米外目不见物,他们心里着急,就一起商量办法。同路两个人知道大雾天路更难找,就问老暴:"你能不能找到返回主峰的路?"老暴肯定地说:"没问题。"

老暴5点给秦丰村老万打电话,他告诉老万:"你带着几个人和吃的到牛背梁主峰水泥桩那里,我们三人也向那里走,然后在那里会合后,再去营救山沟那四个人。"老万连声答应说:"好、好、好。"并告诉老暴:"我带上儿子和我亲家一起上山。"老万放下电话,立即又把情况向柞水县公安局做了汇报。

打完电话老暴三人赶快将火堆踩灭,5点多开始向约好的牛背梁主峰攀爬,这次原路返回,虽说路是熟悉的,但因雾雨天气还大意不得。饿着肚子摸索着向前走,三人走得很慢,越走雨越大。大约上午10点他们三人到了牛背梁主峰水泥柱旁,这时,还没见老万他们上来。老暴说:"我们顺着坡路向下走,截住他们(指老万)"。

老暴三人大概往下走了半个小时,听见前面有人说话,便激动地说:"他们上来了,他们上来了!"三人就坐在路旁等老万他们。这时,老暴看见几个当兵的年轻人走在前面,有人说话,便赶快喊,当兵的一见有人,就问:"哎,你们是干啥

遇险期间报纸上的相关报道

的?"老暴说:"我们是迷路往回返的。"那人说:"哦,对、对、对。"马上就过来了,很快老万和其他人也跟上来了。特警队长问:"谁是老暴?"老暴说:"我是老暴。"特警队长说:"你们不是七个人吗? 哎呀! 怎么就你们三个人?"老暴解释了整个过程,特警队长说:"我先打电话去。"老暴赶紧要了面包和水。等特警队长找到有信号的地方打完电话,老暴告诉特警队长怎么营救那四名同伴,说:"我们离开同伴时每十米都有路标。"并告知了路标的大概位置。老万在旁边说:"这一带我来过,只要有路标就好找。"

特警队长安排七个武警照顾他们三人下山,老万则带着其他十三个武警去救助山沟那四人。牛背梁两帮人分手后三四个小时,对讲机传来话说,找到那四个人了,三人这才放心。老暴赶快将情况向单位领导做了简单汇报,希望大家放心。

救援队在老万的带领下,路熟,又有路标,只用了三四个小时就找到了山沟的四人,而这段路老暴他们三人走了整整十一个小时。

老暴说:"我们三人下到景区红桦林服务站,柞水县救援队为我们准备了一顿饭,那碗'鸡蛋面'是我有生以来吃过的最好吃的一碗鸡蛋面,味道是最好的。"他们三人吃了饭才想起来五天都没洗脸,在求生欲望中,洗脸和形象早被抛在脑后了。洗脸后,特警队长告诉老暴,下面有记者要采访,老

暴说："我不接见记者。"后来特警队长说,其他的记者可以不见,但是,中央台的记者你不但要见,还要接受其采访。老暴同意见中央台记者后,接受了采访,老暴对中央台记者说:"感谢各级政府、救援队、父老乡亲们,由于我们的不慎让他们担忧了……"其间他又和柞水县的副县长见面,县长问候并嘱咐老暴他们今后爬山一定要把安全放在第一位……老暴说他心里当时很难过,就点了点头,以表歉意。当看到他们单位领导迎上来时,大家激动地拥抱在一起,三人坐上单位的车回到西安。

后来老暴听老万讲,按路标找到那四个人后,当时山上的雨越来越大,当天返回已不可能,于是众人赶快离开山沟危险区,上到坡上避雨的地方,在附近的树林里面找了一些干柴,烧了两堆火,围着火堆露宿了一晚。7月29日返回时老万没有按去时的路原路返回,而是顺着老暴探路的地方绕过断崖,走的其他路(老万曾在山里采药,熟悉地形),于中午安全到达山下。

老暴他们牛背梁爬山遇险,柞水县公安局派出了20名特警,他们三人于7月28日被营救(山上五天四夜,煮野菜、吃野葱、喝露水),其他四名遇险人员(山上五天五夜)于29日全被营救。七人在牛背梁无人区遇险之事惊动了中央,为救人,陕西省政府一度准备动用直升机。

后来老暴查找迷路原因时,发现指南针里面还有水珠。于是他就用两个指南针(这次用的和未用的)对着地图做对照,才发现进水的指南针向左偏差了30度。所以,当时按指南针所指方向左拐就走进了原始森林,这是一条采药人走的路,逐步延伸到西面(石砭峪在北面),沟底下是兽道,是羚牛羚羊走的路。老暴说老万他们熟悉山路,经常走沟底下的兽道。

老暴回忆这段过程深有感触,如果不是他盲目自信,如果指南针、道路、天气没有问题,就不会遇到这样的风险了……

2018年2月12日于西安

(根据老暴叙述整理)

后 记

　　这本散文集《遥望北方的故乡》终于与读者见面了，由于客观原因，此书的出版比原定时间推迟了整整两年，在我心里似乎有种"千呼万唤始出来，犹抱琵琶半遮面"的青涩之感。

　　对于古文，先贤文人陆机的《文赋》中这样描述："诗缘情而绮靡，赋体物而浏亮。"清人刘熙载说："赋别于诗者，诗辞情少而声情多，赋声情少而辞情多。"自知在四大文体"诗词曲赋"中，相比而言，赋是最难写的。我斗胆运用古文体写了两篇文字《故居赋》《祭母文》，心中颇觉牵强之情形。由于受语法、文言文知识水平所限，写作中的难度丝毫不亚于第一本散文集《乡情流韵》。

　　文中的旅游之光篇同样是我难以驾驭的篇章。对于我这样喜静不喜动的草根文字爱好者来说，世界之大，冥冥之中，要去哪个具有代表性的地方，似乎在心里酝酿了好长时间：朝鲜，一个社会主义阵营且封闭的国家；美国，一个代表西方的霸权国家。还有令我魂牵梦绕的祖国的港澳台地区：中国香港、澳门地区，两个回归的疆土；中国台湾地区，一个与大陆同根同祖的同胞。我踏足亲赴这些地方，于情之理，于心之力，于缘之由，于时之际，算得上是多年来我心中疑问的一种解答吧。

　　当然，作为一个普通游人，透过人文旅游，我更多关注的是旅游中得到的感受,准确一点说是心灵的旅游,抑或是带着一种使命和情感去出游。作为行者,心因情而生景,景因情而绚丽。旅途中根本不在乎客观风景如何,触动了心灵深处,眼前就是最好的风景和收获。

在旅游中,我越来越真切地感受到:世界之大,哪里最好? 是亚洲;亚洲哪里最好? 是中国;中国哪里是中心? 当然是关中;关中哪里最好? 毋庸置疑是西安,是故乡。故乡方圆数里称得上是一块风景宜人的风水宝地,随着时代车轮滚滚向前发展,故乡被历史尘封的日子不会太久,一个崭新的汤峪河谷就像一轮红日喷薄而出,辉映大地!

当一个人漂泊异乡,你才会领悟唐代诗人韦应物的诗句:"故园渺何处,归思方悠哉。"故乡,留给我的自然是骨子里的乡情流韵,留给我的依然是父辈勤劳吃苦的精神。我常想,作为晚辈我无缘效仿周朝时的郯子——鹿乳奉亲;无法企及唐代的杨乞——讨乞孝道。我唯有将过往家庭生活中记忆的碎片重新捡拾,拼成一幅美德的薪火传递图,相传下去;然后,再用一页页浅薄的文字,记录下这方养育自己的沃土和父辈们平凡而不平常的点点滴滴挚爱真情,借此作为我回报先祖列宗、乡情乡音的一份不成敬意的礼物!

借得大江一碧水,翰墨文轻谢诸君。本书的出版还要致谢陕西省安康市紫阳县文友向连才,向贤弟热情洋溢的受托之情、认真阅稿修稿的严谨态度,让我敬佩。他在很短时间内完成了对此文稿的修改,并且提出了中肯的见解和意见,使我在书稿后续修改中获益匪浅。我的两位年过七旬的舅舅(大舅、二舅)称得上是当地(老家)德高望重的文化前辈,他们在对本书的修改过程中废寝忘食、精雕细刻,起到了画龙点睛之作用。同村的晚辈,文学爱好者、具有较深文学底蕴和天赋的白光炜,他大学期间的文学与语法基础知识特长在他修改此文稿中发挥得淋漓尽致。我想,修改期间,贤侄光炜必然付出了不懈的努力,为此书也算做出了很多的奉献。颇让我感动的是他工作于教育部门,工作较为繁重,二十多万字全是在夜深人静时以及利用周末阅稿修改的,修改中又一丝不苟,字句皆斟,疑字皆查,一行一页,一句一字,仔细琢磨。当他用二十多天完成修改合上书稿,仿佛身上的行囊得以解脱,一身轻松。这时,他似乎激情难抑,心中的修改体会悄然萌动。于是,他潇洒从容,用真挚之情、慧心妙笔抒写出了洋洋洒洒、感情饱满、笔意流畅、风格清丽、文采飞扬、笔调舒缓劲健的四千余字的修稿感想:《这里,也是我的故乡》。这篇体会文章勾画出了一幅数九寒天伏案背影图。我揣摩,这是"寒窗子时灯影下,点点墨迹苦为乐"的精神魅力结下的硕果,于我心中也是促进文学交流、传递精神文明主旋律的一幅伏案疾笔的优美画卷……

在此感谢《遥望北方的故乡》出版的幕后辛勤耕耘者——西北大学出版社相关工作者,以及桂副社长和责任编辑。由于自己的写作水平有限以及语法知识的薄弱,给他们审稿修改中带来了很多困难,借此深表歉意!本书中难免存在不妥之处,敬请各位读者、文友予以谅解、指正为盼。

这里,对于后记中未提到的其他为本文建言献策者一并表示诚挚的谢意!

黄 亮

2018 年仲夏于故乡

图书在版编目(CIP)数据

遥望北方的故乡 / 黄亮著. —西安:西北大学
出版社,2018.10

ISBN 978-7-5604-4251-8

Ⅰ.①遥… Ⅱ.①黄… Ⅲ.①散文集—中国
—当代 Ⅳ.①I267

中国版本图书馆 CIP 数据核字(2018)第 249034 号

遥望北方的故乡

作 者:黄 亮

出版发行:西北大学出版社

地 址:西安市太白北路 229 号

邮 编:710069

电 话:029-88302590 88303593

经 销:全国新华书店

印 刷:陕西向阳印务有限公司

开 本:787 毫米×1092 毫米 1 / 16

印 张:24.5

字 数:328 千字

版 次:2018 年 10 月第 1 版 2018 年 10 月第 1 次印刷

书 号:ISBN 978-7-5604-4251-8

定 价:98.00 元